KB150686

Scarlet
스칼렛

www.bbulmedia.com

1판 1쇄 찍음 2014년 8월 28일
1판 1쇄 펴냄 2014년 9월 4일

지은이 | 최윤서
펴낸이 | 성 필
펴낸곳 | 도서출판 **뿔미디어**

편집장 | 이재권
기획 · 편집 | 주종숙

출판등록 | 2002년 9월 11일 (제1081-1-132호)
주소 | 경기도 부천시 원미구 상동로 117번길 49(상동) 503호
전화 | 032)651-6513 / 팩스 032)651-6094
E-mail | scarlets2012@hanmail.net
블로그 | http://blog.naver.com/dahyangs
홈페이지 | http://bbulmedia.com

값 9,000원

ISBN 979-11-315-3451-9 03810

희망고문

최윤서 장편 소설

SCARLET ROMANCE STORY

Contents

[Part 3. 하고 싶은 말]

[Part 4. 그럼에도 불구하고, 너]

Part 1.

엇갈린 짝사랑에 대하여

그런 봄이 오다

어둑하던 방으로 따사로운 햇볕이 느리게 스며들었다. 두루는 창틈으로 스며드는 그 빛을 멍하니 바라보았다. 빛은 점점 더 범위를 넓혀 가며 방 안을 잠식하기 시작했다. 그러자 창밖에서 하늘하늘 흔들리는 벚나무가 더욱 선명하게 보였다. 어제까지만 해도 수줍은 새색시처럼 고개를 들까 말까 망설이던 모양이었는데, 오늘은 연분홍빛 꽃잎을 활짝 펴고 바람과 함께 춤을 추고 있었다. 바야흐로 벚꽃이 만개한 봄의 절정이었다.

그러나 화사한 햇빛과 흔들리는 벚꽃의 아름다운 절경을 바라보는 두루의 두 눈은 말라비틀어진 가뭄처럼 건조하기 그지없었다. 쿡. 다시 한 번 싸한 고통이 복부 전체에 퍼져 들었다. 침대 시트를 움켜쥔 두루의 작은 손에 힘이 들어갔다. 하얀 손등 위로 연한 녹색의 핏줄이 바짝 솟아올랐다. 두루는 그 가녀린 손으로 전기 찜질 팩의 온도를 한층 더 올렸다.

어젯밤, 막 잠들기 전에 아랫배에 묘한 느낌이 들어 화장실에 가 보니 역시나 휴지 위로 붉은 피가 묻어 나왔다. 탄식도 잠시, 두루는 얼른 생리대를 하고 나와 진통제를 먹고 찜질팩을 챙겨서 자리에 누웠다. 하지만 이제는 진통제도 면역이 생긴 상태라 효과가 없었다. 두루는 생리통이 유독 심한 편이어서 가장 세기로 유명한 진통제를 하루에 서너 알씩도 먹곤 했기 때문이다. 결국 그녀는 시간이 지날수록 커지는 고통 때문에 잠 한숨 자지 못하고 뜬눈으로 밤을 새우고 말았다. 창밖으로 밝아오는 햇살이 그토록 야속할 수가 없었다.

오늘은 중요한 회의가 있고 업무도 많은 날이라 결근은 상상도 할 수 없었다. 잠깐이라도 눈을 붙여야 한다는 생각에 억지로 베개에 얼굴을 묻어 보았지만 고통은 끝내 가시지 않았다. 두루는 한숨을 푹 내쉬며 힘겹게 몸을 일으켰다. 이런 날 누구라도 곁에 있어 주면 좋으련만 그녀의 곁엔 아무도 없었다. 그러나 그녀는 그런 것을 서러워할 여력도 없었고 굳이 서러워하지도 않았다. 곁에 아무도 없다는 것은, 이제 그 사실을 인식하지도 못할 정도로 익숙한 일이었으니까.

그녀는 꽤 큰 평수의 정원이 딸린 넓은 주택에 혼자 살았다. 혼자 산 지도 벌써 십 년이 넘었다. 그러니 이런 외로움쯤은 익숙했다. 아플 때 혼자 끙끙 앓다가 밤을 새우는 것도, 시체 같은 몸을 이끌고 출근 준비를 하는 것도, 현관에서 거울을 보며 하나도 아프지 않은 척 표정을 가다듬는 것도 모두 익숙한 일이었다. 두루는 아주 능숙하게 그 모든 일을 해내고 현관문을 열었다. 가장 중요한 하나, 생리통용 핫팩을 챙기는 것을 깜빡하고.

"그건 조심히 들어 주세요! 이쪽으로, 이쪽!"

아침부터 바깥이 조금 소란스럽다는 생각을 하긴 했지만 그것이 옆집 일일 줄은 몰랐다. 그리고 그것이 이런 종류의 일일 줄은 더더욱 몰랐다.

두루는 큰 트럭 위에 짐을 올리고 있는 여러 사람과 그것을 손수 지휘하고 있는 한 남자에게 다가갔다. 큰 키와 건장한 체구가 돋보이는 준수한 외모의 중년 남자. 그는 유진혁 변호사였다. 유 변호사는 십 년 전 돌아가신 아버지의 가장 친한 친구였다. 열아홉 살이던 그때, 유 변호사가 혼자 남은 두루를 많이 보살펴 주었다.

그가 두루를 보더니 얼굴 한가득 반가운 미소를 띠어 보였다.

"어, 출근하니?"

"네. 이사 가신다더니, 오늘이셨어요?"

두루가 아쉬운 듯 낮은 목소리로 물었다. 그간 왕래가 부족하긴 했다지만 이삿날까지 모를 정도였나 싶어 서운한 마음이 들었다.

"원래 다음 주에나 갈 예정이었는데, 집이 생각보다 빨리 빠졌더라고. 어쩌다 보니 이리됐다. 이번 주말에 밥이라도 같이 먹으려고 했더니. 이거 아쉬워서 어쩌냐."

"나중에 새집 다 정리되시면 그때 한 번 초대해 주세요. 집들이 선물로 아저씨 좋아하시는 독일산 와인 사 갖구 갈게요."

"아이구, 좋지."

그가 환하게 웃어 보이며 두루의 머리를 가볍게 쓸어 주었다. 순간, 잠시지만 그에게서 곤의 모습이 스치는 것 같았다. 곤도 자주 이렇게 그녀의 머리를 쓸어 주곤 했다. 물론 그것도 옆집에 살던 때의 얘기였지만.

두루가 살고 있는 곳은 일산 정발산동의 단독주택 단지였다. 다행히 회사가 집과 그리 멀지 않아 이사를 할 필요는 없었다. 하지만 곤은 바쁜 연예계 활동 때문에 4년 전쯤 소속사가 있는 서울의 압구정동으로 독립을 했다. 서로 다른 곳에 살고 다른 일을 하다 보니 자연히 만날 일도 줄어들었고 사이도 소원해지게 되었다.

"두루구나."

어디선가 낮고 청아한 목소리가 들렸다. 두루는 반사적으로 고개를 돌렸다. 진선아. 곤의 어머니가 막 집에서 나와 유 변호사의 옆에 섰다. 그녀는 50대라곤 믿기지 않는 마르고 탄력 있는 몸매와 수려한 외모의 소유자였다. 미스코리아 출신에 한때 한국을 대표하는 패션모델로 이름을 날렸던 그녀는 머리부터 발끝까지 우아한 기품이 흘러넘쳤다. 그래서인지 두루는 그녀가 좋으면서도 조금 어려웠다. 그녀는 고급스럽고 자상했지만 왠지 다가가기 힘든 차가운 카리스마를 가지고 있었다.

"안녕하세요, 아주머니."

"안색이 좀 안 좋은 것 같은데…… 어디 아픈 건 아니고?"

감춘다고 감추었는데도, 같은 여자라서 그런지 선아는 그녀의 고통을 한 번에 꿰뚫어 보았다.

"괜찮아요."

하지만 두루는 습관적으로 그렇게 말했다.

"그래. 그래도 항상 몸조심하고."

"네……. 아주머니도요."

건강하라는 그녀의 말에, 진짜 이별이라는 것이 실감났다. 유 변호사도 두루의 어깨를 두어 번 토닥거려 주었다. 순간 왠지 모르게 울컥하는 기분이 들었다. 유일한 가족이던 아버지를 잃은 뒤 기댈 곳 하나 없던 그녀를 가족처럼 보살펴 준 사람들이었다. 곤과 멀어진 후로 자연히 왕래가 줄긴 했지만 그래도 마음속엔 언제나 가족 같은 이웃으로 남아 있던 사람들. 그들마저 떠난다니 이제 정말 완전한 혼자가 되어 버리는 기분이었다. 그동안 멀어졌던 곤과도 이렇게 완전히 남남이 될 수 있겠구나, 하는 생각도 잠시 스쳤다.

사실 축하할 일이었다. 유 변호사의 로펌과도 가깝고 선아가 좋아하는 패션과 문화의 도시인 데다 부의 상징이기까지 한 강남의 청담동으로 이사를 간다는 것은. 분명 축하하고도 남을 일이었다. 그 자체로도 좋은 일이었지만, 그만큼 곤이 크게 성공했다는 뜻이었으니까. 자식의 성공만큼 기쁜 일이 또 있을까. 그들은 정든 집을 떠나는 아쉬움보다 기쁨과 설렘이 더욱 커 보였다. 그래서 두루도 서운한 마음을 그만 접고 싱긋 웃어 보였다.

"꼭 뵈러 갈게요."

아직은 조금 쌀쌀한 바람이 불었다. 어떻게 느끼면 시원하고, 또 어떻게 느끼면 차가운 그런 바람. 지금 맞는 이별도 꼭 지금 맞는 바람을 닮았다고, 그녀는 생각했다. 봄은 그런 계절이었다. 시원한 듯하면서도 차갑고, 차가운 듯하면서도 따뜻한. 그런 봄이 그녀에게 오고 있었다.

자꾸만 흐릿해지는 시선을 바로잡기 위해 쉴 새 없이 펜을 돌렸다. 하지만 검지와 중지 사이에서 돌던 펜은 점점 속도가 느려지더니 이윽고 툭 하고 테이블 위로 떨어졌다. 테이블 위로 떨어진 펜은 다시 데구루루 굴러 바닥으로 떨어졌다. 연이어 두 번이나 들린 마찰 소리에 사람들의 시선이 한 곳에 꽂혔다.

쿡쿡. 두루 옆에 앉아 있던 서준이 테이블 밑으로 그녀의 옆구리를 찔렀다. 순간 잠시 잃었던 정신과 함께 수천 개의 바늘이 살갗을 찌르는 것 같은 거센 고통이 밀려왔다. 다행히 흘러내린 긴 머리 덕에 눈을 감고 있던 것을 들키진 않았지만, 중요한 회의 시간에 졸았다는 사실에 저도 모르게 얼굴이 달아올랐다. 매사에 철저하고 꼼꼼한 두루였기에 회의 시간에 존다는 것은 있을 수 없는 일이었다. 아무래도 오늘은 정신력만으로 버티긴 역부족인 것 같았다. 하지만 두루는 다시 펜을 집어 들고 집중해서 회의 자료를 보았다.

회사에서 나 아프다고 광고해 봐야 좋을 건 하나도 없었다. 다들 앞에선 괜찮냐며 그녀의 몸을 걱정해 주는 척하지만 속으로는 혹여나 그녀로 인해 늘어날지도 모르는 자신의 업무량을 더 걱정했다. 특히 생리통의 경우는 말하기가 더 껄끄러웠다. 그래서 이렇게 아픈 날에는 그저 옷 속에 붙이는 얇은 생리통용 핫팩에 의지하며 수시로 약을 먹는 수밖에 없었다. 그런데 오늘은 잠을 못 자서 정신이 반쯤은 가출해 있는지 핫팩을 챙길 생각조차 하지 못했고, 약은 통 듣지를 않았다.

두루는 고개를 흔들며 최대한 정신을 깨우려 했지만 복부의 통증은 점점 더 심해졌다. 짧은 탄식을 내쉰 두루는 흘러내리는 머리를 쓸어 넘겼다. 이마에서는 식은땀까지 흘러내렸지만 그녀에게 관심을 갖는 사람은 없었다.

중요한 회의인 만큼 모두가 저마다의 목소리를 내느라 정신이 없었다. 그러나 두루는 의견을 말하기는커녕 입술 한 번 달싹여 보지 못했다. 평소 같았으면 그 수많은 목소리 중에서도 단 한 사람의 목소리만 크게 들렸을 텐데, 오늘은 그 목소리조차도 잘 들리지 않았다. 모든 소리들이 흐릿하게 들렸다.

그때 어디선가 익숙한 자음이 들리는 것도 같았다. ㅎ, ㄷ, ㄹ…… 그 자음이 점점 더 구체화되더니 이윽고 한두루, 라는 이름이 정확히 들렸다.

"……네?"

두루가 최대한 눈을 크게 뜨고 소리가 난 곳으로 고개를 돌렸다. 그녀의 시선이 닿은 곳에, 그가 있었다. 수많은 사람들의 목소리 중에 그녀가 가장 귀담아 듣는 목소리의 주인공, 최은호 팀장이었다.

그는 두루와 눈이 마주치자 그녀의 표정에서 무언가를 간파하기라도 한 듯 아주 미세하게 미간을 좁혔다. 그리고 몇 초간 말없이 그녀를 응시했다. 그러자 그의 침묵을 '얼른 대답하라' 는 것으로 이해한 서준이 그녀에게 귓속말로 작게 속삭였다.

"유곤이요. 잘 아냐고……."

얼마나 정신이 나가 있었으면 그의 얘기가 거론되는 것도 몰랐을까.

"아, 네. 잘…… 안다기보단……."

무어라 말해야 할까. 한때 절친했으나 지금은 멀어진 친구? 아니면 그저 옆집 살았던 사람? 두루는 잠시 고민하다가 다시 입을 열었다.

"그냥…… 동창입니다."

동창. 그것도 틀린 말은 아니었다. 곤은 그녀와 고등학교, 대학교 동창이었으니까.

"연락은, 잘 닿고?"

은호가 한 템포 늦게 되물었다. 두루는 잠시 말을 삼켰다. 그가 원하는 대답이 무엇인지 알고 있었다. 그리고 그것은 단지 그뿐만이 아닌 그의 옆에 앉아 있는 감독과, 다른 팀원들 모두가 원하는 대답이었다.

두루가 일하고 있는 이곳은 AK미디어였다. AK미디어는 영화 사업부, 공연 사업부, 방송 사업부 등 문화 산업을 중심으로 하는 회사로서 업계에서는 당당히 1위를 차지하고 있는 대기업이었다. 두루는 그중에서도 영화 사업부에 속해 있었다. AK미디어의 영화 사업부는 'AK PICTURES'라는 이름으로도 널리 알려져 있었다. 처음엔 투자와 배급만 하던 회사였지만 약 십 년 전부터는 기획과 제작도 함께하면서 대형 영화 스튜디오로 그 규모를 키웠다. 기획 개발팀, 제작팀, 유통배급팀, 해외영업팀 등 세분화되어 있는 팀 중에서 두루는 제작팀, 그것도 1팀 소속이었다. 올해로 입사 4년차였고 한 달 전 대리로 승진한 상태였다.

오늘은 그녀가 대리를 달고 처음으로 맡은 영화의 캐스팅 회의 날이었다. 그동안 기획개발팀에서 넘겨받은 시나리오를 토대로 능력 있는 신인 감독을 구하고 전반적인 영화의 제작 방향을 논의하고 스탭들을 모집하느라 정신없이 달렸다. 영화가 잘될 조짐인지 그 모든 것이 상당히 순조롭게 진행되었다. 하지만 가장 중요한 캐스팅이 문제였다. 시나리오 작가와 감독이 모두 신인인 만큼 영화의 성공을 위해서는 스타 시스템을 도입해야만 했다. 그리고 그 과정에서 지금 언급되고 있는 사람이 바로 배우 유곤이었다.

영화 〈스틸Steal〉은 한 명의 남자 배우를 원 톱으로 하는 감성 느와르였다. 물론 여주인공도 있었고 비중 있는 조연도 많았지만 구도 자체는 '한 남자의 이야기'였기 때문에 남자 주인공이 그 누구보다 중요했다.

많은 톱 배우들이 언급되었지만 유곤이라는 이름이 나오자 회의실의 분위기가 확연히 달라졌다. 그런 와중에 두루의 동기인 수아가 '한 대리가 유곤이랑 잘 안다고 하지 않았어요?'라고 물었고, 그 믿을 수 없는 희망적인 소식에 모두가 술렁거렸다. 그러나 정작 당사자인 두루는 멍하니 자료만 내려다보고 있었다. 이에 은호가 '한 대리', '한두루', '한두루 대리' 하고 세 번이나 그녀를 불렀던 것이다.

'연락은, 잘 닿고?'

그러니 그 질문에 대한 대답은 누가 봐도, 당연히 '예스'여야 했다. 하지만 아쉽게도 실상은 '노'였다. 두루는 이런 난감한 상황을 불러일으킨 장본인인 수아를 원망스러운 눈길로 흘겨보았다. 그러자 수아는 곧바로 시선을 돌리고 헛기침을 해 댔다.

두루는 입사 후 한 번도 유곤과 사적으로 안다는 말을 꺼낸 적이 없었다. 괜히 그를 통해 관심을 받고 싶지도 않았고, 혹시나 그녀의 사소한 말이 그에게 누가 되지는 않을까 염려해서였다. 그런데 며칠 전 수아가 그녀의 휴대폰을 빌려 쓰다가 전화번호부에서 '유곤'이라는 두 글자를 보았고 '설마 그 유곤은 아니지?'라고 물어서, 일에 집중하고 있다가 무심코 맞다고 대답해 버렸다. 이후 수아는 그녀의 메신저 친구 목록에서 사진까지 확인해 보며 그가 진짜 유곤임을 알아냈고, 두루에게 어떻게 아는 사이냐며 꼬치꼬치

캐물어 댔다. 결국 두루는 그저 동창이라고 간단히 대답하고 말았다. 그런데 그 일이 이렇게 커질 줄은 몰랐다.

"연락은 잘……."

"표정 보니까 아닌데? 그냥 동창인데 어떻게 연락이 닿겠어."

그때 맞은편에 앉은 김 차장이 비아냥거리듯 말하는 소리가 들려왔다. '연락은 잘 닿지 않습니다.'라고 말하려던 두루의 입술이 순간 꾹 닫혔다.

"맞아요. 엄청 친한 사이 아니면 모르죠. 다들 뜨고 나면 번호 바꾼다던데."

이어서 들린 신입 사원 은채의 말도 귀에 거슬렸다. 두루는 간만에 자존심에 금이 가는 소리를 들었다. 그녀는 기본적으로 조용하고 차분했지만 한 번씩 욱하는 성격이었고, 그 욱하는 것의 발단은 언제나 자존심 문제였다. 그녀는 자존심이 센 편이었다. 가끔은 자기 자신을 상처 입히고 힘들게 할 정도로.

"부담 가질 필요는 없어."

두루를 빤히 응시하던 은호가 다시 회의 자료로 시선을 내리며 입을 열었다. 팀원들의 말을 듣고 그도 포기하는 듯한 말투였다.

"어차피 다 소속사나 매니저를 통해서……."

"아니요."

일순 모든 팀원들의 시선이 두루에게 향했다.

"제가 연락하겠습니다."

방금 전과는 다른 그녀의 당찬 목소리에 회의실에 짧은 탄성이 돌았다. 감독은 물론 팀원들 모두 희망에 찬 눈빛으로 그녀를 보고 있었다. 감독도 신인이긴 하지만 독특한 감각으로 인정받고 있는 실력파였고 시나리오도 좋았기 때문에 유곤만 캐스팅이 된다면 영화의 성공은 거의 보장되는 것이었다. 그런데 모두가 기뻐하는 가운데 단 한 사람, 은호만은 눈을 가늘게 뜨고 다소 심각한 표정으로 그녀를 보고 있었다. 마치 무언가를 파악이라도 하려는 듯. 그는 회의가 시작했을 때부터 그녀를 유심히 보고 있었다.

"정말 가능하겠어?"

은호의 낮은 목소리가 그녀의 귓가를 파고들었다. 그의 목소리가 다시 크게 들리는 것을 보니 어느 정도 정신이 돌아온 모양이었다.

"네. 되든 안 되든 일단 설득은 해 볼게요."

"그래. 얼마나 걸릴 것 같지?"

"일주일 안으로 해 보겠습니다."

회의실에 다시 한 번 환호성이 퍼졌다.

"이야, 진짠가 보네. 연락할 정도로 친했던 거야? 왜 그동안 아무 말도 안 했어?"

"한 대리가 그런 거 말하는 성격인가요, 어디. 이것도 제가 얼마 전에 휴대폰 보다가 알아낸 거예요. 고등학교, 대학교 동창이래요."

"대학교까지? 그럼 보통 사이가 아니겠는데."

두루는 사람들의 관심에 그저 멋쩍게 웃어 버리고 말았다. 할 수만 있다면 자신의 머리를 몇 대고 후려치고 싶은 심정이었다. 어쩌다 이렇게 충동적이 되어 버렸을까. 어쩌다 이렇게 감당 못 할 말을 뱉어 버렸을까. 답을 모르지 않았다. 이놈의 자존심! 하지만, 어쩌면 자존심 외에 한 가지 이유가 더 있는지도 몰랐다.

"그럼 유곤은 일단 한 대리에게 맡기고 다음 인물 논의하죠."

모두가 난리법석인 와중에도 웃음 한 번 짓지 않는 그에게, 자극을 주고 싶었는지도 모른다. 그는 이런 일에 절대 그 대단한 신경을 써 주지 않을 거라는 걸 알면서도, 아주 작은 자극이라도 좋으니 그를 건드려 보고 싶었는지도 모른다. 그가 아주 미세한 자극이나마 느끼고 단 한 번만이라도 자신을 봐 주기를 바라서…… 그랬는지도 모른다.

그러나 그는 역시 그녀에게 다시 눈길을 주지 않았다. 4년이나 됐으면 익숙할 법도 한데, 그녀는 아직도 그의 냉정함이 야속했다.

대체 언제쯤이면, 그의 눈길을 얻을 수 있을까?

집에 오자마자 씻고 쓰러진 두루는 침대 위에 엎어진 채로 멍하니 제 손을 바라보았다. 아니, 정확히 말하자면 제 손 위에 놓여 있는 일회용 핫팩 두 개를 보고 있었다. 아무런 무늬도 없는 밋밋한 모양의 작은 핫팩. 흔들어 쓰는 분말형의 회색 핫팩. 이상하게 그 핫팩에서 봄 내음이 나는 것 같았다. 두루는 그것을 코로 가져와서 냄새를 깊이 들이마셨다. 남들이 보면 이상하다고 생각할지도 모르지만 그녀는 계속해서 핫팩의 냄새를 맡았다.

사실 그것은 봄 내음이 아니라 남자의 스킨 향이었다. 진작 날아가 없어졌어야 할 그 향이 아직까지 남아 있는 것은 어쩌면 그녀만의 착각일지도 몰랐다. 하지만 아무래도 좋았다. 그녀는 그 향기를 조금이라도 더 맡고 싶어서 핫팩에 아예 코를 묻어 버렸다.

그가 보이는 것 같았다. 눈앞에 선명하게 그려지는 것 같았다. 그는 도대체 어떤 사람일까. 4년을 봐 왔지만 아직도 알 수가 없었다. 그는 흡사 외계인 같았다. 미지의 대상. 도무지 알 수 없는 사람.

점심시간이었다. 배가 아픈 거지 속이 아픈 건 아니었지만 그래도 따뜻하고 얼큰한 국물을 먹어서 속을 좀 데우고 싶었다. 아픈 배에 찜질을 못 해 주니까 그렇게라도 따뜻하게 해 주고 싶은 본능적인 마음 같았다. 그런데 신입 사원 은채가 회사 앞에 새로 생긴 돈가스집을 가자고 팀원들을 부추겼다. 모두가 동의하는 분위기였지만 두루는 선뜻 대답하지 못했다. 본래 밀가루 음식이 잘 안 받는데 생리 중엔 더욱 안 받아서 돈가스는 먹고 싶지 않았다. 그러느니 차라리 혼자 구내식당에 가는 게 나을 것 같았다. 그런데 그때 묵묵히 있던 은호가 돌연 말을 꺼냈다.

'순두부찌개는 어때요? 김 차장님도 느끼한 거 싫어하시는데. 한 대리도 별로인 것 같고.'

그가 두루를 보며 언뜻 미소를 지었다. 그는 굳어 있던 두루의 표정을 본 모양이었다. 다행히 팀원들은 모두 은호의 말을 따랐고, 두루는 덕분에 윤기 나는 쌀밥과 따뜻하고 부드러운 순두부찌개를 먹을 수 있었다.

어쩌면 이렇게 내 마음을 딱 알아줄까.

회의 때의 서운함도 잊고 또다시 그에게 반해 버린 것 같았다. 그런데 밥을 다 먹고 가게를 나왔을 때였다. 밖에서 담배를 피우고 있는 줄 알았던 그가 보이지 않았다.

'팀장님은요?'

'아까 담배 피운다고 나가셨잖아. 원래 한 번 피우면 오래 피우시잖아. 이따 오시겠지.'

평소에도 간혹 있는 일이라 팀원들은 별생각 없이 먼저 회사로 돌아가려는 것 같았다. 다들 걸음을 떼는데 두루만 따라가지 못하고 주변을 두리번거렸다. 왠지 곧 올 것 같은 생각에 발이 떨어지지 않았다.

팀원들은 이미 저만치 간 상태였다. 수아가 뒤를 돌아서 얼른 오라고 손짓하는 게 보였다. 하는 수 없이 발을 내딛자 수아도 다시 앞을 보고 걸었다. 그때였다.

'한두루!'

익숙한 목소리에 가슴이 먼저 반응했다. 뒤를 돌아보자 뛰어왔는지 약간 거친 숨을 고르며 그녀에게 다가오고 있는 그가 보였다. 어느새 그녀의 앞으로 훌쩍 다가온 그가 숨을 뱉다 말고 피식 웃었다.

왜 또 웃는 거지?

그는 가끔 의미를 알 수 없는 웃음을 뱉곤 했다. 그는 시도 때도 없이 그녀에게 '왜' 라는 질문을 선물해 주었지만, 답을 주는 일은 거의 없었다.

'자.'

어안이 벙벙한 표정으로 서 있는 그녀에게, 그가 무언가를 내밀었다. 그녀는 얼떨결에 손을 내밀어 그가 주는 것을 받았다. 그의 손에서 작지만 부드러운 무언가가 그녀의 손으로 떨어졌다. 그녀의 두 눈이 동그랗게 커졌다.

'몸살기 있는 것 같아서.'

그는 무심하고 덤덤한 척 그렇게 말했다.

'안 그래도 하얀 애가 밀가루가 됐는데, 모를 리가 있어?'

일반적으로 누가 감기 몸살이라고 하면 감기약이 아니라 핫팩을 떠올렸던가? 그것도 벚꽃이 만개한 봄의 절정에?

그는 모를 리가 있냐고 말했지만, 무언가를 모르는 척해 주고 있는 것도 같았다. 그리고 그 어설픈 연기가 그녀를 더욱 떨리게 만들었다. 넋이 나간 얼굴로 제 손 위에 놓인 핫팩만 바라보고 있는데 그가 말했다.

'아프면 아프다고 말해.'

'……'

'아무도 뭐라고 안 하니까.'

그는 도대체 어떤 사람일까. 외계인임에 틀림없다. 유치하게도 고민 끝에 그런 답을 내렸다. 그런 답이 아니고서야, 이해할 수가 없었다. 언제나 아닌 척하면서 사람을 다 꿰뚫어 보고, 능수능란하게 사람의 마음을 멋대로 움직이는 그의 신적인 능력을. 한참 동안 그의 생각을 하다 보니 배가 아픈 것도 잊게 되었다.

그가 그녀를 설레게 하고 기쁘게 하고 아프지 않게 해 주는 것처럼, 그녀도 그에게 무언가 도움을 주고 싶었다. 그를 웃게 하고 싶었다. 거기까지 생각이 미치자 문득 잊고 있던 중대한 일이 떠올랐다.

'정말 가능하겠어?'

'네. 되든 안 되든 일단 설득은 해 볼게요.'

미쳤다, 한두루!

인정하고 싶지 않은 자신의 무모함이 떠오르자 몸이 용수철처럼 튕겨 올라갔다. 일단 일은 쳤으니 해결은 봐야 했다. 벌써 열 시가 넘었으니 오늘을 제외하면 남은 시간은 별로 없었다.

명절 때 가끔 얼굴을 보긴 했지만, 따로 연락을 한 지는 일 년도 넘은 것 같았다. 그런데 어떻게 갑자기 연락을 해서 영화에 출연해 달라고 부탁을 한단 말인가. 평소엔 연락도 안 하다가 필요할 때만 연락하는 이기적이고 속물적인 인간이 되는 기분이었다.

휴대폰을 들고 방 안을 서성이던 두루는 답답한 마음에 베란다로 나왔다. 시원한 바람을 맞고 싶어서 나온 것이었는데, 막상 나오고 보니 이상하게 마음이 욱신, 하는 것 같았다. 그러고 보니 곤과의 추억이 담긴 곳이었다. 그녀는 곤의 생각을 할 때 저도 모르게 베란다를 찾곤 했다.

그녀의 집 베란다에서는 곤의 방 창문이 보였다. 그의 방 창문은 그녀의 베란다보다 아주 조금 높은 곳에 있었다. 마주 보기는 애매하고, 고개를 살짝 들면 시선이 맞았다. 그와 한창 가깝게 지낼 때, 그는 자주 제 방 창문을 열고 두루를 내려다보곤 했다. 잘 뛰어내리면 넘어올 수도 있을 것만 같은 꽤 가까운 거리였다. 두루는 베란다 난간에 팔을 대고 서서 곤을 올려다보았고 곤은 제 방 창틀에 기대앉아 두루를 내려다보며, 그렇게 도란도란 대화를 나눈 적이 많았다.

두루는 그때처럼 베란다 난간에 팔을 대고 서서 곤의 방 창문을 올려다보았다. 가끔 이렇게 보다가 '유곤 나와라, 오바!' 하고 외치면 불이 탁 켜지고 창문이 열리곤 했는데……. 이제 여기서 그를 마주할 일이 다시는 없다고 생각하니 왠지 쓸쓸한 기분이 들었다.

쌀쌀한 바람이 불었다. 역시 봄이었다. 시원한 듯 차가운 바람이 부는 봄.

휴대폰 속 '유곤'이라는 이름 두 글자를 빤히 바라보던 그녀는 통화 버튼 앞에서 한참을 망설이다가 결국 종료 버튼을 눌렀다. 시간도 늦었고 아무래도 내일 연락하는 게 좋을 것 같았다. 두루는 짧은 한숨을 내쉬며 몸을 틀었다. 싸늘한 바람을 맞았더니 양팔에 오소소 소름이 돋는 것 같았다. 두루는 팔을 문지르며 베란다 문을 열었다. 그런데, 그때였다.

어둑한 베란다에 빛이 스며들었다. 어디선가 거짓말처럼 탁! 하는 소리가 들린 것도 같았다. 뒤에서부터 느껴지는 그 빛에 가슴이 철렁 내려앉았다. 이윽고 드르륵, 하는 소리가 들렸다. 창문이 열리는 소리. 그것은 분명 창문이 열리는 소리였다.

두루는 천천히 몸을 틀어 뒤를 돌아보았다. 이유는 모르겠지만 심장박동이 조금 빨라진 것도 같았다.

"……!"

눈이 부셨다. 아주 잠깐, 눈이 부셔서 눈을 질끈 감았다 떴다. 아주 오랜 시간 어두컴컴하기만 하던 곳에 갑작스레 빛이 생겼으니 그럴 수 있다고 생각하면서. 그런데 다시 눈을 떴을 때도 달라지는 것은 없었다. 여전히 따가울 정도로 눈이 부셨다. 그리고 그곳엔, 그가 있었다.

어쩌면 다시 만나기 힘들 거라고 생각했던 그가, 여느 때처럼 창틀에 걸터앉아 그녀를 내려다보고 있었다. 꼭 그들이 누구보다 가까웠던 옛날처럼. 꼭 그때와 같은 모습으로.

"오랜만이네."

그의 입가에 그때처럼 장난기 어린 미소가 걸렸다.

"한두루."

유곤이었다.

1-2
나에게 넌

　고등학교 3학년 봄. 두루는 십 년 넘게 살았던 서울을 떠나 일산으로 이사를 가게 되었다. 그리 갑작스러운 일은 아니었다. 늘 바라왔고 예상했던 일이었기에.

　두루의 아버지 한우진은 유능한 검사였지만 대부분의 법조계 사람들이 그러하듯 어쩔 수 없는 원한 관계를 갖고 있었다. 바쁜 우진 때문에 큰 집에 혼자 있는 일이 많았던 두루는 가끔씩 오는 협박성 전화나 이상한 우편물 때문에 곤욕을 치르곤 했다. 열아홉이 되던 해에는 유독 그런 일이 잦아졌다. 어떤 사람들은 집까지 찾아와 문을 두드리고 소리를 질러 댔다. 도대체 아버지가 무엇을 잘못한 것일까. 두루는 떨리는 손으로 보조키까지 걸어 잠그고 방에 들어가 몸을 웅크린 채로 귀를 틀어막고 그 시간을 버텼다.

　"사과나무 한 그루, 사과나무 두 그루, 사과나무 세 그루⋯⋯."

　두루가 사과를 너무 좋아해서 우진이 그녀를 재울 때마다 양 대신 세 주던 것이었다. 언제부턴가 두루는 다른 생각을 하고 싶지 않을 때 주문처럼 사과나무를 세곤 했다. 그러면 우진이 팔베개를 해 주고 토닥토닥 재워 줄 때처럼 편안한 기분이 들었다. 하지만 그런 주문에 기대며 버티는 것도 한계가 있었다. 두루는 집에 대한 공포심이 생겼고 그것은 날이 갈수록 심해져 갔다. 이를 알게 된 우진은 최후의 방도로 결국 이사를 결정했다.

이사를 간 집은 두루의 마음에 쏙 들었다. 특히 정원에 있는 커다란 벚나무가 그녀의 시선을 단번에 빼앗아 버렸다. 벚나무는 옆집의 경계에 걸쳐 있었다. 바람이 불면 벚꽃이 그리로 떨어지기도 했다. 흩날리는 벚꽃을 따라가던 두루의 시선이 자연히 그쪽으로 향했다. 마침 옆집에서 문이 열리고 우진과 비슷한 또래로 보이는 남자가 나왔다. 그는 우진을 보고 함박웃음을 지으며 달려왔다.

"네가 두루구나."

두루는 한눈에 그가 유진혁 변호사임을 알았다. 우진은 말수가 별로 없었지만 그에 대한 이야기는 자주 했었다. 유 변호사는 우진의 법대, 연수원 동기인 가장 친한 친구라고 했다. 유명한 패션모델과 결혼을 했고 두루와 같은 나이의 아들도 있다고 했다. 두루는 그 아들과 같은 학교를 다니게 될 것이라고. 문득 그 아들이 어떤 사람일지 궁금해졌지만 옆집의 문은 다시 열리지 않았다.

간단히 인사를 나눈 뒤, 유 변호사는 곧바로 소매를 걷어붙이고 이사를 돕기 시작했다. 두루의 시선이 옆집에 닿아 있는 것을 느꼈는지, 그가 머쓱하게 웃으며 말했다.

"이 자식은 좀 도우라니까 또 나가서 쳐 논다지 뭐야. 하여간 뭐가 될는지. 쯧쯧."

잘은 모르지만 놀기 좋아하는 평범한 남학생인 것 같다. 그의 첫
느낌은 그랬다.

두루는 이내 그에 대한 생각을 접고 이삿짐을 나르기 시작했다.
한창 짐을 나르고 있을 때 얼핏 옆집 문이 열리는 소리가 들렸다.
하지만 정신이 없어서 돌아볼 생각도 못 했다. 뒤이어 유곤! 이라
고 소리치는 유 변호사의 목소리가 들렸다.

이름이 유곤이구나, 생각하고 말았던 것 같다. 두루는 자신을 부
르는 우진의 목소리에 서둘러 집 안으로 들어섰다.

그는 그녀를 보았는지 아닌지 모르지만, 어찌 됐건 그것이 둘의
첫 만남이었다. 두 사람이 같은 장소에 잠시나마 공존했던.

며칠 뒤, 두루는 학교에 갔다. 혹시라도 친구들에게 괜한 미움을
사서 왕따를 당하진 않을까 긴장이 되었다. 시기가 시기인 만큼 좋
은 친구들을 만나 평범한 학교생활을 하고 싶었다. 낯선 곳에 가면
조금이라도 아는 사람에게 의지를 하게 된다더니, 그녀는 얼굴도
모르는 곤을 떠올렸다. 혹시 그가 같은 반은 아닐까 작은 희망을
가져 보았지만 그 기대는 금방 무너져 내렸다.

"야, 오늘 축구 3반이랑 하지?"

자기소개를 한 뒤 자리에 앉아 있는데, 뒤쪽에서 남자 아이들의
잡담 소리가 들렸다.

"어. 3반. 왜?"

"에이 씨, 망했네. 거기 유곤 있잖아."

곤은 3반, 두루는 4반이었다. 얼굴도 모르는데 친한 사람의 이
름을 듣는 것처럼 반가운 한편 조금 아쉬운 마음도 들었다. 그리고

그녀는 그에 대해 한 가지를 더 알게 되었다. 그는 축구도 무척 잘 하는 모양이었다.

그날 밤이었다. 두루는 베란다에서 화분에 물을 주고 있었다. 주로 혼자 있는 두루에게 꽃은 좋은 말동무이자 유일한 친구였다. 전에 살던 아파트보다 베란다가 훨씬 커서 화분을 더 많이 둘 수 있었다. 그렇게 꾸며 놓고 나니 온전한 제 공간이 된 것 같아서 더 자주 찾게 되었다. 그런데 카랑코에의 잎을 만지며 오늘 있었던 일을 조곤조곤 늘어놓고 있을 때였다.

드르륵.

낯선 소리가 그녀의 공간을 침범했다. 잠시 그 자세로 굳어 있던 두루는 천천히 허리를 펴고 섰다. 그리고 소리가 난 쪽으로 고개를 돌려 보았다.

낯선 소리만큼이나 낯선 시선이었다. 문을 연 것은 분명 그였는데, 그가 오히려 더 당황스러운 눈빛을 하고 있었다. 마치 예상치 못했던 것을 본 것처럼. 그는 무표정했지만, 표 나게 흔들리는 그의 눈빛이 그것을 말해주고 있었다.

하긴. 아무 생각 없이 창문을 열었다가 모르는 사람과 마주친다면 당황스러울 수도 있지.

하지만 어쩐지 그녀는 조금도 당황스럽지 않았다. 오히려 반가운 마음이 먼저 들었던 것 같다. 그의 얼굴을 이렇게 가까이서 마주하게 되다니. 낮에도 언뜻 보긴 했지만 그땐 멀어서 자세히 보지 못했기에 이제야 그를 제대로 만난 느낌이었다.

짙었다.

그는 대체적으로 그랬다. 짙은 검정색 머리카락과 눈썹. 이목구

비도 마찬가지였다. 시원시원하다기보단 '짙다'는 생각이 먼저 들었다. 쌍꺼풀 없이 매끄럽게 휘어진 눈매는 끝이 약간 날카로웠다. 높은 콧대는 부드러운 곡선이 아닌 반듯하고 남자다운 직선을 그리고 있었다. 조금 건조한 듯하지만 붉은색이 감도는 입술은 웃지 않아도 꼬리가 살짝 올라간 듯한 느낌이었다. 매력적이었다. 주변에서 흔히 보기 힘든 얼굴이었다. 짙은 이목구비와 그로부터 풍기는 강인한 이미지.

너는 이렇게 생겼구나. 유곤.

두루가 인사를 건네듯 그를 향해 싱긋 웃어 보였다. 일순, 계속 흔들리던 그의 눈동자가 움직임을 멈추었다. 그는 아무 말이 없었다. 웃고 있는 사람이 무안해질 정도로 오랜 시간 말이 없었다. 따라 웃지도 않았다. 그는 그저 아무 말 없이 그녀를 바라보고만 있었다.

기다리다 지친 두루의 입에서도 미소가 거두어졌다. 그와 동시에 드르륵, 다시 창문이 닫혔다. 허. 두루의 입에서 짧은 실소가 흘렀다. 인사는커녕 미소 한 번 없이 들어가 버리다니. 왠지 무시당한 것만 같아서 기분이 썩 좋지는 않았다. 하지만 그저 낯을 좀 가리는 사람이겠거니, 하고 넘기기로 했다. 이렇게 가까이 사는데 괜히 서로 안 좋은 감정을 가져서 좋을 건 없을 것 같았다.

두루는 나머지 화분에 물을 주고 베란다를 나가기 위해 등을 돌렸다. 문을 닫고 나가는 길에 한 번 더 드르륵, 소리가 들리는 것도 같았지만 그 소리가 너무 작아서 잘못 들었을 거라 생각하고 말았다.

어찌 됐건 그것이 둘의 두 번째 만남이었다. 서로의 시선이 완전히 서로에게 닿았던.

그로부터 며칠 뒤였다. 두루는 반에서 가장 친해진 친구 수연과 함께 연극 동아리에 들게 되었다. 딱히 연기자나 연출가가 되고 싶던 것은 아니지만 두루는 연극이나 드라마, 영화 등에 보통 이상으로 관심이 많았다. 그래서 친구를 따라 취미 생활을 한다는 생각으로 들어간 것이었다. 그런데 그곳에서 뜻밖의 인물을 만나게 되었다.

"웬일이야! 유곤도 들어왔나 봐!"

수연이 두루의 귀에 대고 들뜬 목소리로 속삭였다.

"도현이가 데려왔나 보네. 둘이 친하거든. 저 자식도 쓸모가 있네."

도현은 두루의 반 남학생이었다. 하지만 수연은 같은 반 친구는 안중에도 없고 곤에게만 관심을 보였다. 곤은 이미 학교에서 유명 인사였다. 잘생기고 키도 크고 운동도 잘하고 잘 논다고 해서 곤을 좋아하는 여자아이들이 무척 많았다. 두루는 그것을 전학 온 첫날 바로 알게 되었다.

'야, 오늘 축구 3반이랑 하지?'

'에이 씨, 망했네. 거기 유곤 있잖아.'

점심시간이었다. 여학생들 몇 명이 창문에 바싹 붙어 밖을 내다보고 있었다. 우리 반 남학생들이 축구를 하고 있어서 그런가 보다 하고 말았는데 별안간 여학생들이 외마디 소리를 지르는 것이 들렸다. 누군가 골을 넣은 모양이었다.

'유곤 짱!'

잘못 들었나 싶었는데 뒤이어 교실에 있던 남학생들이 '너희는 의리도 없냐?'라고 불평을 하는 것을 보니 잘못 들은 건 아닌 것 같았다. 여학생들은 발을 동동 구르며 어쩔 줄 몰라 하고 있었다. 어째서 다른 반 아이가 골을 넣었는데 저렇게 신나하는 것일까? 그 의문을 풀어 주기라도 하듯 수연이 너도 와서 보라며 그녀를 창문으로 끌고 갔다. 두루도 얼결에 밖을 내다보았다.

스탠드에 있는 여학생들은 1, 2학년 후배들이라고 했다. 그들은 흡사 아이돌 가수의 공연장을 방불케 하는 엄청난 함성을 내지르며 곤의 이름을 연호하고 있었다. 두루는 문화 충격이라도 받은 듯 얼어붙은 표정으로 그 광경을 보고 있었다. 다들 유곤을 좋아하는구나. 유곤은 이렇게나 인기가 많은 사람이구나. 새삼 가까워진 적도 없는 그와 멀어지는 듯한 기분이 들었다.

곤은 골을 넣은 기쁨을 만끽하듯 친구들과 가볍게 포옹을 하며 웃고 있었다. 바람이 불자 그의 머리카락이 부드럽게 흩날렸다. 그러나 땀에 젖은 티는 그의 상체에 딱 달라붙어 떨어질 줄을 몰랐다. 덕분에 그의 단단한 가슴근육이 고스란히 드러나 보였다. 그가 더운 듯 티를 몸에서 살짝 떼어 펄럭이자 곳곳에서 환호성이 들렸다. 그는 그런 반응에 익숙한 듯 전혀 의식하는 기색이 없었다. 하지만 그런 무심한 모습이 그를 더욱 멋져 보이게 만들었다.

멋지다.

두루도 잠시나마 그런 생각을 했다. 너무 멀어서 자세히 보이진 않았지만 얼핏 보기에도 그는 멋진 사람이었다. 물론 그 생각은 그날 밤 베란다에서의 만남으로 순식간에 증발해 버렸지만.

"야, 인사해. 우리 반 전학생 한두루."

도현이 곤에게 두루를 소개시켜 주었다. 곤은 무표정한 얼굴로 그녀를 보고 있었다.

"얘는 알지? 유곤."

두루는 고개를 끄덕이며 곤을 바라보았다. 바로 앞에서 마주하고 있으니 또 느낌이 달랐다. 큰 키와 다부진 체격 때문인지 어쩐지 더욱 남자다운 느낌이 들었고 약간의 위압감도 느껴졌다. 그에게서 생겨난 기다란 그림자가 두루를 덮치고 있었다. 괜히 긴장이 되는 것도 같았다. 인사를 해야 하는 것을 알지만 지난번 베란다에서처럼 무시를 당할까 봐 주저하게 되었다. 그때였다.

피식.

어디선가 바람이 새는 듯한 짧은 웃음소리가 들렸다.

"귀엽네."

두루가 멍한 얼굴로 그를 올려다보았다.

"⋯⋯이름."

그는 장난기 어린 얼굴로 웃고 있었다.

베란다에서 그녀를 보고 당황한 얼굴로 굳어 있다가 미소도 받아 주지 않고 들어가 버렸던 그때와는 전혀 다른 느낌이었다. 그는 당당했고 뭔가 상당히 여유로워 보였으며 약간 개구진 것도 같았다. 그때와는 처지가 뒤바뀐 것처럼, 그는 웃고 있었지만 그녀는 웃지 않았다. 아니, 웃지 못했다. 그리고 그녀는 그에 대해 한 가지를 더 알게 되었다.

그는 놀기를 좋아하고, 축구를 잘하고, 인기가 많고, 낯을 좀 가리고, 그리고 웃을 때 한쪽 볼에만 보조개가 들어갔다.

그는 웃음이 참 예쁜 사람이었다.

연극 동아리를 계기로 두루는 곤과 기대 이상으로 친해지게 되었다. 보통 3학년은 동아리 활동을 잘 하지 않기 때문에 두루와 수연, 곤과 도현 네 명만 남게 되어 그들끼리의 *끈끈함*이 생겨났다. 게다가 학교 축제 때 선보일 연극을 수연이 쓰고 도현이 연출하게 되었는데, 그들로 인해 거의 반강제적으로 곤과 두루가 주연을 맡게 되었다. 그러나 반대하는 사람은 아무도 없었다. 둘 다 동아리 내에서 연기를 가장 잘했고 졸업을 앞두고 있기 때문이었다.

그들이 하게 된 연극은 로맨틱 코미디였다. 연극 동아리에 들고 나서부터 왠지 모르게 두루와 곤을 이으려고 하던 수연의 사심이 구십 프로 이상 반영된 장르였다. 그에 반해 도현은 장르에 불만이 많았다. 그 역시 연극을 한다면 두루와 곤을 주연으로 세우고 싶어 했지만 장르는 다른 것을 원했다. 뭐든 좋으니 로맨틱 코미디만 아니면 된다고 했다. 그렇게 초반부터 어긋났던 수연과 도현은 연극 연습 내내 갈등을 빚었다.

"미쳤냐? 키스씬을 왜 빼?"

수연은 어떻게든 러브라인을 넣고 싶어 했고 도현은 그 반대였다.

"극의 흐름상 맞지 않아."

"흐름 좋아하네! 네가 나보다 내 극을 더 잘 알아? 여기선 꼭 키스씬이 들어가 줘야 된다고! 안 들어가면 감정선이 안 맞거든?"

"고등학생이 키스씬은 무슨! 하는 사람도 보는 사람도 부담스러울 거란 생각 안 드냐?"

"누가 진짜로 하래? 정 아니다 싶음 하는 척만 해도 되잖아. 이런 것까지 내가 다 지시해 줘야 되냐? 무슨 이런 꼴통 연출이 다 있어?"

"지시가 아니라 간섭이거든? 내가 알아서 할 거니까 넌 그만 가라."

"너 두루 좋아하냐?"

도현이 물을 마시다 말고 캑캑거리며 헛기침을 했다. 두루는 벽에 기댄 상태로, 곤은 그녀를 가두듯 벽에 팔을 대고 선 채로 그들을 바라보고 있었다. 키스씬을 해야 하는지 말아야 하는지 모르기 때문에 그런 애매한 자세로 몇 분을 버티고 있었던 것이다.

두루는 헛기침을 하는 도현을 보며 쿡쿡 웃었지만 곤은 미간을 약간 찌푸리고 있었다.

"뭐, 뭐, 뭐라고?"

"한두루 좋아하냐고! 아니면 왜 자꾸 키스씬을 빼래?"

"그, 그게 그거랑 무슨 상관인데?"

"더듬는 거 보니까 진짠가 보네."

"야! 아니거든?"

두루는 터무니없는 얘기로 투닥거리는 그들이 귀여웠지만, 곤은 아닌 것 같았다. 피곤한데 연습 시간이 길어지는 게 싫었던 것일까. 그는 구겨진 미간을 풀지 않고 있었다. 그러던 어느 순간 퍽! 하는 둔탁한 마찰 소리가 연습실 안을 울렸다. 벽을 짚고 있던 곤의 주먹이 약간 붉게 달아올랐다. 기다림이 지쳤던 건지 그가 결국 짜증스럽게 벽을 내려친 것이었다.

"그래서. 하라는 거야, 말라는 거야?"

갑작스런 그의 고함에 도현과 수연은 일순 벙어리가 된 듯 말이 없었다.

"그래. 얼른 결정해."

두루는 분위기를 풀기 위해 부러 웃으며 부드러운 목소리로 말했다. 그러자 도현이 하는 수 없다는 듯 짧은 한숨을 내쉬었다.

"그냥 가, 그럼. 대신 척만 하는 걸로. 오케이?"

"알았다. 그래."

수연이 못마땅한 표정으로 대답했다. 두루는 피식 웃으며 곤을 보았다. 어찌 됐건 결정이 났기에 곤의 심기가 조금 편해졌을 거라고 생각했다. 예상대로 곤의 한쪽 입꼬리가 살짝 올라가 있었다. 입꼬리가 올라간 쪽에 보조개가 들어가 있었다. 순간 저도 모르게 가슴이 잠깐 두근거렸다. 그 웃음이 왠지, 상당히, 유혹적으로 느껴졌기 때문이다.

"자, 그럼 가자!"

도현의 지시가 떨어지자 곤이 그제야 두루에게로 시선을 돌렸다.

"척은 무슨."

한참을 웃고만 있던 그가 나지막하게 뱉은 말이었다. 무슨 뜻인가 싶어 눈을 껌뻑이며 그를 보자, 그의 입꼬리가 조금 더 올라갔다.

"진짜로 할 건데."

뭐? 라는 의문이 들기도 전에 그의 입술이 다가왔다. 너무도 갑작스럽고 빠르게. 하마터면 정말로 입술이 닿을 뻔했다. 아주 미세한 차이로 그의 입술보다 그녀의 발이 먼저 움직였다. 순식간에 다가오는 그의 입술에 놀라 그녀가 본능적으로 그의 정강이를 걷어차 버린 것이었다.

"악!"

"너 죽는다, 진짜!"

곤은 다리를 감싸고 격하게 고통을 호소했지만 두루는 아랑곳 않고 그를 더 때리기 위해 달려들었다. 곤은 한쪽 다리를 절며 그녀를 피해 도망갔고 그녀는 눈을 번뜩이며 필사적으로 그를 쫓았다. 연습실은 순식간에 술래잡기를 하는 놀이터로 변했고 곤의 시원한 웃음소리로 가득 채워졌다.

"저것들 봐라."

수연이 피식 웃으며 도현을 향해 말했다.

"이게 로맨틱 코미디가 아니고 뭐냐?"

연극 동아리에 든 뒤부터 곤과 두루는 별일이 없는 한 항상 같이 등하교를 했다. 둘은 어느새 가장 가까운 사이가 되어 있었다. 두루는 수연보다 곤과 있는 시간이 더 많아졌고 곤 역시 그러했다. 그렇잖아도 학교 축제에서 로맨틱 코미디 연극을 같이한 뒤로 전교생으로부터 사귀는 것이 아니냐는 질문을 숱하게 받아 왔는데, 매일 붙어 다니는 통에 사람들의 오해는 거의 기정사실화되어 가고 있었다.

한순간에 수많은 여학생들의 천적이 된 두루는 사람들의 오해를 풀기 위해 발을 동동 굴렀지만 곤은 그런 소문에 별다른 신경을 쓰지 않는 것 같았다. 그는 누가 '너희 진짜 사귀냐?'는 질문을 해도 절대 확실하게 부정하는 법이 없었다. 그저 '그런 걸 왜 묻냐?', '사귀었으면 좋겠냐?'와 같은 애매한 대답을 하며 웃어넘기고 말았다.

"너 대체 왜 그러는 거야?"

"뭐가?"

"왜 애들한테 확실하게 말을 안 해 주냐고. 너 때문에 나만 곤란 해지잖아."

"네가 왜?"

"몰라서 물어? 네 그 어마어마한 팬클럽!"

"아, 미안."

"미아안? 그게 다야?"

"근데, 너만 곤란한 건 아니야."

"뭐?"

그날도 그런 문제로 실랑이를 하며 집에 가고 있었다. 곤은 두루 와 발걸음을 맞추며 알 수 없는 웃음을 쿡쿡 흘리고 있었고 두루는 그런 곤을 보며 답답한 듯 한숨을 내쉬고 있었다. 그런데 투덜거리 면서도 곤을 따라 발을 맞춰 걷던 두루가 어느 순간 우뚝 멈추어 섰다.

"……아빠?"

깊은 밤. 숨 막히는 야간자율학습을 끝내고 서로를 통해 짧게나 마 숨을 쉬던 그때. 잔잔하게 흘러가는 나날들 속에 소소한 기쁨을 누리던 그때. 비극은 햇볕이 강하게 내리쬐는 어느 여름날 쏟아지 는 소나기처럼, 그렇게 갑작스레 그녀를 찾아왔다.

"아빠!"

그녀의 집 대문 앞엔 한 남자가 피를 흘리며 쓰러져 있었고, 불 행히도 그는 그녀의 아버지 한우진이 맞았다.

믿고 싶지 않았지만, 그것은 살인이었다. 원한 관계에 의한 명백

한 살인. 우진은 올 초에 한 연쇄살인사건을 맡았었고 범인으로 잡힌 남자는 사형을 선고받았다. 그는 끝까지 무죄를 주장했지만 결국 옥살이를 하게 되자 얼마 안 가 감옥에서 자살을 했다. 이에 그의 유가족들이 우진에게 원한을 품고 협박 전화를 하거나 우편물을 보낸 것이었다. 그런데 우진이 이사를 하자 남자의 동생은 이사한 집까지 알아내 끝내 그를 죽이고 만 것이었다.

남자의 동생은 금방 잡혔고 그 역시 법에 의거한 마땅한 처벌을 받게 되었다. 하지만 그런다고 죽은 사람이 살아 돌아오는 것은 아니었다. 두루는 정말 하루아침에, 손 한 번 써 보지 못하고 아버지를 잃었다. 그리고, 완전한 혼자가 되었다. 이 세상에 가족이라곤 단 한 사람도 없는 혼자.

그녀는 혼자였기에 슬퍼할 새도 없이 우진의 장례를 치러야 했다. 그녀가 할 수 없는 부분들은 유 변호사와 선아가 많이 도와주었다. 하지만 상주의 몸으로 장례식장을 지켜야 하는 것은 그녀뿐이었다. 그녀는 조문객들을 맞고 장례를 관하느라 한시도 쉬지 못하고 한 번도 마음껏 울지 못했다. 곤은 장례 내내 그런 그녀의 옆에 있어 주었다. 아무 말 없이. 그저 묵묵히.

며칠 뒤, 모든 장례를 마치고 우진을 납골당에 안치하고 돌아오던 날. 그 버스 안에서 두루는 처음으로 울었다. 곤의 어깨에 기대어 소리 내어 엉엉 울었다. 곤의 어깨는 그녀의 눈물로 흠뻑 젖어들었지만 그는 말없이 그녀를 더욱 꼭 끌어안아 주었다. 곤의 어깨는 무척 넓고 따뜻했다. 그녀의 어깨를 감싸 주는 그의 손도 너무나 부드럽고 따뜻했다. 가족을 모두 잃었어도, 그래도 기대어 울 수 있는 어깨가 있다는 사실이 감사하게 느껴졌다.

얼마나 울었는지 기억도 안 날 만큼 정신없이 오랜 시간 울었다. 그리고 너무 울어서 더 이상 눈물이 나오지 않는 지경이 되었을 때, 온몸이 누더기처럼 너덜너덜해졌을 때, 하얀 백지 상태였던 그녀의 머릿속에 한 가지 그림이 그려졌다.

넓고 푸른 들판이 생겼고 그 위에 나무 하나가 솟았다. 먹음직스러운 빨간 사과가 주렁주렁 매달려 있는 나무였다. 그 나무가 하나, 둘, 셋, 넷…… 천천히 늘어나고 있었다.

"사과나무 한 그루, 사과나무 두 그루, 사과나무 세 그루……."

그의 낮고 차분한 목소리가 그녀의 귀를 슬프고도 달콤하게 간질였다. 메말라 버린 눈에서 또다시 한 줄기 눈물이 흘렀다. 토닥토닥. 그녀의 어깨를 잡고 있는 그의 손이 느린 박자를 타고 움직였다.

장례 내내 한 마디도 하지 않고 그녀의 옆을 지켜 주었던 그가, 처음으로 건넨 말이었다.

그때부터였던 것 같다. 유곤이라는 사람이 한두루에게 있어 좋은 친구를 넘어, 멋진 남자를 넘어, 손댈 수 없는 존재가 되어 버린 것은. 그는 가족이라 부를 수 없는 가족이 되어 그녀의 마음에 박혔다.

"사과나무 아흔여덟 그루, 사과나무 아흔아홉 그루, 사과나무 백 그루……."

죽을 때까지 잃고 싶지 않은 사람. 영원히 곁에 두고 싶은 사람.

"……잘 자, 한두루."

그는 그런 사람이었다.

다행히 대학까지는 그와 같이 가게 되었다. 학교는 총 세 군데를 지원할 수 있었는데, 두루는 그중 두 군데에 경영학과를 쓰고 한 군데에 연극영화학과를 썼다. 가고 싶은 곳은 연극영화학과였지만 가능성이 너무 희박해서 한 개만 쓰고 무난한 학교의 경영학과를 두 개 쓴 것이었다. 그런데 정작 무난할 것이라 생각했던 두 학교를 떨어지고 A대학교 연극영화학과에 합격하게 되었다.

곤은 두루가 썼던 A대를 포함해서 세 군데 모두 연극영화과를 썼다. 그리고 그 어마어마하다는 경쟁률을 뚫고 세 대학 모두 합격했다. 세 대학 중 가장 유명한 대학은 S대였지만 곤은 주저 없이 A대를 선택했다. 두루는 혹시 자신 때문이냐고 물었지만 그는 도끼병 좀 고치라고 웃어넘기곤 별다른 말을 하지 않았다. 선생님도 부모님도 반대했을 게 뻔한데 그는 한 번도 흔들리는 모습을 보이지 않았다.

그는 언제나처럼 여유롭고 당당했으며, 오히려 전보다 더 밝아 보였다.

두루는 곤과 대학교까지 같이 가게 되었으니 앞으로도 쭉 함께 할 수 있을 것만 같아 기뻤다. 그러나 그 기대는 그리 오래가지 못했다. 그녀는 대학에 입학하고 머지않아 그와 멀어지게 되었다.

대학교 1학년 여름, 두루에게 생애 첫 남자 친구가 생겼다. 상대는 그녀보다 세 살 많은 같은 과 선배 조희준이었다. 두루는 생전 처음 해 보는 연애와 사랑이라는 것에 완전히 푹 빠져 버렸다. 그녀는 희준을 좋아하게 되었을 때부터 곤에게 상담을 했다. 그녀가 처음 '나 좋아하는 사람이 생겼어.' 라고 수줍게 말했을 때, 곤은 아주 낯익은 표정을 지었다. 그때는 그게 낯이 익다고만 생각했지

언제 어디서 보았던 표정인지 기억하지 못했는데, 아주 나중에야 그것이 언제 봤던 표정인지 기억이 났다.

그것은 그를 처음 제대로 마주했던 열아홉 봄, 베란다에서 봤던 표정이었다. 그녀가 싱긋 웃어 보이자 흔들리던 눈빛을 완전히 굳혀 버렸던, 그때 그 표정.

그러나 그는 곧 환하게 웃으며 그녀에게 '축하한다' 말해 주었고, 그녀는 따라 웃으며 '고맙다' 말했다. 그녀는 몰랐다. 그가 그녀의 곁에 머무는 일이, 그때부터 부쩍 줄어들기 시작했던 것을. 그녀는 도무지 이해할 수 없었다. 어째서 남자 친구가 생기면 친구와 멀어져야 하는지. 그녀에게 남자 친구와 친구는 별개였다. 특히 곤은 더욱 별개였다. 남자 친구가 생긴다고 해서 멀어질 수 없는, 아주 특별한 사람이었다. 그러나 관계라는 것은 두루의 마음대로 할 수 있는 게 아니었다.

두루는 더 이상 곤과 같이 등교하고 하교할 수 없었다. 희준이 늘 그녀를 데리러 왔고 데려다 주었다. 좋은 연극이나 영화가 나와도 곤과 함께 보러 갈 수 없었다. 언제나 희준과 함께 봐야 했으니까. 자연히 두루는 곤과 있는 시간이 줄어들었고, 희준의 눈치가 보여서 연락도 많이 하지 못했다.

그들이 단둘이 만날 수 있는 유일한 시간은 두 사람 다 귀가를 한 뒤인 늦은 밤이었다. 두루는 베란다에 나가 난간에 양팔을 대고 그의 방 창문을 올려다보며 속삭이듯이 소리치곤 했다.

"유곤 나와라, 오바!"

방에 불이 켜져 있을 땐 거의 창문이 열렸다. 간혹 불이 꺼져 있을 때도 열릴 때가 있었다. 그래서 나중엔 불이 꺼져 있을 때도 희

42

망을 가지고 그를 부르곤 했다.

드르륵. 창문이 열리는 소리가 들리면 두루의 입가엔 자연히 미소가 걸렸다. 곤은 그 미소를 보고 따라 웃으며 창틀에 걸터앉았다. 그리고 항상 똑같은 말로 그녀를 맞았다.

"왜 불러?"

두루는 싱긋 웃으며 항상 같은 말로 대답했다.

"보고 싶으니까 부르지."

그러면 곤의 왼쪽 볼엔 작은 보조개가 들어갔다. 두루는 그의 보조개를 정말 좋아했다. 왠지 모르게 그의 미소를 보면 마음이 편안해졌다. 언제부턴가 그녀는 베란다에 나와 그를 불렀을 때 창문이 열리지 않으면 어쩌나, 그가 나오지 않으면 어쩌나 걱정을 하게 되었는데 그 미소를 보면 모든 걱정과 불안이 사르르 녹아내리는 것 같았다.

하지만 그녀의 걱정대로 그의 창문이 열리지 않는 날이 와 버렸다. 스물한 살이 되던 해, 그가 군대를 가게 된 것이었다. 그가 군대를 간 날, 두루는 그가 쓰고 있던 모자를 대신 쓰고 돌아오면서 지하철 안에서 눈이 아닌 얼굴이 부을 정도로 펑펑 울었다. 아무리 노력해도 눈물이 멈추지 않았다.

갑작스럽게 그를 잃은 상실감과 후유증이 한 달이 넘게 갔고, 그 시간 동안 희준과 두 번 헤어질 뻔했다. 하지만 두루는 곤이 제대할 때까지 희준과 헤어지지 않았다. 아니, 못 했다. 두루는 점점 그에 대한 마음이 희미해져 갔지만 그가 두루를 놓아주지 않아서였다.

곤이 군대를 갔던 스물한 살, 두루도 1년 동안 휴학을 했다. 아버지가 남긴 재산도 있었지만 그것은 오래도록 남기고 싶어서 대학 등록금과 집을 유지하는 비용에만 썼고, 생활비는 늘 스스로 벌어서 썼다. 그래서 1년 동안 아르바이트를 하고 여행을 다니고 대외 활동을 하는 등 다양한 활동을 하며 보냈다.

스물세 살에 복학한 곤은 2학년이 되었고, 두루는 3학년이 되었다. 두루는 곤과 2년이나 같이 학교를 다닐 수 있다는 생각에 기뻤지만, 이상했다. 제대를 한 곤은 어딘가 달라져 있었다. 그는 예전처럼 두루를 보면 웃어 주고 장난을 치고 말을 걸었지만 어쩐지 전보다 훨씬 멀어진 느낌이었다. 그녀가 베란다에서 그를 불러도, 그는 잘 나오지 않았다. 가끔가다 우연히 마주칠 때가 아니고서야, 그를 보기는 힘들었다.

두루는 연출 전공이었고 곤은 연기 전공이었다. 곤은 빠르게 학교생활에 적응해 나갔고 아주 금방 여러 곳에서 러브콜을 받았다. 그는 연극판에서 빠른 속도로 인기를 얻으며 배우로서 자리를 잡았고, 그로부터 얼굴을 보기가 더 힘들어졌다. 그렇게 곤과 함께하고 싶었지만 함께하지 못한 3학년이 끝나갈 무렵, 두루는 결국 희준과 헤어지게 되었다.

이유는 간단했다. 희준에게 다른 여자가 생겨서였다.

그녀가 그토록 헤어지고 싶을 땐 꼭 붙들고 놓지 않더니, 다른 여자가 생기자 고맙다는 듯 그녀를 놓아주었다. 4년이라는 시간은 너무나 무의미하고 허무했다. 사랑이라는 것은 그랬다. 그런 거였다. 무서울 정도로 허무하게 사라지는 것. 아무리 마음이 식었다지만 힘들지 않을 수는 없었다.

하지만 그를 잃어서 좋은 점이 하나 있었다면, 그것은 곤과 잠시나마 다시 가까워졌다는 것이었다. 희준이 여자가 생겨 두루와 헤어졌다는 소문을 들은 곤이 다짜고짜 희준을 찾아가 주먹을 날리는 사고를 쳤고, 이 일로 두루는 아주 오랜만에 곤을 다시 만나게 되었다.

곤은 어색해했지만, 두루는 하나도 어색하지 않았다. 그저 멀어졌다고 생각했던 그가 여전히 자신을 생각해 주는 게 고마웠고, 간만에 보는 그의 뿔난 표정도 반가웠다. 그래서 다친 그를 치료해 주다 말고 풋 하고 웃음을 터뜨려 버렸다. 처음엔 실소만 흘리던 그도 나중엔 그녀를 따라 웃었다. 오랜만에 두 사람은 서로를 마주 보며 웃었다. 크게, 소리 내어 웃었다.

그날 이후 두루는 대학생으로서의 마지막 1년을 곤과 함께 보낼 수 있었다. 그는 영화계에서까지 러브콜을 받아서 바쁜 나날들을 보내야 했지만 그럼에도 많은 시간을 두루와 함께해 주었다. 두루는 그와 다시 예전으로 돌아간 것 같아서 좋았다. 이 관계가 다시는 끊이지 않고 영원히 지속되길 바랐다.

그렇게 시간이 흐르고 해가 바뀌었다. 두루는 스물다섯이 되었고 졸업이란 것을 하게 되었다.

"축하한다, 두루야."

"축하해."

다들 가족들 틈에서 사진을 찍는데 혼자만 꽃 한 다발 없이 친구 몇 명과 사진을 찍다가 무안한 마음에 학사모와 옷을 반납하러 가려고 했을 때였다. 다정하고 따스한 목소리가 들렸다. 유 변호사와 선아, 그리고 곤이었다. 그들을 보는 순간 코끝이 찡하게 달아오르면서 눈물이 핑 돌았다. 괜찮은 척했지만 실은 하나도 괜찮지 않았다. 그녀는 외로웠고 가족이라는 품이 그리웠다. 그래서인지 그 순간만큼은 그들이 진짜 가족처럼 느껴졌다.

곤이 오자 사람들이 웅성거렸고 친하지 않던 사람들까지 두루의 주변에 몰려 함께 사진을 찍었다. 한바탕 어지러운 포토타임이 끝나고 유 변호사와 선아는 일 때문에 먼저 돌아갔다. 하는 수 없이 두루는 곤과 단둘이 밥을 먹기로 했다.

"뭐 먹고 싶어? 말만 해. 내가 다 사 줄게."

두루가 말하자 곤이 픽 웃으며 말했다.

"집 밥."

"응?"

"네가 해 주는 집 밥 먹고 싶어."

그날은 하늘도 그녀의 졸업을 축하하는 것처럼 아름다운 함박눈이 내렸다. 하얀 눈송이들이 벚나무에 가볍게 내려앉았다가 금방 사라졌다. 두루는 식탁 위에 턱을 괴고 창밖의 풍경을 가만히 바라보고 있었다. 쌓일 듯 쌓이지 않는 눈을 보고 있자니 왠지 마음이 잔잔하게 아려 오는 것 같았다.

"안 먹어?"

곤이 밥을 한 수저 크게 뜨다 말고 두루를 향해 물었다. 두루는 희미하게 웃으며 그를 보았다. 쌓일 듯 쌓이지 않는 눈이, 닿을 듯 닿지 않는 그와 닮았다는 생각이 들었다. 순식간에 녹아 사라지는 저 눈처럼 언젠가 그도 사라져 버릴 것 같아서 순간 두려운 마음이 들었다.

"너 먹는 것만 봐도 좋아."

"식상하긴."

두루가 짧게 웃었다. 그는 형식적인 말이라 생각하는 것 같았지만 정말이었다. 그녀는 가끔 곤과 밥을 먹을 때 이렇게 턱을 괴고 그를 바라보고 있는 것만으로도 배가 부를 때가 있었다. 그는 밥을 참 복스럽게 먹었다. 누군지, 그의 아내가 될 사람은 참 행복할 것 같았다. 이렇게 맛없는 음식도 맛있게 먹어 주니까.

"곤아."

"응."

"……고마워."

"뭐가."

곤은 달걀말이를 입에 넣고 오물오물 씹으며 무심하게 물었다.

"내 옆에 있어 줘서."

그 말을 하는데, 왜인지 울컥하는 마음이 들었다. 두루의 말끝이 떨리는 것을 느꼈는지 곤이 잠시 멈칫했다가 밥을 마저 먹고는 느긋하게 물을 마시며 말했다.

"멍청하긴."

"뭐어?"

두루가 미간을 살짝 찌푸리며 서운한 듯 되묻자, 그가 가벼운 톤으로 물었다.

"내가 네 옆에 왜 있는지 몰라?"

두루는 그 말에 무어라 대답해야 할지 몰랐다. 평소에 장난을 잘 치는 그가 또 농담조의 대답을 염두에 두고 던진 질문인지, 아니면 진지하게 묻는 질문인지 알 수가 없었다.

곤이 갑자기 그녀의 두 눈을 빤히 쳐다보았다. 밥을 먹는 도중에 처음으로 맞닿은 시선이었다. 그 눈빛이 꽤나 진지하고 그윽해서 두루는 순간 저도 모르게 마른침을 삼켰다. 다음에 나올 그의 말이 무엇인진 모르나 긴장이 되는 것 같았다.

"좋아하니까."

그 말과 동시에 그는 시선을 내렸다. 그리고 다시 젓가락을 들었다.

덕분에 두루는 심장이 철렁하려다 만 것 같은 애매한 느낌을 받았다. 그는 그 말을, 최대한 아무렇지 않은 척 뱉고 있었기 때문이다. 그래서 그 말이 도대체 어느 정도의 감정을 이야기하는 것인지 감이 잡히지 않았다.

"내가 너 좋아하니까."

그는 젓가락으로 반찬 하나를 집어 입에 가져갔다.

두루는 말없이 그의 행동을 가만히 지켜보았다. 벌써 6년인데, 눈빛만 봐도 속을 알 수 있는 그런 시간인데, 어째서인지 그녀는 아무리 노력해도 그의 속을 읽을 수가 없었다. 그는 분명 낮은 목소리, 진지한 말투로 이야기하고 있었지만 행동은 조금 가벼운 느낌을 주었다.

심드렁하게 밥을 먹으면서 하는 고백이라니? 아무래도 이건, 친구로서의 감정을 뜻하는 것이겠지? 아무래도 그런 것 같다. 그렇게 결론을 내리고 나니 그의 행동과 말들이 정말 그렇게 느껴져서 실없는 웃음이 나왔다.

"그러니까 고마워할 거 없어."

그래서 그녀는 알지 못했다.

"나 좋으려고 네 옆에 있는 거니까."

그의 젓가락 끝이 미미하게 진동하고 있다는 사실을. 그가 그것을 감추기 위해, 얼마나 노력하고 있는지를.

쌓일 듯 쌓이지 않는 눈은, 그녀의 눈에만 보이는 것이 아니라는 것을.

"고마워. 그렇게 말해 줘서."

그리고 다음에 뱉은 그녀의 말이, 그 아무렇지도 않은 대꾸가, 그들의 관계에 어떤 영향을 미쳤는지를.

그날부터였다. 곤과 두루의 사이는 아무도 눈치채지 못할 정도로 아주 자연스럽게 멀어지기 시작했다. 그는 조연으로 출연한 영화가 대박을 치면서 대중의 주목을 받아 연예계에 데뷔하게 되었다. 그녀는 곧바로 취업전선에 뛰어들었고, 상반기에 AK미디어 영화 사업부에 입사하게 되었다. 비슷한 시기에 그는 데뷔를 하고 그녀는 취업을 하면서 만나는 날이 점점 적어지다가 이내 그가 압구정으로 독립하면서 따로 만나는 일은 완전히 없어지게 되었다.

두루가 가끔 그에게 연락을 해 보았지만 연락이 닿는 것도 잠시뿐, 그는 금방 촬영을 들어가야 한다며 전화를 끊곤 했다. 바쁘니까 그럴 수 있지, 라고 생각 하면서도 서운한 마음을 감출 수는 없었다. 괜한 자존심에 그가 먼저 연락을 줄 때까지 기다려 보았지만 그가 먼저 연락을 주는 일은 없었다.

그렇게 2년이라는 시간이 흘렀다. 곤은 어느새 한국을 대표하는 톱스타가 되어 있었고 두루는 AK미디어의 영화 사업부에 없어서는 안 될 유능한 인재가 되어 있었다. 그러던 어느 날, 두루는 회사에서 일을 하다 말고 그의 소식을 듣게 되었다.

"세상에. 유곤이 이하연이랑 사귄다고?"

자판을 치던 두루의 손이 멈추었다.

"……어?"

"지금 기사 났어. 인정했대. 이게 무슨 말도 안 되는 소리야! 얘 김성준이랑 불륜이라던데 그거 덮으려고 수 쓰는 거 아니야?"

"에이, 설마. 루머가 억울해서 진짜 연애를 공개한 거겠지."

잠시 멍하게 있던 두루는 이내 손을 움직여 인터넷 창을 켜 보았다. 실시간 검색어는 유곤 이하연이었다. 클릭해 보니 곧바로 기사가 떴다. 기사 제목은 '유곤 이하연 1년째 연애 중'이었다. 정확한 이유는 알 수 없으나 가슴이 묘하게 떨려왔다. 이상했다. 정말 이상한 기분이었다. 질투라고 할 수는 없었다. 배신감 같은 것도 아니었다. 그녀는 벌써 2년째 최은호 팀장을 짝사랑하고 있는 중이었다. 그러니 그런 애매한 연애 감정일 리는 없었다. 그런데, 그런데도 불구하고 자꾸만 가슴 한구석이 아프게 울리는 것 같았다.

그래서였을까. 점점 멀어지고 연락이 닿지 않았던 이유가, 혹시 연애 때문이었던 걸까. 그 생각을 하니 기분이 더욱 이상해졌다. 일종의 공허함과 상실감 비슷한 것이라고 하면 조금 설명이 될까. 텅 빈 마음에 가시가 돋는 듯한 기분이었다. 허전했고, 따가웠다.

그가 완전한 남이 되어 버린 것 같았다.

둘 사이에 딱히 무슨 일이 있었던 것도 아니지만, 두루와 곤은 그렇게 돌이킬 수 없을 것만 같은 서먹한 사이가 되었다. 명절이나 기념일에 가끔 한 번씩 집에 오는 곤을 만난 적이 있었지만 그럴 때마다 어색한 인사만 나누고 말았다. 우리가 정말 한때 서로가 없으면 안 될 정도로 친했던 게 맞나 싶을 정도로.

멀어지는 것은 순간이었다.

그렇게 다시 2년이라는 시간이 흘렀다. 두루의 짝사랑은 더욱 깊어졌지만 아무런 진전도 없었고 곤의 사랑은 위기에 봉착한 듯 하루가 멀다 하고 불화설이 흘러나왔다. 그러나 곤의 인기는 그의 사랑과 반비례라도 하듯 점점 치솟았고 두루는 그런 '톱스타' 유곤을 캐스팅해야 하는 상황에 놓이게 되었다.

"오랜만이야."

오랜만이었다. 그 미소. 그녀가 불안해 할 때마다 '나 어디 안 가' 하고 말해 주는 것만 같았던 그 미소.

"한두루."

두루는 멍한 얼굴로 그를 뚫어져라 바라보다가 이내 정신을 차리고 물었다.

"……너, 네가 여기 어떻게."

"여기 내 집이었던 것 같은데."

그는 언제나처럼 당당했고, 여유로워 보였다.

"이사 간 거 아니었어? 아까 아침에……."

"갔지. 우리 부모님."

어째서 집을 내놓지 않았을 수도 있다는 생각은 하지 못했을까. 그럴 리가 없다고 생각했다. 당연했다. 부모님께 강남구 청담동에 그 좋은 집을 마련해 주고, 그가 이 집에 들어올 이유가 전혀 없었다. 독립을 하고 싶었던 거라면 이미 서울에서 하고 있었고 그의 능력이라면 얼마든지 더 좋은 집을 얻을 수도 있었다. 그런데 왜, 어째서, 그는 이 집에 다시 들어온 것일까.

"왜 넌……."

왜 넌 가지 않았느냐고 물어보려던 그녀의 말이 도중에 잘렸다.

"있고 싶어서."

"……뭐?"

그는 두 번은 들려주지 않으니 잘 들으라는 것처럼 천천히, 또박또박, 아주 정확하게 발음하며 말했다.

"네 옆에 있고 싶어서."

이상했다. 그 말을 듣는 순간, 정말 이상하게도.

"고맙다는 말은 하지 마."

그에게 하려 했던 영화 출연에 대한 얘기는 하나도 떠오르지 않았고.

"나 좋으려고 온 거니까."

수천 개의 바늘이 배를 찌르는 것 같던 통증조차 느껴지지 않았다.

그녀는, 아무것도, 인식하지 못했다.

달라진 향기

꿈이었을 것이다. 그것은 분명 꿈이었을 것이다. 두루는 꿈속에서도 그런 생각을 했다. 유곤을 캐스팅해야 한다는 압박감이 너무 심해서 그런 꿈을 꾼 것이라고.

거짓말처럼 환한 빛이 스며들고 드르륵, 소리가 들렸다. 돌아봤을 땐 눈이 너무 부셔서 제대로 뜰 수도 없었다. 그는 꼭 십 년 전 그의 모습으로 돌아가 있었다. 그녀가 늘 바라고 그리던 그의 모습이 꿈속에 그대로 나타난 것 같았다.

그런데, 그것이 꿈이 아님을 증명이라도 해 주듯 몹시 소란스러운 소리가 그녀의 잠을 깨웠다. 사람들이 웅성거리고 북적거리는 소리. 고래고래 누군가의 이름을 연호하는 소리. 무언가 질문들을 쏟아 붓는 소리. 그런 소리들이 한꺼번에 뒤엉켜 어마어마한 소음을 만들어 내고 있었다.

두루는 부스스한 머리를 대충 눌러 빗으며 거실로 나가 보았다.

아무 생각 없이 커튼을 열어젖혔던 두루는 1초도 안 돼서 반사적으로 다시 커튼을 쳤다. 게슴츠레하게 반쯤 떠져 있던 두루의 눈이 대번에 휘둥그레졌다.

이게 대체 무슨 일이야?

두루는 상황 파악을 하기 위해 서둘러 방으로 돌아가 휴대폰을 들었다. 역시나 열자마자 수많은 메시지가 그녀에게 달려들었다. 제작 1팀 단체 대화방에도 실시간으로 글이 올라오고 있었다.

[유곤 가짜 연애 뭐야? 진짜야? -이수아]

[한 대리님, 유곤이랑 연락 닿았어요? 뭐가 어떻게 된 거래요? -신서준]

[진짜 사건이야 어쨌건 중요한 건 대외용 시나리오지. 유곤이랑 이하연이 어떻게 나오냐, 기사가 어떻게 나냐, 여론이 어떻게 돌아가냐, 그게 중요한 거지. -김명섭 차장님]

[그럼 어떻게 되는 거예요? 유곤 캐스팅해도 되는 거예요? -홍은채]

다들 속사포로 이야기를 쏟아 내는데 은호만 아직 말이 없었다. 두루는 일단 정확한 사태를 파악하기 위해 인터넷을 켜서 기사를 살펴보았다. 보기만 해도 입이 떡 벌어지는 기사였다. 두루는 떨리는 손으로 스크롤을 내렸다.

꼭두새벽부터 곤의 집 앞에 엄청난 수의 기자들이 몰려 있고 인터넷이 난리법석인 이유는 하나였다. 이하연의 임신. 현재 실시간 검색어 1위를 차지하고 있는 것이었다. 물론 아직 정확히 확인되지는 않은 소문이었지만 요약하자면 내용은 이러했다.

유곤과 연애 중이라고 알려졌던 이하연이 임신을 했는데 그것이 곤의 아이가 아니라 재벌가 김성준의 아이라는 것이었다. 김성준은 대기업 '강성'의 차남으로 5년 전 결혼한 유부남이었다. 그런데 사실 김성준과 이하연의 불륜설은, 이하연이 곤과 열애를 발표했던 2년 전에도 증권가 정보지에 실렸던 얘기였다. 당시에는 그것이 곤과의 열애 발표로 인해 단순한 루머로 묻혔었는데, 올해 들어 그들의 불화설이 계속 나오면서 다시 수면 위로 떠오르고 있었다. 그런데 이 와중에 설상가상으로 임신설까지 터진 것이었다.

이런 상황에서 이슈가 되고 있는 또 다른 문제는, 곤과 하연의 '가짜 연애'였다. 하연이 김성준과의 관계를 감추기 위해 곤을 이용해서 거짓 연애 발표를 했다는 것이다. 이러한 추측은 곤과 하연이 같은 소속사이고, 열애 발표를 어느 날 갑자기 하연 혼자 터뜨렸고, 이후 둘의 불화설이 끊이지 않았다는 것들에서부터 더욱 힘을 얻고 있었다.

헌데 이 가짜 연애가 사실로 판명된다면 곤도 적지 않은 타격을 입을 것이 분명했다. 이유야 어찌 됐건 2년이 넘는 시간 동안 대중을 속인 것이기 때문이다.

"뭐야, 이 자식 대체……."

두루는 속상한 마음에 베란다 쪽을 흘겨보며 혼잣말을 했다. 대체 그동안 어떻게 살고 있던 것인지 걱정이 되어 짧은 한숨이 나왔다.

그런데 그때였다.

"한두루!"

어디선가 새가 지저귀는 듯한 작은 목소리가 들렸다. 두루는 귀를 쫑긋 세우고 소리가 나는 쪽으로 고개를 돌렸다. 베란다 쪽이었다. 그녀는 더 생각할 것도 없이 서둘러 베란다로 나가 보았다.

"야, 유……."

유곤! 하고 소리치려던 두루는 그가 재빨리 '쉿' 하는 제스처를 취하자 아차 하며 입을 막았다. 그런데 급하게 검지부터 입에 댔던 곤이 일순 표정을 굳히며 그녀를 보았다. 좀 더 정확히 말하자면 훑어보았다는 게 맞는 말일 것이다.

그의 시선이 약간 느릿하게 그녀를 위에서 아래로 훑었다. 뭔가 이상하다는 것을 느끼고 자신을 내려다본 두루는 이윽고 화들짝 놀라며 양손으로 제 몸을 가렸다. 정신이 없어서 미처 몰랐는데 그녀는 잠옷 차림이었다. 그것도 흰색의 실크 슬립 원피스. 다행히 속옷은 입고 있었지만 민소매인 데다 목 부근이 많이 파여 있어서 그녀의 하얀 속살과 가슴 굴곡이 고스란히 드러나 있었다.

곤은 모른 척하며 시선을 돌렸지만 귀가 약간 달아오른 것도 같았다.

"보지 마!"

그녀가 작은 목소리로 소리치곤 획 뒤를 돌았다. 얼른 옷을 갈아입으러 들어가려는 것이었다. 그런데 뒤이어 곤의 다급한 목소리가 들렸다.

"잠깐만!"

"왜!"

"……아, 안 볼 테니까 가지 마."

"뭐?"

"나 좀 도와줘."

다짜고짜 그렇게 말한 곤은 방 안에서 커다란 백팩을 꺼내더니 두루를 향해 던졌다. 휘익. 거절할 새도 없이 날아든 백팩이 두루의 양팔에 안겼다. 두루는 가방의 무게에 뒤로 한 발 주춤한 뒤 이게 뭐냐는 듯 미간을 좁히고 그를 쳐다보았다.

"거기서 하나 꺼내 입어. 아무거나."

두루는 갑작스레 닥친 이 상황이 무엇인지도, 그가 무슨 생각을 하고 있는지도 알 수가 없어서 당황스러웠지만 일단은 곤란해 보이는 그를 도와야 할 것 같았다. 그의 말대로 가방을 열어 보니 아무렇게나 구겨져 있는 몇 벌의 평상복이 보였다. 속옷도 두어 개 있는 것 같았다. 두루가 움찔하는 게 보였는지 그가 난감한 듯 외쳤다.

"너무 자세히 보진 말고!"

"……어, 어."

두루는 가방에서 얇은 회색 카디건 하나를 꺼내 걸쳐 입고 다시 곤을 보았다. 곤은 기다렸다는 듯 두루를 향해 신중한 표정으로 말했다.

"그럼 이제 멀리 보면서 크게 외치는 거야."

"……응?"

"유곤이다!"

곤이 몸소 시범까지 보이며 말했다. 대체 무슨 생각인 것일까? 언뜻 짐작은 갔지만 설마 아닐 거라고 생각했다. 두루는 조금 긴장한 듯 흔들리는 눈빛으로 골목 끝을 바라보다 양 손을 입가에 모았다. 그리고 간만에 발성 연습을 한다 생각하고 숨을 크게 들이마신 뒤 배에 힘을 딱 주고 있는 힘껏 외쳤다.

"유곤이다!"

그와 동시에 모든 기자들의 시선이 그녀에게 닿았다가 이내 그녀의 손가락이 가리키고 있는 먼 골목으로 쏠렸다. 양치기 소녀가 된 기분이었다. 그 순간이었다. 휘익. 탁! 바람을 가르는 소리와 강한 마찰 소리가 연이어 들렸다.

"야!"

두루가 깜짝 놀라 소리쳤다. 설마 했는데, 정말이었다. 그는 가끔 '뛰어내리면 닿을 것 같은데. 뛰어 볼까?' 라는 말을 하긴 했지만 한 번도 실행에 옮긴 적은 없었는데, 이번에야말로 정말 뛰어내린 것이다.

아무리 가까운 거리라지만 어쩜 이렇게 위험천만한 일을, 이렇게 무모하게 할 수 있단 말인가!

두루는 경악을 금치 못했다.

"지금 감탄만 하고 있을 때가 아닌 것 같은데."

그때 곤이 이를 악물고 힘든 목소리로 말했다. 두루는 그제야 그가 아슬아슬하게 난간에 매달려 있다는 사실을 깨달았다. 기자들은 골목 어디에도 곤이 없다는 것을 확인하고 웅성거리고 있었다. 이에 정신이 번쩍 든 그녀는 기자들이 자신을 돌아보기 전에 서둘러 그의 팔을 붙잡고 있는 힘껏 안으로 끌어당겼다.

그런데.

"……으앗!"

떨어지는 것은 순간이었다. 그리고 숨이 멎는 것 또한 순간이었다.

그가 베란다 안으로 떨어지면서 두루도 함께 밀려 쓰러졌다. 낯선 무게가 몸을 덮쳐 오는 것이 느껴졌을 때 이미 상황은 끝나 있었다. 얼결에 두루는 그의 밑에 깔려 버렸고 곤은 그녀를 덮치듯이 올라타 있는 애매한 자세가 되고 말았다.

놀란 두루가 눈을 동그랗게 뜨고 그를 밀어내려 하자 곤이 그녀의 팔을 강하게 잡아 내리며 상체를 더욱 숙여왔다.

'뭐 하는 거야!'

눈빛으로 묻자 그 역시 눈빛으로 대답했다.

'조금만.'

간절한 그의 눈빛이 조금만 더 참아 달라고, 도와 달라고 말하는 것 같았다.

곤이 두루의 집으로 들어올 때 났던 마찰 소리를 들은 듯 기자들이 술렁거리고 있었기 때문이다. 그들은 두루의 베란다를 보고 있는 것 같았다. 하지만 다행히 베란다에 있는 많은 꽃과 화분들이 두루와 곤을 가려 주고 있었다.

"방금 저쪽에 뭐 지나가지 않았어?"

"무슨 소리 났던 것 같은데."

그 소리가 들리자 닿을 듯 말 듯 약간의 거리를 두고 떨어져 있던 곤의 몸이 그녀의 몸에 완전히 닿았다. 닿았다. 닿아 버렸다. 얇은 실크 잠옷 위로 그의 단단한 가슴이 그대로 느껴졌다. 너무 낯설었다. 낯선 온기와 낯선 향기에 순간 정신이 아찔해지는 것 같았다.

십 년을 봐 온 친구였는데 그 순간엔 그저 낯선 남자처럼 느껴졌다. 그에게도 그녀의 가슴이 느껴질 생각을 하니 숨을 쉬기가 힘들었다. 저도 모르게 숨을 참게 된 그녀는 이러다 정말 숨이 멎을 것만 같은 위협을 느꼈다. 쿵, 쿵, 쿵. 가슴이 뛰는 소리가 들렸다. 왠지 그 소리가 점점 더 커지는 것 같아서 곤에게 들릴까 봐 염려가 됐다.

어디선가 바람이 부는 것 같았다. 그 바람이 꽃향기를 싣고 날아오는 것처럼, 향기로운 꽃 내음이 은은하게 풍겨 왔다. 그런데 그 꽃 내음은 평소와 달랐다. 전에 없던 다른 향기를 포함하고 있었다. 두루는 그것이 무엇인지 알았다.

짙었다. 마치 그의 첫인상처럼. 그는 향기마저도 짙었다. 옛날의 그에게서는 은은한 비누 향이 났다면 지금의 그에게서는 짙은 남자의 향기가 난다. 그 향기가 싫지 않았다.

민망할 법도 한데, 그는 두루를 바로 보고 있었다. 마치 이 순간이 언젠가 한 번은 올 줄 알았다는 것처럼, 곤은 그녀와 달리 침착해 보였다. 반면 그녀는 그를 바로 쳐다보지 못했다. 완벽한 남자가 되어 버린 것만 같은 그를 이런 자세로 마주하고 싶지 않았다. 그래선 안 될 것 같았다. 그리고 그저 느낌뿐일지 모르지만, 그의 짙은 눈동자가 왠지 그녀의 입술에 닿아 있는 것 같았다.

처음엔 잔잔하던 그 눈빛이 점점 그윽해지더니 이내 강렬해졌다는 느낌이 분명하게 들었다. 두루는 뭔지 모를 그 뜨거움이 자신의 입술에 닿아 있는 것만 같아, 입술이 바싹 메말라 있는데도 침 한 번 바르지 못했다.

"……이제 된 것 같아."

얼마나 시간이 흘렀을까. 소란스러웠던 분위기가 조금 잠잠해진 것을 느낀 두루가 조심스레 입을 열었다. 곤이 고개를 돌려 밖을 내다보더니 천천히 몸을 일으켰다. 그제야 경직돼 있던 몸이 풀리면서 숨통이 트였다. 허나 뜻 모를 허전함도 언뜻 살갗을 스쳐 지나가는 것 같았다.

두루는 얼른 따라 일어나 그의 뒤에 섰다. 혹시라도 누가 볼까 봐 나름대로 곤을 가려 주려는 것이었다. 두루는 열린 문틈 사이로 그를 밀어 넣고 재빨리 주위를 둘러본 뒤 가방을 들고 따라 들어갔다. 베란다 문을 닫은 뒤에야 안도의 숨을 내쉰 그녀가 그를 찌릿 쏘아보며 소리쳤다.

"너 미쳤어? 거기서 뛰면 어떡해!"

한숨 돌린 두루가 이 순간을 기다렸다는 듯 바로 목청을 높였다. 그러자 곤은 한쪽 입꼬리를 살짝 올린 채 그녀를 빤히 응시하다가 가벼운 어조로 어깨를 으쓱하며 말했다.

"무사하잖아."

"그걸 말이라고 해? 다칠 뻔했잖아. 혹시라도 떨어져서 다쳤음 어쩌려고!"

심각하게 따져 묻는 두루와는 달리 그는 뭐가 그리 좋은지 올라간 입꼬리를 내리지 않았다.

"응? 정말 떨어지기라도 했어 봐. 다치기만 했겠어? 기자들 앞에서 망신이란 망신은 다 당하고 본전도 못 뽑았을 거 아냐."

그는 계속해 보라는 듯 여유로운 미소로 그녀를 바라보기만 했다.

"너 대체 왜 그런 거야?"

"……."

"말해 봐. 뭐가 어떻게 된 거냐니까."

대답 없는 그가 답답해서 두루가 유곤! 하고 소리치려 했을 때였다. 아주 약간 벌어져 있던 두루의 입이 더 열리지도 못하고 닫히

지도 못한 채 그 상태로 굳어 버렸다. 머리 위로 갑작스레 다가온 익숙한 손길 때문이었다.

스윽.

자다 일어나 부스스한 머리를 정돈이라도 해주듯, 그의 자상한 손길이 그녀의 머리를 부드럽게 쓸었다.

"좋다. 네 잔소리."

"……."

"너무 반가워."

그의 왼쪽 볼에 얕은 보조개가 생겼다.

어린 여동생을 대하듯 머리를 쓰다듬어 주는 손길. 무심한 듯하면서도 자상한 말투. 어쩐지 예전보다 열 배는, 백 배는 더 깊어진 듯한 눈빛.

두루도 반가웠다. 그 모든 게.

"밥 먹으면서 얘기하자. 나 배고파. 얼른 씻고 나와."

그의 말은 상당히 일상적이고 평범했지만, 두루는 그 말이 꽤 생경하게 들렸다. 아무래도 그와 그런 편한 말을 주고받는 상황 자체가 낯설게 느껴지는 것 같았다. 서로 안부조차 편히 묻지 못한 게 4년인데, 그는 10년은 같이 산 부부처럼 말을 건넸다. 곤은 멍해 있는 두루의 손에서 가방을 빼앗아 든 뒤 거실로 갔다. 그러곤 제 집처럼 자연스러운 자세로 소파에 걸터앉아 두루를 흘긋 돌아보았다.

"나 말려 죽일 생각 아니면 얼른 씻지."

"……뭐?"

"얼른 씻고 옷 갈아입으라고."

어째서 이렇게 계속 얼이 빠지는 것인지 모르겠다. 두루는 화들짝 놀라며 카디건을 여몄다. 카디건은 단추를 잠그거나 잘 여미지 않는 이상 앞쪽 가슴을 가리기는 힘들었다. 설마 계속 이 상태였던 것일까. 베란다에서부터 쭉?

갑자기 민망함이 물밀듯이 밀려와 두루는 얼굴을 들지 못하고 쏜살같이 욕실로 향했다. 그러다 옷을 안 가져온 것을 깨닫고 다시 빛의 속도로 옷을 챙겨 들어갔다. 곤은 그런 두루를 계속 바라보고 있었다. 역시나 속을 알 수 없는 묘한 미소를 띠고서.

그런데 샤워기 아래서 쏟아지는 물에 몸을 내맡겼을 때, 문득 그가 했던 말 하나가 속에 얹힌 듯 내려가지 않고 있다는 것을 깨달았다.

말려 죽일 생각 아니면? 이건 대체 무슨 소리야?

이하연과 김성준이 만남을 시작한 것은 3년 전이었다. 그때도 이미 알 만한 사람들은 알고 있었지만 그들의 불륜설이 본격적으로 사람들의 입방아에 오르내리기 시작한 것은 2년 전 증권가 정보지에 그들의 이야기가 실린 뒤부터였다. 이후 하연은 성준으로부터 어떻게든 소문을 무마시키라는 강요와 모진 협박을 받았고, 견디다 못해 결국 사고를 치고 말았다.

한 연예 프로그램의 인터뷰 중에 '남자친구가 있냐?'는 질문을 받았고 '그렇다'고 대답해 버린 것이었다. 그리고 이어서 날아든 '그 사람이 누군지 알 수 있냐?'는 질문에도 역시 '그렇다'고 대답해 버렸다.

'유곤과 1년째 만나고 있습니다.'

그녀의 갑작스런 폭탄선언은 모두를 패닉에 빠뜨리기에 충분했다. 그 시각 영화 촬영 중이었던 곤은 백숙을 먹는 씬을 찍다가 그 소식을 듣고 닭 뼈가 목에 걸려 응급실에 실려 가는 황당한 일을 겪게 되었다. 실려 가는 도중 문자 한 통이 왔다.

[미안해. 정말 미안해. 곤아, 날 죽여. ―이하연]

죽일 수만 있다면야 그러고 싶었지만, 그가 죽을지도 모르는 상황이었다. 곤이 할 수 있는 일은 소리 없는 비명을 지르는 일뿐이었다.

같은 소속사였고, 친구 사이였다. 아마 그래서 하연도 충동적으로 그의 이름을 말한 것 같았다. 하연은 눈물로 사죄를 했고 소속사 사장도 무릎을 꿇고 부탁을 했다. 어쩔 수 없었다. 이미 벌어진 일이었고 여러 사람들과 등을 지면서까지 사실을 말할 순 없었다. 결국 둘은 1, 2년 정도만 만나다가 자연스럽게 헤어지는 걸로 합의를 보았다. 당연히 하연도 그 안에 김성준과 끝을 냈어야 했다.

그러나 불행히도 하연은 그를 끊어 내지 못했고 설상가상 예기치 못했던 아이까지 가지게 되었다. 그렇지만 아이를 낳을 수는 없는 일이었다. 김성준 측에서도 어떻게든 이 사건을 덮기 위해 갖은 수를 썼고 하연은 끌려가듯 산부인과로 향해야 했다. 이 과정에서 산부인과에 다니는 그녀의 모습이 곳곳에 노출되었고 끝내 모든 사실이 밝혀질 위기에 처하게 되었다.

그런데 하루빨리 공식 입장을 발표하고 사건을 정리해도 모자랄 이 시점에, 그녀가 홀연히 사라져 버렸다. 아이를 갖고 나서부터 우울증에 시달렸던 하연이 아이를 잃은 후 극심한 후유증에 시달리더니 결국 잠적을 한 것이었다. 하연에게 무슨 일이 일어났을지도 모르는 일이었다. 소속사 측에서는 모든 인력과 방법을 동원해 그녀를 찾기 시작했다. 그녀가 돌아오기 전까진 어떤 입장 발표도 할 수가 없었다. 가짜 연애 의혹을 받고 있는 곤도 마찬가지였다. 일단 그녀부터 찾고 어떻게 대응할 것인지 함께 논의해야 했다.

곤은 그전까지는 누구의 방해도 받지 않고 쉴 수 있는 곳이 필요했고, 그래서 무작정 두루의 집으로 건너온 것이었다. 그는 그렇게 말했다.

"……그랬구나."

"뭐야, 그 동정 어린 시선은?"

"아니야. 동정은 무슨."

두루는 멋쩍게 웃었다. 아니라곤 했지만 안쓰러운 마음이 든 것은 사실이었다. 곤이 처한 입장이 참 안됐다는 생각이 들었다. 정말 사랑하는 사람과 연애를 해도 모자랄 판에, 사랑하지도 않는 사람과 3년이나 연애를 한 것으로 알려져 있다니.

그러고 보니 두루가 아는 곤은 누구와도 연애를 한 적이 없었다. 연락이 잘 닿지 않았던 4년 동안 비밀리에 했을지는 모르지만.

두루는 자신이 모르는 곤의 4년을 생각하니 왠지 마음이 복잡해졌다. 왜 그렇게 오랜 시간 멀어져야만 했던 건지 문득 서운한 마음도 들었다. 아주 오랜만에 그가 끓여 준 김치찌개를 먹자니 더 그런 것 같았다. 곤이 해 준 김치찌개는 국물이 일품이었다. 참 진하고 맛있었다. 이 맛이 그렇게나 그리웠었는데.

괜스레 서운해져서, 말없이 김치찌개의 국물만 연신 떠먹고 있을 때였다.

"……너는."

그가 툭 흘리듯 말을 뱉었다.

"응?"

"……너는, 있어?"

"……."

"만나는 사람."

곤은 시선을 내리고 젓가락으로 멸치볶음을 뒤적거리고 있었다. 순간, 두루는 이 장면이 낯설지 않다는 느낌을 강하게 받았다.

"있냐니까."

그녀가 한참 말이 없자, 그가 다시 물었다. 그는 여전히 그녀를 보지는 않았다. 그저 멸치볶음을 뒤적이다 말고 적당히 집어 입으로 가져갔다. 밥을 먹으면서 심드렁하게 하는 질문. 두루는 그제야 이 비슷한 장면을 언제 보았는지 기억해 냈다.

'좋아하니까.'

그런데 그때는 보지 못했던 것이 보였다. 곤이 잡고 있는 젓가락의 끝이 미세하게 떨리는 것도 같았다. 몰랐는데, 수전증이 있었나? 그녀의 생각을 읽기라도 한 것처럼 그가 젓가락을 내려놓고 물을 마셨다. 그제야 그의 시선이 그녀에게 닿았다.

"없어."

물을 마시던 곤의 손이 멈칫하는 게 보였다.

"4년간 한 번도 없었어."

왠지 씁쓸한 얘기였지만, 두루는 웃으면서 말했다. 그러자 곤의 입가에도 언뜻 미소가 번지는 것 같았다.

"너는?"

두루도 그의 지난 시간이 궁금했다. 하연과 가짜 연애를 하는 동안 혹시 진짜 연애는 없었을까. 아마 당연히 있었을 것이다. 학교 다닐 때도 대단했는데, 지금은 전국민에게 사랑을 받고 있지 않은가. 그렇게나 인기가 많은데 연애를 못 했을 리가 없었다.

곤은 어떤 사람을 사랑했을까. 그리고 어떤 연애를 했을까. 질문을 하고 보니 새삼스럽게 그런 것들이 정말 궁금해졌다.

"없어. 4년간 한 번도 없었어."

"……뭐?"

두루가 놀라 되묻자 그가 다시 시선을 내리며 젓가락을 들었다. 그러곤 특유의 무심한 듯 진지한 말투로 말했다.

"누굴 좀 짝사랑했거든."

짝사랑. 그 말에 가슴이 울렁거렸다. 그녀가 4년 동안 하고 있는 것을, 그도 하고 있었다니. 동질감이 드는 동시에 정말 의외라는 생각이 들었다. 유곤이 짝사랑을 하다니.

어떻게 그럴 수 있으며, 그 상대는 누구일까?

"근데 그 사람이 안 잊히더라."

"……."

"혼자 아주 안간힘을 썼는데도, 안 되더라."

그는 웃고 있었지만 눈동자엔 분명 쓸쓸한 빛이 깃들어 있었다. 두루는 그의 마음을 너무도 잘 알 것 같았다. 그의 마음이 자신의 마음 같았다.

"그래서?"

그래서 그다음이 궁금했다.

"지금은 어떤데?"

그는 잊는 데 성공했을까, 아님 포기했을까.

곤이 밥을 뜨다 말고 그녀를 바라보았다. 어느새 턱을 괴고 그의 얼굴을 빤히 응시하고 있던 그녀가 그의 눈동자 안에 비추어 보였다.

"포기."

"……."

"이제 그만하려고. 짝사랑 같은 거."

순간, 그의 눈동자 안에 있던 그녀가 흔들려 보였다면 착각일까.

"고백할 거야. 그 사람한테."

밥을 한술 떠 넣은 그의 볼에 다시금 얕은 보조개가 파였다.

"……이번엔 꼭. 반드시."

엇갈린 짝사랑에 대하여

쏴아아아. 창밖에 내리는 빗소리에 버금가는 시원한 물소리가 주방에 퍼졌다. 대야에 세제를 뿌린 뒤 물을 튼 두루는 풍성하게 차오르는 거품을 멍하니 바라보았다.

밥을 먹으면서 곤과 꽤 많은 얘기를 했지만 정작 묻고 싶었던 것은 묻지 못했다. 의도치 않게 곤이 먼저 다가와 주어서 다행히 영화 출연 의사를 묻는 것이 조금 수월할 것 같긴 했지만, 그럼에도 불구하고 선뜻 말을 꺼낼 수가 없었다. 일단 곤이 처한 상황도 문제였고 은호에게서도 아직 답이 없었다.

두루는 주방에 붙은 벽걸이 시계를 흘긋 돌아보았다. 저녁 일곱 시가 넘은 시각이었다. 은호는 잠이 많은 편이 아니어서 주말에도 아침 일찍 일어나 운동을 했다. 4년이나 짝사랑을 하다 보니 그의 생활 패턴쯤은 접수한 지 오래였다. 평소대로라면 다른 팀원들보다 먼저 일어나 메시지를 보냈을 것이다. 그런데 무엇 때문인지 오늘은 저녁을 먹고 설거지를 하는 지금까지도 아무 대답이 없었다. 방금 전 확인했을 때도 단체 대화방에서 그 혼자만 메시지를 읽지 않은 상태였다.

조금 더 지켜보라든가, 일단 캐스팅부터 하라든가, 어떤 지시라도 내려 주어야 그에 맞게 행동을 할 텐데. 두루는 답이 없는 그때문에 난감하기도 했지만, 혹시 그에게 무슨 일이 있는 것은 아닐지 걱정이 됐다.

날씨 좋은 봄날, 사적인 약속 때문에 바쁜 것일지도 모른다는 생각에 전화를 걸진 못했는데, 아무리 바쁘더라도 반나절 이상이나 연락이 안 될 사람이 아니었다.

어떡하지. 전화를 걸어 볼까.

"앗!"

다른 생각에 잠겨 있다 보니 그릇이 손에서 미끄러졌다. 풍덩. 그릇이 물에 빠지면서 거품이 그녀의 얼굴과 옷에 튀었다.

"왜 그래?"

두루가 놀라는 소리를 들었는지 어느새 곤이 다가와 그녀의 옆에 섰다.

"아니야. 아무것도."

두루가 옷소매로 얼굴을 대충 닦으며 말했다. 그러자 곤이 풋 하고 짧게 웃는 소리가 들렸다. 그가 약간 개구진 얼굴로 웃으며 그녀를 보고 있었다.

"왜 웃어?"

"으이구."

그때 곤의 따스한 손이 그녀의 볼에 와 닿았다. 살짝 따끔한 느낌. 그가 장난스레 그녀의 볼을 꼬집는 듯하더니 이내 엄지로 그녀의 볼을 부드럽게 쓸어 주었다. 순간 그 느낌이 너무 묘해서 두루는 저도 모르게 움찔하고 말았다. 그녀의 볼에서 떨어진 그의 엄지에 물기가 묻어 있었다. 아, 거품……. 두루는 혼자 오버한 듯한 느낌에 재빨리 몸을 돌렸다.

"가 있어. 내가 할게."

이런. 도와준다고 한 적도 없는데, 말이 잘못 나온 것 같다.

두루는 자책하듯 눈을 살짝 감았다 뜬 뒤 얼른 그릇과 수세미를 집어 들었다. 민망함에 뽀득뽀득 소리가 나도록 그릇을 씻는 데 집중했다. 곤은 별말 없이 웃고만 있는 것 같았다. 차라리 예전처럼 장난이라도 걸지, 자꾸 그렇게 묘한 미소만 띠고 보니까 더 어색해지는 것 같았다.

간만에 보는 그는 생각보다 편해서 오늘 하루 종일 그동안 못 다한 이야기를 나누며 즐거운 시간을 보냈다. 하지만 웃고 떠드는 와중에도 중간중간 어색한 정적이 끼어들곤 했다. 마치 너희가 아무리 노력해도 지난 4년의 공백은 메울 수 없다는 듯.

그때 문득 옆이 허전해지는 느낌이 들었다. 드디어 갔나 싶어 속으로 안도의 숨을 내쉬고 있는데 발소리가 다시 가까워지는 게 느껴졌다. 왜 다시 오는 거지? 뒤를 돌아보려던 순간이었다.

스윽. 소리 없이 다가온 그의 손길이 그녀를 얼어붙게 만들었다.

"앞치마는 장식용이야?"

배 위로 부드러운 천이 내려앉으면서 그의 손이 옆구리를 지나 허리로 옮겨졌다. 그리고 다시 옆구리를 지나 앞쪽으로 왔다. 허리춤에 매는 앞치마였는데 끈을 허리에서 한 번 엮어 주고 다시 앞으로 와서 매야 하는 형태였다. 덕분에 두루는 얼떨결에 그에게 안겨 있는 모양새가 되어 버렸다. 그의 차분한 숨소리가 귓가에 내려앉았다. 그가 두루의 어깨에 얼굴을 대고 밑을 내려다보며 끈을 묶고 있었다.

그러나 그 숨소리가 아무리 차분하다고 한들, 바로 귓가에 있었기에 크게 들릴 수밖에 없었다. 느릿하고 일정한 그의 숨은 온기라고 표현하기엔 조금 더 뜨거웠다. 더군다나 바로 뒤에 닿아 있는 그의 몸 때문에 두루는 조금 괴로울 지경이었다. 아침에도 느꼈던 그의 단단하고 넓은 가슴이 이번엔 날개뼈에서 느껴지고 있었다.

"괘, 괜찮아. 내가 할게."

두루는 약간 당황한 나머지 말까지 더듬으며 그를 밀어내려 했다. 그러나 그는 그녀의 손을 가볍게 저지하며 말했다.

"거의 다 됐어."

아주 잠깐이었지만 두루는 그의 팔뚝에서 강한 힘을 느꼈다. 그래서 더 거부하거나 저항하지 못하고 돌처럼 굳은 자세로 가만히 서 있었다. 이상했다. 너무 오랜만에 봤기 때문일까. 예전에도 그는 충분히 남자답고 강인한 이미지였음에도, 오늘 느껴지는 그의 남자다운 모습들이 기묘할 정도로 낯설었다.

"도와줄까?"

끝내 앞치마를 손수 다 매 준 뒤에 곤이 말했다.

"아니야. 얼마 안 되잖아. 가서 쉬어."

"왜 이렇게 날 쉬게 하지? 하루 종일 그 말만 들은 것 같은데."

"그야 당연히 피곤할 테니까."

"나 요즘 일 없는데."

알고는 있었지만 그 말을 직접 들으니 귀가 솔깃했다.

"그래……? 차기작은? 아직이야?"

두루가 조심스럽게 물었다. 그런데 뒤이어 대답 대신 의자 끄는 소리가 들렸다. 슬쩍 돌아보니 곤이 어느새 식탁 앞에 앉아 한쪽 팔로 턱을 괴고 그녀를 바라보고 있었다. 마치 설거지가 끝날 때까지 그 자리에 앉아 있을 것처럼 그는 꽤 느긋해 보였다. 그의 짙은 눈빛이 그녀에게 박혀 떨어질 줄을 몰랐다. 두루는 개의치 않는 듯 다시 설거지를 했지만 몸이 불편해져 오는 것은 어쩔 수 없었다.

예전부터 눈치는 백단이었는데, 혹시 내 의도를 눈치채기라도 한 걸까.

"작품이야 많은데, 썩 끌리는 게 없어."

타이밍이라면 지금이 딱이었다. '그럼 우리 회사 것도 한번 볼래?'라고 자연스럽게 물어볼 수 있는 기회! 하지만 두루는 간지러운 입술을 깨물어야 했다.

참 기회주의적인 인간이 되는 기분이긴 했지만, 일이라는 게 그랬다. 혹시라도 곤에게 오케이를 받아 냈는데 여론이 악화되어 곤의 이미지가 실추되면 회사에선 다른 배우를 캐스팅하고 싶어 할 것이고, 그럴 경우 곤을 다시 잘라 내야 하는 것도 두루의 몫이었다. 한때 절친했던 친구 사이로서, 그만큼 난처한 일이 없을 것이었다. 지금도 어색한데 그런 일이 생긴다면 곤과의 관계는 완전히 회복 불가능해질 것만 같았다.

결국 지금 가장 중요한 것은 은호의 연락이었다. 거기까지 생각이 미치자 두루는 결연한 표정으로 설거지에 속도를 붙였다. 언제까지 기다릴 수만은 없었다. 아무래도 먼저 연락을 해 봐야 할 것 같았다.

빠른 속도로 설거지를 마친 두루가 고무장갑을 털어서 싱크대에 걸쳐 놓고 앞치마를 벗어 벽에 걸어 놓은 뒤 거실로 향하려다가 깜빡한 것을 챙기듯 옆을 보았다. 곤이 의아한 표정으로 두루를 보고 있었다.

"갑자기 왜 그렇게 급해? 화장실?"

"아, 아니거든? 할 일이 생각났어. 너도 얼른 쉬어."

"한두루."

얼른 방에 가서 은호에게 전화를 걸 생각으로 발을 내디딘 순간이었다. 뒤를 돌아볼 새도 없이 그에게서 다소 무거운 톤의 말이 날아들었다.

"내가 불편해?"

뒤를 돌아보고 싶었지만 목이 뻣뻣하게 굳어 움직이지 않았다. 안 불편하다고 하면 거짓말이겠지만, 그렇다고 정곡을 찔린 기분 같은 것은 아니었다. 굳이 표현하자면 미안한 감정에 가까웠다. 그의 질문이 '난 네가 불편하지 않은데, 넌 왜 날 불편해하는 거야?'라고 서운한 감정을 담아 묻는 것처럼 느껴졌기 때문이다.

"아니."

그녀는 끝을 올려 대답하며 어깨를 살짝 으쓱해 보였다.

"그냥 오랜만에 봐서, 좀 어색한 거겠지."

"왜 연락 안 했어?"

그냥 웃고 넘기려던 그녀는 예상치 못했던 기습에 정신이 혼미해지는 것 같았다.

"그 질문을 지금 네가, 나한테 하는 거야?"

그제야 돌아본 그녀가 답지 않게 필터링도 거치지 않고 말을 뱉었다. 먼저 연락을 하기는커녕 전화하면 촬영 중이라고 금방 끊거나 안 받고, 문자는 하루 뒤에 답장하고, 그렇게 슬슬 연락을 피해 갔던 게 누구더라?

"처음에 몇 번 하더니 그 후로 뚝 끊었잖아, 너."

"네가 연락을 잘 안 받았잖아."

"안 받은 게 아니라 못 받은 거란 걸 알 텐데."

그가 데뷔 초에 얼마나 바빴는지는 물론 잘 알고 있었다. 하지만, 그가 관계를 이어 나갈 마음이 있었다면 어떻게든 연락을 했을 것이라는 게 두루의 생각이었다. 그런데 그때 곤은 아니었다. 왠지, 다른 사람이 된 것만 같았다.

"난 못 했어."

그는 말했다. '안 했다'가 아니라 '못 했다'라고.

"못 받았고, 못 했어."

두루는 말없이 그를 바라보았다. 왜냐고 묻고 싶었다. 하지만 이상하게 아무 말도 나오지 않았다. 물을 수가 없었다. 물어선 안 될 것 같았다. 어쩐지, 그의 짙은 눈동자가 그렇게 말하는 것 같았다.

난 네가 감당 못 할 말을 할 건데, 그래도 괜찮냐고.

"지금이라도 다시 만났으니 됐지."

그래서 그녀는 속에 없던 웃음을 꺼내 지으며 가볍게 말했다.

"들어가 쉬어."

그러곤 바보처럼, 도망치듯 주방을 빠져나와 제 방으로 들어갔다. 달칵. 방문을 닫자마자 얕은 숨이 쏟아져 나왔다.

이상했다. 정말 이상했다. 그는 다시 온 뒤부터 계속 '이상하다'

는 생각만 하게 만들었다. 이상하게 달라졌고, 이상한 기분을 느끼게 만들었다. 그런데 그 이상하다는 게, 좋은 쪽인지 나쁜 쪽인지 알 수가 없었다. 그래서 더 이상했다.

"뭐야, 진짜……."

유곤. 언제 이렇게 달라져 버린 거야?

띵동. 띵동.

초인종을 누르는 두루의 손이 다급했다. 그러나 그녀를 반기는 것은 야속한 정적뿐이었다. 두루는 몇 번 더 초인종을 누르다가 문을 두드렸다.

"팀장님! 팀장님!"

몇 번을 불러 보아도 묵묵부답이었다. 아까 전화를 받을 때도 비몽사몽 상태더니, 끊자마자 기절한 모양이었다. 두루는 습관적으로 손톱 끝을 깨물며 생각에 잠겼다. 비밀번호가 뭐였더라.

두루는 작년에도 은호의 집에 들른 적이 있었다. 일 때문에 근처를 지나고 있었는데, 은호가 중요한 서류를 집에 놓고 왔다며 좀 가져다 달라고 부탁을 했기 때문이다. 아무리 친하다지만 회사 후배일 뿐인데도 그는 아무렇지 않게 비밀번호를 알려 주었다. 그래서 혼자 그의 집에 들어가 괜히 숨을 죽이고 서류를 찾았던 기억이 있다.

"041…… 뭐였는데……."

정확히 기억나는 것은 041 세 자리였다. 하필 마지막 자리가 기억나지 않았다. 하는 수 없었다. 좀 수고스럽더라도 0부터 9까지의 숫자를 모두 대입해서 눌러 보는 수밖에. 그런데 2까지 눌렀을 때였다.

'0412…….'

그 숫자가 어쩐지 낯익다는 느낌이 뇌리를 스친 순간, 띠리리─ 경쾌한 기계음이 나며 문이 열렸다. 마침내 됐다는 생각에 지금 상황도 잊고 희열감에 젖어 집에 들어선 두루는 문을 닫으면서 깨달았다. 그 숫자가 낯이 익었던 이유를.

0412, 오늘이잖아.

단순한 우연의 일치일까. 아니면 그가 정말 4월 12일이라는 날짜를 비밀번호로 지정한 것일까. 만일 그렇다면, 그에게 오늘은 무슨 날일까. 분명 의미 있는 날일 것이다. 물론 그의 생일은 아니었다.

"팀장님……."

실내용 슬리퍼를 신은 두루가 조심스럽게 그를 부르며 집 안으로 들어섰다. 그래도 한 번 와 봤다고 그의 방을 바로 찾을 수 있었다. 처음 들렀을 때 혹시 결벽증은 아닐까 의심을 했을 정도로 그의 집은 몹시 깔끔하고 깨끗했다. 모든 물건들이 각이 딱딱 잡혀서 가지런히 정리가 되어 있었다. 그래서 그가 말한 서류도 바로 찾을 수 있었다.

그런데 오늘은 아니었다. 그의 방에 들어간 두루는 문 앞에 아무렇게나 떨어져 있는 옷가지를 집어 들었다. 검은 정장 상의와 검은 넥타이. 오늘은 출근날도 아닌데, 그는 정장을 입고 있었다. 그것도 평소 잘 입지도 않는 검은색 정장을.

더군다나, 집어 든 옷에서는 축축한 물기가 느껴졌다. 자세히 살펴보니 분명히 젖어 있었다. 지금은 그쳤지만 정오가 지나서부터 내리던 비는 집을 나설 때까지 그치지 않았다.

혹시 비를 맞은 것일까. 두루는 침대에 누워 있는 은호를 유심히 살펴보았다. 이불을 덮고 있어서 몰랐는데 상체를 보니 역시나 하얀 와이셔츠가 몸에 딱 달라붙어 있었다.

'팀장님, 저 두루예요.'

그는 전화를 받긴 했지만 아무 말이 없었다. 귀를 기울이니 약간의 신음 소리가 들리는 것도 같았다.

'여보세요? 팀장님, 무슨 일 있으세요?'

'……왜.'

'아, 전 유곤 캐스팅 땜에 연락드렸는데…… 그보다 어디 아프신 거 아니에요?'

'캐스팅이 왜…….'

그는 아무것도 모르는 것 같았다. 그러나 두루는 그가 아무것도 모른다는 사실보다, 그가 아무것도 모를 수밖에 없는 이유가 더 신경 쓰였다. 그는 정신이 없는 와중에도 용케 자신의 상태에 관한 말들은 피해 갔다.

고름을 쥐어짜 내듯 힘겹게 말하고 있으면서. 신음도 숨기지 못하면서.

두루는 속상한 마음을 감추고 지금 집이냐 물었고, 은호는 그렇다고 대답했다. 전화를 끊은 두루는 더 지체할 것도 없이 바로 옷을 챙겨 입고 집을 나왔다. 나오는 도중 거실에서 운동을 하고 있던 곤에게 붙잡혀 갑자기 어딜 가는 거며 누굴 만나는 거며 언제 오는지 등등 온갖 질문 공세를 받았지만 친구가 아프다고 간단히 둘러대고 도망치듯 나와 버렸다. 굳이 그럴 필요는 없었지만, 사실대로 말하면 얘기가 너무 길어질 것 같았다.

곤은 본인이 이해할 수 없는 것에 대해서는 그것을 이해할 수 있을 때까지 끝까지 물고 늘어지는 성격이었다. 주말 저녁에, 그것도 비가 오는데, 친구도 아니고 회사 상사의 집으로 병문안을 간다고 하면 이상하게 여기지 않을 리 없었다. 그러니 그는 그 '이상한' 일을 해야만 하는 이유를 꼬치꼬치 캐물을 것이고, 그녀는 본의 아니게 자신의 오랜 짝사랑까지 고백해야 했을 것이다. 그렇게 되면 얘기는 끝도 없이 길어질 게 뻔했다.

'너무 늦지 마.'

한 발 물러서 준 그가, 마치 부탁하는 것처럼 부드러운 어조로 말했다. 너무 늦지 마. 두루는 그 말이 약간 부담스럽고 낯설게 느껴지면서도 싫지 않았다. 실은 반가웠다. 내 집에 나 아닌 누군가 있다는 것이, 나를 기다린다는 것이, 정말 오랜만이었으니까.

"팀장님, 괜찮으세요?"

두루는 얼른 그를 병원에 데려다 주고 돌아가야겠다고 생각했다. 그런데 그의 이마를 만지자마자 다른 생각들이 모조리 증발해 버렸다. 세상에. 놀라서 손을 뗄 정도로 열이 높았다. 그의 흰 피부는 핏기가 없어 더욱 하얗게 보였고, 입술은 바짝 메말라 있었다. 이마엔 몇 방울의 땀이 송골송골 맺혀 있었다.

"팀장님…… 일어나 보세요."

두루가 조심스럽게 그를 흔들어 깨웠다.

"하……."

그에게서 뜨거운 숨이 흘러나왔다. 악몽이라도 꾸는 듯 신음을 하며 뒤척이던 그가 한참 뒤에야 눈을 뜨고 앞을 보았다. 눈꺼풀을 들어 올리는 것도 상당히 힘들어 보였다.

"정신 드세요? 괜찮으세요?"

두루는 침대맡에 앉아 그에게 가까이 다가가며 물었다. 그는 아무 말도 하지 않고 두루를 뚫어져라 응시했다. 정신이 없어서 상황 파악을 하는 거라고, 두루는 생각했다.

"많이 아프신 것 같아서…… 와 봤어요. 몸이 불덩인데 이러고 계시면 어떡해요. 다 젖은 옷을 입고……. 얼른 옷부터 갈아입고 병원에 가요."

"……."

"네? 팀장님……."

두루가 보채듯 말하자 그가 어렴풋이 눈으로 웃었다.

"괜찮으신 거예요?"

한참 말이 없던 그가 조용히 침대에서 몸을 일으켰다. 두루는 얼른 그의 등 뒤에 팔을 넣어 그가 좀 더 편하게 일어날 수 있도록 도와주었다. 그러자 그의 열기가 그녀의 팔을 타고 전해지는 것 같았다. 순간 울컥할 정도로 속상한 마음이 들었다.

"……아프면 아프다고 말하세요."

"……."

"아무도 뭐라고 안 하잖아요."

은호가 멈칫하더니 두루를 보았다. 잠깐의 정적이 그들을 스쳐 지나고, 그의 눈가에 다시금 희미한 미소가 번졌다.

아직 촉촉이 젖은 머리에서 물방울 하나가 톡 떨어졌다. 아픈 사람을 두고 이런 생각을 하는 건 옳지 못하다는 것을 알지만, 얇은 가운을 걸치고 목에 수건을 두른 그는 어느 때보다도 섹시해서 차마 제대로 바라볼 수가 없었다. 이렇게 사적인 공간에서, 이렇게 사적인 그를 마주하는 것은 처음이었다. 그러나 정작 은호는 그 모든 게 아무렇지 않은 듯, 묵묵히 그녀가 해 준 죽을 먹고 있었다. 고맙다든가 맛있다는 말은 없었지만 힘들 텐데 잘 먹어 주는 것만으로도 고마웠다.

어느새 그가 죽 한 그릇을 다 비웠다. 두루는 왠지 뿌듯한 마음에 싱긋 웃으며 약을 내밀었다. 그는 말없이 약을 입에 털어 넣고 물을 마셨다. 그의 목젖이 크게 한 번 들썩였다. 그가 약을 먹는 모습을 보자 그제야 조금 안심이 되는 것 같았다.

"이제 얼른 옷 갈아입고 병원 가요."

두루가 자리에서 일어나 그릇과 컵을 싱크대에 가져다 놓으며 말했다.

"괜찮아."

"괜찮긴 뭐가 괜찮아요. 몸이 불덩이라니까요?"

놀란 두루가 뒤를 돌아보며 말했다.

"약 먹었으니까 금방 나을 거야."

"무슨 말도 안 되는 소리예요. 얼른 일어나세요. 팀장님이 살아야 우리 팀도 살죠."

그러자 그에게서 짧은 웃음소리가 들렸다.

"마지막 말이 없었으면."

"……."

"네가 내 애인인 줄 알았을 거야."

두루는 순간 말문이 막혔다. 그저 웃으면서 하는 가벼운 농담이라는 걸 아는데, 심장이 철렁 내려앉았다. 애인…… 그의 입에서 그런 단어를 들은 것이 처음이었다. 그 단어가, 이렇게 설레던 단어였던가.

"……왜."

혼자만의 느낌일 수 있지만, 갑자기 주방의 공기가 너무 어색하게 느껴져서 다른 주제를 꺼내지 않을 수 없었다.

"비를 맞았어요?"

두루는 싱크대에 등을 기대고 서서 그의 등을 바라보고 있었다. 그의 앞으로 가서 얼굴을 마주할 수도 있었지만, 어쩐지 그러고 싶지 않았다. 그는 보기보다 쑥스러움을 잘 타고 내성적인 면이 있었으니까. 서로 다른 곳을 보고 있을 때, 자신의 이야기를 꺼내 줄 것만 같았다.

"……그냥. 그러고 싶었어."

한참 뒤에 나온 말이었다. 4년을 봐 왔고, 이제는 상사와 부하 직원의 관계를 넘어 오빠 동생이라고도 할 수 있을 정도로 가까워진 상태였다. 그러나 두루는 그에 대해 전혀 아는 게 없었다. 그는 자기 얘기를 잘 하지 않는 사람이었다. 이번에도 역시 그런가 보다, 체념하듯 웃어넘기려던 때였다.

"동생 기일이거든."

"……."

"여섯 살 차이 나는 여동생이 하나 있었어. 내가 열여덟 살 때 잃었지만."

4월 12일. 어떤 의미를 가진 날일까 궁금했는데, 그런 날일 줄은 몰랐다. 그에게 동생이 있었다는 것도, 그 동생이 죽었다는 것도 모두 처음 듣는 얘기였다.

"납골당에서 나오는데 비가 오더라. 우산이 있었지만 쓸 수가 없었어. 그 애는 지금도 차가운 물속에 있을 것 같아서."

"⋯⋯."

"나 때문에 죽었거든. 물속에서."

물에 젖은 채 숨을 거두었던 동생의 모습이 눈앞에 선명하게 떠올랐다. 그 모습이 떠오를 때면 동생의 몸에 있던 물기가 번져 온 것처럼, 그의 눈앞도 뿌옇게 흐려지곤 했다.

은호는 고아원에 살다가 다섯 살 때 입양이 됐다. 그런데 얼마 안 가 그 집에 친자식이 생겼다. 머지않아 여동생이 태어났고, 은호는 그녀를 친동생처럼 잘 보살펴 주었다. 그들은 행복했다. 누구보다 화목한 가족이었다. 그녀가 열두 살의 어린 나이로 세상을 떠나기 전까지는.

기온이 초여름처럼 올라갔던, 유독 따뜻했던 봄날이었다. 등산을 갔던 은호의 가족은 우연찮게 아름다운 계곡을 만났는데, 은수가 하도 보채서 계곡에 잠시 머무르기로 했다. 부모님은 바위에 앉아 봄바람을 맞으며 쉬고 있었고 은수는 은호를 끌고 위쪽 계곡으로 올라갔다. 아래쪽으로 꽤 경사가 있고 유속이 빠르다는 것을 알면서도 먼저 들어간 것은 은호였다. 물이 그리 깊지 않았기에 발만 담그고 놀기엔 좋을 것이라고 생각했다. 그는 망설이던 은수를 계곡으로 끌어당겼고 한창 물장난을 하며 놀았다. 그런데, 한순간이었다. 그 끔찍한 사고는 눈 깜빡할 새, 정말 한순간에 일어났다.

은호를 피해 뒤로 도망치던 은수가 발을 헛디뎠고 그녀의 뒤에 있던 돌이 밀려나면서 빠른 유속과 함께 휩쓸리듯 아래쪽으로 떨어졌다. 그녀의 이름을 소리쳐 외쳤을 때는 이미 늦은 뒤였다. 계곡 아래로 떨어진 그녀는 거침없이 물에 쓸려 갔고, 어느 순간 멈추었을 땐 머리 위로 피가 새어 나오고 있었다.

"하……."

얘기를 들은 두루는 입이 얼어 버린 듯 아무 말도 하지 못했다. 그에게 그런 사정이 있었다는 것도, 그가 그런 얘기를 그녀에게 할 것이라는 것도, 전혀 생각지 못했으니까.

"팀장님 잘못이 아니에요……."

결국 나온 말은 그런 진부한 위로뿐이었다. 하지만 진심이었다. 그가 그런 끔찍한 죄책감 속에서 15년이 넘게 살았을 거란 생각을 하니, 가슴이 아렸다.

"아까 눈을 떴을 때, 은수가 날 보고 있는 줄 알았어."

"……."

"이상하게 너를 보면 은수 생각이 나."

순간, 두루는 가슴을 훑고 지나는 묘한 기분을 느꼈다. 그것은 설렘 같기도 하고 고통 같기도 한, 애매한 느낌이었다.

"처음부터 그랬어."

그녀를 보며, 그의 소중한 동생을 생각해 준다는 것은 분명 고마운 일이었다. 그녀는 그에게 그만큼 특별한 사람이 되는 것이었으니까. 그런데 자꾸만 가슴속에 서늘한 바람이 불었다. 그래서였던 걸까. 그가 유독 두루에게만 잘해 주고 친절했던 것이. 그것도 모르고 혼자 그 오랜 시간 착각을 해 왔던 걸까.

두루의 입에서 들릴 듯 말 듯 쓸쓸한 웃음이 샜다.

"……한두루."

드륵. 의자가 뒤로 빠지는 소리가 들렸다. 그가 일어섰다. 그리고 돌아보았다. 싱크대에 기대 있던 그녀는 약간 젖은 눈동자로 그를 올려다보았고. 그는, 그런 그녀에게 끌리듯이 천천히 다가갔다.

그의 향기가 다가왔다. 시원하고 향긋한 남자의 향기. 그 향기가 그녀의 코앞까지 다가와 온몸을 둘러싸고 있었다. 그의 향기에 포박당한 것만 같았다.

잠시 후, 그녀의 뺨 위에 그의 손이 닿았다. 부드러운 손길이 그녀의 뺨을 쓸었다. 온몸에 소름이 돋고 심장이 빠른 속도로 뛰기 시작했다. 그의 그윽한 눈빛 때문에 숨이 멎을 것만 같았다. 그의 머리카락에 맺혀 있던 물방울이 그녀의 쇄골 위로 떨어져 내렸다. 시선을 내리자 그의 넓은 어깨와 반듯한 목선이 보였다. 어디로 시선을 두어도 괴로워서 그녀는 결국 눈을 질끈 감아 버렸다. 도망치고 싶을 정도로, 딱 그 정도로, 가슴이 떨렸다.

그러나 그는 그런 그녀의 마음을 전혀 모르는 것처럼, 너무도 따가운 말을 뱉었다.

"내 동생 할까?"

그녀의 쇄골에 맺혔던 물방울이 옷 속으로 들어갔다. 가슴골을 타고 흐르는 그 차가운 물방울 하나가 온몸을 시리게 만들었다. 눈을 질끈 감고 있던 두루는 짧은 숨과 함께 천천히 눈꺼풀을 들어올렸다. 아니요, 라는 말을 뱉고 싶었지만 쓸쓸한 웃음만 나왔다. 더 있을 수가 없었다. 그를 바라볼 수도 없었다. 눈물샘에 가득 들어찬 눈물이 터지기 전에 그에게서 벗어나야만 했다.

"……죄송해요."

아직도 볼에서 느껴지는 그의 따스한 손을 거두어 내며, 그녀는 도망치듯 그의 품 안에서 나왔다.

"전 이만 가 볼게요."

"……."

"몸 관리 잘하시고요."

무슨 말을 해야 하는지 생각도 안 날 정도로 머리가 백지 상태였다. 그저 무의식중에 형식적으로 뱉을 수 있는 말은 다 뱉고 나서는, 이 정도면 됐다는 생각에 빠른 속도로 현관으로 걸어 나갔다. 뒤에서는 어떤 소리도 들리지 않았다. 그는 그 자리에 그대로 서 있는 것 같았다.

서운해할 필요도 없었다. 그는 원래 그런 사람이었으니까. 다가오는 듯하면서도 다가오지 않는. 붙잡는 듯하면서도 붙잡지 않는.

두루는 언뜻 피가 날 정도로 입술을 세게 깨물며 집을 나갔다. 쿵. 현관문을 닫는 동시에 눈물이 떨어져 내렸다. 그녀는 생각했다. 이 눈물이 마지막이었으면 좋겠다고. 제발, 그로 인한 눈물은 이게 끝이었으면 좋겠다고.

띠리리- 문이 잠기는 소리가 들렸다. 그녀가 기대 있던 싱크대에는 공허한 정적만이 남았다. 그녀가 두고 간 향기가 언제나처럼 그의 마음속에 느리게 스며들었다. 그는 힘없이 벽을 타고 주저앉았다. 그리고 조용히 가슴에 손을 얹어 보았다.

'끝도 없이 타락하는구나. 최은호.'

그는 생각했다. 이번이 마지막이었으면 좋겠다고. 부디, 이렇게 가슴이 뛰는 일은, 오늘이 마지막이었으면 좋겠다고.

늘 그랬듯이, 또 그런 생각을 하고 있었다.

내가 몰랐던 너의 마음

소파에 등을 푹 기댄 채 긴 다리를 테이블 위에 올려놓고 기계적
으로 TV 채널을 돌리던 곤이 이내 신경질적으로 TV를 뚝 끄더니
리모컨을 테이블 위로 내던졌다.

"하아."

미온의 숨이 쏟아졌다. 곤은 테이블 위에서 다리를 떼고 소파에
길게 누웠다. 그대로 잠이나 청하고 싶었는데 말똥말똥한 눈은 저
절로 한 곳을 향했다. 아까부터 보지 않으려고 해도 자꾸만 눈에
들어오는 것이 있었다. TV 위쪽에 자리한 벽걸이 시계. 시계는 벌
써 열한 시를 가리키고 있었다.

늦어.

곤은 머릿속을 가득 채우는 그 말을 떨쳐 내고자 고개를 흔들며
눈을 질끈 감았다. 그녀가 아무리 늦더라도 사실상 그가 관여할 이
유나 권리는 조금도 없었다. 그는 지금, 갑자기 신세 좀 지자며 찾

아온, 꽤 오래전 친했던 친구에 불과했으니까.

게다가 그녀는 아픈 친구를 만나러 간다고 했다. 말하는 표정이나 말투를 봐서는 어딘가 석연찮은 구석이 있긴 했지만. 친구, 그것도 아픈 친구를 만나러 갔으니 설령 자고 온다고 해도 할 말은 없었다.

'……어, 아프대서. 친구가.'

하지만 곤은 약간 더듬거리는 듯하던 그녀의 말투가 계속해서 떠올랐다. 곤은 두루의 그 표정을 알았다. 그녀는 공적인 연기는 참 잘했지만 사적인 연기에는 소질이 없었다. 조금이라도 거짓말을 하게 되면 눈을 슬쩍 내렸다 뜨며 다른 곳을 응시했다. 목소리 톤도 평소보다 아주 약간 올라갔다. 말끝이 떨리는 것은 더 말할 것도 없었다.

그 친구가 어떤 친군지, 여자인지 남자인지 물어볼 새도 없이 그녀는 쪼르르 집을 나가 버렸다. 그때부터 시계의 시침이 한 칸씩 움직일 때마다 속이 타들어 가는 것 같았다. 만일 그녀가 정말 거짓말을 한 거라면, 왜 굳이 거짓말을 했는지도 궁금하지만 거짓말을 하면서까지 만나러 간 사람이 누구일지가 더 궁금했다.

혹시 남자라면…….

생각해 보니 그랬다. 그녀는 '만나는' 사람이 없다고 했을 뿐, '좋아하는' 사람이 없다고 하진 않았다.

거기까지 생각이 미치자 몸이 저절로 튕겨 올라갔다. 곤은 소파에서 벌떡 일어나 약간 불안정한 걸음으로 거실을 배회하기 시작했다. 이것저것 들추어 보던 곤은 소파 쿠션 아래에서 휴대폰을 꺼냈다.

그는 휴대폰을 아무 데나 던져두는 습관이 있었다. 4년 전 두루를 포기하기로 마음먹었던 때부터였다. 오지 않을 걸 알면서도, 혹시나 올지도 모르는 연락을 기다리느라 하루 종일 휴대폰을 붙들고 있는 자신이 싫어서 아무 데나 툭툭 던져두곤 했던 게 어느새 습관이 되었다.

그렇게 멀어지면, 언젠가는, 어떻게든, 잊을 수 있을 줄 알았는데.

그는 결국 또다시 그녀의 옆에 와 있었다.

'유곤은 한두루한테서 벗어나지 못할걸.'

언젠가 그녀가 장난스레 웃으며 뱉었던 말이 귓가를 맴돌았다. 그녀는 기억도 못 할 그 말은, 언제나 그의 곁을 따라다니며 보이지 않게 그를 구속해 왔다.

지이잉. 지이잉.

전원을 켜자마자 부재중 전화와 문자들이 쉴 틈 없이 날아왔다. 그러나 그중에 그가 기다리는 이름은 없었다. 예상했던 일이었다. 예전 같았으면 전화가 오지 않았으니 그도 차마 걸지 못했을 테지만, 지금은 달랐다. 그는 당당히 전화번호부에서 두루를 찾았다. 잠시 숨을 고른 후 마침내 통화 버튼을 누르려던 찰나였다.

따리리- 현관문이 열리는 소리가 들렸다. 터덜터덜. 힘없는 발소리가 집 안을 채웠다. 멀뚱히 서서 그녀를 보고 있던 그가 천천히 소파에 앉으며 태연한 척 말했다.

"왔어?"

"……어."

그런데 그녀는 그에게 짧은 시선도 주지 않고 고개를 푹 숙인 채

제 방으로 향했다. 축 처진 어깨가 눈에 들어왔다. 곤의 미간이 살짝 좁혀졌다. 왜 그렇게 힘이 없냐 묻기도 전에 그녀의 방문이 닫혔다. 필시 무슨 일이 있었던 게 분명했다. 본능적으로 몸이 움직였지만 그는 다시 소파에 앉았다. 닫혀 있는 방문이 왠지 그녀처럼 느껴졌다. 드디어 용기를 내겠다고 그녀를 찾아왔지만, 그는 아직도 그 문을 열고 들어갈 자신이 없었다.

조금 열린 베란다 문틈 사이로 늦은 밤의 쌀쌀한 봄바람이 불어왔다. 내내 느끼지 못했던 그 바람이 새삼 거슬릴 정도로 차갑게 느껴져서 문을 닫아야지, 생각하면서도 그는 일어나지 못하고 소파에 드러누웠다.

오른팔을 들어 눈을 가리자 시커먼 어둠이 밀려왔다. 밀려오는 어둠의 속도만큼 빠르게 잠이 들면 좋으련만, 오늘은 절대 쉽게 잠들지 못할 것 같았다.

그녀가 방 안에 있었다. 아무리 친구라지만 명색이 톱스타와 한 지붕 아래 단둘이 잠들게 생겼음에도 그의 존재조차 인식하지 못하는 그녀가, 방 안에 있었다. 그 사실만으로도 긴장이 되고 가슴이 떨려서 그는 결코 쉽게 잠들 수 없을 것 같았다. 어쩌면 그녀의 방문을 열지 못하는 데에는 이러한 남자로서의 본능적 이유도 포함되어 있을지 몰랐다.

서운, 걱정, 불안, 초조, 설렘 등 모든 감정들이 복합적으로 섞여 그의 마음을 어지럽혔다. 예나 지금이나 한두루에게는 절대 변하지 않는 한 가지가 있었다. 그를 안절부절못하게 만드는 능력.

그녀는, 그 대단한 능력을 가진 유일한 사람이었다.

일요일 아침이 밝았다. 두루는 창틈으로 들어오는 따사로운 햇빛에 한쪽 눈을 살짝 찡그리며 냉장고를 열었다. 오늘 아침 메뉴는 곤이 좋아하는 김치볶음밥이었다. 김치통과 참치, 햄, 마요네즈를 꺼내고 문을 닫다가 아차 계란, 하고 다시 열었다. 그러고 보니 남은 계란이 세 개뿐이었다. 두루는 계란 한 개를 집어 들며 혼잣말로 읊조렸다.

"장 봐야겠네."

곤은 입맛이 어린애 같은 구석이 있어서 햄, 계란, 치즈 같은 것들을 좋아했는데 그중에서도 계란을 가장 좋아했다. 계란을 많이 사 놓아야겠다는 생각이 들자, 연이어 그가 이 집에 얼마 동안이나 있을까? 하는 의문이 들었다. 두루는 슬쩍 뒤를 돌아보았다. 어젯밤, 그가 잠들어 있던 거실 소파가 보였다.

집에 오자마자 방에 틀어박힌 채 은호로 인해 잔뜩 흐트러진 마음을 추스르던 두루는 새벽녘이 되어서야 씻으러 나왔다. 욕실에 들어갈 때까지도 몰랐는데 씻고 나와 보니 소파 위에서 이불도 없이 잠들어 있는 곤이 보였다. 그리 작지 않은 소파였지만 그의 기다란 몸에는 턱없이 부족해 보였다. 그렇게 잠들어 있는 곤을 보니, 너무 늦지 말라던 그의 말이 떠올랐다. 기다렸을지도 모르는데, 제 감정에 휩싸여 그를 미처 신경 쓰지 못한 것이 뒤늦게 후회가 됐다.

두루는 곤을 조심스레 흔들어 깨운 뒤 방에 가서 자라고 속삭이듯 말했다. 그러자 그는 잠에 취한 듯 붉은 눈으로 한동안 그녀의 얼굴을 빤히 바라보았다. 옅은 달빛 아래, 그녀의 얼굴을 천천히 훑는 듯한 그의 눈빛은 너무 고혹적이라 오래 마주할 수가 없었다.

두루가 먼저 시선을 피하자 그가 천천히 몸을 일으켰다.

'……어. 고마워.'

약간 갈라진 듯 허스키하고 낮은 목소리에는 굵은 울림이 있었다.

두루는 그를 아버지가 썼던 안방으로 안내해 주었다. 십 년 전 이후로 한 번도 누군가의 온기로 채워진 적 없던 방이 곤의 온기로 채워지고 있었다. 그것이 좋았다. 고맙다는 생각이 들 만큼.

'잘 자, 곤아.'

오랜만에 굿나잇 인사를 하면서 싱긋 웃자 그도 어렴풋이 웃으며 말했다.

'……너도.'

좋은 밤이었다. 그와 한 지붕 아래 함께 있다는 사실이 어색하긴 했지만 왠지 든든하고 좋았다. 그녀는 혼자인 게 익숙한 사람이었지만, 아주 간만에 혼자가 아닌 것의 기쁨을 느꼈다. 이 기분이 오래 지속됐으면 좋겠다는 생각도 들었다.

하지만 곤은 하연만 찾으면 빠르게 사태를 수습하러 돌아가야 했다.

약간 아쉬운 마음에 짧은 한숨이 새어 나왔다. 두루는 김치를 먹기 좋게 썰어 놓고 손을 씻은 뒤 프라이팬에 식용유를 둘렀다. 참치캔의 뚜껑을 따고 있는데 앞치마에서 휴대폰이 길게 진동하는 것이 느껴졌다. 아무 생각 없이 휴대폰을 꺼내 든 두루는 흠칫 놀라 휴대폰을 손에서 놓칠 뻔했다.

[최은호 팀장님]

어제 그렇게 집에 온 뒤로도 아무 연락이 없던 그였다. 아침 열시. 그리 이른 시각은 아니었지만 그가 아침에 연락을 줄 거라고는 생각지 못했다. 무슨 말을 하려고 전화를 한 걸까? 두루는 괜스레 손에 땀이 나는 것 같아서 앞치마에 손바닥을 두어 번 문지르고 깊은 심호흡을 한 뒤 전화를 받았다.

"······여보세요."

— 나야.

그가 한 박자 늦게 뱉은 말은 겨우 그것이었다. 나야. 당연히 알고 있는 얘기. 어쩐지 그도 이 통화를 어색하게 여긴다는 것이 느껴졌다.

그때 달칵, 하고 방문이 열리는 소리가 들렸다. 하지만 두루는 온 신경을 전화 건너편에 집중하고 있던 터라 그 소리를 듣지 못했다.

"네, 팀장님."

잠시 정적이 흘렀다. 두루는 그 짧은 정적 사이에, 몸은 괜찮냐는 말과 무슨 일이냐는 말 사이에 무엇을 먼저 물어야 할지 고민하고 있었다. 물론 먼저 떠오른 것은 몸은 괜찮냐는 말이었다.

— 이제 알았어. 유곤 얘기.

"아······."

— 미안해. 답이 늦어서.

"아니에요. 어제 아프셨으니까······. 좀 괜찮으세요?"

— 응. 덕분에.

"······."

— 캐스팅은 공식 입장 발표가 나올 때까지 미루는 게 좋겠다.

"네. 그렇게 할게요."

– 그래.

다시 짧은 침묵이 흘렀다. 오늘 아침은 먹었는지, 병원은 갔는지, 약은 먹었는지, 묻고 싶은 것은 많았지만 차마 물을 수 없었다.

'한두루…… 내 동생 할까?'

어젯밤부터 그녀를 따라다니며 괴롭힌 그 한마디가 여전히 귓가에 아른거리고 있었기 때문이다. 그 말은 그녀에게 있는 그대로 다가오지 않았다. 그는 마치 '나는 너를 지금까지 쭉 동생으로만 대해 왔고, 앞으로도 그러고 싶다. 그러니 우리 딱 거기까지만 선을 긋고 지내자.' 라고 말하는 것만 같았다.

어째서일까. 지금까지 안 들키고 잘 지내 왔다고 생각했는데, 그가 아프다고 한걸음에 그의 집까지 달려간 것이 문제였을까? 그는 그것 때문에 내 마음을 눈치챈 것일까? 그래서 그 마음을 딱 잘라 내고 싶었던 걸까?

생각은 꼬리에 꼬리를 물고 끊임없이 길어져서 나중엔 그런 생각까지 들었다. 그 생각을 하니 다시 속이 뜨거워지고 울컥 눈물이 차오르는 것 같았다.

"……저."

– 한두루.

그만 전화를 끊어야겠다는 생각에 입을 열었는데, 그도 동시에 그녀의 이름을 불렀다.

"네. 말씀하세요."

그는 한 박자 늦게 입을 열었다.

– 어젠…… 고마웠어.

"……."

– 그리고…… 어제 내가 한 말은…….

"아, 저, 괜찮아요."

두루는 저도 모르게 그의 말을 자르며 나섰다. 왠지 불안해서 더는 듣고 싶지 않았다.

– 괜찮다니, 뭐가?

"팀장님 여동생 자리요…… 말씀은 감사하지만 전 괜찮다구요. 사양할게요."

그놈의 자존심이 뭐라고. 두루는 여유로운 척 웃으며 말했다.

"아무리 그래도 상사와 부하 직원 관곈데, 너무 가까워지면 안 좋을 것 같아서요."

그에게선 잠시 아무 말도 없었다.

최은호. 그를 안 지가 벌써 4년. 혼자 좋아한 지도 벌써 4년이었다. 그렇게 오랫동안 고백하지 못한 데에는 분명 여러 이유가 있었지만 그중 가장 큰 이유는 역시나 빌어먹을 자존심이었다. 그녀는 자신에게만 유달리 친절한 은호 때문에 매일매일을 착각과 혼란 속에 보냈다. 하지만 그는 절대 일정 선을 넘으며 깊게 다가오지 않았다. 당연히 고백하는 일도 없었다.

그녀가 아무리 짝사랑의 특권인 도끼병에 시달린대도 4년이 넘도록 한 번도 남자로 다가오지 않는 그가 자신을 좋아한다고 확신할 수는 없었다. 그러니 먼저 고백을 할 수도 없었다. 고백했다가 거절당했을 때 자신이 겪을 상처도 두려웠고, 이후 회사 생활도 걱정이 됐다.

사실 그녀가 사랑에 있어 이렇게 겁이 많아지고 자존심 따위를 세우게 된 것에는 희준의 여파가 컸다. 4년을 만났지만 그 끝은 너무도 허무했다. 배신과 상처, 분노로 얼룩진 그 시간을 두루는 잊을 수가 없었다. 그 이별 후에 두루가 눈물 한 방울 흘리지 않고 금방 털어 낼 수 있었던 것은 그에 대한 마음이 희미해진 때문이 아니라 자존심 때문이었다. 그 상황에서 그녀가 가질 수 있었던 것은 오로지 자존심뿐이었으니까. 더욱이 캠퍼스 커플이었기 때문에 스스로라도 자신을 존중하고 지켜 내지 않으면 빠르게 확산되고 과장되는 소문들 속에서, 많은 사람들의 동정 어린 눈길 속에서 버텨 낼 수가 없었다.

그때부터였던 것 같다. 두루는 사랑을 믿지 않았다. 은호를 사랑하게 된 뒤에도 마찬가지였다. 그녀는 사랑을 하면서도 사랑을 믿지 않았다. 사랑이란, 길어야 2-3년 가는 허황된 감정일 뿐이고 감당하기 힘든 상처들로 끝나는 것이라고 생각했다. 아무리 가까운 사람들도 끝내 남보다 못한 사이로 만들어 놓고야 마는 것. 그래서 그녀에게는 다른 어떤 감정보다 자존심이 중요해졌다. 설령 그 알량한 자존심 때문에 아파해야 할 때 아파하지 못하고 사랑해야 할 때 사랑하지 못한다 해도, 그녀는 그것이 더 중요했다.

조금 덜 상처입기 위해서. 그녀는 스스로를 상처 내고 있었다.

– ……그래. 알았어.

한참 뒤에야 그는 그렇게 대답했다. 말 사이에 희미한 웃음이 있는 것도 같았다.

"이만 끊을게요. 내일 봬요."

전화를 끊고 나서 두루는 낮은 한숨을 길게 뱉었다. 마음에도 없는 소리를 하느라 긴장해 있던 몸이 풀어지면서 힘이 빠졌다. 잠깐 의자에 앉기 위해 뒤를 돌았을 때였다.

두루는 화들짝 놀라며 뒤로 한 발 주춤했다. 언제 왔는지 곤이 주방 벽에 몸을 기대고 선 채 그녀를 보고 있었다. 비스듬히 꺾인 고개와 무표정한 얼굴이 묘한 분위기를 만들어 냈다.

"어, 언제 왔어?"

그러자 곤은 얼핏 웃더니 벽에서 몸을 떼고 천천히 걸어왔다. 두루는 그 짧은 시간 동안 자신이 통화로 무슨 말을 했는지를 떠올렸다. 여동생 얘기 외에는 별말을 안 했던 것 같은데. 뭔가 잘못한 것처럼 찝찝한 기분이 드는 건 왜지?

거기까지 생각했을 때, 곤이 발을 멈추었다. 그녀에게 다가오는 줄 알았는데, 그는 냉장고 문을 열고 물을 꺼낸 뒤 식탁으로 가서 유리잔에 따랐다. 물을 따르는 소리가 경쾌하게 들렸다. 곤이 물을 마시며 물었다.

"무슨 전화야?"

"어, 우리 팀장님."

두루는 요리를 마저 하기 위해 등을 돌렸다. 반쯤 따져 있는 참치캔을 마저 따기 위해 집어 들었다. 힘을 주었지만 뚜껑이 잘 따지지 않았다. 두루는 다시 한 번 손등에 핏줄이 서도록 힘을 바싹 주었다.

"팀장이었어?"

"뭐가?"

"어제 아프다는 사람."

순간 미끄러지듯 열린 뚜껑이 끝에서 걸려 버렸다. 두루는 잠시 그 상태로 석상처럼 굳어 버렸다.

"줘 봐."

어느새 곁에 다가온 곤이 그녀에게서 참치캔을 가져갔다. 휘익. 툭. 가볍게 뚜껑을 따서 그녀에게 돌려주었다.

"김치볶음밥 하는 거야?"

"어, 어."

"맛있겠네. 좀 도울까?"

"아니야. 내가 할게. 가서 쉬어."

곤에게서 바람이 빠지는 듯한 짧은 웃음소리가 들렸다. 이어서 잔뜩 굳어 있는 그녀의 머리 위로 낯익은 손길이 내려앉았다. 따뜻하고 부드러운 손길. 그 손길이 그녀의 머리를 가볍게 헝클이듯 쓸어 주었다. 그 손길은 마치 으이구, 한두루, 하고 말하는 것 같았다.

다행히 그는 더 이상 아무것도 묻지 않았고 아무 말도 하지 않았다. 아무렇지도 않은 것처럼 그렇게 웃으며 머리를 쓸어 주고 주방을 나갔다.

왜 거짓말을 했냐고. 그는 묻지 않았다.

방문을 닫자마자 낮은 숨이 쏟아졌다. 곤은 살며시 눈을 감고 문에 기대어 앉았다.

어젯밤. 낯선 손길에 눈을 떠 보니 그녀의 얼굴이 눈앞에 있었다. 꿈인 줄만 알았다. 미약한 달빛 아래에서도 화사하게 빛나는 희고 고운 얼굴과 촉촉이 젖은 머리칼. 매일 밤 꿈에서만 보던 그 얼굴이 너무 가까이 있어서 당연히 꿈일 거라고 생각했다.

머리카락에서 떨어진 물 한 방울이 그녀의 턱을 타고 흘러 곱게 파인 쇄골에 안착했다. 잔주름 하나 없는 하얗고 보드라운 목덜미와 어깨선을 보자 정신이 아찔해지는 것 같았다. 그녀가 붉은 입술로 들어가서 자라고 속삭일 때는 그만 자제력을 잃을 뻔했다. 그녀의 약간 도톰한 아랫입술은 언제나 그에게 삼켜 보고 싶은, 깨물어 보고 싶은 충동을 일으켰다.

'……어. 고마워.'

아직 한 가닥이나마 이성의 끈이 남아 있음이 천만다행이었다. 그는 온몸에서 끓어오르는 욕망을 간신히 억누르며 천천히 몸을 일으켰다. 그가 얼마나 세게 주먹을 쥐고 있었는지 그녀는 전혀 모를 것이었다.

두루는 침실까지 그를 데려다 주었다. 검게 타 버린 그의 속내도 모르고 조금의 경계심도 없이 싱긋 웃으며 잘 자라고 말해 주는 그녀를 본 순간, 곤은 힘없이 웃을 수밖에 없었다.

그렇게 그녀가 나가고 나서 도저히 잠이 들 수 없었던 그는 아침이 되어서야 얕은 잠에 빠졌다. 그러다 부스럭거리는 소리가 들려 잠에서 깼다. 그녀가 아침 준비를 하는 것 같았다. 꼭 신혼이라도 된 것 같아서 그 소리 하나에 마음이 설레었다.

그런데 그녀를 얼른 보고 싶은 마음에 피곤한 것도 잊고 방을 나섰을 때, 그의 귀에 거슬리는 얘기가 들렸다.

'네, 팀장님.'

팀장님. 그는 AK미디어 영화 제작팀의 팀장이 누구인지 알고 있었다. 그는 두루와 연락하지 않는 동안에도 두루가 일하는 주변 환경을 꿰고 있었다. 또한 최은호 팀장은 딱히 그런 노력을 하지 않아도 알 수 있는 사람이었다. 그는 잘생긴 외모에 젠틀한 성격, 뛰어난 안목과 실력을 가진 것으로 유명한 제작자였다.

'아…… 아니에요. 아프셨으니까. 좀 괜찮으세요?'

'네. 그렇게 할게요.'

'팀장님 여동생 자리요…… 말씀은 감사하지만 전 괜찮다구요. 사양할게요.'

'아무리 그래도 상사와 부하 직원 관곈데, 너무 가까워지면 안 좋을 것 같아서요.'

얼핏 들은 얘기만으로도 그들의 사이가 보통 사이가 아니라는 것쯤은 알 수 있었다. 너무 가까워지면 안 좋을 것 같다. 그 말이 계속해서 귓가를 맴돌았다. 비가 오는 밤, 그녀가 황급히 만나러 갔던 사람의 정체는 친구가 아니라 회사 팀장이었다. 그녀의 감정을 좌우할 수 있는 그 대단한 사람의 정체는 최은호 팀장이었다.

"하아……."

쓰린 가슴 위로 다시 한 번 뜨거운 숨이 흩어졌다.

무미건조한 하루가 흘러갔다. 두루는 늦은 아침을 먹은 뒤 장을 보고, 밀린 빨래를 하고 집안 청소를 했다. 곤은 밥을 먹고 나서 간만에 집 뒤에 있는 하천으로 운동을 갔고, 갔다 와서 그녀의 집안일을 도와주었다.

그러고 나서는 함께 영화 〈클래식〉을 보았다. 개봉 당시엔 못 보고 십 년 전 곤의 집에 놀러갔다가 비디오로 빌려 처음 보았었다. 그 후 〈클래식〉은 곤과 두루가 가장 좋아하는 영화가 되었고, 두루는 DVD를 소장해서 가지고 있었다. 그녀는 은호를 짝사랑하기 시작했을 무렵부터 〈클래식〉을 무한 반복해서 보곤 했다.

"내가 짝사랑하는 사람도 날 짝사랑하고 있다면 얼마나 좋을까."

그녀가 영화를 보다 말고 혼잣말하듯 말했을 때, 곤은 그저 피식 웃으며 그러게, 하고 작게 중얼거렸다.

영화를 보고 나서는 곤이 저녁 준비를 했다. 메뉴는 두루가 좋아하는 낙지볶음이었다. 매콤한 향기가 주방 가득 퍼졌다. 그냥 밥만 먹을 생각으로 상을 차리고 있는데, 곤이 냉장고에서 소주 한 병을 꺼내 왔다.

장을 볼 때 산 기억이 없는데. 두루가 의아해하자 그는 어깨를 으쓱해 보였다. 운동을 갔다 오는 길에 사 온 모양이었다. 황당한 듯 웃으며 냉장고를 열어 보자 소주가 세 병이나 더 줄지어 서 있는 게 보였다.

"내 거야. 넌 먹지 마."

곤이 개구지게 웃으며 소주잔을 하나만 가져다 놓았다. 두루가 그를 찌릿 한 번 쏘아본 뒤 한 잔 더 가져왔다.

"잘됐다. 안 그래도 되게 술 댕겼는데."

"주량 좀 늘었나 보다. 너 술 엄청 못했잖아."

"그러는 넌? 남자가 소주 한 병도 못 하면서."

"세 잔만 먹어도 인사불성되는 누구 챙기느라 못 먹는 척한 거지."

"얼씨구."

"안 믿기면 오늘 한번 봐. 얼마나 먹는지."

그의 붉은 입술 끝이 위로 휘었다. 두루는 그제야 정말인가 싶어 입이 살짝 벌어졌다. 물론 같이 술을 마시는 일이 있으면 항상 그녀가 먼저 취했기 때문에 그의 정확한 주량은 알지 못했지만, 그는 소주를 한 병 이상 마시는 일이 없었다. 생각해 보니 그는 정말 언제든 멀쩡한 상태로 그녀를 집까지 바래다주곤 했었다.

"그래. 오늘 한번 먹어 보자."

두루는 결심한 듯 투명한 소주가 찰랑이는 잔을 허공으로 들었다. 곤이 피식 웃으며 그녀에게 잔을 부딪쳤다. 어딘지 모르게 쓸쓸해 보이는 그 웃음을 안주 삼아 두루는 잘 마시지도 못하는 술을 한 입에 털어 넣었다.

낙지볶음의 매콤하고 칼칼한 맛을 느낄 수 없게 된 것은 순간이었다.

"다섯 잔. 그래도 늘긴 늘었네."

곤이 짧게 웃으며 한 잔 더 들이켜려는 그녀에게서 잔을 빼앗았다.

"뭐야, 왜?"

"그만 마셔, 이제."

"싫어. 이리 줘. 아직 멀었어."

곤은 그녀의 말을 무시하며 잔에 있던 술을 물처럼 가볍게 들이켰다. 그러고는 계속해서 잔을 달라고 떼를 쓰는 두루의 양 볼을 손으로 움켜쥐었다. 홍조 띤 그녀의 얼굴에서는 부드럽고 뜨거운 기운이 전해졌다.

"봐. 뜨겁잖아. 그만 가서 자. 너 주사 나오면 골치 아파."

"골치 아프다고? 내가? 너 어떻게…… 네가 어떻게…… 그래서 연락 안 한 거야?"

그녀가 서운한 듯 입술을 살짝 내밀고 투덜거렸다. 그 모습에 웃음이 나오지 않을 수가 없었다. 안 그래도 붉고 촉촉한 입술이 술이 묻어 더욱 반짝거렸다.

"안 한 게 아니라, 못 했다니까."

못 했다. 하지 않았던 게 아니라, 할 수 없던 거였다. 곤에겐 그랬다. 그녀를 잊어야만 했으니까. 어떻게든 잊고 싶었으니까.

"일어나. 가서 자."

곤은 하는 수 없이 그녀를 강제로 일으켰다. 그녀의 한쪽 팔을 제 어깨에 두르고, 오른손으로 그녀의 허리를 잡고 부축하듯 그녀를 방으로 이끌었다. 두루는 아직 멀쩡하다며 더 먹겠다고 아이처럼 떼를 썼다. 그는 두루의 허리를 끌어안듯 더욱 바싹 당겨 잡으며 말했다.

"한 번만 더 하면 안아 버린다."

그러자 거짓말처럼 두루가 뚝 하고 말을 멈추었다. 두루가 훨씬 많이 취하긴 했지만 곤도 약간 취기가 오른 상태였다. 그녀의 속도에 맞추느라고 그녀가 한 잔을 먹을 때 혼자 두 잔을 먹었기 때문이다.

"그러게. 좀 천천히 먹으라니까."

하지만 두루는 뭐가 그리 속상한지 빈속에 술을 벌컥 벌컥 들이켰고, 생각보다 빨리 취해 버렸다.

곤은 두루를 침대에 눕혀 놓고 이불을 잘 덮어 준 뒤 흘러내린 앞머리를 부드럽게 쓸어 넘겨 주었다. 그녀가 반쯤 풀린 눈으로 그를 지그시 바라보았다. 그 눈빛은 지독하게 유혹적이었지만, 그 눈가가 그녀의 입술처럼 붉고 촉촉하게 변해 가고 있어서, 그는 그녀의 아름다운 눈을 더 바라볼 수가 없었다.

그를 골치 아프게 하는 그녀의 주사는, 눈물이었다. 그녀는 술을 마시면 가끔 별것 아닌 이유로 울었고, 그는 그녀의 눈물을 닦아

주며 토닥토닥 달래 주곤 했다. 하지만 오늘만큼은, 그녀의 눈물이 보고 싶지 않았다. 어느새 굵게 맺힌 그녀의 눈물이 떨어지기 전에 그는 등을 돌렸다.

"……자라."

그때, 그의 손끝에 뜨거운 손길이 와 닿았다. 그녀가 작은 손을 들어 그의 손끝을 살짝 붙잡았다.

"곤아."

"……."

"가지 마. 여기 있어."

두루가 제 옆자리를 툭툭 치며 말했다. 눈물이 가득 맺힌 눈으로 실없이 웃고 있는 그녀를 보자, 그는 차마 발을 내디딜 수가 없었다. 하는 수 없이 작은 숨을 토하며 침대맡에 앉았다. 그리고 꽤 오랜 침묵이 흘렀다. 그녀는 여전히 그를 빤히 바라보고 있었고, 그는 허공을 바라보고 있었다.

잠시 후, 예상대로 그녀의 입에서 작게 흐느끼는 소리가 났다. 그 소리가 들리는 순간, 곤은 가슴이 너무 쓰려서 그녀를 바라보지 못했다. 숨소리만큼이나 작았던 그 소리는 점점 커지더니 이내 대성통곡 수준이 되었다.

"곤아. 나 어떡하지?"

"……."

"내 맘이 내 맘대로 안 돼. 그래서 너무 힘들어."

곤은 말없이 그녀의 얘기를 듣고만 있었다.

"사랑 같은 거 싫은데, 정말 싫은데…… 다시는 안 하려고 했는데……."

"……."

"4년이라니…… 하. 벌써 4년이 넘었는데, 이 지긋지긋한 감정이 안 사라져. 그 사람이 안 잊혀져서 미칠 것 같아."

그 사람이 누군지는 말하지 않아도 알 것 같았다. 하지만 4년. 그건 몰랐다. 그녀가 4년 동안이나 다른 사람을, 짝사랑하고 있었을 줄은.

"그 사람이 나빠. 진짜 나빠. 그만두려고만 하면 희망고문하는 거 있지?"

"……."

"다가올 것 같으면서 멀어지고, 멀어진 것 같으면 다시 다가와. 그럼 난 또, 다가갈 용기도 없으면서 히죽거리고 웃어. 나 정말 바보 같지?"

"……."

"너 왜 가만있어. 뭐라고 말이라도 좀 해 봐. 나 바보 같잖아. 그런 짓을 왜 하냐고 욕이라도 좀 해 주란 말이야."

두루가 다시 눈물을 쏟았다. 곤은 처음으로 시선을 돌려 그녀를 바라보았다. 그녀의 볼을 타고 굵은 눈물이 뚝뚝 떨어지고 있었다. 그는 떨리는 손을 들어 그녀의 볼에 가까이 가져갔다. 그리고 떨어지는 눈물을 조용히 닦아 주었다. 엄지손가락에 그녀의 미지근한 눈물이 닿았다. 미지근했다. 뜨겁지도 차갑지도 않았다. 그에 대한 그녀의 마음도 점점 이렇게 식어 갔으면 좋겠다고, 그는 생각했다.

그녀는 계속해서 그에게 무슨 말이라도 해 달라고 했지만, 그는 아무 말도 하지 않았다. 아니, 할 수 없었다.

네가 말하는 그 바보 같은 짓이란 걸 나는 벌써 10년이나 해 왔고, 네가 말하는 그 희망고문이라는 걸 너 역시 벌써 10년이나 해 왔다고. 그러니 나는 너에게 조언을 해 줄 수도, 그 남자를 욕할 수도 없다고.

 ……차마, 그렇게 말할 수는 없었으니까.

Part 2

네 오랜 간극의 의미

좋아하지 마

[이하연 측, 김성준과의 스캔들 부인]

[이하연 소속사, 루머 유포자 강경 대응할 것]

[이하연 유곤, 연애전선 이상 무]

[이하연 심적 고통 컸나 몸살로 입원 중]

갑자기 홍수처럼 쏟아지는 기사 때문에 회의실은 술렁거렸지만 두루는 그에 동조하지 않고 멍하니 기사들을 읽고 있었다.

오늘 오전 열 시경 하연의 소속사 ESP엔터테인먼트가 드디어 공식 입장을 발표했다. 항간에 떠돌고 있는 불미스러운 스캔들은 전혀 사실이 아니며 하연과 곤은 여전히 잘 만나고 있다는 것이 그들의 입장이었다.

산부인과를 몇 번 간 적은 있지만 그것은 하연의 유달리 심한 생리통과 자궁경부암 예방 접종 때문이라고 했다. 또한 소속사는 하연이 이번 일로 심적 고통을 크게 받았고 현재 입원 중이라며 하연의 불륜과 임신에 관한 악성 루머를 퍼뜨린 사람들을 추적해 강경 대응할 것이라고 밝혔다.

물론 이러한 입장 발표에도 불구하고 소문을 더 신뢰하는 사람도 많았지만, 소속사가 생각보다 강하게 나왔기 때문에 많은 사람들이 단순한 악성 루머 해프닝 정도로 여기는 분위기였다.

"이 정도면 별문제 없겠는데요? 어차피 며칠 지나면 다 수그러질 거고."

수아가 스마트폰 화면을 슥슥 넘기며 은호를 향해 말했다. 은호는 말없이 기사만 읽고 있었다. 그러자 은채가 끼어들며 미심쩍다는 듯 말을 흘렸다.

"근데 이하연이 직접 말한 건 아무것도 없네요. 다 소속사 측 얘기고."

"일말의 양심은 있어서 제 입으로 거짓말은 못 하겠나 보지."

수아는 하연에 대한 강한 적개심을 드러내며 말했다.

"유곤이랑 처음 열애설 났을 때부터 수상하다 했어. 김성준이랑 불륜설 나자마자 터뜨렸잖아. 죄 없는 유곤만 불쌍하게 됐지. 누구 방패막이하느라고 연애도 제대로 못 했을 거 아냐. 까딱하다 거짓 연애 들통나기라도 하면 대중들을 상대로 연기나 한 파렴치한 배신자로 낙인찍힐 테고. 대체 그 잘난 유곤이 왜 이런 불여우 같은 이하연을 도운 거냐고!"

"이 대리님, 이하연 만나 본 적 있어요? 엄청 싫어하시네."

서준이 풋 웃으며 묻자 수아가 몹시 언짢다는 듯 눈썹을 찌푸리며 대답했다.

"꼭 만나 봐야만 알아? 재벌가 상대로 불륜이나 저지르는 여자를 누가 좋아해? 넌 좋니? 왜, 예뻐서? 하여간 남자들은 별수 없다니까. 예쁘기만 하면 살인을 저질러도 용서해 줄 거야. 아주."

"에이, 누가 그렇대요? 그리고 사실은 모르는 거잖아요."

"모르긴 뭘 몰라. 알 만한 사람들은 이미 다 알고 있던 사실인데."

"그걸 대리님이 어떻게 알아요?"

"자자, 쓸데없는 얘기들은 그만하고. 전에도 말했지만 이하연 불륜이 사실인지 아닌지는 우리한테 중요한 게 아니야. 일단 입장 발표가 이렇게 났고 여론이 꽤 호의적이고 조만간 단순 해프닝으로 묻힐 것 같으니, 이 대리 말대로 유곤을 캐스팅하는 데는 별문제가 없을 것 같은데."

김 차장이 나서서 상황을 정리하자 수아는 서준을 세게 한 번 쏘아본 뒤 분을 삭였고 서준은 그저 능글맞게 웃어 보였다. 나머지는 대부분 동의하는 듯 고개를 끄덕였다. 멍하니 홀로 생각에 잠겨 있던 두루는 몇 사람들의 시선이 자신에게 향해 있음을 느끼고 고개를 들었다. 정작 유곤 캐스팅을 맡은 당사자가 넋을 놓고 있으니 그럴 만도 했다. 두루는 뒤늦게 정신을 차리고 은호를 보았다.

"어떡할까요, 팀장님?"

줄곧 고개를 숙인 채 아무 말이 없던 은호가 천천히 고개를 들어 두루와 눈을 마주했다. 그윽한 듯 날카롭게 빛나는 그 눈을 마주하자 심장이 또 눈치 없이 덜컹거렸다.

"한 대리는 어떻게 생각하나?"

갑작스런 그의 질문에 순간 머리가 멍해지는 것 같았다. 곤을 캐스팅하는 것에 대해 많이 생각해 봤지만 답이 쉽게 내려지지는 않았다. 어느 쪽을 선택하든 장단점이 있기 때문이었다. 하지만 일적인 측면에서의 장단점을 배제하고 생각한다면, 두루는 곤을 캐스팅하고 싶었다. 그와 함께 작업하고 싶었다. 일 때문에라도 자주 함께 있다 보면 예전처럼 편하고 가까워질 수 있을 것 같았다.

한때 친구 이상의 의미를 지녔던 그를, 되찾고 싶었다.

"저는…… 캐스팅하는 게 좋다고 생각합니다. 물론 ESP의 공식 입장이 사실이라고 확신할 수 없기 때문에, 혹시라도 나중에 유곤과 이하연의 연애가 가짜 연애였다고 밝혀지면 저희가 입게 될 타격도 만만치 않을 것임을 알고 있습니다. 하지만 현재로서는 유곤만큼 실력과 인기를 겸비한 데다 극중 인물의 이미지에도 잘 맞는 배우가 없다고 생각합니다."

두루에게서 한시도 눈을 떼지 않고 있던 은호가 작게 고개를 끄덕였다. 다른 이들도 모두 동의하는 눈치였다. 은호는 잠시 서류를 넘겨 보더니 단호하고 깔끔한 어투로 말했다.

"진행해, 그럼."

어쩐지 그에게 강한 신뢰를 받고 있는 듯한 느낌이 들어, 두루의 입가에 짧은 미소가 걸렸다.

멍한 얼굴로 잠든 하연을 내려다보고 있던 곤은 노크 소리에 정신을 차리고 뒤를 돌아보았다. 짙은 근심이 드리워진 얼굴로 들어온 사람은 소속사 대표 김은표였다. 그는 발이 무거운지 몇 걸음 오지 못하고 멈추어 선 채 나지막한 목소리로 물었다.

"아직이야?"

그 말에 곤은 다시 하연을 보았다. 만지면 부서질 것처럼 여리고 창백한 얼굴이 눈에 들어왔다. 며칠 새 몰라보게 수척해진 그녀는 보는 사람들까지 불안하게 만들었다. 오늘 아침, 곤은 매니저 현준으로부터 다급한 연락을 받고 병원으로 왔다.

'형님! 하연 누나가, 하연 누나가……'

오늘 새벽, 하연의 매니저가 수소문 끝에 하연이 있는 호텔을 알아내 그녀를 찾으러 갔는데, 그녀는 시체처럼 몸이 뒤집힌 채 쓰러져 있었고 그 옆으로 수면제와 와인이 쏟아져 있었다고 했다. 그리 늦게 발견하지 않아서 살릴 수는 있었지만 소속사 사람들은 모두 심한 충격에 빠졌다. 하연이 힘들어하는 줄은 알았지만 자살을 시도할 거라고는 아무도 생각지 못했기 때문이다.

하연은 4차원적인 면이 있어 그 속을 알기가 힘들었지만 기본적으로 강한 사람이었다. 많은 남자 스탭들이 무섭다는 이유로 그녀와 함께 일하는 것을 꺼려할 정도였다. 그런 그녀에게 한 가지 약점이 있다면 그것은 바로 사랑이었다.

열아홉에 청춘 드라마로 스타 반열에 오른 그녀는, 스물한 살의 어린 나이에 스물여섯의 김성준을 만났다. 그녀는 그에게 첫눈에 반했지만 사랑이나 운명 따위를 믿지 않았다. 술집을 운영하던 엄마가 남자 문제로 아버지랑 이혼한 후부터였다. 셀 수 없이 많은 남자들과 어울리느라 어린 그녀를 방치하는 엄마를 보며, 하연은 사랑 따윈 어디에도 없는 것이라고 생각했다. 여름날 소나기처럼 잠깐 스쳐 가는 허울뿐인 감정. 그런 감정에 자신의 시간과 마음을 낭비하고 싶진 않았다. 중요한 시기였고, 아직은 때가 아니라고 생각했다. 그래서 정식으로 만나 보자던 성준의 제안을 거절했다. 하지만 이상했다. 그에게 느꼈던 것과 같은 감정이 다시 오지 않았다.

3년 뒤 그는 결혼을 했고, 그녀는 후회를 했다. 그리고 2년 뒤, 지인이 초청한 파티에서 그를 우연히 만났다. 그는 자신이 한 결혼은 정략결혼이고 서로 각자의 사생활을 존중해 주고 있다며 하연에게 다가왔다. 처음엔 뿌리치던 하연도 계속되는 그의 구애에 마음을 내어 주고 말았다.

그때부터가 지옥이었다. 1년 뒤 그들의 연애가 증권가 정보지에 실렸을 때 성준은 비겁하고 폭력적인 제 본모습을 드러냈고, 그녀의 가정사를 들먹이며 협박을 했다. 결국 가짜 연애라는 극단의 조치를 취한 하연은 이후 그를 끊어 내기 위해 필사적으로 노력했다. 하지만 소문이 잠잠해지자 그는 언제 그랬냐는 듯 다시 하연에게 매달려 왔다.

끊어 내고 받아 주고 상처받고 다시 끊어 내고, 그런 일련의 과정이 몇 번 반복된 후 하연은 그를 완전히 정리하기 위해 강성의 사장을 찾아가는 강수를 두었다. 대기업 사장에게 찾아가 댁의 아들 좀 떼어 내 달라고 돈봉투를 들이미는 대담한 짓은 그녀가 아닌 누구도 할 수 없는 일이었다. 그러나 그 일은 성준의 악한 본성을 자극했고 그녀는 거의 반강제적으로 관계를 맺게 되었다. 그것이 임신으로 이어진 것은 끔찍하게 드라마틱한 일이었다.

그녀는 성준을 만난 뒤 아이뿐만 아니라 순결, 정직, 도덕성, 그리고 사랑에 대한 실낱같은 희망까지 많은 것들을 잃었다. 설상가상 그녀를 살게 하던 대중들의 사랑까지 잃을 지경에 이르자, 더 이상 삶의 의미가 없었다.

이 모든 것을 옆에서 지켜보았던 곤은 그녀를 도울 수밖에 없었다. 이번에도 역시 마찬가지였다. 은표는 곤에게 그녀가 안정을 찾을 때까지 조금만 더 도와 달라고 부탁했다. 곤은 그녀가 저지른 일과, 자신이 하는 가짜 연애가 얼마나 잘못된 것인지 잘 알았지만 한 사람의 목숨이 달린 일이었기에 어쩔 수가 없었다. 곤은 언제나 하연을 이해할 수 없었지만, 이번만큼은 그녀를 이해할 수 있을 것도 같았다.

'그만 도망 다녀, 비겁한 자식아.'

아이를 잃은 후, 매일을 술에 기대어 살던 그녀가 곤에게 했던 말이었다.

'언제까지 그렇게 도망 다닐 거야? 평생 못 벗어날 걸 알고 있으면서.'

'네가 뭘 안다고.'

'넌 비겁해. 고백할 용기는 없고 잃고 싶진 않고. 그러니까 혼자 잊어 보겠다고 용쓰면서 완전히 끊어 내진 못하고 애매한 관계나 유지하고. 그게 상대한테 어떤 느낌일진 생각해 봤어? 잃은 것도 아니고 잃지 않은 것도 아닌. 넌 언제든 돌아갈 구멍을 만들어 놓고 있는 거야. 그러니 평생 잊을 수 없을걸? 그럴 바엔 차라리 고백해. 지금이라도.'

'……'

'그때 놓치지 말걸, 그때 놓치지 않았으면 뭔가 조금은 달라지지 않았을까…… 그렇게 한심하게 평생 후회하며 살고 싶지 않으면.'

다시 술을 들이켜던 그녀의 눈동자엔 알 수 없는 깊이가 있었다. 곤은 그때를 생각하며 하연을 바라보았다.

"나가서 한잔할래?"

은표가 낮은 한숨을 쉬며 말했다. 그 역시 곤에게 미안한 마음을 늘 짐처럼 이고 다녔다. 곤처럼 철저한 원칙주의자가 원치도 않는 가짜 연애를 주변 상황 때문에 억지로 해야 하니, 그 마음이 얼마나 불편할까 싶었다. 하지만 하연을 어릴 때부터 지금까지 십 년이나 한솥밥을 먹이며 키워 온 은표는 그녀에 대한 애착이 남달랐다. 부모의 사랑을 전혀 모르고 자란 하연이었기에 언제부턴가 부모만큼은 아니더라도 삼촌과 같은 마음으로 그녀를 대하게 된 것이었다. 그러니 은표로서는 이제 한 가족이나 마찬가지인 하연을 위해서라면 못 할 것이 없었다.

"아니요. 전 가 봐야 돼요. 하연이 깨어나면 연락 주세요."

"그래. 매번 미안하다."

"대표님은 너무 사과를 잘 해요. 사과 대신 거래하는 법 좀 배우세요. 난 그게 좋은데."

"그래? 뭘 원하는데."

"일단 킵해 두세요. 센 걸로 쓸 테니까."

곤이 능청스럽게 웃으며 말했다.

"갈게요."

곤이 무거운 발걸음을 떼어 병실을 나간 뒤, 은표는 그가 나간 문을 바라보며 짧은 웃음을 흘렸다.

"자식이, 얼마나 센 걸 쓰려고."

생전 바라는 게 없던 곤이었기에, 왠지 그의 경고성 제안이 싫지 않았다.

혹시나 하는 마음에 집 안을 둘러보던 두루의 몸에서 힘이 빠졌다. 오늘 아침 말도 없이 사라졌던 그는 퇴근 후에도 보이지 않았다. 그래도 급하게 나가느라 미처 챙기지 못했는지 처음 그가 가져왔던 얼마 되지 않는 짐은 안방에 그대로 있었다. 그것을 보는 두루의 입에서 안도의 숨이 새어 나왔다. 왠진 모르지만 그가 가는 것이 싫었다. 하지만 이 가방도 곧 사라지겠지. 사실 두루는 오늘 아침 하연의 기사가 났을 때 그 생각부터 했다. 그는 상황이 정리될 때까지만 있겠다고 했으니까.

'너 왜 가만있어. 뭐라고 말이라도 좀 해 봐. 나 바보 같잖아. 그런 짓을 왜 하냐고 욕이라도 좀 해 주란 말이야.'

문득 문득 떠오르는 조각난 기억들이 그녀를 괴롭게 했다. 역시 술은 백해무익한 것이다. 무슨 자랑거리라고 굳이 제 입으로 4년 짝사랑을 고백했을까. 아마도 곤에게서 냉정한 말을 듣고 은호를 빨리 잊고 싶었던 것 같은데, 곤은 아무 말도 해 주지 않았다. 듬성듬성 떠오르는 기억 속의 그는, 붉은 입술을 꾹 닫고 있었다.

무표정한 듯했으나 쓸쓸한 눈빛을 하고 있는 것도 같았다.

"에이, 아니야."

두루는 생각을 떨쳐 내기 위해 고개를 흔들었다. 아무리 생각해도 민망하고 부끄럽기 그지없었다.

그때, 현관 쪽에서 익숙한 전자음이 들렸다. 두루는 흠칫 놀라 안방에서 나왔다. 현관을 바라보니 모자를 꾹 눌러쓴 곤이 어쩐지 힘이 없어 보이는 걸음걸이로 들어오고 있었다. 모자를 벗고 머리를 쓸어 넘기던 그가 두루를 보더니 피식 웃어 보였다. 그 모습이 마치 한 편의 CF 같아서 두루는 잠시 넋을 놓을 뻔했다. 문득문득 곤이 유명한 배우라는 것이 느껴지는 때가 있었다.

"왜 그러고 서 있어?"

"어, 그냥…… 괜찮아?"

괜찮냐니. 다짜고짜 왜 그런 질문이 튀어나왔는지 모르겠다. 어쩐지 어제 술을 마신 뒤 급격히 어색해진 느낌이었다. 곤은 괜찮냐는 질문의 의미를 파악하는 듯 잠시 미간을 좁혔다. 다행히 그는 그 질문이 또 가짜 연애를 해야 하는 상황을 비롯해 여러 가지를 통틀어 묻는 것임을 알아들은 듯했다.

"나야, 뭐…… 괜찮아. 너는?"

"나?"

"어제 술 많이 마셨잖아. 속 괜찮아?"

"아. 응. 나도 괜찮아."

잠시 어색한 정적이 흘렀다. 곤이 슬쩍 미소를 지으며 안방으로 갔다. 두루는 멍하니 그의 행동을 지켜보고 있었다. 잠시 후, 곤이 한쪽 어깨에 가방을 걸쳐 메고 나왔다. 역시, 돌아가려는 모양이다.

"가려고?"

"대충 마무리는 됐으니까. 이틀 동안 고마웠어."

그의 말투는 가볍고 경쾌했으나, 영영 떠나는 사람 같았다. 어차피 가 봐야 바로 옆집이라는 걸 알면서도, 두루는 왠지 또다시 그를 오랫동안 못 보게 될 것 같은 불안감이 들었다.

"가 볼게."

순간, 줄곧 넋을 놓고 있느라 잊고 있던 것이 불현듯 떠올랐다.

"아, 잠시만."

"왜?"

"잠깐 얘기 좀 할 수 있어?"

불행 중 다행으로 그녀는 곤을 캐스팅해야 하는 임무를 맡고 있었다. 갑작스런 그녀의 제안에 곤의 얼굴에 약간 놀란 빛이 스쳤다.

"어. 그래."

그는 일단 웃으며 거실 소파에 앉았다. 두루는 잠깐만 기다리라며 방으로 들어가서 준비해 두었던 영화의 시놉시스와 시나리오를 가지고 나왔다. 아무리 친구 사이라지만 지금 이 순간만큼은 그저 톱스타와, 영화 제의를 하는 제작자의 관계였다. 그래서 더욱 긴장이 되었다. 친한 친구라고 해서, 하고 싶지 않은 영화를 억지로 할 그가 아니었기 때문이다.

두루는 주방에서 유자차 두 잔을 타서 거실로 갔다. 어떻게 하면 좀 더 편안하게 제의할 수 있을까, 어떻게 하면 그가 받아들일 수 있을까 생각하느라 찻잔을 내려놓는 손이 떨릴 지경이었다.

하지만 두루는 애써 긴장을 감추고 느긋하게 웃으며 맞은편에 앉았다. 매사에 자존심이 센 그녀는 긴장할수록 당당한 척하는 버릇이 있었다. 곤이 그런 그녀의 얼굴을 빤히 바라보다가 의아한 듯 고개를 갸웃했다.

"할 말이 뭔데?"

사실 곤은 이미 그녀가 쟁반과 함께 들고 온 종이 뭉치를 본 상태였다. 그녀의 옆자리에 고이 놓여 있던 종이 뭉치가 테이블 위로 불쑥 올라왔다.

"한번 읽어 볼래?"

"뭔데?"

"우리가 이번에 제작하는 영화. 사실 네가 주인공에 잘 어울릴 것 같아서, 캐스팅하고 싶어."

곤은 피식 웃으며 시놉시스를 집어 들었다. 그는 두루의 단도직
입적인 화법이 마음에 들었다. 굳이 성격을 말하자면 조용하고 내
성적인 편에 가깝던 두루가 이렇게 직설적으로 내리꽂듯 말할 때나
당당히 눈을 마주할 때는 그녀가 그만큼 긴장했다는 뜻이라는 것을
곤은 알고 있었다. 아무리 일 때문이라도, 그는 제 앞에서 긴장해
주는 그녀가 좋았다.

그리고 사실 기뻤다. 두루도 곤도 영화계에서 일한 지가 꽤 됐는
데 아직 한 번도 작품을 같이한 경험이 없었기 때문이다. AK
PICTURES의 영화를 한 적이 한 번 있긴 했지만 그것은 두루가
속해 있는 1팀이 아니라 3팀에서 제작한 영화였다. 드디어 같이할
수 있게 됐다는 생각에 마음이 들떠서 시놉시스가 제대로 들어오지
도 않았다. 하지만 소속사의 의견도 수렴해야 하는 터라 곤은 정신
을 차리고 집중해서 읽었다.

한 장 한 장 신중하게 시놉시스를 넘기던 그가 어느새 마지막 장
을 넘긴 뒤 뜻 모를 미소를 지어 보였다. 그리고 시나리오를 두 장
까지 읽은 뒤 내려놓으며 두루를 보았다. 두루는 마른침을 꼴깍 삼
키며 그와 눈을 마주했다. 무슨 생각을 하는 건지 읽어 내고 싶었
으나 그의 단호하고 날카로운 눈빛은 쉽게 읽을 수 있는 것이 아니
었다.

"……어때?"

한참을 기다렸지만 곤이 말이 없어서 결국 두루가 먼저 입을 열
었다. 그러자 곤은 대답 대신 유자차를 한 모금 더 마시더니 싱긋
웃어 보였다.

"웃지만 말고 말을 해 봐."

"너도 알지? 나 거래 좋아하는 거."

"응?"

뜬금없이 무슨 소린가 싶어 되묻자 그의 입꼬리가 한층 더 올라갔다.

"내가 이거 하면, 넌 나한테 뭘 해 줄래?"

"뭐야, 그게. 당연히 원하는 만큼의 페이를 지불하겠지."

"그건 네가 해 주는 게 아니잖아. 회사가 해 주는 거지."

"뭐?"

두루가 헛웃음을 흘리며 그를 보았다. 곤은 평소처럼 왼쪽 볼에 보조개를 드러내며 웃고 있었는데 그 웃음이 장난인지 진심인지 알수가 없었다.

"솔직히 말하면 시놉시스만 놓고 봤을 때 내가 원하던 차기작의 이미지와 맞지 않아. 지금까지 했던 역할들과 크게 다르지 않아서. 차기작은 그간의 이미지를 깨고 연기로 승부할 수 있는 걸 하려던 게 소속사랑 내 계획이었거든."

"아…… 그래?"

두루가 아쉬움을 감추지 못하고 되물었다.

"그런데 내가 만일 이 영화를 하겠다고 결정한다면, 그건 순전히 너 때문이야."

"……뭐?"

방금까지만 해도 진심인지 장난인지 헷갈릴 정도로 오묘하던 눈빛이 어느새 진지함으로 가득 채워져 있었다.

"너를 봐서 하는 거라고. 그러니까 너도 나한테 뭔가 해 줘야 하지 않겠어?"

"……뭘 바라는데?"

어쨌거나 현재로서는 유곤을 캐스팅하는 것이 중요했다. 두루는 그가 바라는 것이 무엇인지 일단 들어 보기로 했다.

들어줄 수 있는 거라면 얼마든지…… 라고 생각했을 때였다.

"그만해라."

"……뭐?"

"지금 네가 하고 있다는 그 짝사랑. 그거 그만해."

몇 초간, 모든 것이 멈추어 버린 것 같았다. 숨 막히는 침묵이 순간 그들의 사이를 스쳐 지났다. 어째서, 라는 질문이 떠올랐을 때 어쩐지 가슴 아플 정도로 낮은 음역의 목소리가 그녀의 가슴을 향해 화살처럼 날아들었다.

"좋아하지 말라고. 그 사람."

고백하거나 포기하거나

통유리로 되어 있는 회의실 창밖으로 비가 내리는 게 보였다. 부슬부슬 내리는 봄비라기보다는 거칠게 내리는 소나기에 가까운 비였다. 이 비는 오늘 하루 종일 내릴 것이라고 했다. 하루 종일.

그 생각을 하자 잠을 제대로 자지 못해서 쌓였던 피로가 한꺼번에 몰려오는 것 같았다. 두루는 뻑뻑한 눈가를 문지르며 등받이에 몸을 푹 기댔다. 고개를 한층 꺾고 눈을 감고 있는데 회의실 문이 열리는 소리가 들렸다.

별생각 없이 시선을 돌렸던 두루는 은호와 눈이 마주치자 반사적으로 몸을 일으켰다. 어색하게 짧은 목례를 하자 은호도 언뜻 웃으며 인사를 받아 주었다. 연한 하늘색 톤의 셔츠와 잘 어울리는 시원한 느낌의 향기가 그녀의 코끝을 스치고 지났다. 그가 쓰는 세 가지 종류의 향수 중에 그녀가 제일 좋아하는 향수였다.

언젠가 그에게 스치듯이 '팀장님, 향수 뭐 쓰세요? 좋은데요?'

라고 말했을 때, 그는 엷게 웃으며 '그래? 앞으론 이것만 써야겠네.' 라고 장난스레 대답했었다. 그래서 이후에 그에게서 그와 같은 향기가 날 때면, 절대 자신 때문일 리 없다는 걸 알면서도 기분이 좋았었다. 이제 그런 바보짓은 하지 말자고 생각했는데, 그 향기 하나에 또다시 가슴이 일렁이는 것 같았다.

"비가 많이 오네."

은호가 페이퍼를 넘겨 보며 넌지시 말을 건넸다.

"……그러네요."

"우산 챙겨 왔어?"

무심한 듯 자상한 말투가 한 번 더 그녀의 가슴을 건드렸다. 그런데 순간이었다. 어디선가 익숙한 목소리가 불쑥 날아들어 그녀의 귓가에서 메아리쳤다.

'좋아하지 말라고. 그 사람.'

어젯밤, 곤은 생전 처음 보는 냉정한 얼굴을 하고 말했다.

'아닌 거 알잖아, 너도. 넌 감정이 표정에 고스란히 다 드러나. 4년이나 좋아했는데, 그 사람이 몰랐을 리가 없어. 알면서도 모른 척한 거야. 혹시 정말 모른다고 해도 4년 동안 직장 선후배로만 지냈단 건, 그 사람은 너한테 관심 없다는 뜻이야.'

두루는 벙쪄 있던 얼굴 위로 뜨거운 기운이 천천히 올라오는 것을 느꼈다. 알고 있었다. 모르는 게 아니었다. 그 뼈아픈 사실을 타인의 입으로 확인받으려고 곤에게 고백까지 했으니까. 그런데 이상했다. 지난밤엔 그토록 듣고 싶었던 그 말이, 그 순간엔 너무도 아프게 느껴졌다.

'고백하거나 포기하거나 둘 중 하나만 해. 그래야 네가 덜 아파.'

'그게 조건이야?'

'응. 둘 중 하나라도 해서 네가 어떻게든 짝사랑을 끝내는 것. 그럼 나도 이 영화할게.'

'……그래, 좋아.'

'……진심이야?'

두루는 '그 사람은 너한테 관심 없다'는 곤의 말이 계속해서 생각나 마음이 너무 아팠지만, 애써 괜찮은 척하며 말했다. 어차피 언젠가는 끝내야 했던 짝사랑이었다. 이렇게라도 끝낼 수 있다면…… 그래, 차라리 잘된 일인지도 몰랐다. 그렇게 씁쓸하게 웃고 있는데 문득 이상하다는 생각이 들었다.

'근데 넌 조건이 그게 뭐냐? 널 위한 것도 아니고.'

그러고 보니 그녀가 짝사랑을 끝내는 것은 그녀를 위한 일이라면 모를까 곤을 위한 일은 아니었다. 곤이 왜 그런 조건을 내걸었는지 의문이었다. 그러자 곤은 붉은 입꼬리를 어쩐지 슬프게 말아 올리며 말했다.

'내가 얼마나 이기적인 놈인지 알면 네가 실망할걸.'

'……'

'날 위한 거야. 철저하게.'

날 위한 거야. 철저하게. 그 말이 가슴 언저리에 작은 파동을 일으켰다. 어찌 됐건 그것으로 거래는 성사되었다. 곤은 다음 날 소속사와 얘기를 해 보고 두루의 회사로 찾아오겠다고 했다. 두루는 이번 계약에 있어서는 곤이 갑의 입장이었기 때문에 자신이 찾아가는 게 맞다고 생각했지만 곤은 확고했다. 마치 두루의 회사를 꼭 가야만 하는 특별한 이유라도 있는 것처럼. 그는 어딘가 비장해 보이기까지 했다.

"한두루."

잠시 그때 생각을 하고 있던 두루는 은호의 목소리에 정신을 차렸다. 허공 아무 곳에나 흘려 두었던 초점을 되찾아 은호를 보니, 의아함이 서린 짙은 다갈색 눈동자가 보였다. 두루는 그제야 무슨 말이라도 해야겠다 싶어 메마른 입술을 떼었다. 그런데 그때 회의실 문이 열리면서 팀원들이 줄지어 들어섰다. 두루에게 향해 있던 은호의 시선도 어느새 다른 곳으로 옮겨 가 있었다.

"커피 왔습니다. 한 대리님은 녹차라떼 맞죠?"

"어떻게 알았어?"

두루는 평소엔 아메리카노만 마셨지만 비가 오는 날엔 꼭 따스한 녹차 음료를 마시는 습관이 있었다. 입사한 지 얼마 안 된 서준이 그걸 어떻게 알고 사 왔나 싶어 흐뭇한 미소를 띠며 묻자 그가 두루의 앞에 녹차라떼를 놓아주며 말했다.

"팀장님이요."

서준이 뱉은 그 말은 금세 다른 팀원들의 잡담 속에 묻혔지만, 두루는 긴 여운을 남긴 그 말을 곱씹으며 은호를 바라보았다. 그는 모른 척 커피를 한 모금 마시며 페이퍼를 보고 있었다. 비가 와서 그런가. 살짝 음미해 본 녹차라떼의 향이 유독 짙었다.

회의가 끝나고 잠시 화장실에 다녀온 두루는 사무실에 들어가지 못하고 멈추어 섰다. 무슨 일인지 제작 1팀 사무실 밖에 다른 팀 사원들 몇 명이 웅성거리며 서 있었다. 대부분이 사무실 안을 들여다보려고 기웃거리는 모양새였다.

"무슨 일이세요?"

두루가 슬그머니 끼어들며 묻자 몰려 있던 사원들이 당황해하며 뒤로 물러났다. 그중 한 여사원이 약간 시기 어린 말투로 이번에 유곤이랑 하게 됐냐 물어 왔고, 그것을 시작으로 다른 사원들도 기다렸다는 듯 질문을 퍼붓기 시작했다.

"능력도 좋다. 이 판국에 캐스팅은 어떻게 했어?"

"그보다 어떻게 유곤이 직접 온 거예요? 전에 3팀이랑 했을 땐 그쪽에서 거의 떠받들 듯이 했다던데."

"자기네 팀에 유곤이랑 직접적으로 아는 사람이 있다며. 진짜야?"

두루는 그 많은 질문들에 일일이 답할 수가 없어 그저 그렇게 됐다, 라고 말하며 멋쩍게 웃어 보였다.

점심시간에 온다더니, 더 일찍 온 모양이었다. 공적인 자리에서 그를 만나는 것은 이번이 처음이었기에 어쩐지 척추가 뻣뻣해지는 긴장감이 들었다. 그를 어떻게 대해야 하는지에 대해서도 고민해 봤지만, 아무리 모두가 그들의 친분을 알고 있다고 해도 공적인 자리에서만큼은 서로 모르는 사이처럼 격식을 갖추는 것이 맞는 것 같아서 그렇게 하기로 마음을 먹었다.

두루는 약간 땀이 밴 손을 두어 번 감았다 편 뒤 이내 마음을 다 잡고 문고리를 잡아 돌렸다.

우리 사무실의 공기가 이렇게 뻑뻑했었나, 라고 느낀 순간 호들갑스런 수아의 목소리가 들렸다.

"어디 갔다 이제 와? 유곤 왔어, 유곤!"

그녀는 턱짓으로 팀장실을 가리키며 평소답지 않게 목소리를 낮추어 말했다. 긴장한 것은 비단 두루뿐만이 아닌 듯했다. 영화 촬영 시 수많은 배우들을 직접 보고 상대하는 것이 그들의 일이었기에 새삼 연예인을 본 것이 신기해서는 아니었다. 다만 유곤 같은 '거물급'이 계약을 위해 직접 회사를 방문해 온 일이 처음이었고, 아직 계약이 체결된 상황도 아니었기에 절로 긴장하게 되는 것이었다.

"뭐해? 얼른 안 들어가고."

"내가 왜? 팀장님이 하고 계신데."

"얘가 뭐래? 유곤 너 오면 얘기한다고 계속 기다리다가 들어간 건데."

굳이 왜, 라는 생각이 들었지만 어쩔 수 없었다. 그래도 캐스팅을 직접 맡았던 사람이 함께 있을 때 더욱 신뢰가 생기는 법이니까.

두루는 얕은 숨을 토해 내며 팀장실 안으로 들어갔다.

테이블 하나를 사이에 두고 마주 보고 있던 두 남자가 동시에 고개를 돌려 그녀를 보았다. 습관적으로 은호를 먼저 바라보았던 두루는 금방 곤에게로 시선을 옮겼다. 그러자 무표정했던 곤의 얼굴에 언뜻 미소가 스쳤다. 그 미소는 평소의 곤과 다름이 없었지만, 그 순간의 곤은 왠지 다른 사람처럼 느껴졌다.

많은 사람들의 시선을 한 몸에 받는 유곤. 잘 차려입은 모습으로 계약서를 앞에 두고 앉아 있는 유곤. 평소와 다르게 머리를 세우고 검정색 셔츠를 입고 있는 유곤. 은호보다 조금 더 진한 향수 냄새가 나는 유곤. 모두 낯설게 느껴졌다.

"왜 이제 와?"

그가 특유의 한쪽 보조개를 자랑하듯 웃으며 말했다. 익숙하지 않은 그에게서 들린 익숙한 말투에 두루는 순간 묘한 기분을 느꼈다. 그리고 어떻게 반응해야 할지 몰라 잠시 은호의 눈치를 살폈다. 격식을 갖추려던 그녀와 달리, 아무래도 곤은 언제 어디서든 그녀를 편하게 대하려는 모양이었다.

"편하게 해도 되죠? 잘 아는 사이라서."

당황해하는 두루를 느꼈는지, 곤이 그녀 대신 은호에게 물었다. 두루가 마땅찮은 표정으로 곤을 흘겨보았지만 그는 전혀 개의치 않았다.

"그럼요. 들었습니다. 동창이시라고."

잘 아는 사이와 동창. 분명 교집합은 있었지만 묘하게 어감이 다른 말이었다. 줄곧 웃고 있던 곤의 얼굴에서 잠시 웃음기가 사라진 것을 느낀 두루는 왠지 미안한 마음에 그의 눈을 피하며 은호의 옆자리에 앉았다.

"이거 마셔."

두루가 앉자마자 은호는 몸에 밴 습관처럼 그녀에게 자신의 차를 밀어 주었다.

"저 괜찮은데……."

"안 마신 거야. 아, 계약 조건에 대해서는 대부분 얘기 나눴어. 혹시 더 궁금하신 거나 원하시는 게 있나요?"

은호가 두루에게 말하다 말고 곤을 향해 물었다. 그의 수법이었다. 사람을 설레게 하는 친절을 베풀고는 거절하지 못하게 아주 가벼운 행동이었던 것처럼 넘어가거나 화제를 돌리는 것.

"원하는 건 없고, 궁금한 게 하나 있는데요."

그때까지 두루의 앞에 놓인 찻잔만 빤히 바라보던 곤이 느릿하게 시선을 돌려 은호를 바라보았다.

"말씀하세요."

"애인 있으세요?"

찻잔을 들던 두루가 깜짝 놀라 잔을 손에서 놓칠 뻔했다. 계약과 관련된 사항도 아니고 이게 무슨 갑작스럽고 황당한 질문인가 싶어 곤을 바라보았는데, 그는 날카로운 시선으로 은호만을 직시하고 있었다.

"꼭 만나는 사람이 아니더라도, 글자 그대로, 사랑하는 사람."

질문을 받은 것은 은호인데, 두루는 제 심장이 덜컹거리는 것을 느꼈다. 사랑하는 사람이라니. 그 질문을 하는 곤의 표정은 진지한 듯하면서도 의미심장한 데가 있었다. 그래서 두루는 불안한 의문이 들었다. 본인의 기억엔 없지만 혹시 곤에게 짝사랑 상대가 은호라는 것까지 말했었나 싶었던 것이다.

"갑자기 그런 게 왜 궁금하시죠?"

은호는 대답 대신 그렇게 물었다. 갑작스런 곤의 질문 때문에 난감하면서도 내심 은호의 대답이 궁금했던 두루는 쓴웃음을 감추며 곤을 보았다. 그러자 곤은 진심인지 연기인지 모를 능청스러운 웃음을 뱉으며 말했다.

"실례가 됐다면 죄송합니다. 제가 요즘 혼기가 다가오다 보니 또래 남자들을 만나면 꼭 이런 질문을 하는 버릇이 생겨서요. 애인이라는 표현이 참 좋더라구요. 결혼했냐는 질문은 너무 무겁고, 여자친구라는 표현은 너무 가볍고."

"그럴 수 있죠. 이하연 씨와도 오래되셨고…… 고민이 많을 시기네요."

하연의 이름이 나오자 곤의 얼굴에 얇은 어둠이 스쳤다 사라졌다. 두 남자는 모두 웃고 있었지만 그들 사이엔 묘한 경계와 긴장이 오가고 있었다.

"더 궁금하신 게 없으시면 사인을 부탁드려도 될까요?"

은호가 정중하게 말했다. 곤은 흔쾌히 고개를 끄덕이며 계약서를 가져갔다. 그리고 펜을 들었다. 그 순간 왠지 모를 두근거림이 두루의 가슴을 치고 지났다. 잠시 머뭇거리는 듯하던 곤이 이윽고 덤덤하게 손을 움직였다. 사각사각. 종이 위에서 펜이 움직이는 소리가 선명하게 들렸다. 유곤. 언제나 익숙한 듯 낯선 느낌을 주는 그 두 글자가 마침내 종이 위에 반듯하게 서서 그녀에게 인사를 건넸다.

"감사합니다. 잘 부탁드립니다."

은호가 먼저 곤에게 손을 내밀었다. 곤도 주저 없이 손을 내밀어 악수를 했다. 짧은 순간이었지만 강하게 맞잡은 두 남자의 손등 위로 푸른 힘줄이 솟아올랐다. 곤이 붉은 입술을 슬쩍 올려 웃더니 두루에게도 손을 내밀었다. 두루는 예상치 못했던 그의 손길에 약간 당황했지만 이내 따라 웃으며 손을 내밀었다. 기다렸다는 듯이 곤이 그녀의 손을 낚아채듯 잡았다. 단단하면서도 부드럽고 따스한 느낌이 그녀의 손바닥 위로 고스란히 전해졌다.

그런데 잠시 후 두루가 손을 빼려 하자 곤이 조금 더 힘주어 잡았다. 은호가 보고 있다는 느낌에 두루의 미간이 살짝 좁혀졌지만 곤은 그저 미소만 띠고 있었다. 두루가 다시 한 번 손을 빼려 하자 곤이 티 나게 그녀의 손을 잡아당기며 말했다.

"왜 이렇게 손이 차?"

"……야."

"오늘 비 많이 온대. 감기 안 걸리게 조심해."

"……알았으니까 이것 좀."

"얘가 환절기마다 감기를 달고 살거든요. 그냥 넘어가는 법이 없어요."

얘가 정말 왜 이래? 두루가 날카롭게 쏘아보자 그제야 곤의 손에서 힘이 빠졌다. 두루는 은호가 혹시나 이상하게 생각하진 않을까 그의 눈치를 살폈다.

"아무튼 잘 부탁드려요."

곤이 말했다.

"저 말고 얘요."

끝까지 두루를 챙기는 곤의 모습에, 은호의 입가에 옅은 미소가 걸렸다. 두루는 그 희미한 미소의 뜻을 파악할 수 없었지만 곤은 단번에 알았다. 그의 미소는 거짓이었다.

"그럼요. 걱정 마세요."

최은호. 그는 분명 바람에 흔들리는 촛불처럼 위태로워 보였다.

점심을 먹은 뒤, 두루는 영화에서 중요한 배경이 되는 차이나타운을 섭외하기 위해 인천으로 가야 했다. 이미 지난번에 감독과 사전 답사를 마친 상태였기 때문에 오늘은 섭외만 제대로 하면 되었다.

그런데 팀원들이 모두 각자 맡은 일 때문에 바쁘고 감독과 연출

부도 스케줄이 있어서 두루 혼자 가야 하는 상황이 되었다. 장소 섭외 경험이 한두 번도 아니었고 사전에 컨택도 한 터라 두루는 혼자 가도 별 상관이 없었다.

막 회사를 나온 두루가 택시를 잡으려고 도로변에 섰다. 그런데 기다리는 택시는 안 오고 은색의 익숙한 외제차 한 대가 두루의 앞에 와 섰다.

"타."

빗소리에 묻히긴 했지만 그의 목소리는 언제나처럼 분명하게 들렸다.

"저 진짜 혼자 가도 돼요."

"내가 안 괜찮아. 얼른 타."

여자 혼자 낯선 곳에서 섭외를 하는 것은 위험하고 버거울 수 있다며, 회의 시간에도 계속 걱정을 하던 은호가 결국 직접 차를 갖고 나온 것이었다. 두루는 고마운 마음에 눈물이 핑 돌 것 같았다. 비도 오고, 차는 없고. 조금 불편할 것 같긴 하다는 생각에 찜찜하던 찰나 구세주처럼 나타난 그를 굳이 거절할 이유는 없었다. 두루는 감사의 인사를 하고 차에 올랐다.

은은하고 시원한 그만의 향기가 차 안 가득 배어 있었다. 그는 두루가 좋아하는 뉴에이지 음악을 틀어 주고 부드러운 말투로 말했다.

"피곤할 텐데 눈 좀 붙여."

예전 같았으면 한없이 자상한 그 모습에 고맙고 설레는 마음이 먼저 들었을 텐데, 이젠 아니었다. 별 뜻 없는 그의 자상함이 아프게만 느껴졌다. 고백하거나 포기하거나. 확실히 둘 중 하나를 해야겠다는 생각이 들었다.

두루는 반쯤 감은 눈으로 창밖을 보았다. 비에 젖어 가고 있는 풍경이 쓸쓸했다. 언제부터였을까. 그를 생각하면 화창한 봄날이 아니라 비 내리는 날이 떠올랐던 것. 비는 눈물을 닮았고, 또 그를 닮았다. 그 생각을 끝으로 두루는 눈을 마저 감았다. 빗소리와 섞인 음악이 듣기 좋았다.

얼마 후 차이나타운에 도착한 그들은 인천 중구청과 중부 경찰서에 들러 구체적인 홍보 방안과 교통 통제 등에 관해 논의했다. 촬영 날짜와 시간 부분에서 의견 차가 있긴 했지만 전체적으로 협조를 잘 해 주어서 차이나타운의 섭외는 무리 없이 진행되었다. 그러나 문제는 예상치 못한 데서 발생했다. 차이나타운 안의 한 중국집도 따로 섭외해야 하는데 가게 주인이 갑자기 마음을 바꾼 것이었다.

"우린 안 돼. 다른 가게 알아보쇼."

"사장님, 갑자기 이러시면 어떡해요."

"글쎄 싫다니까. 티브이 방송도 아니고 언제 엎어질지도 모르는 영화에 나와서 뭐 하겠다고 장사 몇 시간씩 말아먹으면서 공으로 가게를 빌려 줘?"

아침에 오늘 찾아가겠다고 연락을 했을 때까지만 해도 별말이 없더니, 그새 누군가에게 무슨 말을 들은 모양이었다. 문제는 대여료였다. 이전까지는 영화 촬영 후 가게 홍보 영상을 따로 마련해 주는 등의 조건으로 만족하더니 지금은 원하는 만큼의 대여료를 주지 않으면 가게를 빌려 주지 않겠다는 것이었다.

갑작스럽게 예산안에 금이 가게 되었지만 별수 없었다. 감독과 제작팀 모두가 보기에 디자인이며 규모며 가장 적합한 가게였기에 대여료 몇 푼 때문에 포기할 수는 없었다. 은호가 잠시 가게 밖에서 담배 한 대를 피우며 생각을 하는 동안 마음을 굳힌 두루가 먼저 가게 안으로 들어가 협상을 시도했다.

"좋아요. 그럼 말씀하신 금액에서 딱 반 잘라서 책정해 드릴게요. 촬영이 아무리 길어져야 세 시간 안팎일 거고 저희가 영상도 따로 제작해 드리고, 또 영화가 개봉되면 자연스럽게 홍보 효과가 나서 매출도 상승할 텐데. 이 정도면 절대 손해 보시는 조건이 아니에요."

"이 아가씨 말이 안 통하네. 거 해 봐야 얼마나 한다고 반을 잘라? 대기업들이 쪼잔하다더니 보통이 아니구만."

"저희도 정해진 예산이 있어서요. 고작 한두 씬 찍겠다고 스탭들 몇 끼 밥값을 날릴 수는 없잖아요. 사장님이 조금만 양해해 주시면……."

"듣자 듣자 하니 말 참 이상하게 하네. 스탭들 밥값을 날려? 아니 내가 부당한 요구를 한 것도 아니고, 장소를 빌렸으면 대가를 지불하는 게 당연한 거지. 그걸 갖다가 버린다는 식으로 얘기를 해? 그 돈 몇 푼이 그렇게 아까우면 다른 데 가라고, 다른 데! 난 아쉬울 거 없으니까! 나 참 더러워서."

"아니요. 사장님, 그런 게 아니라……."

"아, 그렇잖아! 고작 한두 씬이 어쩌고 저째? 그렇게 별거 아닌 촬영이면 아무 데나 가서 해도 상관없을 거 아니야? 왜 굳이 여기 와서 이래? 사람을 아주 순식간에 돈에 환장한 사기꾼처럼 만들지를 않나."

"그건 오해세요. 저흰 절대……."

"글쎄, 나가! 나가라고!"

흥분한 주인이 두루의 어깨를 밀치며 소리쳤다. 생각보다 강한 힘이 어깨와 쇄골 부위를 강타하자 두루는 순간적으로 아릿한 통증을 느끼며 뒤로 밀려났다. 하지만 주인은 아랑곳 않고 더욱 거친 손길로 두루를 떠밀었다. 참다못한 두루가 그의 손을 뿌리치며 버럭 소리를 지르려 했을 때였다.

"뭐 하시는 겁니까?"

오한이 끼칠 정도로 싸늘한 목소리와 동시에 짙은 그림자가 주인의 얼굴을 덮었다. 계속해서 두루를 밀쳐 내던 주인의 크고 투박한 손은 어느새 벌겋게 달아오른 채 미세하게 진동하고 있었다. 반면 그의 손목을 쥐고 있는 은호의 손은 단단한 바위처럼 미동도 없었다.

"지금 대체 누굴…… 함부로, 손대시는 겁니까."

그는 최대한 감정을 절제하려고 노력했지만 말끝이 떨리는 것은 어쩔 수 없었다.

"저희 쪽에서도 최대한 맞춰 드리려고 했는데 이렇게까지 하시면 어쩔 수가 없네요. 아무리 짧은 만남이라도 상호 존중과 배려가 없는 상대와는 일하지 않는다는 게 저희 철칙이라서요."

그는 정중한 어조로 말했지만 그 목소리에는 상대를 기죽게 할 정도의 강한 힘이 담겨 있었다. 두루는 그가 일적으로 만난 사람에게 그토록 매섭고 싸늘하게 대하는 것을 처음 보았다. 그는 당사자인 두루보다 몇 배는 더 화가 난 듯 보였다.

"아니, 지금 누가 먼저 일을 벌였는데 어디서 적반하장이야?"

"섭외는 없었던 걸로 하죠. 실례했습니다."

"……뭐, 뭐?"

"참, 오늘 일은 기억에 새기겠습니다. 사장님이 같은 일로 두 번 다신 불편을 겪지 않도록 하려면 다른 영화사들도 알아야 할 테니까요."

"아니, 이봐!"

은호를 부르는 사장의 애타는 목소리가 들렸지만, 그는 개의치 않고 두루의 손을 잡고 빠르게 가게를 빠져나왔다. 비가 많이 내리고 있었지만 우산을 펼 겨를도 없었다. 은호는 아무것도 들리지도 보이지도 않는 듯, 무작정 그녀의 손을 잡고 차로 갔다.

차에 올랐을 땐 이미 온몸이 비에 젖어 축축해진 상태였다. 시트 위로 물이 뚝뚝 떨어졌다.

"……하아."

은호가 낮은 탄식을 토해 내며 얼굴을 쓸었다. 두루는 약간 넋을 놓은 채 앞을 보고 있었다. 방금까지 그가 꼭 잡아 주었던 손이 파르르 떨리는 것 같았다. 그의 온기가 아직도 남아 있는 것 같아서. 두루는 양손을 잡고 만지작거리며 떨림을 진정시키려 애썼다. 왜 이렇게 가슴이 두근거리는지 알 수가 없었다.

항상 이성적이고 냉철하던 그가 우산을 펼 생각조차 못 할 정도로 흥분한 모습을 봤기 때문일까. 아니면 듬직하게 그녀를 지켜 주고, 연인처럼 손을 꼭 잡아 주었기 때문일까. 것도 아니면 비에 젖어 머리를 쓸어 넘기는 모습 때문일까.

명확한 이유는 알 수 없었지만 어찌 됐건 분명한 것은 그녀의 심장박동이 점점 더 빨라지고 있다는 것이었다.

"⋯⋯괜찮아?"

뒤늦게 정신이 들었는지 은호가 두루를 바라보며 물었다.

"⋯⋯네. 죄송해요."

"뭐가?"

"저 때문에 망쳐서요. 잘 해 보려고 한 건데, 제가 너무 말을 경솔하게 해서⋯⋯."

"됐어. 그런 생각 하지 마. 그럴 가치도 없어."

은호는 차갑게 그녀의 말을 잘라 버렸다. 아직도 화가 다 가라앉지 않은 모양이었다. 두루는 그가 자신 때문에 화를 내 주는 것이 고마운 한편, 아까부터 이유를 알 수 없는 떨림 때문에 그의 얼굴을 제대로 바라볼 수가 없었다.

"그러고 보니 많이 젖었네. 미안해. 내가 정신이 없었다. 감기 들겠어."

"아니에요. 괜찮아요."

"일단 재킷은 벗어. 담요가 있을 텐데⋯⋯."

은호가 몸을 일으켜서 뒷좌석에서 회색빛 담요 하나를 꺼냈다. 두루는 여전히 앞만 보며 망설이다가 재킷을 벗었다. 재킷을 벗은 두루는 얇은 블라우스 한 장만 걸치고 있었는데 그 마저도 몸에 딱 달라붙어서 그녀의 아름다운 굴곡이 그대로 드러나 보였다.

젖은 채로 옷을 벗으니 기분이 이상했다. 그 묘한 분위기를 은호도 느꼈는지 답지 않게 헛기침을 했다. 그가 직접 담요를 펼쳐서 두루의 몸에 걸쳐 주었다. 그 손길은 그다지 느리지도 빠르지도 않았는데, 두루는 그가 담요를 덮어 주는 시간이 너무도 길게 느껴졌다.

귓가를 스치는 그의 숨결과 코끝을 스치는 그의 향기가 정신을 아찔하게 만들었다. 그녀의 등과 어깨를 어루만지는 그의 손길이 미치도록 부드럽고 따스했다. 심장이 너무 빨리 뛰어서 이러다 가슴이 터져 버릴 것 같았다. 그의 잔인한 친절과 자상함, 속을 알 수 없는 행동들을, 이제 더는 버틸 수 없을 것 같았다.

"환절기마다 감기 걸린다며. 아플까 봐 진짜 걱정……."

그의 말이 중간에서 뚝 끊겼다. 동시에 그의 심장도 뚝 멈추어 버렸다. 담요를 꼼꼼히 덮어 주던 그의 손도, 그 손을 잡고 있는 두루의 손도, 모두 그대로 멈추어 버렸다. 거짓말처럼 그의 볼에 와 닿았던 그녀의 입술이 천천히 떨어져 나갔다. 아주 잠깐이었지만 너무도 뜨겁고 촉촉해서 잊을 수가 없는 그 느낌이 그의 볼에 고스란히 남아 있었다.

아무 말도 할 수 없었다. 그렇게 몇 분이 흘렀다. 차 안에는 그들의 얕은 숨소리만 남았다. 몸은 차가웠는데 차 안의 공기는 점점 더 뜨거워지고 있었다.

"……해요."

오랜 침묵 끝에 마침내 그녀가 입술을 움직였다.

"……죄송해요."

"……뭐가."

어째서, 죄송하다는 말이 먼저 나왔을까.

"좋아해서요."

"…… ."

"제가 좋아해요. 많이……. 팀장님은 아니죠?"

그에게서는 한동안 아무런 대답이 없었다. 어쩌면 거기서부터 무언가 어긋나 버렸는지도 모른다. 그녀는 그의 마음에 자신이 없었고, 그는 자기 자신에 자신이 없었다. 그에게는 아주 조금의 시간이 필요했을 뿐이지만, 1초의 침묵도 뼈아픈 고통이었던 그녀는 그것을 거절로 받아들였다. 그래서 그가 한 발 다가서려 했을 때 그녀는 이미 물러나 있었다.

"두루야."

그는 처음으로 그녀의 이름을 다정하게 불렀지만, 그녀는 그것조차 인지하지 못했다.

"알아요. 아닌 거 아는데…… 그냥 어떻게든 말해야 할 것 같았어요. 말하지 않으면 안 될 것 같아서…… 죄송해요. 정말."

"……."

"불편하게 해 드리려던 건 아니었어요. 불편해지고 싶지 않아요. 그러니까, 전 정말 괜찮으니까…… 그냥 잊어 주세요."

그의 손을 잡고 있던 두루의 손에서 힘이 빠졌다. 두루는 긴 머리를 방패 삼아 얼굴을 가리고 창문 쪽으로 고개를 돌렸다. 바보처럼 흘러내리는 눈물을 들키고 싶지 않았다. 괜찮다고 말했지만 하나도 괜찮지 않음을 들키고 싶지 않았다. 그녀는 눈을 감았다. 혼자 고백을 했고, 혼자 이별을 했다. 검게 타 버린 마음 위로 비가 쏟아지는 것 같았다. 늦게라도 그가 잡아 주길 바랐지만 그는 아무 말도 하지 않았다.

그러나 그녀는 몰랐다. 운전대를 잡은 그의 손이 얼마나 떨리고 있는지를.

쏟아지는 비를 와이퍼가 닦아 내고 있었다. 당장에라도 그녀의 손을 잡고 싶은 그의 마음도, 정체 모를 무언가가 연신 닦아 내고 있었다. 그는 아직 그것을 이겨 낼 자신이 없었다. 그래서 그 순간이 처음이자 마지막으로 그에게 온 기회라는 것도 모른 채, 허망스레 놓아 보내고 있었다.

'……좋아한다. 나도 너를.'

그 짧은 몇 마디가 끝끝내 입 밖으로 흘러나오지 않았다.

네 오랜 간극의 의미

곤의 캐스팅이 확정된 후 주조연 캐스팅은 예상보다 더욱 빠르게 진행되었다. AK 제작에 웰 메이드 시나리오, 유곤 주연이라는 조건은 많은 사람들을 영화에 끌어들이기에 충분했다. 그러나 실력 있는 명품 배우들의 라인업이 어느 정도 완성된 뒤에도 중요한 한 자리가 채워지지 않아서 촬영 스케줄을 짜는 데 어려움이 있었다. 그것은 바로 원 톱인 곤에 비해서는 비중이 낮긴 하지만 그의 순애보를 한 몸에 받는 여자 주인공의 자리였다.

"오늘까지 물 먹이면 확 엎어 버려야지. 더러워서 진짜."

"설마 오늘까지 그러겠어."

"맘 같아선 지금 당장 엎고 싶은데 참는다. 세상에 여배우가 김소율밖에 없는 것도 아니고."

"맞아."

두루는 흥분한 수아의 말에 적당히 장단을 맞춰 주며 말했다. 핸들을 돌리는 수아의 손길이 다소 거칠었다. 그도 그럴 것이, 오늘이 벌써 소율의 소속사에 계약 문제로만 네 번째 찾아가는 길이었다. 계약을 하기로 약속해 놓고 갈 때마다 한두 가지 조건을 가지고 트집을 잡아서 이렇게 된 것이었다.

소율은 스무 살 때 데뷔를 했으나 7년 동안 무명 생활을 하다가 지난번 했던 드라마가 대박을 치면서 이제야 주목을 받기 시작한 배우였다. 오랜 무명 생활의 설움 때문인지 그녀는 자신의 몸값과 자존심에 유독 집착하는 편이었다. 그래도 요즘 가장 핫한 여배우인 데다 이미 몇 차례 기사까지 나간 상태라 현재로서는 소율을 캐스팅하는 것이 최선이었다. 다른 사람이 펑크 낸 자리에 2순위로 들어가는 것을 좋아할 만한 여배우는 없었기 때문이다. 이처럼 까다로운 여주인공의 캐스팅을 맡은 수아로서는 스트레스가 이만저만이 아니었다.

"근데 넌 왜 따라 나온 거야?"

한참 소율에 대한 불평을 늘어놓던 수아가 문득 생각난 듯 두루를 향해 물었다.

"그냥…… 신서준 대신이지, 뭐."

수아가 중요한 계약을 하러 갈 때마다 그녀의 다혈질적인 성격 때문에 유한 성격의 서준이 함께 가서 분위기를 조율하곤 했다. 그런데 오늘은 서준이 은채와 함께 촬영지 섭외를 가서 없었다. 수아는 혼자 가도 별 상관이 없었지만 두루가 굳이 함께 가 주겠다고 자리를 박차고 나왔다. 두루는 서준 대신 수아를 자제시켜 줄 사람이 필요하기 때문이라고 둘러댔지만, 수아는 무언가 수상쩍음을 느꼈다.

언제부턴가 두루가 은호를 피하는 듯한 느낌이 들었던 것이다. 오늘만 해도 그랬다. 하필 김 차장도 자리를 비운 상태라서 수아까지 나가면 사무실에 두루와 은호 단둘이 남게 되는 상황이었다.

"솔직히 말해 봐. 너 팀장님이랑 무슨 일 있었지?"

"아니? 일은 무슨."

"아니면 둘이 왜 그렇게 어색한데? 서로 그렇게 살뜰하게 챙기던 사람들이."

"우리가 언제……."

"얼씨구. 시침 떼니까 더 수상해. 눈치 없는 김 차장님도 너네 요즘 이상한 건 알더라. 무슨 일인데? 차이나타운 갔던 그즈음부터인 것 같은데……."

수아의 예리한 지적에 두루는 뜨끔하여 시선을 피했다.

벌써 2주나 흘렀는데 그날 일은 아직도 어제 일처럼 생생하게 느껴졌다. 그날 이후 아직까지 은호와 한 번도 사적인 대화를 해 보지 못했다. 은호는 뭔가 할 말이 있어 보였지만 두루가 너무 피해 다니자 나중에는 포기한 것처럼 보였다. 제 마음 하나 편하자고 그를 불편하게 한 것 같아 미안했지만 어쩔 수 없었다. 그의 마음을 알았는데 무슨 대화가 더 필요할까 싶었다. 두루는 하루빨리 그를 잊고 싶었다. 그러기 위해 필사적으로 노력하는 중이었다.

'나 약속 지켰어.'

은호에게 고백을 하고 일주일 뒤쯤, 두루는 베란다에서 곤과 대화를 하게 되었다.

'고백하거나 포기하거나 둘 중 하나 하라며.'

'……어떻게 됐는데?'

어쩐지 약간 긴장해 보이는 곤에게, 그녀는 싱긋 웃으며 말했다.

'고백했고, 포기했어.'

그는 잠시 말이 없었다. 그저 조금 흔들리는 눈빛으로 그녀를 바라볼 뿐이었다. 애써 아무렇지 않은 척하는 그녀를 보며 그도 나중에야 슬쩍 미소를 지었다.

'잘했어.'

'……'

'잘된 거야.'

그는 그녀를 위로해 주듯 말했지만, 왠지 자기 위안을 하는 것처럼 느껴졌다. 달빛이 어린 그의 얼굴은 고요했고 쓸쓸했다.

'……미안해.'

그는 결국 앞의 말들과는 전혀 어울리지 않는 한마디를 꺼냈다. 그녀는 그의 말을 이해할 수 없어서 태연한 척 웃으며 말했다. 네가 왜 미안하냐고, 나 생각해 준 거 안다고, 어차피 끝내야 할 일이었다고, 고맙다고. 그러자 곤은 두루를 지그시 바라보다가 물었다.

'……괜찮아?'

두루는 고백했던 날 이후 한 번도 울지 않았다. 그래서 생각보다 괜찮아 다행이라 생각하며 지냈다. 그런데 괜찮냐는 그 한마디를 듣는 순간 정말이지 순식간에 괜찮지 않아지면서 울컥 눈물이 치솟았다. 그 눈물을 참아 내기 위해 얼마나 이를 악물었는지 모른다. 그녀는 그렇게 은호를 잊어 가고 있었다. 잊으려고 애쓰고 있었다.

그때 생각을 하니 다시금 코끝이 뜨거워졌다.

"한두루."

"고백했어."

두루는 붉게 달아오른 눈으로 창밖을 응시하며 덤덤하게 말했다.

"뭐어?"

"내가 팀장님 좋아했거든. 그래서 고백했다가 차였어."

수아는 놀란 듯 잠시간 아무 말도 하지 않았다. 입사 후 쭉 함께 다녔기에 두루의 마음을 몰랐던 것은 아니었다. 하지만 두루는 자신의 마음을 너무도 잘 숨겼고 언젠간 혼자 정리할 것처럼 보였다. 수아는 두루가 얼마나 사랑이란 것에 믿음이 없고 자신이 없는지 알고 있었기 때문이다.

그런데 고백이라니. 그리고 차였다니? 수아로서는 도저히 믿기 힘든 두 가지 사실이었다. 그중에서도 더욱 이해가 안 가는 것은 차였다는 얘기였다.

"뭐가 어떻게 된 거야? 그리고 차였다니. 팀장님이 직접 거절했어?"

"그런 거나 마찬가지야."

"좀 자세히 좀 말해 봐."

"이미 다 지난 얘긴데, 뭐. 그냥 고백했는데 팀장님은 아닌 것 같아서 혼자 정리했어."

"그게 무슨 바보 같은 소리야?"

"그렇게 됐어."

"한두루!"

"나 이제 괜찮아. 정말."

두루는 생각보다 흥분하는 수아를 보며 실없이 한 번 웃고는 다시 창밖으로 고개를 돌렸다. 수아는 더 할 말이 많았지만 힘들어 보이는 두루를 위해 말을 삼켜야 했다. 하지만 의아함이 가득한 혼잣말이 잇새로 새어 나오는 것은 막을 수가 없었다.

"그럴 리가 없는데……."

그녀가 느끼기에 은호는 분명 두루를 좋아하고 있었다. 물론 그녀의 직감이 틀렸을 수도 있지만 뭔가가 이상하다는 느낌이 강하게 들었다. 왠지 모르게 찜찜했고, 안타까웠다. 신호에 걸려 차를 세운 수아는 조심스럽게 두루의 눈치를 살피다가 그녀가 보고 있는 창밖을 바라보았다.

4월 말. 불과 몇 주 전까지만 해도 세상을 분홍빛으로 물들이던 아름다운 벚꽃들은 모두 지고 없었다. 대신 그 자리에 여름을 알리는 시원한 푸른빛이 조용히 들어서고 있었다.

불행인지 다행인지 김소율의 캐스팅은 회사 방문 네 번 만에 가까스로 성사되었다. 까다로운 여배우 설득하랴, 성난 동료 다독이랴, 이래저래 진이 빠졌던 두루는 퇴근 시간까지 은호를 피해 다니는 것으로 남아 있던 모든 힘을 소진해 버렸다. 그런데 지친 몸을 이끌고 퇴근 준비를 하던 중에 몸을 벌떡 일으킬 만큼 달가운 전화 한 통을 받게 되었다.

띵동. 띵동.

초인종을 누르는 손끝이 가벼웠다. 두루는 미소를 가득 머금은 얼굴로 인터폰을 향해 손을 흔들어 보였다. 곧이어 벌컥 문이 열렸다. 문이 열리는 동시에 요란스러운 비명이 집 안에서 튀어나왔다. 마침내 마주한 두 여자는 여고생처럼 호들갑을 떨며 서로를 부둥켜 안고 반가움을 온몸으로 표현했다.

"축하해, 이것아!"

"고맙다, 이년아!"

거칠면서도 구수한 수연 특유의 말투가 반가웠다. 두루는 양손 가득 사 온 음식들을 수연에게 전해 주며 집 안으로 들어섰다.

"뭘 이렇게 많이 사 왔어?"

"밤새 달리려면 이 정도는 있어야지."

"어쭈, 웬일로 이렇게 호기로우실까? 콜라로 달리시려고?"

"내가 아무렴 이 좋은 날에 콜라로 달리겠냐?"

지쳐 있던 그녀를 웃게 한 달가운 전화는 고등학교 동창인 수연의 전화였다. 졸업 후 적어도 1년에 한두 번은 꼭 봐 왔었기에 이번에도 만날 약속을 잡기 위해 전화를 한 것이리라 생각했는데 아니었다.

'한두루, 나 결혼한다!'

전화를 받자마자 수연이 폭탄처럼 터뜨린 대사였다. 방송국에서 예능 작가로 일하는 그녀는 2년 전부터 한 예능 피디와 만나고 있었다. 두루는 수연이 그를 만나면서 얼마나 결혼을 바랐는지 알고 있었기에 마침내 프러포즈를 받았다는 소식을 듣고 제 일처럼 마음이 들떴다. 수연의 왼손 네 번째 손가락에는 심플한 듯 화려한 다이아 반지가 끼워져 있었다. 그것을 본 두루의 얼굴에 뿌듯한 미소가 떠올랐다.

"도현이도 온대?"

"그럼, 와야지. 짜식이 어찌나 바쁘다고 튕기던지."

"일 시작한 지 얼마 안 됐잖아. 한창 바쁠 시기지."

"이제 잘나간다 이거지? 너도 유곤의 뒤를 잇는 배신자가 되겠다 이거지? 하고 큰소리 좀 쳐 줬더니 금방 꼬리 내리고 온다더라.

푸하핫. 여튼 소심한 건 알아줘야 돼."

곤은 4년 전 두루와 멀어지기 시작하면서 자연스럽게 모임에서도 빠지게 되었다. 그렇다고 생판 남이 된 것처럼 연락을 뚝 끊지는 않았지만 도현과 수연은 멀어지는 그를 보며 서운한 마음을 감추지 못했다. 데뷔 초기라 바쁜 것은 어쩔 수 없지 않냐며 두루가 곤을 감싸 주는 것도 한계가 있었다. 그의 연락 두절이 점점 장기화되어 갔기 때문이다.

"곤이 연락 닿았어."

"그래? 뭐, 너하고는 그래도 간혹 해 왔으니까."

수연은 두루가 사 온 보쌈의 포장을 벗기고 접시에 덜어 놓으며 대수롭지 않게 말했다. 두루도 그녀를 도와 피자 몇 조각을 꺼내 접시 위에 놓고 전자레인지에 넣었다. 두 여자는 빠르고 능숙한 손놀림으로 음식을 세팅하면서 이야기를 주고받았다.

"얼마 전에 다시 들어왔거든. 집에."

"그래? 독립해 살다가 같이 살면 불편할 텐데."

"아저씨 아주머니는 이사 가셨어. 청담동. 곤이가 마련해 드린 모양이야."

"자식이 크긴 많이 컸나 보네. 진짜."

"응. 그래서 보기도 자주 보고…… 이번 영화도 같이하게 됐어."

"뭐?"

덤덤하게 이야기를 주고받던 수연이 갑자기 깜짝 놀라며 그녀를 돌아보았다. 맥주잔을 챙기던 두루가 슬쩍 웃어 보였다. 그러나 수연은 좀처럼 얼어붙은 표정을 풀지 못했다.

"진짜야? 어떻게?"

"역할이 잘 맞아서 제의했는데, 오케이하더라고."

그러자 수연은 미묘하게 깊어진 눈동자로 두루를 뚫어져라 쳐다보았다.

"왜?"

"그 외엔? 별다른 말 없고? 아, 이하연은 뭐야? 가짜 연애 어쩌고 하던데?"

"그건…… 사정이 있었나 봐."

"뭐? 그럼 정말 가짜였단 소리야?"

큰소리로 말한다고 누구 들을 사람이 있는 것도 아니었지만 두루는 쉿, 하는 제스처를 취하며 비밀이라는 눈치를 주었다. 그러자 수연은 당연히 안다는 듯 고개를 끄덕이더니 금세 호기심이 가득 찬 눈동자로 두루를 쫓았다.

"갑자기 집에 다시 들어오고 영화까지 같이한다고……. 그 자식 정말 별말은 없디?"

"자꾸 무슨 소리야? 별말이라니."

"아니, 뭐, 그냥……."

영문을 모르겠다는 듯한 두루의 표정에 수연은 한 발 물러나 뒷머리를 긁다가 다시금 눈을 반짝이며 물었다.

"어쨌거나 넌 요즘 유곤이랑 다시 연락하고 지낸다는 거지?"

"응. 그동안은 너무 바빴던 걸 거야. 아마 너희랑도 곧……."

"폰 좀 줘 봐."

"뭐?"

"핸드폰."

수연이 재촉하듯 오른손을 흔들며 말했다. 두루는 그녀의 강요에 못 이겨 휴대폰을 건네주고는 불안한 표정으로 그녀의 행동을 주시했다. 수연은 속을 알 수 없는 미소를 띤 채 어디론가 전화를 걸었다. 두루는 그 상대가 누구인지 짐작이 갔지만, 수연이 결혼 소식을 직접 알리고 싶은 모양이라 생각해서 피식 웃어넘기고 말았다.

"여보세요? 유곤?"

잠시 후, 수연이 한층 높아진 목소리로 전화를 받았다. 그녀는 곤에게 그동안의 서운함과 불만을 토로하며 안부를 주고받더니 이내 오늘의 모임에 대해 이야기했다. 두루는 곤이 요즘 화보 촬영과 CF 때문에 바쁘다는 것을 알고 있었기에 당연히 못 올 것이라고 생각했는데 잠시 후 전화를 끊은 수연의 입가에는 묘한 미소가 떠올랐다.

"온대?"

"화보 촬영이 어쩌고저쩌고 또 비싼 티를 실컷 내시기에 내가 자극 좀 해 줬지."

"무슨 자극?"

"도현인 오는데?"

"……그게 뭐야?"

도현이야 항상 만나 왔고 곤도 그것을 당연히 알고 있었는데 새삼스레 그 말이 곤에게 무슨 자극이 되는지가 의문이었다. 그러자 수연은 답답하다는 듯한 표정으로 두루를 보며 의미심장한 웃음을 흘렸다.

"됐다. 상이나 마저 차리자."

"왜 말을 하다 말아?"

"두 놈 중에 누가 더 빨리 오나 내기나 할까? 푸하핫."

수연은 뭐가 그리 재밌는지 연신 혼자 웃음을 터뜨렸다. 두루는 그런 수연을 이상하게 바라보며 그녀가 전화로 했던 말을 되짚어 보았다. 도현의 얘기가 무엇이었기에 그 바쁜 곤을 4년 만에 모임에 참가하게 했는지가 궁금했기 때문이다. 한참을 차근차근 되짚어 본 뒤에야 두루는 수연이 도현에 대해서 했던 말을 생각해 낼 수 있었다.

'도현이 회계사 됐다는 건 들었어? 이제 자리도 잡았다, 여자만 있음 된다던데. 주위에 두루 같은 여자 어디 없냐고…… 아, 암튼 늦더라도 들를 수 있음 들러. 애들 오늘 여기서 밤 새운댔으니까.'

그런데 뒤늦게 그 말을 떠올린 두루는 두 가지 의문이 생겼다. 하나, 도현이가 언제 주위에 나 같은 여자가 없냐고 찾았으며, 둘, 눈코 뜰 새 없이 바쁜 도현이 정말 여기서 잔다고 했을까였다.

어찌 됐건 그것이 곤을 자극한 것만은 사실인 듯했다. 전화를 끊자마자 바로 곤에게서 문자가 날아왔으니까.

[수연이 집 주소 뭐야 ─유곤]

곤이 먼저 도착할 거라던 수연의 예상과는 다르게 도현이 먼저 모습을 드러냈다. 일이 끝나고 바로 달려온 듯한 도현은 반듯한 진회색의 정장 차림이었다. 회계사로 일을 시작한 뒤로는 처음 보는 것이었기 때문에 그의 정장 차림 역시 처음이었다.

회계사를 준비하던 시기의 초췌하고 기운 없던 도현과는 확실히 다른 이미지였다. 그는 훨씬 깔끔하고 당당해 보였다. 전보다 몇 배는 밝은 기운이 흘러넘쳤다. 세련된 뿔테 안경 너머로 보이는 날카로운 눈빛에는 전에는 미처 몰랐던 지성미가 엿보였다.

세 사람은 곤이 오기 전까지 먼저 술을 한 잔씩 하며 이야기를 나누었다. 술이 약한 두루는 소맥 한 잔에 볼이 붉게 달아오른 상태였다. 한창 대화가 무르익어 갈 즈음 수연이 예비 남편과 전화를 하러 자리를 비웠다. 거실에는 두루와 도현 둘만 남게 되었다. 매년 보긴 했지만 단둘이 연락하는 일은 별로 없어서인지 두루는 도현에게서 조금 어색함을 느꼈다.

　"수연이가 우리 중에 제일 먼저 가네."

　도현이 기분 좋게 웃으며 말했다.

　"그러게. 넌 아직 소식 없어?"

　"아직 별로 생각 없어. 자리 잡으면 천천히 만나려고."

　"주위에 나 같은 여자 없냐고 찾았다며?"

　아까 전 수연의 말도 확인해 볼 겸 두루가 농담조로 묻자 도현이 풋 하고 웃음을 터뜨렸다.

　"수연이가 그래?"

　"응."

　"하핫. 쟨 진짜 언제까지 그걸 우려먹을 생각인지."

　"무슨 소리야?"

　도현은 재미있다는 듯 연신 쿡쿡 웃으며 술을 들이켜더니 술잔을 내려놓을 때는 사뭇 진지한 표정으로 두루를 보며 물었다.

　"너 진짜 몰랐어?"

　그다지 무겁지도 가볍지도 않은 톤이었지만 왠지 사람을 긴장시키는 질문이었다. 눈을 동그랗게 뜬 두루가 무얼 말하는 거냐고 되물으려던 순간이었다. 맑은 초인종 소리가 집 안을 울렸다. 수연이 통화를 마쳤는지 방에서 나와 현관으로 갔다. 문을 열자 모자를 푹 눌러쓴 캐주얼한 차림의 키 큰 남자가 피식 웃으며 고개를 들었다.

수연이 이게 누구냐, 배신자 아니냐며 호들갑을 떨었지만 곤은 그저 수연의 품에 비싼 와인을 턱 안겨 주고 휘적휘적 집 안으로 걸어 들어왔다. 4년 만이라는 사실이 무색할 정도로 편안한 분위기였다.

"이게 얼마 만이냐?"

도현과도 가볍게 인사를 나눈 곤은 자연스럽게 두루의 옆에 앉았다. 그러곤 여기 수연이 자린데, 라는 두루의 말쯤은 가볍게 무시해 준 뒤 앞접시와 젓가락만 앞자리에 있던 새 것과 바꾸어 놓았다. 어느새 와인잔을 챙겨 온 수연이 그런 곤을 보며 얼핏 웃더니 도현의 옆자리에 앉아 각자의 잔에 와인을 따라 주었다.

수연의 적극적인 건배 제의로 테이블의 분위기는 금방 달아올랐다. 서로의 안부를 묻고 그동안의 얘기를 하며 몇 바퀴 술이 돌고 나자 다들 기분 좋게 취한 상태가 되었다. 술이 약한 두루만 귀가 웅웅거리는 기분을 느끼며 연신 실없는 웃음을 흘렸다.

"얘 취했나 보다. 어쩐지 무리한다 싶더라니."

"아니야. 나 안 취했어."

두루가 수연의 말에 반박하며 제 술잔을 지키려 들자 곤이 단호하게 그녀의 손에서 술잔을 빼앗아 버렸다. 두루가 글썽글썽한 눈으로 곤을 바라봤지만 소용없었다.

"너 내일 일도 가야 되고 많이 먹으면 속 아파. 안 돼."

"이야, 누가 보면 두루 보호잔 줄 알겠다."

보호자. 그 말이 두루의 가슴을 따끔하게 건드렸다. 십 년 전 아버지가 돌아가신 이후, 어찌 보면 곤은 정말 두루의 보호자나 다름 없었다. 늘 곁에 있어 주었고 늘 지켜 주었다. 문제의 그 4년이라는 공백이 있기 전까지는.

"유곤, 변한 줄 알았더니 하나도 안 변했네."

도현도 수연의 말을 거들듯이 한마디 던졌다. 그러자 곤이 짧게 웃었고 연이어 도현과 수연도 가벼운 웃음을 흘렸다. 두루는 그들이 왜 웃는지 알 수가 없었다. 별 얘기는 아니었지만 그들의 분위기가 어쩐지 수상했다. 자신을 제외한 세 사람만 아는 무언가가 있는 것 같았다. 그들의 분위기에 괜한 소외감을 느낀 두루가 취기를 빌려 입을 열었다.

"뭘 모르는 거야?"

다소 뜬금없는 질문에 세 사람 다 의아한 얼굴로 두루를 보았다.

"내가 뭘 모른다는 거야?"

그러나 두루는 풀린 눈을 똑바로 뜨며 도현을 직시했다.

"아까 도현이 네가 나더러 그랬잖아. 진짜 몰랐냐고. 뭘 몰랐냐는 거야?"

도현은 약간 당황한 듯 웃었고 곤은 금세 진지해진 표정으로 도현을 바라보았다. 도현은 자신에게 닿은 곤의 눈빛이 너무 날카로워 해명이라도 하듯 손을 내저었지만, 계속되는 두루의 재촉에 못 이기고 입을 열었다.

"아니, 수연이 얘가 계속 그때 일로 장난을 치는 것 같길래."

"무슨 장난?"

"내가 두루 같은 여자 찾았다고 그랬더라니까."

"그게, 장난이었다고?"

곤이 어이없다는 듯 묻자 정작 이 농간을 부린 장본인은 재미있다는 듯 호탕한 웃음을 터뜨렸다.

"그래서 문득 궁금해져서 묻고 싶었어. 두루한테. 정말 몰랐는지."

"……뭘?"

"내가 그때 좋아했던 거."

도현의 말과 동시에 아주 잠깐의 정적이 내려앉았다. 두루는 멍한 얼굴로 눈을 깜빡이며 그를 보고 있었다. 곤의 얼굴에도 순간 서늘한 그림자가 스쳐 지났다. 그러자 도현은 다 지난 옛날 얘기라는 듯 능청스럽게 웃으며 말했다.

"표정 보니까 진짜 몰랐던 모양이네. 너도 진짜 눈치 하난 어지간히 없다. 다 알았던 걸 어떻게 너만 몰라?"

"다 알았다고? 너희 다?"

"그래. 내가 이제 와 하는 말이지만 그때 유곤 기에 눌려서 고백 한 번 못해 보고……."

"야!"

곤이 성급히 보쌈 하나를 집어 도현의 입에 박아 넣었다. 그 광경을 본 수연은 배꼽을 잡고 웃기 시작했다. 산만한 분위기 속에 두루만 여전히 멍한 얼굴이었다. 그녀는 좀처럼 웃을 수가 없었다. 머리도 너무 어지럽고 대화는 잘 들어오지 않아서 무슨 상황인지 어리둥절하기만 했다. 결국 두루는 대화에 끼는 것을 포기하고 양 손으로 이마를 받친 뒤 눈을 감았다. 눈을 감자마자 깊은 어둠과 함께 잠이 몰려들었다.

"다 지난 얘긴데 뭐 어때?"

"술이나 마셔라."

"아, 역시. 유곤은 하나도 안 변한 건가?"

도현의 예리한 질문에 곤은 대답하지 않고 홀로 술을 따라 마셨다. 그러자 도현은 입꼬리를 슬쩍 올리며 혼잣말하듯 말을 흘렸다.

"알 것도 같다. 네 그 오랜 간극의 의미."

그때 조용히 생각에 잠겨 있는 듯하던 두루가 스르륵 무너지듯 테이블 위로 엎어졌다. 그새 잠이 든 모양이었다. 곤은 말없이 일어나 두루를 조심스레 일으키더니 양팔로 번쩍 안아 들었다. 수연이 와우, 하며 짧은 박수를 쳤다.

"네 방 어디야?"

"바로 왼쪽."

곤이 묵묵히 등을 돌렸다. 두루가 깨지 않도록 조심히 발을 내딛는 그 뒷모습을 보다가 수연이 참지 못하고 질문을 던졌다.

"언제 하려고?"

몇 걸음 걷던 곤이 잠시 멈추었다. 그에게서 여유로운 듯 씁쓸한 실소가 흘러나왔다.

"아직, 기다리는 중이야."

곤은 그 아리송한 한마디를 뱉고는 두루를 데리고 방으로 들어갔다. 남겨진 두 사람은 서로를 마주 보며 가볍게 웃어 보였다. 여전히 둘 다 바보인 것 같다는 공통된 생각에서 비롯된 웃음이었다.

곤은 두루가 깨지 않도록 조심스럽게 침대에 눕히고 이불을 덮어 주었다. 그러자 두루가 아이처럼 뒤척이며 이불 속으로 파고들었다. 곤은 그 모습을 가만히 바라보다가 침대 위에 걸터앉았다. 바로 나가려고 했는데 역시나 조금만, 조금만 더, 하는 생각이 그를 붙잡았다. 자는 모습이라도 조금만 더 보고 싶다는 욕심은 금세 몸집을 키워서 이윽고 그의 손을 움찔거리게 만들었다. 그녀의 희고 부드러운 피부는 마치 자석처럼 그의 손을 끌어당기고 있었다.

곤은 떨리는 손으로 그녀의 머리카락을 쓸어 주다가 이내 그녀의 매끄러운 피부 위로 손을 옮겼다. 엄지손가락을 이용해서 살며시 그녀의 볼을 쓸어 보았다. 평소엔 장난치듯 아무렇지 않게 꼬집고 매만지던 볼인데, 몰래 만지려니 작은 촉감 하나하나가 그의 신경을 자극하는 듯 온몸이 떨려 왔다.

그녀의 볼 위를 부드럽게 배회하던 그의 손가락이 이번엔 본능적으로 그녀의 붉은 입술 위로 향했다. 늘 만져 보고 싶던 그녀의 붉고 도톰한 아랫입술이 가까워질수록 심장이 주체할 수 없이 빠르게 뛰었다. 볼까지는 모르겠지만 입술은 워낙 예민한 부위기 때문에 자칫 그녀가 낯선 촉감을 느끼고 깰 것만 같았다. 그녀의 입술 근처에 머무른 곤의 손이 미세하게 떨렸다.

머리로는 그만 나가야 한다고 생각했지만 몸이 말을 듣지 않았다. 잠든 그녀가 너무 아름다워서 눈을 뗄 수도, 손을 뗄 수도, 마음을 뗄 수도 없었다.

결국 곤은 참지 못하고 엄지손가락을 들어 그녀의 촉촉한 입술을 부드럽게 쓸어 보았다. 그러자 다음 순간 손끝에서 아린 전율이 일어나 온몸으로 퍼지는 것 같은 기분이 들었다. 뜨거웠다. 그저 아주 짧은 스침뿐이었는데. 그 뜨거움이 떨림으로 번져 그를 흥분케 만들었다. 마음 같아선 양손으로 그녀의 볼을 휘어 감고 놀라울 정도로 부드러운 그 입술에 제 입술을 당장이라도 맞대고 싶었다. 하지만 그럴 순 없었다. 욕망이 더욱 커지기 전에 여기서 멈추어야만 했다. 곤은 나직한 한숨을 뱉으며 침대에서 벌떡 일어났다.

더 있다간 정말 그녀의 입술을 몰래 훔쳐 버릴 것만 같았다.

그는 마음을 진정시키려 애쓰며 조용히 발을 내디뎠다. 그러곤 그녀가 편히 잘 수 있도록 불을 꺼 주고 방을 나왔다. 문을 닫자마자 긴장해 있던 심장이 통제에서 해방된 듯 더욱 빠르게 뛰기 시작했다. 그래도 두루가 깨지 않아 다행이라 생각하며 곤은 도현과 수연이 있는 거실로 향했다.

그러나 그것은 착각이었다.

달칵.

문이 닫히는 소리와 동시에 두루는 무거운 눈꺼풀을 천천히 들어 올렸다. 그리고 왠지 모르게 아까부터 떨리고 있던 손을 들어 제 입술을 만져 보았다. 익숙한 듯 익숙지 않은 손길이 닿았던. 그 짧은 손길에 말할 수 없이 뜨거워진. 제 것이지만 제 것이 아닌 것 같은 입술 사이로, 그녀의 혼란을 담은 미온의 숨이 흘러나왔다.

2-4
익숙한 듯 익숙하지 않은,
떨림

    프리 프로덕션(사전 제작)의 막바지에 들어선 일주일은 눈코 뜰 새 없이 바빴다. 주말에도 쉬지 못하고 일을 한 팀원들은 모두 비에 젖은 거적때기처럼 축 늘어져 있었다. 하지만 당장 다음 주부터 촬영에 들어가야 하는 터라 맘 놓고 지쳐 할 여유도 없었다. 그런 팀원들이 안타까웠던지 은호가 오늘만큼은 다들 정시 퇴근을 시켜 주겠다고 했다. 그러자 말라비틀어진 논밭 같았던 사무실에 시원한 단비라도 내린 듯 생기가 돌았다.

    은호가 팀장실로 들어간 뒤, 수아는 서랍에서 영화표 두 장을 꺼내 와락 끌어안으며 말했다.

    "아싸. 오늘 〈오직 하나〉 VIP 시사회 있는데 갈 수 있겠다!"

    〈오직 하나〉는 명실공히 한국의 남자 배우 중 톱으로 불리는 유신의 멜로 영화로서, 칸 영화제에 공식 초청을 받은 화제의 작품이었다. 그런 영화의 VIP 시사회라면 영화제 시상식에 버금가는 화려한 인물들이 모여들 것이 뻔했다.

"이 대리님 〈오직 하나〉 시사회 간다고요? 그런 금쪽같은 티켓을 어디서 구하셨어요? 몇 장이에요?"

서준이 파티션 너머로 고개를 들이밀며 물었다. 티켓을 보는 그의 두 눈이 어둠 속의 촛불처럼 영롱하게 빛났다. 그러나 수아는 단호했다.

"딱 두 장이고, 한 대리랑 갈 거거든? 관심 꺼라."

"히잉. 진짜요?"

서준이 울먹이는 고양이 같은 눈으로 두루를 바라보았다. 그러나 VIP 시사회가 있는 것도 몰랐던 두루는 오늘 처음 듣는 자신의 스케줄에 황당해하며 수아를 보았다. 수아는 두루에게 다짜고짜 표한 장을 건네주며 애원하듯 말했다.

"갈 거지? 응?"

"그냥 서준이랑 가. 저렇게 가고 싶어 하는데. 난 괜찮아."

"무슨 소리야. 저번에 같이 가기로 해 놓고."

"내가 언……."

"한 입 갖고 두말하면 쓰나. 자자. 일단 받아. 간만에 둘이 데이트하면서 스트레스나 좀 풀자."

수아는 두루의 손에 억지로 티켓을 쥐여 주곤 씩 웃으며 파티션 안으로 쏙 들어가 버렸다. 한 가닥 희망을 움켜쥐고 그들을 지켜보던 서준도 낙담한 표정으로 천천히 고개를 내렸다. 두루는 서준에게 미안한 마음이 들었지만 순간 모니터 속으로 날아드는 쪽지 한장 때문에 짧은 한숨을 뱉으며 티켓을 챙겼다. 수아의 애교 가득한 목소리가 음성 지원되는 것만 같았다.

[댜기 미안해ㅜㅜ 그래도 애초에 진짜 너랑 볼 생각으로 두 장 받아 놓은 거란 말이야. 같이 가 줄 거지? 응응?]

딱히 그러자고 약속을 한 것은 아니지만, 두 사람은 암묵적인 영화 파트너였다. 영화 취향이 비슷하기도 했고 토론을 해도 잘 맞아서 언제부턴가 좋은 영화가 나오면 꼭 같이 보았다. 그렇기에 두루는 자신을 생각해 준 수아의 마음을 더는 밀어낼 수가 없었다. 그리고 사실 〈오직 하나〉는 두루도 꽤 기대를 하고 있던 영화였다. 이왕 보게 된 것 좋은 마음으로 보자는 생각으로 두루는 고민 끝에 알았다는 답장을 보냈다.

그렇잖아도 여러모로 마음이 복잡했는데 차라리 잘됐다 싶었다. 간만에 좋은 영화로 머리를 좀 식히고 싶었다. 아주 잠시나마 요즘 그녀를 뒤흔드는 혼란에서 벗어나고 싶었다. 그러나 그럴 수 있을 거라던 그녀의 기대는 착각이고 실수였다. 벗어나기 위해 한 선택은 오히려 그녀를 더욱 깊은 혼란 속으로 끌어들였으니.

"그러게 당분간 스케줄 잡지 말랬더니 맘대로 잡으면 어떡해요."

하연이 깊은 한숨을 토해 내며 말했다.

"그럼 어떡하냐? 자칫하다간 다 터지게 생겼는데 시사회라도 가서 얼굴 비쳐야지. 누가 곤이까지 가는 줄 알았냐고. 그 자식이 말을 해야 말이지."

"곤이 유신 선배랑 영화했었잖아요. 그 정도는 예상했어야죠."

"그게 언제적 일인데. 아직까지 연락하고 지낼 줄은 몰랐지. 둘이 친한 줄도 몰랐다. 나는."

"퍽도 자랑이네요."

"뭐, 어쨌든 곤이가 괜찮다잖아. 다행이지."

은표의 말에 하연의 큰 눈이 매섭게 가늘어졌다. 답답한 듯 짧은 머리를 쓸어 넘기는 그녀의 손길이 다소 거칠었다. 이제는 면목이 없어서 곤의 얼굴을 어떻게 봐야 할지도 막막했다.

호텔에서 홀로 극단적인 선택을 했다가 가까스로 목숨을 부지한 뒤, 하연은 남들 몰래 정신과 치료를 받고 약을 복용하며 지냈다. 술과 약 없이는 버티기 힘든 고통스러운 시간이었다. 그동안 소속사의 노력과 곤의 도움으로 김성준과의 스캔들은 어느 정도 무마되었다.

하지만 그녀의 오랜 잠적과 수상한 행보에 의심을 품는 사람들이 생겨났고, 이로 인해 그녀의 자살 기도와 정신과 치료가 밝혀질지도 모르는 위기에 처하게 되었다. 만일 이것마저 알려진다면 하연의 연예계 생활은 정말 끝이었다. 인과 관계를 따지고 들기 시작하면 사건의 연결 고리는 금방 드러날 테고, 그 경우 비밀이 밝혀지는 것은 시간문제였다.

이에 은표는 하연을 공식 석상에 내보내 건강한 모습을 보이기로 마음먹었다. 그때 마침 〈오직 하나〉의 감독에게서 VIP 시사회 초대가 왔고, 은표는 시사회가 근황을 보이기엔 적절한 자리라는 생각에 하연의 의사와 상관없이 약속을 잡아 버렸다. 그런데 알고 보니 평소 유신과 친분이 있던 곤도 시사회에 가기로 했다는 것이다. 이렇게 된 이상 하연과 곤은 시사회에 함께 가야만 했다. 공공연한 연인이 같은 행사에 따로 갈 수도 없었기 때문이다. 그저 얼굴만 보이려던 자리가 얼결에 그들의 연애를 확인시켜 주는 자리가 되어 버렸다.

하연은 마음이 몹시 불편했다. 곤은 오래도록 사랑한 사람이 있었다. 그리고 드디어 용기를 내서 그 사람에게 갔다. 하연은 그것을 누구보다 잘 알고 있었다. 그러니 그를 위해서는 하루빨리 가짜 연애를 접는 게 좋았다. 하연은 적어도 이 달 안에는 그와의 결별을 발표하고 싶었다.

그러나 곤과 여전히 연애 중이라는 입장을 발표한 지 3주밖에 안 된 지금 다시 결별을 발표하는 것은 무리가 있었다. 그 경우 공식 발표는 김성준과의 스캔들을 무마하기 위한 일시적인 방편이었다는 비난을 받을 것이 뻔했다. 이에 은표는 한 달만 더 있다가 다음 달 초에 발표를 하자고 하연을 설득했다. 곤도 이에 동의한 상태였다.

이런 와중에 공식 석상에 동반 참석하는 것은 그리 좋은 일이 아니었다. 그동안의 가짜 연애만으로도 곤에게 너무 미안했던 하연은 최대한 그에게 피해가 가지 않도록 하고 싶었다.

그녀는 오래 고민한 끝에 다시 입을 열었다.

"그냥 제가 감독님한테 연락할게요. 사정이 있어서 못 가게 됐다고 둘러대면 돼요."

"너 다음 작품 그 감독이랑 할 수도 있다는 거 잊었어? 괜히 밉보여서 뭐가 좋아?"

"이런 일로 사람 평가하는 감독이면 저도 아쉬울 거 없어요."

그때였다. 덜컥 대표실 문이 열림과 동시에 나직한 목소리가 날아들었다.

"그럴 거 없어."

깔끔한 구두 소리가 대표실 안을 울렸다. 멀끔하게 차려입은 곤이 소파에 앉더니 편하게 몸을 뉘었다. 블랙으로 통일한 셔츠와 바지, 구두에서는 고급스러운 남성미가 느껴졌고 얇은 네이비색 재킷에서는 세련미가 느껴졌다. 적당히 캐주얼하면서도 댄디한 차림이었다.

"잘 스캔했으면 얼른 맞춰 입고 오지?"

하연은 곤의 능청스런 말에도 웃지 않았다. 무표정한 그녀의 얼굴은 그에게 진심이냐 묻고 있는 듯했다. 그 눈빛을 알아챈 곤이 픽 웃으며 고개를 저었다.

"어우, 무서워. 눈도 못 보겠다."

"……."

"내가 됐다는데 뭐가 문제야? 괜히 착한 척하지 말고 얼른 준비하고 와. 인터뷰 중에 갑자기 나랑 사귄다고 폭탄선언하던 무모하고 이기적인 이하연은 어디 갔지?"

실은 곤도 알고 있었다. 무서울 정도로 강했던 하연이 김성준과의 사건 이후 얼마나 나약해졌는지. 곤은 그녀의 잘못을 옹호할 생각은 조금도 없었지만, 친구로서 위로를 해 주고 싶은 마음은 있었다. 그리고 그에게 있어 위로란, 필요할 때 옆에 있어 주는 것이었다.

"이번이 마지막이잖아."

그는 마치 이 기회를 빌려 은표에게 확실히 해 두는 것처럼 강한 어조와 정확한 발음으로 말했다.

"시사회도 같이 가 놓고 한 달 뒤에 헤어진다고 이상하게 보는 사람 없어. 엊그제 결혼 발표해도 오늘 파혼할 수 있는 세상이야. 걱정 말고 같이 가. 그게 너한테 좋잖아."

하연과 곤의 관계에서, 충고나 조언을 하는 일이 있다면 늘 하연의 몫이었다. 그녀는 가끔 곤을 한 서너 살은 어린 동생처럼 대하곤 했다. 그런데 오늘은 처음으로 입장이 바뀐 듯한 기분이 들었다.

같은 상황에서도, 아니 어쩌면 더 억울하고 불편할 수 있는 상황에서도 곤은 하연을 다독이고 있었다. 늘 그랬다. 세상을 삐딱하게 보고 자신을 가장 먼저 생각하던 하연과는 달리, 곤은 조금 어리석어 보일지라도 세상을 긍정적으로 보고 남을 먼저 생각했다. 그래서 곤과 있을 때마다 하연은 묘한 패배감을 느끼곤 했다.

"……알았어. 고마워."

하지만 그녀는 생각했다. 이런 패배감이라면 얼마든지 느껴도 좋겠다고.

퇴근 준비를 하던 두루는 귀가 절로 쫑긋해지는 것을 느꼈다. 팀장실 문이 열리는 소리 때문이었다. 뒤이어 차분하면서도 조용한 구두 소리가 들렸다. 아마 그는 넥타이를 한 번 만지고 시계를 들여다보고 있을 것이다. 두루는 고개를 숙인 채 서류를 정리하며 자연히 그의 모습을 상상했다.

"먼저 가 보겠습니다."

"들어가세요, 팀장님."

"수고하셨습니다!"

"내일 봬요!"

팀원들이 인사를 하자 두루도 고개를 살짝 들어 짧게 목례한 뒤 다시 서류로 시선을 꽂았다.

될 수 있는 한 그의 얼굴을 보지 않는 것. 두루가 요즘 가장 노력하고 있는 일이었다. 아직 불편하기도 했지만, 습관처럼 그의 얼굴을 들여다보다가 그의 눈빛이나 표정 하나하나에 의미를 부여하고 싶지 않아서였다. 그래서 꼭 필요한 경우를 제외하고는 눈도 마주치려 하지 않았다.

두루는 그에 대한 마음을 빨리 비우고 싶었다. 그래도 불행인지 다행인지 요즘은 다른 고민 때문에 그를 생각하는 시간이 반으로 줄어들었다.

"여보세요? 뭐? 너 진짜 내가…… 후. 알았어. 지금 가. 끊어!"

은호가 사무실을 나가자마자 전화를 받은 수아가 다급하게 옷을 챙겨 입었다.

"무슨 일이야?"

"아, 별건 아니고 수민이 이 자식이 또 애들을 팼나 봐. 빨리 가봐야 될 것 같아."

부모님이 모두 미국에 계신 수아는 열 살 차이 나는 남동생과 함께 살았다. 수민은 평소에도 말썽을 잘 피워서 수아를 곤란하게 하곤 했다. 그래서 두루는 수아가 벨소리나 진동이 없이 전화를 받았다는 사실도 인지하지 못하고 그녀를 철석같이 믿었다.

"그럼 시사회는?"

"당근 가야지. 얼른 가서 합의금만 물어 주고 오면 될 거야. 나경찰서 들렀다가 바로 갈 테니까 넌 먼저 가 있어."

"알았어."

수아는 두루의 대답을 듣는 둥 마는 둥 하며 서둘러 사무실을 빠져나갔다. 꼭 누군가를 쫓는 것도 같은 급한 모양새였다. 두루는 수민에게 별일이 없기를 바라며 뻐근한 뒷목을 손으로 주물렀다. 며칠 동안 무리를 했더니 확실히 몸 상태가 좋지 않았다. 부르튼 입술을 만지작거리던 두루는 불현듯 떠오르는 기억에 눈을 질끈 감았다.

요즘은 이렇듯 시도 때도 없이 그날의 기억이 머리를 비집고 튀어나왔다. 아직도 생생했다. 그녀의 입술 위에서 느껴지던 그의 조심스러운 손길. 마치 떨어지는 꽃잎이 손등을 살며시 스치고 가는 것처럼 가볍고, 간지럽고, 부드러웠다. 다시 떠오른 그 느낌이 순간적으로 그녀의 가슴을 떨리게 만들었다.

대체 왜, 그는 그런 행동을 한 걸까. 그 질문에 답을 얻고 싶었지만 그는 다음 날 아무 일도 없었던 듯 평소처럼 행동했고 그 후로 지금까지 따로 만날 수 없었다. 한 번 그가 저녁을 같이하자고 했지만 그날은 두루가 야근이라 만나지 못했다.

'네 옆에 있고 싶어서.'

'고맙다는 말은 하지 마. 나 좋으려고 온 거니까.'

'좋아하지 말라고. 그 사람.'

그가 그녀의 입술을 훔치듯 만졌던 그날 이후, 신기하게도 예전엔 그저 흘려 넘겼던 그의 말들이 불쑥불쑥 다시 들리곤 했다.

아주 이상한 기분이었다. 마치 절대 깨서는 안 되는 금기를 어긴 것처럼. 불안한 떨림과 설레는 호기심이 동시에 들었다. 한 번 가볼 생각조차 해 본 적 없는 미지의 세계에 아주 갑자기 들어서게 된 기분. 그러나 생각조차 해 본 적 없었기에 낯설 줄 알았던 그곳은 생각보다 익숙했다. 그동안 무심코 지나쳤던 것들이 그곳에 있었으니.

'누굴 좀 짝사랑했거든.'

설마 아니겠지. 그 사람이 나일 리가 없어. 두루는 괜한 생각하지 말자며 고개를 저었다. 그러나 깃털처럼 부드러웠던 그 느낌이 자꾸만 입술 위에서 되살아났다. 아무 의미 없이 한 행동이라거나, 순간적인 충동이었다고만 보기엔 너무 애틋한 손길이었음을, 그녀도 실은 분명히 느꼈기 때문이다.

예상대로 영화관은 팬들은 물론 수많은 취재진들로 발 디딜 틈도 없이 북적거리고 있었다. 라인이 쳐진 공간 안에서 시사회를 찾은 스타들이 포토타임을 갖고 있었다. 눈이 부시는 플래시 세례와 기자들의 질문 공세, 그리고 팬들의 환호 때문에 포토존은 특히나 정신이 없었다.

두루는 사람들과 조금 떨어진 곳에서 주위를 둘러보며 전화를 걸고 있었다. 벌써 몇 번째 걸고 있는 것이었지만 수아는 받지 않았다. 아무래도 사태가 생각보다 심각한 모양이었다. 두루는 이번에도 받지 않으면 그냥 혼자 봐야겠다 생각하며 컬러링을 듣고 있었다. 그런데 그때였다.

"한두루."

그녀의 가슴을 철렁 내려앉게 만드는 목소리가 뒤에서 들렸다. 잘못 들은 게 아니라면 분명 그녀의 이름이었다. 천천히 고개를 돌린 두루는 그 자리에 얼어붙은 채 휘둥그레진 눈으로 앞만 보고 있었다.

그는 귀에서 휴대폰을 내리며 희미한 미소를 지어 보였다. 그가 그녀에게 천천히 다가왔다. 여유롭고 차분한 걸음에서 그를 닮은 기품이 느껴졌다.

"계속 통화 중이라 걱정했는데. 다행히 찾았네."

"팀장님이 여긴 어떻게……."

"이 대리가 말 안 했어? 급하게 일이 생겼다고 나한테 대신 가라고 표 주고 갔는데."

얼어 있던 두루의 얼굴에 짙은 당혹감이 드리워졌다. 그를 본 은호의 표정에도 비슷한 감정이 서렸다.

"몰랐나 보구나."

두루는 은호 모르게 주먹을 불끈 쥐었다. 수아를 절대 가만두지 않으리라 다짐하는 것이었다. 그제야 그녀의 어설픈 행동들이 떠오르면서 둔한 자신이 원망스러워졌다. 그렇게 기를 쓰고 피해 다녔는데 이렇게 회사 밖에서, 그것도 단둘이 따로 만나게 되니 허탈하고 당혹스러운 마음을 감출 수가 없었다. 거의 패닉에 근접한 두루의 상태를 눈치챘는지 은호가 조심스럽게 입술을 떼었다.

"혹시, 불편해?"

"……아, 아니에요."

손사래까지 치며 당황하는 두루를 보며 은호는 엷게 웃었다.

"괜찮아. 불편한 게 꼭 나쁜 것만은 아니잖아."

"네?"

"그만큼 신경 쓰고 있다는 뜻이니까."

"……."

"나는 네가, 아직 불편해."

두루는 아무 말도 할 수가 없었다. 자칫 상처가 될 수도 있었던 말이, 앞의 이야기들 덕분에 은은한 떨림으로 다가왔다. 하지만 불행인지 다행인지 전처럼 대책 없이 심장이 뛰지는 않았다. 지난 몇 주의 노력이 헛되진 않은 모양이었다.

"그럼 여긴 왜 오셨어요?"

두루는 꽤 직접적인 질문을 최대한 단조롭게 물었다. 은호가 어렴풋이 웃더니 답을 하려는 듯 입술을 움직였다.

그런데 바로 그때였다. 영화관이 떠나갈 듯한 요란스러운 함성 소리가 터져 나왔다. 무의식중에 소리가 나는 곳으로 고개를 돌린 두루는 은호를 만났을 때보다 더한 충격에 손끝 하나 까딱할 수가 없었다.

영화 시작 전 마지막으로 포토존에 들어선 사람은 다름 아닌 곤이었다. 오늘 이곳에 올 줄 전혀 몰랐기에 더욱 반가운 유곤. 그런데 그는 혼자가 아니었다. 카메라를 향해 웃으며 한쪽 손을 드는 그의 옆에는 낯익은 여자가 서 있었다. 그녀는 곤의 단단한 왼팔에 살며시 한쪽 손을 올려놓고 있었다.

이하연. 이름만 들어온 그녀는 실물이 훨씬 눈부셨다. 세련된 단발머리에서는 윤기가 흘러넘쳤고 깔끔한 블랙의 미니 원피스는 그녀의 아름다운 각선미를 고스란히 보여 주고 있었다. 그러나 쉽게 다가갈 수 없을 정도로 차가워 보이는 그녀도 곤과 눈이 마주치면 달라졌다. 가시처럼 날이 섰던 눈매가 부드럽게 휘어지면서 순한 눈웃음을 그렸다.

곤이 그녀를 보고 있었다. 두 사람이 서로를 마주 보고 있었다. 웃고 있었다. 두루가 좋아하는 그의 한쪽 보조개가, 다른 여자를 향해 있었다.

어째서일까. 분명 가짜 연애라는 걸 아는데, 그는 다른 사람을 좋아하고 있다는 걸 아는데. 그럼에도 불구하고 이상한 기분이 들었다. 마치 처음 그의 연애 기사를 접했을 때와 비슷한 기분. 그는 같은 공간에 있었지만 다른 세계에 있는 것 같았다.

"두루야."

그때 주위를 둘러보던 곤의 시선이 두루에게 닿았다. 순간, 맑게 빛나던 그의 눈동자가 얼핏 굳는 것이 보였다. 그는 두루에게서 시선을 떼지 않았다. 물론 그녀의 옆에 있던 은호에게서도.

"한두루."

"……네?"

두루는 뒤늦게 은호가 자신을 부르는 것을 알아차렸다. 은호는 넋이 나가 있던 두루를 보며 쓰게 웃었다.

"들어가자."

"아, 네."

혹여나 많은 사람들 틈에서 두루가 치이지나 않을까, 은호는 자연스럽게 그녀를 감싸며 영화관 쪽으로 향했다. 포토존으로부터 뒤를 돌아선 두루는 자꾸만 뒤로 향하려는 시선을 애써 참아야 했다.

두루는 영화를 보는 내내 뒤에 앉아 있을 곤이 신경 쓰여 영화에 제대로 집중하지 못했다. 한 번도 이런 적이 없었는데, 그녀는 저도 모르게 곤을 의식하고 있었다. 영화가 끝난 뒤에는 홍수처럼 쏟아지는 사람들 틈에서 그를 만날 수가 없었다.

두루는 커피라도 한 잔 하자는 은호의 제안을 거절하고 집으로 돌아왔다. 그와 단둘이 얘기를 한다는 것이 아직은 불편했다. 그날의 고백에 대한 얘기나 감정에 대한 얘기가 분명히 오갈 텐데 그녀는 아직 어떤 말로도 관계를 정리할 준비가 되지 않았다. 조금 더 마음이 명확하게 정리되면 그때 얘기를 나누어 보고 싶었다.

두루는 씻고 나서 베란다에 나가 화분에 물을 주었다. 어떤 꽃은 지고 어떤 꽃은 피고 있었다. 잎은 여름을 반기듯이 더욱 푸른빛을 띠며 생기를 자랑했다. 여름이 오고 있긴 하지만 아직은 서늘한 밤바람이 불었다. 두루는 물을 다 준 뒤 습관처럼 난간에 팔을 기대고 섰다. 살랑살랑 불어오는 바람이 그녀의 선홍빛 뺨을 스쳤다.

"유곤 나와라, 오바."

두루는 작은 목소리로 읊조리듯 말했다. 습관. 그것은 난간에 팔을 기대는 것과 마찬가지로 습관적인 것이었다. 저도 모르게 뱉은 그 말에 픽 웃음이 샜다. 그런데 순간 탁 하는 소리와 함께 빛이 들어왔다. 깜짝 놀란 두루가 한 발 뒤로 물러섰다.

드르륵. 창문이 열리고 환한 빛이 베란다까지 쏟아져 들어왔다. 빛이 너무 환해서였을까. 가슴이 짧게 두근거렸다. 씻지도 않고 창문부터 연 것인지 아까와 같은 옷차림의 곤이 창틀에 걸터앉아 그녀를 내려다보았다.

"왜 불러?"

설마 들었을 리가 없다고 생각한 두루는 멍한 얼굴로 그를 올려다보았다.

"'보고 싶으니까 부르지.' 가, 나와야 하는데."

"……."

"안 보고 싶었나 보네."

보고 싶다. 예전엔 아무렇지 않게 뱉었던 그 말이 새삼 다른 느낌으로 다가와서, 두루는 쉽게 입을 열 수가 없었다.

"나한테 뭐 할 말 없어?"

할 말, 있었다. 궁금한 것도 많았다. 괜한 투정도 부리고 싶었다. 하연과 마주 보며 웃고 있던 그의 얼굴이 자꾸 생각났다. 그녀의 두 눈 사이에 미세한 주름이 잡혔다. 그 작은 변화도 캐치한 곤은 의아한 표정을 지었다. 간만에 보는 그녀의 불만 서린 표정이 귀여웠지만, 그런 표정을 지어야 할 사람은 아무리 생각해도 그녀가 아니라 자신이었다.

"언제까지 할 생각이야?"

입술을 꾹 다문 채 그를 빤히 보고만 있던 그녀가 불쑥 말을 꺼냈다.

"뭘?"

"가짜 연애 말이야."

잠시 후, 그의 입술 사이로 바람 같은 웃음이 샜다. 다음 달에 결별 소식을 낼 거라고 말하면 됐지만 그러고 싶지 않았다.

"왜?"

"그냥, 너무 오래하면 너한테도 안 좋을 것 같고…… 또 팬들 생각해서도……."

두루는 시선을 이리저리 돌리며 말했다. 그녀가 당황하거나 거짓말을 할 때 나오는 행동이었다. 창틀에 몸을 기대고 그윽한 시선으로 그녀를 내려다보는 곤의 입가엔 숨길 수 없는 미소가 번졌다. 이래저래 횡설수설하던 두루는 답답한 표정으로 말을 내던졌다.

"그냥 궁금하니까 그렇지."

아까 전 영화관에서 그녀를 마주쳤을 때, 연인처럼 그녀를 챙기는 은호를 보고 너무 속이 상해서 영화가 제대로 들어오지 않았다.

하필 두루와 은호는 그보다 앞쪽에 앉아 있어서 스크린보단 그들에게 계속 시선이 갔던 것이다. 은호가 귓속말이라도 하려 치면 속이 타들어 가서 저도 모르게 몸을 들썩거리게 됐다. 다리를 꼬았다가 풀었다가 몸을 뒤로 젖혔다가 앞으로 붙였다가 정서불안 아이처럼 쉴 틈 없이 움직이다가 결국 하연에게 한 소리를 들었다.

두루는 분명 고백했고 포기했다고 했는데, 어째서 단둘이 영화를 보러 왔는지가 궁금해서 참을 수가 없었다. 그래서 영화가 끝나자마자 곧장 집으로 왔다. 다행히 베란다에는 불이 켜져 있었다. 마음을 들키지 않으려고 최대한 자연스럽게 물어보려 했지만 쓰린 속은 어쩔 수 없었는데, 마치 하연과의 관계를 질투라도 하듯 물어오는 그녀를 보자 순식간에 모든 불순한 감정들이 사라지면서 저도 모르게 웃음이 났다.

"조만간 끝낼 거야."

그러자 비로소 두루의 얼굴이 반듯하게 펴졌다. 곤은 그런 그녀가 너무 귀여워서 당장이라도 달려가 볼을 꼬집어 주고 싶었다. 달빛이 어린 그녀의 말간 볼은 더없이 부드러워 보였다.

"시사회는 어떻게 온 거야?"

곤도 참고 있던 질문을 조심스럽게 던졌다.

"친구가 같이 가자고 해서 갔는데 팀장님이 왔더라고. 친구가 갑자기 일이 생겼다고 팀장님한테 표를 줬대."

"아, 그래."

곤은 하루 종일 속에 얹혀 있던 음식이 쑥 내려간 것처럼 편안해짐을 느꼈다. 안도감에서 비롯된 미소가 그의 입가에 번졌다. 곤은 말없이 그녀의 얼굴을 바라보았다. 막 샤워를 마친 듯 물기가 남아 있는 그녀의 머리카락이 선선한 밤바람에 흩날렸다. 아름다웠다. 그녀의 머리카락에서 떨어지는 물방울이 되고 싶었다. 그녀의 몸을 타고 흐르는, 그녀의 곁에 머무는 그 작은 물방울이.

"예쁘다."

그가 말했다. 홀리듯이. 홀린 듯이.

그 말 하나에 그들 사이에 고요한 정적이 내려앉았다. 두루는 혹시 잘못 들은 건 아닌가 하는 멍한 눈으로 그를 바라보았다. 그러나 곤은 몹시도 태연한 모습으로 서글서글 웃으며 그녀를 바라보고 있었다.

"여전히 예쁘다. 넌."

꽃향기를 실은 밤바람이 그녀의 살갗을 스치고 지났다. 그러나 그가 내뱉은 그 말은 그녀의 살갗을 파고들어 가슴 깊숙이 들어와 박혔다. 가슴속에 익숙한 듯 익숙하지 않은 진동이 일었다.

한 번도 의식해 보지 않아서 몰랐지만, 마치 늘 느끼고 있었던 것처럼 익숙했지만, 하지만 그것은 분명한, 떨림이었다.

너에게 난

그녀를 처음 본 것은 고등학교 3학년 봄이었다. 모처럼만에 친구들과 야구 경기를 보러 가기로 한 곤은 다소 급한 손길로 옷을 고르고 있었다. 입고 있던 옷을 훌렁 벗어 던지고 고심 끝에 고른 곤색 니트를 입고 있는데 방문이 벌컥 열리더니 아버지 진혁의 날선 목소리가 날아들었다.

"안 나오고 뭐해, 인마?"

"아, 죄송해요. 저 오늘 애들이랑 야구장 가요."

"이 자식이. 전부터 그렇게 말했더니!"

"깜빡했어요. 진짜."

어쩐지 아까부터 바깥이 조금 소란스럽다 했더니 아버지가 전부터 말했던 친구가 이사를 온 모양이었다. 잘나가는 검사 친구이고 딸이 하나 있다고 했다. 그 딸은 곤과 같은 나이고, 곤과 같은 학교에 다니게 될 것이라고. 어떤 아이일지 궁금하긴 했지만 그 이상은 아니었다. 당시 곤에게는 새로운 이웃보다 친구들과의 약속이 더욱 중요했다.

그런데 준비를 마치고 집을 나왔을 때, 다급했던 곤의 걸음이 저도 모르게 느려졌다. 이사를 돕지 못하는 것이 죄송하기도 하고, 아버지에게 괜한 잔소리를 듣고 싶지 않아서 최대한 빨리 가려 했는데 발이 제 맘대로 땅에 붙어 잘 떨어지지 않았다.

서투른 손길로 짐을 옮기는 한 소녀의 옆모습을 본 뒤부터였다.

옆집의 정원에는 커다란 벚나무가 있었는데 가지가 그의 집 경계에 걸쳐 있어서 바람이 불면 분홍빛 벚꽃들이 그의 집으로 떨어지곤 했다. 그런데 바로 그날 그 순간, 바람이 불었다. 흩날린 꽃잎들이 물결처럼 부드럽게 그의 집 정원으로 흘러 들어왔다. 몹시도 생경한 어떤 마음과 함께.

어떤 마음.

너무도 화사한 날이었고, 봄의 상징인 벚꽃이 넘실거리고 있었다. 아마도 그 때문일 것이라고 그는 생각했다. 난데없이 심장이 덜컹 내려앉고, 시선이 한 곳에 고정되고, 꿈을 꾸는 것처럼 정신이 몽롱해지는 이유는. 모두 다 봄이 가져오는 환상의 요소 때문이라고.

"유곤!"

넋이 나간 채 한 곳만 보고 있던 곤은 자신을 부르는 진혁의 목소리에 뒤늦게 정신을 차렸다. 혹여나 그녀가 돌아볼까 봐 재빨리 고개를 돌리고 걸음을 재촉했다. 하지만 그녀는 돌아보지 않았다.

"한두루!"

마침 누군가 그 이름을 불렀고 그녀는 서둘러 집 안으로 들어갔다. 아마도 그녀의 아버지가 그녀를 부른 것 같았다.

이름이 한두루구나.

이름이 예쁘다.

이름이 꼭 주인을 닮았다.

곤은 그런 생각들을 하며 차마 떨어지지 않는 걸음을 떼었다. 짧은 순간에 정말 많은 생각이 들었지만 마지막에 그의 머릿속을 가득 채운 생각은 단 하나였다.

아, 이사를 도울 걸 그랬다.

누군가를 보고 첫눈에 반한다는 것은 있을 수 없는 일이라고 생각했다. 그런 적도 없고 그럴 수 있다고 생각해 본 적도 없었다. 그래서 곤은 그녀를 본 이후로 적잖은 혼란에 시달렸다. 얼굴을 제대로 본 것도 아니고 그저 옆모습을 잠시 본 것뿐이었다.

예쁘긴 했지만 처음 봤을 때 누구나 놀랄 정도로 빼어난 미인도 아니었다. 차림새도 수수하고 꾸밈이 없었다. 그렇다면 무엇이 그토록 인상적이었던 것일까. 왜 자꾸 그녀의 얼굴이 떠오르는 것일까.

곤은 그때 봤던 그녀의 모습을 천천히 떠올려 보았다. 그리고 얼마 후 허공 어딘가를 보며 맥없이 웃고 있는 자신을 발견했다. 그제야 질문에 대한 답이 천천히 떠올랐다.

모든 것. 그는 그녀의 모든 것이 좋았다.

유달리 하얀 피부와 감싸 주고 싶을 정도로 가녀린 어깨. 그럼에도 불구하고 씩씩한 웃음과 야무진 손길. 바람에 흩날리던 긴 생머리와 작은 귀, 아주 옅은 색의 봉숭아물이 든 것만 같던 두 뺨. 너무 시끄럽지도 너무 고요하지도 않은, 너무 밝지도 너무 어둡지도 않은, 적당히 따뜻한 봄의 날씨를 닮은 것 같던 그녀만의 분위기.

혹시 이런 걸 운명이라고 하진 않을까 싶을 정도로, 그는 그녀의 모든 것이 마음에 들었다.

"참, 옆집 애 오늘부터 학교 나간댄다. 혹시 만나면 네가 좀 잘 챙겨 주고 해."

언제쯤 그녀를 다시 볼 수 있을까 생각하던 중에 반가운 이야기가 들려왔다. 갑자기 퍽퍽하기만 하던 아침밥이 꿀처럼 달게 느껴졌다. 곤은 별 관심 없는 척 밥을 먹으며 물었다.

"몇 반이라는데요?"

"어, 4반."

아, 맘속에서 짧은 탄식이 터져 나왔다. 곤은 3반이었다. 같은 반이 안 된 것이 아쉽긴 했지만 그래도 바로 옆 반이라는 사실에 만족하기로 했다. 곤은 4반에 도현이라는 친구가 있었다. 그 친구를 핑계로 자주 찾아가면 될 것 같았다.

그날따라 학교에 가는 길이 무척 떨렸다. 혹시 가는 길에 그녀를 마주치진 않을까 연신 주위를 살폈지만 아쉽게도 등교 시간은 엇갈린 것 같았다. 쉬는 시간마다 화장실에 가는 척하며 슬쩍 4반을 기웃거렸지만 그때마다 그녀는 자리에 없거나 친구들에게 둘러싸여 있었다.

그나마 다행이었던 것은 그날 축구가 4반과 잡혀 있던 것이었다. 곤은 축구를 잘했기 때문에 잘만 하면 그녀의 관심을 끌 수도 있을 것이라고 생각했다. 아니, 관심까진 무리더라도 그의 존재를 각인시킬 수만 있다면 좋겠다고. 그래서 그는 그날 축구를 여태까지 중 가장 열심히 했다. 부디 그녀가 자신을 보고 있었으면 좋겠다는 생각으로. 결국 그는 후반 마지막에 결정적인 역전골을 넣으며 수많은 관중들의 환호를 받을 수 있었다.

기뻐하며 달려드는 친구들과 짧게 포용을 하는 도중에도 곤의 신경은 오로지 한 곳에 가 있었다. 그는 잠시 시선을 들어 4반 창문을 올려다보았다. 멀어서 잘 보이진 않았지만 많은 여학생들이 창문에 달라붙어 호들갑을 떨고 있었다. 혹시 저 중에 그녀가 있지는 않을까 미간을 좁히며 찾기 시작했을 무렵, 한 친구가 그의 목에 팔을 걸며 장난을 쳐서 더 이상 그쪽을 바라볼 수가 없었다.

얼굴 한 번 보기가 왜 이리 어렵냐.

그날 밤, 집에 돌아온 곤은 아쉽고 답답한 마음에 바람 좀 쐴 겸 창문을 열었다. 그런데 아무 생각 없이 창문을 열었다가 몸이 돌처럼 굳어 버렸다. 늘 비어 있던 베란다에 불이 켜져 있었고 상쾌하고 향긋한 꽃향기가 맴돌았다. 그리고 그 틈에서 한 여자가 몸을 일으켰다. 그가 그토록 다시 보고 싶어 했던, 매일 밤마다 생각했던 그녀였다.

생각지도 못했던 순간에 그녀를 마주친 그는 어린아이처럼 벙찐 채 당황스러움을 감추지 못했다. 그런 그를 느꼈는지 그녀는 약간 의아한 표정을 지으며 그를 빤히 쳐다보았다.

예뻤다.

처음으로 제대로 마주한 그녀는 그랬다. 예쁘다는 생각이 가장 먼저 떠올랐다. 그녀는 또래의 다른 여자 아이들과 달리 꾸밈이 없었다. 조금의 꾸밈도 없는 순수하고 깨끗한 느낌. 곤은 그 느낌이 너무 좋았다. 그녀의 크고 맑은 눈은 밤하늘을 통째로 옮겨 넣은

것만 같았고 예쁜 곡선의 눈매는 초승달을 닮아 있었다. 약간 도톰
하고 붉은 입술은 방금 물을 먹은 꽃잎처럼 촉촉하고 생기로워 보
였다.

너는 이렇게 생겼구나. 한두루.

비로소 그녀의 얼굴을 제대로 담은 곤은 설레는 마음을 감출 수
가 없었다. 그런데 그때였다. 아까부터 그의 시선을 빼앗았던 그녀
의 아름다운 입술 끝이 살짝 움직이더니 이윽고 천천히 위로 올라
갔다.

그녀가 미소를 짓고 있었다. 그를 향해서.

쿵. 아주 큰 돌덩이가 가슴속으로 떨어진 것 같았다. 가슴 아래
로 무거운 진동이 퍼져 나갔다. 세상에 태어나 그런 생소한 느낌은
받아 본 적이 없었던 곤은 너무 놀란 나머지 그 미소에 답할 생각
도 못 하고 제 방 창문을 덜컥 닫아 버렸다.

심장이 너무 빠르고 격하게 뛰어서 좀처럼 진정할 수가 없었다.
잠시 동안 가슴에 손을 얹고 호흡을 가다듬던 곤은 뒤늦게 자신의
무례한 행동이 인지되어 후회가 됐다. 인사를 했는데 받아 주기는
커녕 문을 닫고 들어가 버리다니. 그녀로서는 황당하고 기분 나쁜
일일 것이었다. 곤은 오해를 풀어야 할 것 같아 떨리는 손으로 다
시 창문을 열어 보았다. 하지만 그녀는 이미 베란다를 나가고 있었
다.

그것이 그들의 두 번째 만남이었다. 두 사람의 시선이 서로에게
닿았고 한 사람의 마음이 상대에게 닿았던.

"야, 너 연극 동아리 안 들래?"

며칠 뒤였다. 방과 후 도현과 함께 학교 앞 분식집에서 떡볶이를 먹고 있던 곤은 두루에 대해 물어보기 위해 기회만 엿보고 있었다. 그런데 도현이 뜬금없이 연극 동아리 얘기를 꺼냈다.

"관심 없어."

"너 진짜 연예인 할 생각 없냐? 그렇다고 네가 공부에 관심 있는 놈도 아니잖아."

"네 걱정이나 해, 인마."

"그러지 말고 한 번 들어 보자. 이제 1년도 안 남았는데 학교 때 그런 추억 하나 있으면 좋잖아. 그냥 재미로. 응?"

"갑자기 무슨 바람이 들어서 이러냐?"

"바람은 무슨. 그냥 우리 반 애들이 하는 얘기 들으니까 재밌어 보이더라고."

"너네 반 누구?"

"있어. 어떤 여자애랑 전학생."

떡볶이를 두 개씩 집어서 입에 넣던 곤은 도현의 말에 떡을 채 삼키지 못하고 캑캑거렸다.

"왜 이래? 괜찮냐?"

곤은 도현이 건네준 물을 벌컥벌컥 들이켰다. 그제야 목에 걸린 떡이 간신히 넘어갔다. 그는 놀란 가슴을 진정시키려 애쓰며 최대한 아무렇지 않게 되물었다.

"어, 전학생……이 거기 든대?"

"응. 걔네 하는 얘기 들어 보니까 아무나 들어갈 수 있다더라고. 이번 축제 때는 연극도 올린다고 하고, 재밌을 것 같던데. 같이하자, 응?"

곤은 잠시 고민하는 척했지만 속으론 쾌재를 불렀다. 생각했던 것보다 더 고급 정보였다. 연기라든가 연예계 쪽으로는 전혀 관심도 없던 그였지만, 어떻게든 그녀와 친해지고 싶은 마음이 그를 그쪽으로 걸음하게 만들었다.

"뭐…… 그러든가."

곤은 다짐했다. 동아리에서 그녀를 다시 만나는 날에는, 절대 지난번처럼 어리숙하고 바보 같은 모습을 보이지 않겠다고. 아무리 떨리더라도 최대한 당당하고 멋진 모습으로 제대로 인사를 건네 보겠다고.

연극 동아리를 계기로 곤은 두루와 기대 이상으로 가까워지게 되었다. 축제에서 함께 로맨틱 코미디 연극을 하고 난 뒤로는 두 사람이 정말 사귀는 것이 아니냐는 소문이 전교에 파다했다. 항상 같이 등교하고 하교하고. 가끔은 야간자율학습을 빼먹고 가까운 곳으로 놀러가기도 했다. 곤은 그녀와 함께하는 그 시간들이 너무 행복했다.

그러던 어느 날, 곤은 두루를 집에 데려다 주고 나오는 길에 그녀의 아버지인 우진을 마주치게 되었다. 늘 넓다고만 생각했던 그의 어깨가 그날은 조금 처진 듯 보였다. 옅은 술냄새가 나는 것도 같았다. 깍듯하게 인사를 하고 돌아가려는데 우진이 곤을 불렀다. 그는 사뭇 진지하고 깊은 눈으로 곤을 바라보더니, 언뜻 미소를 지으며 말했다.

"잠깐 얘기 좀 할 수 있을까?"

집에 혼자 있는 것을 끔찍이 싫어하는 두루가 걱정이 됐지만, 그의 제안을 거절할 수는 없었다. 어쩐지 그날 우진에게서 풍겨지는 분위기가 평소와 몹시 달랐기 때문이다. 그날따라 우진은, 유독 약하고 위태로워 보였다.

곤은 우진과 함께 집 뒤에 있는 개천으로 가서 커다란 바위에 나란히 앉아 이야기를 나누었다. 우진은 캔맥주를 가볍게 한 모금 들이켠 뒤 말을 뱉었다.

"우리 두루가, 왜 엄마가 없는지 아나?"

"어릴 때 돌아가셨다고 들었습니다."

"그래, 맞아. 우리 두루 낳고 얼마 안 돼서 병으로 떠났지. 두루는 그렇게 알고 있어. 앞으로도 그렇게 알아야 하고."

그렇게 알고 있다는 것은, 실은 그것이 아니라는 얘기였다. 어느새 깊은 슬픔이 물든 우진의 눈동자를 보며 곤은 왠지 모를 불안함을 느꼈다. 그가 왜 두루도 모르는 이야기를 자신에게 갑자기 하려는지 알 수 없었다. 하지만 그는 꿋꿋하게 자신의 이야기를 시작했다. 눈앞에 흐르는 물처럼 고요하고, 잔잔하고, 덤덤한 목소리로.

한우진. 그는 진혁이 나온 법대와 연수원을 모두 수석으로 졸업하고 법조계에서도 명망이 높은 유능한 검사였다. 그러나 언뜻 보기에 성공한 인생을 사는 것 같은 그에게도 큰 아픔이 있었다.

그는 젊은 시절 깊이 사랑한 사람이 있었다. 하지만 그녀는 어느날 갑자기 떠나더니, 머지않아 어느 부잣집 도련님과 결혼을 했고 머지않아 아이를 낳았고 또 머지않아 이혼을 했다. 그리고 머지않아 작고 초라한 장례식장의 주인공이 되어 그를 초대했다.

그녀의 죽음도 받아들이기 힘든 그에게, 하루아침에 갑자기 생긴 자식은 너무 큰 충격이자 상처였다. 처음엔 그녀에 대한 원망과 분노로 눈물도 흐르지 않았다. 내가 얼마나 싫었으면 내 아이를 그의 아이로 속이고 결혼할 생각을 했을까. 본래 욕심이 많고 무모한 사람이란 것은 알았지만 이렇게까지 할 수 있을 줄은 몰랐다. 좋은 집안, 좋은 삶을 위해 선택한 것이라면, 그래서 그 모든 것이 물거품이 되자 갓 태어난 핏덩이를 두고 몸을 던진 것이라면, 그러면 그도 버티기 힘들 것 같았다. 태어나 가장 깊이 사랑했던 사람이었기에, 그녀를 조금이라도 더 좋게 기억하고 싶었다. 차라리 사랑이었기를, 그는 바랐다.

어미에게 버려진 불쌍한 제 핏줄을 보며 우진은 많은 생각을 했다. 유달리 하얀 피부와 큰 눈, 작은 귀. 제 어미를 꼭 닮은 아이를 과연 잘 키울 수 있을지 자신도 없었다. 하지만 아이를 처음 안아든 순간 그 모든 걱정과 고민은 순식간에 사라졌다. 아이는 제가 버려졌다는 것을 알기라도 하는 듯 촉촉한 눈동자로 그를 빤히 바라보더니 작은 손을 꼼지락거리며 우진의 손가락 하나를 잡았다. 우진이 손가락을 빼려 하자 아이의 작은 손에 힘이 들어갔다. 그 작은 힘이 얼마나 뭉클하던지, 그 손에서 느껴지는 체온이 얼마나 따뜻하던지, 우진은 장례 내내 메말라 있던 눈물샘이 그제야 뜨겁게 달아오름을 느꼈다. 우진은 결국 아이를 끌어안고 참았던 눈물을 쏟아 냈다. 죽는 한이 있어도 너는 절대 잃지 않겠다고, 버려지게 하지 않겠다고, 꼭 지켜 주겠다고, 그는 눈물과 함께 가슴으로 맹세를 했다.

"그런데……."

그때 생각을 하니 다시 눈물이 차오르는지, 우진은 어느새 촉촉해진 눈빛으로 먼 하늘을 바라보며 말을 이었다.

"그런데 요즘은 자꾸만 자신이 없다."

"……."

"내가 우리 두루를 언제까지 지킬 수 있을지, 지켜 줄 순 있을지."

뒤늦게 든 생각이지만, 그때 우진은 자신에게 닥칠 불행을 예감하고 있었던 것 같았다.

"잘 키우고 싶었지만 그러지 못했어. 일이 바쁘다는 이유로 늘 혼자 남겨 뒀고, 표현하는 것도 서툴러서 마음껏 사랑해 주지도 못했지. 엄마 없이 자란다는 게 서럽고 억울할 만도 한데 그 자식은 자라면서 한 번도 그런 투정을 한 적이 없어. 언젠가 이유를 물었더니, 그 얘길 꺼내면 내가 힘들어한다는 거야."

우진의 입에서 짧지만 아픈 웃음이 흘렀다.

"너도 알겠지만 두루는 그런 애야. 사랑받지 못하는 게 당연하고, 혼자 있는 게 당연하고, 아픔을 감추는 게 당연하고, 자신보다 남을 더 생각하는 게 당연한, 그런 바보 같은 놈."

"……."

"그래도, 그런 불쌍한 놈에게 네가 와서, 정말 다행이다."

가만히 듣고만 있던 곤의 마음이 찡하게 달아올랐다.

"혹시라도 내가 그 애를 지켜 주지 못하게 된다면."

"왜 그런 말씀을 하세요."

"사람 일이라는 게 한 치 앞도 모르는 거잖냐. 그러니까 혹시라도, 만에 하나 그런 일이 생겨서 그 애가 이 세상에 혼자 남게 된다면……."

"아저씨."

"그럼 네가 우리 두루 좀 지켜 주라."

곤은 말문이 막혔다. 얼핏 들었던 불안감이 현실이 되어 다가오는 것 같았다. 그가 금방이라도 어딘가로 떠나 버릴 것처럼 느껴졌기 때문이다.

"곤아."

"……."

"나는 그 애 옆에 네가 있었으면 좋겠다."

참으려고 애썼는데 결국 코끝이 뜨겁게 달아올랐다. 떠날 준비라도 하고 있는 것 같은 우진이 야속하기도 하고 걱정이 되면서도 고마운 마음이 들었다. 그가 세상에서 가장 사랑하는 사람을 믿고 맡겨 주는 것이었으니까. 곤은 천천히 고개를 끄덕였다. 그와 동시에 굳은 다짐을 했다.

그녀의 작은 손이 움켜쥘 수 있는 단단하고 큰 손이 되어야겠다. 그녀가 편안히 안길 수 있는 넓은 가슴이 되어야겠다. 사랑한다 사랑한다 끝없이 속삭여 줄 수 있는 향기로운 입술이 되어야겠다. 그녀를 지켜 줄 수 있는, 멋진 남자가 되어야겠다.

그로부터 얼마 후, 믿을 수 없는 비극이 벌어졌다. 우진은 정말 그녀를 지켜 줄 수 없는 먼 곳으로 떠나고 말았다. 곤은 죽음을 예감하기라도 한 것처럼 두루를 맡기고 떠났던 그가 생각나 더욱 괴로웠다. 하지만 갑작스런 아버지의 죽음을 받아들이기 힘든 두루의 앞에서 차마 힘든 모습을 보일 수가 없었다. 그는 그저 묵묵히 두루의 옆에 있어 주었다. 한시도 떨어지지 않고 그녀의 옆에 붙어 있었다.

어떤 죽음인들 슬프지 않겠냐만, 살인이었다. 원한 관계에 의한 살인. 그 작은 몸으로, 여린 마음으로 도무지 감당하기 힘들 일. 하지만 두루는 아버지의 죽음을 실감할 새도 없이, 아파할 새도 없이, 너무도 많은 일을 해야 했다. 홀로 상주의 자리를 지키고 서서 조문객들을 맞이하고 인사를 하고 식사를 건네고, 심지어는 오열을 하는 사람들을 위로하는 일까지 했다. 제 몸 하나 가누기도 벅찰 텐데, 그녀는 아버지를 찾아 준 고마운 사람들을 챙기느라 정신이 없었다.

곤은 그런 그녀를 늘 한 발치 떨어진 곳에서 가만히 지켜보았다. 어느 날은 두루가 멍한 얼굴로 벽에 기대어 앉아 있다가 어른들이 술을 찾는 소리가 들리자 얼른 일어나 움직이려는 것을 보고 너무 울컥해서 화를 낼 뻔했다. 그는 두루를 억지로 앉히고 아주머니들과 함께 움직이며 나직하게 말했다.

"부탁이니까 제발 넌 아무것도 하지 마."

그런 게 아니라 위로의 말을 건넸어야 하는데, 그는 장례 내내 두루에게 한 마디의 위로도 건네지 못했다. 건넬 수가 없었다. 그녀는 온 힘을 다해 자신의 슬픈 감정을 억누르고 있는 것 같았기 때문이다. 한 번 정신을 잃으면 다시 찾을 수가 없다는 것을 그녀 스스로도 알고 있는 것 같았다.

그래서 곤은 모든 장례가 끝나고 우진을 납골당에 안치하고 돌아오던 날, 그 버스 안에서 처음으로 그녀에게 위로의 말을 건넬 수 있었다.

"사과나무 한 그루, 사과나무 두 그루, 사과나무 세 그루……."

그제야 제 품에서 목 놓아 우는 두루를 보며 곤은 다시 한 번 우진의 말을 되새겼다.

'그러니까 혹시라도, 만에 하나 그런 일이 생겨서 그 애가 이 세상에 혼자 남게 된다면……. 그럼 네가 우리 두루 좀 지켜 주라.'

그때부터였다. 한두루라는 사람이, 유곤에게 있어, 좋은 친구를 넘어, 사랑하고 싶은 여자를 넘어, 손댈 수 없는 존재가 되어 버린 것은. 그는 그녀에게 있어 '평생'이고 싶었다. 이 세상에 완전히 홀로 남은 그녀에게 유일한 가족이자 친구 같은 사람이 되고 싶었다. 그녀를 평생 동안 지킬 수 있는 사람. 영원히 곁에 있을 수 있는 사람.

곤은 그녀를 사랑했지만 자신의 마음이 영원할 수 있을지도, 그녀가 자신을 사랑할 수 있을지도 자신이 없었다. 언제 끊어질지 모를 사랑이라는 그 약한 끈에 그들의 관계를 맡기기에는 두렵고 불안한 마음이 앞섰다.

그래서였다. 곤은 그녀의 옆에서 언제나 그녀를 지켜 주기 위해 대학도 같은 곳으로 선택했지만 그녀에게 남자로 다가가지는 못했고, 결국 그녀가 다른 남자를 마음에 담는 것을 속절없이 지켜보아야만 했다.

"나 좋아하는 사람이 생겼어."

대학교 1학년 여름. 처음 그녀에게서 연애 감정에 대한 얘기를 들었을 때, 아주 큰 돌덩이가 가슴속으로 떨어진 것 같았다. 가슴 아래로 무거운 진동이 퍼져 나갔다.

그녀의 미소를 처음 보았던 순간과 같으면서도 다른 감정이었다. 그는 당장이라도 그 자리에서 도망치고 싶었지만 맥없이 웃는 것 말고는 할 수 있는 일이 없었다. 조금만 더 용기를 낼걸. 다가가 볼

걸. 자신을 가질걸. 무수히 많은 후회가 밀려들었지만 때는 이미 늦었었다. 그녀는 조희준이라는 선배를 많이 좋아하고 있었고, 그도 마찬가지였다. 두 사람의 마음이 맞았는데 뒤늦게 끼어들어 봤자 두루를 잃으면 잃었지 얻을 수는 없었다.

"……축하한다."

"고마워."

심장에 커다란 구멍이 뚫린 것 같았다. 곤은 더 이상 그녀를 보며 진심으로 웃을 자신이 없었다.

결국 두루는 희준과 연애를 시작했고, 그날부터 곤은 방황의 길로 들어섰다. 매일매일이 술이었다. 그는 생전 가 본 적도 없는 클럽에도 가 보았고, 낯선 여자들과 함께 웃고 떠들기도 했고, 친구들과 함께 밤새 게임을 하기도 했고, 안 피우던 담배를 물어 보기도 했다. 술에 취해, 담배에 취해, 밤에 취해, 정신없이 웃고 떠드는 일은 즐거웠다. 하지만 그 끝에 남는 것은 결국 뚫린 심장을 관통하는 허무한 바람과 그녀에 대한 생각뿐이었다.

"한두루…… 한두루!"

밤새 먹은 술을 게워 내며 그녀도 함께 게워 내고 싶었다. 하지만 그것은 불가능했다. 친구들이 아무리 등을 두드려 주고 위로해 주어도 그것만은 비워 낼 수가 없었다. 속이 찢어질 듯한 고통과 함께 눈물이 차올랐다. 그래도 눈물은 흘리기 싫어서 한껏 붉어진 눈가에 힘을 주며 참았다. 그녀 때문에 울고 싶지 않았다. 눈물이 나는 순간 그녀를 완전히 잃었다는 실감이 날 것 같아서였다.

다른 여자를 만나 보려고 노력도 해 보았다. 그를 좋아하는 여자들은 늘 주변에 있었다. 선후배 동기 할 것 없이 많은 여자들이, 늘 그와 세트처럼 붙어 다니던 두루가 떨어지자 기다렸다는 듯 그에게 다가왔다. 그중에는 이미 연예계에 데뷔를 한 친구도 있었고 객관적으로 봤을 때 두루보다 더 예쁘고 매력적인 여자들도 많았다. 하지만 그 누구도 곤에게 여자로 보이지 않았다.

아무리 노력해도 별수가 없었다. 두루와 눈이 마주칠 때마다 들던 그 설렘이, 두루가 짧게 웃어 줄 때마다 느껴지던 그 행복이, 다른 어떤 여자에게서도 느껴지지 않았다. 두루의 손을 잡고 싶고 입술을 맞보고 싶던 그 충동도 마찬가지였다. 그는 두루가 아닌 어떤 여자도 사랑할 수가 없었다.

마치 그렇게 만들어져서 태어난 것처럼.

그녀는 다른 사람을 사랑하는데, 다른 사람과 눈을 마주하고 손을 잡고 입술을 맞추는, 다른 사람의 여자가 되어 버렸는데, 그 생각만 해도 온몸이 찢어지는 것처럼 아픈데, 그럼에도 불구하고 그는 다른 사람을 만날 수가 없었다.

"유곤 나와라, 오바!"

그녀의 곁을 떠날 수가 없었다.

"왜 불러?"

"보고 싶으니까 부르지."

그녀가 보고 싶다 말해 주면 그 한마디에 가슴이 설레었고, 설레는 만큼 아렸다. 하지만 그래도 그는 쓰디쓴 웃음을 지으며 그녀를 받아 주었다. 그렇게라도 옆에 있고 싶었으니까.

하지만 그런 관계 역시 오래가지 못했다. 곤은 더 이상 버틸 수 없는 지경에 이르렀다. 그녀의 얼굴을 보는 것이 보지 않는 것보다 더 힘든 날이 와 버렸다. 곤은 결국 2학년이 되던 해 돌연 군대에 가기로 결정했다. 억지로라도 자신을 그녀의 옆에서 떨어뜨려 놓고 싶었다. 군대에 갔다 오면 혹시나 그녀가 헤어져 있지 않을까 하는 기대도 있었다. 2년만 버티고 나면 다시 그녀를 되찾을 수 있을지도 모른다는, 그런 허망한 기대.

하지만 그가 제대를 한 뒤에도 그녀는 희준과 헤어지지 않은 상태였다. 곤은 이제 완전히 그녀에 대한 마음을 비워야겠다고 생각했다. 그래서 힘들더라도 옆에 있었던 그전과는 다르게 의도적으로 그녀를 피하기 시작했다. 마침 연극계에서 러브콜도 많이 들어와서 바쁘게 활동을 하며 지낼 수 있었다.

그렇게 1년이 지났을 무렵, 그가 그토록 염원하던 일이 이루어졌다. 두루가 희준과 헤어진 것이었다. 하지만 곤은 그 얘기를 처음 들었을 때 정신을 잃을 정도로 흥분하고 말았다. 헤어진 이유가 다른 것도 아닌 희준의 바람 때문이었던 것이다. 그것을 안 곤에게 희준은 더 이상 선배도 무엇도 아니었다. 그는 당장 희준에게 달려가 주먹을 날리는 대형 사고를 쳤다. 희준은 제대로 반격 한 번 해보지 못하고 일방적으로 곤의 주먹을 맞아야 했다. 하지만 곤은 그를 죽이는 한이 있어도 분이 풀리지 않을 것 같았다.

그녀의 4년을, 그의 4년을 이토록 형편 없는 마음 따위에 바쳤다는 것이 너무나 분하고 억울했다. 그녀가 받았을 상처가 걱정이돼서 아무리 애를 써도 참을 수가 없었다. 하지만 그들의 이별로 인해 그는 다시 그녀와 가까워질 수 있었다.

곤은 졸업을 앞둔 두루와 1년 동안 함께할 수 있었다. 그 오랜 대학 생활 중 오직 1년이라는 것이 아쉽기도 했지만 그만큼 소중하고 귀한 시간이었다. 곤은 영화계에서까지 수많은 러브콜을 받아서 정신없는 날들을 보내야 했지만 많은 것을 포기하면서까지 두루의 옆에 있었다. 마침내 그녀와 함께할 수 있어서, 다시 예전처럼 돌아갈 수 있어서 기뻤다. 하지만 곤은 이런 시간이 절대 영원할 수 없음을 직감으로 알고 있었다.

그녀는 졸업 후에 취업을 해야 했고, 그도 연예계 데뷔가 머지않은 상태였다. 지금 그녀를 잡지 않으면 또다시 그녀를 잃을 수도 있었다. 그래서 곤은 몇 날 며칠을 고민한 끝에 그녀의 졸업식에 맞추어 반지를 샀다.

이번엔 반드시 고백을 하자고 마음을 먹은 것이었다. 하지만 그는 사실 자신이 없었다. 이미 오랜 시간 그녀의 옆에 있으면서 그녀의 마음쯤은 알 수 있었던 것이다. 그녀는 그를 좋아했다. 자신의 친구보다, 연인보다, 누구보다 더. 하지만 그것이 사랑은 아니었다. 그녀는 그를 가족 그 이상으로 대하고 있었다.

그래서 곤은 주머니에 있는 반지를 만지작거리며 언제 건네야 하는지 기회를 엿보는 와중에도 끊임없이 고민을 했다. 그의 이기적인 용기 한 번이 그들의 관계를 돌이킬 수 없게 만들 수도 있었기 때문이다.

내가 과연 한두루 없이 살 수 있을까. 그게 정말 될까. 그런 삶이 가능하기나 할까.

그런 고민과 걱정들이 결국은 그를 다시 움츠러들게 만들었다.

졸업식이 끝나고 두루의 집에 간 곤은 식사를 한 뒤에 가벼운 산책을 하며 고백을 해야겠다고 마음먹었다. 하지만 그전에 그녀의 마음을 조금이라도 읽어 보고 싶은 욕심이 생겼다. 그것은 어찌 보면 순전한 이기심이었다. 혹시라도 고백이 잘못되어 그녀를 완전히 잃고 싶지 않은, 그런 모자란 마음에서 비롯된.

"곤아."

"응."

"……고마워."

"뭐가."

"내 옆에 있어 줘서."

하필이면 그녀는 그 순간 그런 말을 했다. 짝사랑하고 있는 사람들로서는 오해할 만한 소지가 충분한 말이었다.

"내가 네 옆에 왜 있는지 몰라?"

밥을 먹으면서 심드렁하게 하는 고백 같은 것은 생각해 본 적도 없었다. 그는 다만 충동적으로, 평소처럼 장난치듯 그런 질문을 던졌다. 그렇게라도 그녀의 마음을 조금이라도 떠보고 싶었다.

"좋아하니까."

그 말과 동시에 곤은 시선을 내렸다. 그리고 다시 젓가락을 들었다. 그녀의 얼굴을 마주 볼 수가 없었다. 심장이 너무 빠르게 뛰어서. 붉어진 얼굴을 들킬 것만 같았다.

"내가 너 좋아하니까."

그는 아무리 가볍게 말해도 그녀가 자신의 진심 정도는 느낄 것이라고 생각했다. 떨리는 젓가락질을 볼 수 있을 것이라고 생각했다. 그는 지난 오랜 시간 동안 단 한 번도 그녀에게 좋아한다는 말은 해 본 적이 없었다. 그러니 그 말을 장난으로 넘길 수 있을 거라는 생각도 하지 못했다. 그녀가 그의 깊은 마음을, 분명히 보았을 것이라고 생각했다.

"그러니까 고마워할 거 없어."

"……."

"나 좋으려고 네 옆에 있는 거니까."

그래서 그다음에 있던 그녀의 아무렇지 않은 대답이, 그의 마음에 대한 명확한 거절이라고 느낄 수밖에 없었다.

"고마워. 그렇게 말해 줘서."

반지를 꼭 쥐고 있던 다른 한 손에서 스르르 힘이 풀렸다. 그는 아무 말도 할 수가 없었다.

이후 4년의 시간은 한두루를 잊기 위해 보냈다. 곤은 다음 해 있었던 우진의 기일에 두루 몰래 그의 납골당을 찾아 말했다.

"죄송합니다, 아저씨. 잠시만…… 아주 잠시만 떨어져 있겠습니다. 두루를 지키겠다는 그 약속, 아주 잠시만 내려놓겠습니다."

그에게는 시간이 필요했다. 그의 삶에서 한두루라는 여자를 완전히 떠나보낼 자신은 없고 지금 당장 아무렇지 않은 척 그녀의 곁에 있을 용기도 없었다. 그는 두루를 완전히 잊은 뒤 정말 친구라고 부를 수 있을 때 다시 돌아가고 싶었다.

그는 굳이 압구정으로 독립까지 하면서 두루의 곁을 떠났고 일에만 매달렸다. 그녀에게 연락하고 싶은 마음을 필사적으로 누르며 참았고, 조금씩 조금씩 그녀를 멀리했다. 그렇게 오랜 시간이 지나면, 잊을 수 있을 거라고 생각했다. 몸이 멀어지면 마음도 멀어진다고. 세상 모든 사람들이 그렇게 말했으니까. 그도 분명 그럴 수 있을 것이라고 확신했다.

그러나 그것은 착각이었다.

'넌 비겁해. 고백할 용기는 없고 잃고 싶진 않고. 그러니까 혼자 잊어 보겠다고 용쓰면서 완전히 끊어 내진 못하고 애매한 관계나 유지하고. 그게 상대한테 어떤 느낌일진 생각해 봤어? 잃은 것도 아니고 잃지 않은 것도 아닌. 넌 언제든 돌아갈 구멍을 만들어 놓고 있는 거야. 그러니 평생 잊을 수 없을걸? 그럴 바엔 차라리 고백해. 지금이라도.'

하연의 말이 맞았다. 잊을 수 없었다.

'그때 놓치지 말걸, 그때 놓치지 않았으면 뭔가 조금은 달라지지 않았을까…… 그렇게 한심하게 평생 후회하며 살고 싶지 않으면.'

유곤은, 한두루를, 잊을 수 없었다.

결국 그는 십 년이라는 세월을 돌고 돌아 다시 그녀에게 돌아갈 수밖에 없었다. 그는 마침내 깨달았던 것이다. 더 이상 선택의 여지는 없었다. 그는 그녀를 가져야 했다. 가지지 않고서는 살 수 없었다. 그녀가 아니고서는 어느 누구도 사랑할 수 없었다. 그러니 혹시나 그녀를 잃게 되더라도 그는 그녀에게 다가가야만 했다.

"예쁘다."

그에게 그런 생각을 들게 만드는 사람은, 오로지 그녀뿐이었으니까.

"여전히 예쁘다, 넌."

세상에 오직 한 사람.

그것이 그의 오랜 간극의 의미였다.

Part 3

하고 싶은 말

늦은 고백

빵빵. 당찬 경적 소리가 두 번 울렸다. 막 대문을 열고 나오던 두루는 놀라서 고개를 들어 보았다. 늘 옆집 대문 앞에 있던 차가 오늘은 그녀의 집 앞에 있었다. 새까맣던 창문이 내려가고 그 안에서 반가운 얼굴이 고개를 내밀었다.

"어이, 예쁜 아가씨."

곤이 짧은 휘파람을 불며 능청스럽게 웃어 보였다.

"타. 같이 가게."

"아니야. 괜찮아. 난 버스 타고 가면 돼."

"같은 데 가면서 굳이 따로 가는 것도 웃기지 않아? 그냥 타."

"사람들이 이상하게 생각할……."

"나 내린다? 잡아끌어야 탈래?"

곤이 정말 내릴 것처럼 문고리를 잡으며 말했다. 그럼에도 두루는 그의 차에 쉽게 오르지 못했다. 프리 프로덕션을 어제부로 마무리하고 모처럼만에 쉴 수 있는 토요일이었지만 두루는 오늘도 회사 사람들을 만나야 했다. 다음 주부터 시작하는 본격적인 촬영에 앞서, 모든 배우들과 스탭들이 친목도 다지고 의기투합도 할 겸 모이기로 한 것이었다. 일종의 앞풀이 같은 회식이었다.

"진짜 내려?"

곤이 사뭇 진지한 표정으로 물었다. 두루는 하는 수 없이 차 문을 열었다. 그제야 곤의 입가에 환한 미소가 떠올랐다.

"왜 이렇게 예쁘게 입었어?"

곤은 두루의 안전벨트를 매 주며 속삭이듯 물었다. 두루는 그의 향기가 불쑥 다가오자 신경이 바짝 서는 것을 느꼈지만 겉으론 표내지 않으려 애썼다.

두루는 슬쩍 자신의 옷차림을 내려다보았다. 오늘따라 유독 준비 시간이 길었던 것은 사실이다. 간만에 치마를 입은 것도 사실이다. 평소 잘 하지 않던 마스카라를 한 것도, 색이 조금 진한 립스틱을 바른 것도, 약간 굽이 있는 구두를 신은 것도. 그렇다면 왜?

분명히 말할 수는 없지만,

"남자 배우들 본다고 또 신경 좀 썼구만?"

확실히 그건 아니었다.

두루가 곤을 향해 따가운 눈총을 쏘며 말했다.

"왜, 이상해?"

"뭘 물어. 예쁘다니까."

왠지 못마땅한 표정으로 시선을 내리는 두루를 보며 곤은 입술을 비집고 나오는 미소를 감출 수가 없었다. 넌 뭘 먹고 이렇게 귀엽냐고 묻고 싶은 것을 참았다. 그냥 던진 말이 아니라 진심이었다. 예쁘다는 말.

고급스러운 화이트 블라우스에 곤색 플레어스커트. 여성스럽고 부드러운 두루의 이미지에 딱 맞는 스타일이었다. 약간 웨이브를 준 머리도, 소소한 액세서리도 모두 마음에 들었다. 처음 두루가 대문을 열고 나왔을 때 너무 예뻐서 눈을 뗄 수가 없을 정도였다. 하지만 그만큼 걱정이 되는 것 또한 사실이었다.

아무리 일 때문에 마련된 자리라지만 술자리였고 영화의 장르 특성상 남자 배우들이 압도적으로 많았다. 곤은 벌써부터 술을 빌미로 두루에게 치근댈 늑대 같은 남자들이 신경 쓰였다. 최은호 하나로도 벅찬데, 이렇게 예쁘게 하고 오면 너무 골치 아프잖아. 그것이 곤의 속마음이었다.

그래도 이번 모임은 곤에게 기회가 될 수도 있었다. 두루와 은호를 한자리에서 볼 수 있으니, 은호에 대한 그녀의 마음도 엿볼 수 있을 것 같았기 때문이다. 그녀의 마음이 어느 정도 정리가 되었다면 그도 이제 더는 늦추지 않고 고백을 할 생각이었다.

회식 장소로 향하는 곤의 마음에 옅은 설렘이 스며들었다.

"안녕하세요. 이번 영화의 프로듀서를 맡은 최은호입니다."

저녁 일곱 시경, 영화 〈스틸〉 팀의 사전 미팅을 빙자한 회식이 시작되었다. 은호의 담백하고 중후한 목소리에 많은 여배우들과 스탭들이 격이 다른 환호를 보냈다.

"다들 아시겠지만 저희 영화는 성공할 수 있는 모든 요소를 다 갖추고 있습니다. 좋은 감독, 좋은 대본, 좋은 배우, 좋은 스탭. 이제 남은 것은 팀워크 하나뿐입니다. 사실 좋은 영화를 만들기 위해서 이보다 더 중요한 것은 없죠. 팀워크까지 완벽한 최고의 영화를 만들기 위해서 마련한 자리니 다들 맘 편히 즐기시고, 다음 주부터 시작할 촬영 잘 부탁드립니다."

뜨거운 박수가 쏟아졌다. 은호를 시작으로 제작팀, 스텝, 배우들 모두 차례로 간단한 자기 소개와 인사를 했다. 이후로는 우선 가까이 앉은 사람들끼리 자유롭게 술을 주고받으며 이야기를 시작했다. 기본적인 자리는 팀별로 구성되었다. 감독과 피디, 배우들이 한 테이블이었고 연출팀, 촬영팀, 제작팀 등 팀별로 같은 테이블에 앉았다.

두루는 배우들 옆 테이블인 제작팀 테이블에 앉아 있었다. 어느 정도 술이 돌자 자연스럽게 자리도 돌기 시작했다. 하지만 두루는 꿋꿋하게 제자리에 앉아 있었다. 본래 그다지 활발하고 사교적인 성격도 아니었을뿐더러, 이번 영화는 특히나 곤과 함께하기 때문에 조용히 가야 한다는 마음이 컸다. 그런데 옆자리에 앉은 수아가 아까부터 계속 두루의 신경을 자극하고 들었다.

"야. 김소율 저 붙여시 같은 게 유곤한테 꼬리치는 것 좀 봐라. 저저, 눈웃음치는 거 봐. 하이고, 애교살이 아주 찢어지시겠다. 것도 심은 주제에."

수아의 말이 영 틀린 것은 아니었다. 소율은 곤의 옆자리에 앉아 연신 술을 따라 주며 쉴 틈 없이 웃고 있었다. 곤이 무슨 말만 하면 자지러질 정도로 웃는데 그 웃음소리가 호프집을 울릴 정도였다. 실은 두루도 그 웃음소리가 못내 거슬리던 찰나였다.

"이 대리님 유곤 좋아해요?"

내심 수아의 얘기를 그만 듣고 싶었던 두루의 마음을 긁어주기라도 하듯, 서준이 불쑥 끼어들었다.

"뭐?"

"아까부터 계속 김소율이랑 유곤 얘기만 하잖아요. 꼭 질투라도 하는 것처럼."

"얘는 무슨 거지같은 헛다리야! 김소율 저거 하는 짓이 재수 없어서 그렇지."

"뭐가 그렇게 재수 없어요?"

"스케줄 문제만 해도 쟤가 얼마나 속을 썩이는 줄 아냐? 혼자 아주 세계적인 톱스타 납셨어. 당장 월요일에 있는 촬영도 틈만 나면 이랬다 저랬다. 휴, 됐다. 됐어. 내가 너한테 이런 말을 해서 뭐하냐. 암튼 싫어. 딱 싫어! 케미도 별로고. 유곤이랑 김소율이 수준이 맞냐구."

"왜요? 제가 보기엔 잘 어울리기만 하는데."

"저게? 저게 잘 어울린다고? 넌 그냥 입에 지퍼 좀 채우고 있음 안 되냐? 너랑 얘기하면 내가 아주 스트레스받아서 만성 두통에 위장병까지 올 것 같거든?"

"제 영향력이 그 정도예요?"

수아와 서준의 실랑이를 듣고 있던 두루는 슬쩍 고개를 들어 옆 테이블을 바라보았다. 곤은 물론 은호까지 그 테이블에 있었다. 왠지 모르게 불편한 곳이라 억지로라도 보지 않으려고 했는데, 소율과 곤이 잘 어울린다는 말에 시선이 저절로 향해 버렸다.

"원래 그렇게 잘 웃어요?"

곤이 묻자 소율은 보란 듯이 입을 더욱 크게 벌리고 웃으며 답했다.

"하하핫. 네. 원래 웃음이 좀 많아요. 주변에서 심하다고 할 정도로."

"그렇구나."

"오빠는 잘 안 웃어요?"

"네. 난 시끄러운 거 별로 안 좋아해서."

곤은 자상한 미소와는 상반되는 단호한 말투로 말했다. 그러자 소율은 무안함을 감추기 위해 어색하게 웃으며, 원랜 안 그러는데 사람들 앞에서만 자주 웃는다는 둥 제가 한 말을 애써 수습하려 들었다.

그 모습을 본 두루의 입가에 짧은 웃음이 걸렸다. 소율을 보는 곤의 차디찬 눈빛 하나에 하루 종일 얹혀 있던 속이 싹 나은 것처럼 왠지 모르게 편안한 기분이 들었다. 그런데 아무 생각 없이 눈을 돌렸다가 익숙한 다갈색 눈동자와 마주치고 말았다. 언제부터였는지, 은호가 이쪽을 보고 있던 모양이었다.

어쩐지, 그녀를 바라보는 그의 눈빛이 점점 더 깊어지는 것 같아서 두루는 도망치듯 시선을 피해 버렸다.

"이 대리님 어디 가요!"

그때 수아가 자리에서 일어섰고 서준이 다급히 외쳤다.

"네놈 땜에 스트레스받아서 집에 간다, 왜?"

"방금 뭐 챙기는 거 내가 봤는데! 요즘 이상한 냄새가 난다 했더니, 이 대리님 담배 피워요?"

"피우든 말든 네가 뭔 상관이야, 인마."

"피울 거면 여기서 피워요. 당당하지도 못할 거면서 왜 피워요, 그걸? 그 안 좋은 걸?"

"상관 말고 술이나 드세요, 아저씨."

수아는 두루에게 잠깐 나갔다 오겠다고 말한 뒤 밖으로 나갔다. 수아가 가끔 가다 한 번씩 담배를 피운다는 것을 알고 있던 두루는 크게 개의치 않았지만 올해 입사해서 수아에 대해 잘 모르고 있던 서준은 별나게 호들갑을 떨더니 결국 수아를 따라 나갔다. 그런 서준의 뒷모습을 보는데 픽 웃음이 샜다.

"아무래도 수상하죠? 서준 오빠랑 이 대리님."

은채가 대단한 추리라도 하듯 미간을 좁히고 작은 목소리로 말했다.

"뭐가?"

"서준 오빠가 이 대리님 좋아하는 것 같지 않아요?"

"글쎄, 그런가."

두루도 최근 들어 그런 느낌을 받긴 했지만 연애 감정이라는 것은 본인이 아니면 누구도 알 수 없는 것이라 생각해서 말을 아꼈다.

"담배 피운다고 따라 나가는 것 좀 봐요. 서준 오빠 원래 그런 거 신경 쓰는 사람 아니에요. 근데, 자기 여자가 그러는 건 싫은 거죠."

"그래. 남자들 그런 거 있어. 다른 여자가 미니스커트 입는 건 좋아도 내 여자는 안 되는 거."

어느새 김 차장까지 합세해서 비밀스러운 목소리로 이야기를 꺼내 놓았다.

"진짜 그래요?"

"그럼. 다른 남자가 쳐다보기만 해도 열불 나니까. 뭐, 사람마다 다르긴 하지만 자기 여자 친구가 미니스커트 입고 다니는 걸 좋아하는 남자는 거의 없지. 만약 그런 놈이 있다면 그건 별로 좋아하는 게 아니야. 그놈에게 그 여자는 사랑하는 사람이라기보단 성적으로 매력적인 여자일 뿐이지."

"에이, 그건 좀 극단적인 판단 같은데요? 김 차장님 말씀대로 사람마다 다 다르잖아요. 여자 친구가 미니스커트 입어서 예쁘면 그게 그냥 좋은 걸 수도 있죠."

어쩌다 얘기가 수아와 서준의 썸에서 미니스커트로 옮겨 갔는지는 모르겠으나 두루는 자신이 입은 스커트를 흘긋 한 번 내려다보았다. 미니스커트까지는 아니었지만 그래도 두루가 가지고 있는 치마 중에는 가장 짧은 치마였다. 문득 아까 전 두루에게 예쁘다고 말해 주었던 곤의 모습이 떠올랐다. 물론 그의 반응이 싫었던 것은 아니지만 김 차장의 말을 듣고 보니 약간 신경이 쓰이는 것도 사실이었다. 곤은 그녀가 짧은 치마를 입든 말든 그다지 신경을 쓰지 않는 것 같았다. 아까 전 그의 반응을 미루어서 굳이 따져 보자면, 그는 그녀가 미니스커트를 입은 것을 싫어했다기보단 좋아한 쪽에 가까웠다.

역시, 곤이 짝사랑했다는 그 사람은 내가 아닌 건가.

요즘은 매일이 추측과 혼란이었다. 그가 나를 좋아하는 것 같다고 백 퍼센트 확신을 하다가도 터무니없는 생각이라며 금세 자신을 비웃기도 했다. 그래서, 좋아하면 뭐? 너는 어떤데? 라는 질문을 스스로에게 던지기도 했다. 어쩌면 그 질문에 대한 답을 내리는 게 어려워서 자꾸만 부정적인 쪽으로 생각이 되는지도 몰랐다.

"무슨 얘기들을 그렇게 재밌게 해요?"

그때였다. 수아가 나가서 비어 있던 두루의 오른쪽 옆자리가 채워지면서 익숙한 목소리가 날아들었다. 자연스럽게 두루를 보면서 짓는 부드러운 미소, 은호였다.

"팀장님, 팀장님도 그래요?"

"뭐가?"

"여자친구가 미니스커트 입는 거 싫어하세요?"

"응, 싫어."

은호는 잠시의 고민도 하지 않고 단칼에 자르듯 말했다.

"내가 좋아하는 사람이라면, 다른 남자들이 쳐다보는 것도 싫으니까."

"거봐, 내 말이 맞지?"

"내가 소유욕이나 질투심이 생각보다 심한 편이라서."

"어머, 진짜요?"

왜 하필 오늘 미니스커트를 입었을까. 두루는 마치 두 번 거절당한 듯한 기분이 들어 무안함을 감출 수가 없었다. 애꿎은 술잔만 돌리던 두루는 마침 김 차장이 술을 따라 주자 평소와는 다르게 망설임 없이 들이켰다. 그런데 다 마신 술잔을 내려놓으려던 손이 허공에서 멈추었다.

"술이 좀 오르니까 덥네."

은채와 대화 도중 재킷을 벗은 은호가 자신의 옷을 두루의 다리 위에 자연스럽게 덮어 준 것이었다.

"한 대리 오늘 웬일로 술 좀 하네? 자, 한 잔 더 받아. 이럴 때 먹는 거지."

잠시 멍하니 있던 두루는 김 차장의 말에 얼른 술을 받았다. 하지만 선뜻 마시지는 못했다. 조금만 더 마시면 취할 것 같은 직감이 들어서였다. 이런 날은 최대한 오래 깨어 있는 게 좋았다. 그때 은호의 다부진 팔이 불쑥 나타나 두루의 앞을 가로질렀다.

"저랑 하시죠. 한 대리는 꽤 취한 것 같은데."

"둘이 좀 멀어졌나 걱정했더니, 한 대리 챙기는 건 여전하시네."

"저도 같이해요."

은호가 막아 주긴 했지만 어쩐지 민망한 마음에 두루도 술잔을 내밀었다. 은호가 걱정스러운 눈길로 두루를 바라보았다. 하지만 두루는 개의치 않고 경쾌한 목소리로 짠, 하고 잔을 부딪쳤다.

그런데 잔을 막 입에 가져다 댄 순간이었다. 휘익. 마시려던 술이 눈앞에서 사라졌다. 탁. 가볍게 잔을 내려놓는 소리가 옆에서 들렸다. 이윽고 허전하던 왼쪽 옆자리도 채워지는 기분이 들었다. 고개를 돌려 보니 곤이 두루를 보며 싱긋 웃고 있었다.

"역시 술은 뺏어 먹는 게 제맛이야."

"뭐야."

"너무 재밌어 보여서. 나도 좀 끼려고."

"웬일이야. 완전 환영이에요!"

신이 나서 술을 따라 주는 은채를 제외하곤 그다지 환영하는 분위기는 아니었다. 특히 은호의 표정은 방금 전과 다르게 약간 굳어져 있었다.

"두 분이 정말 친하신가 봐요."

은채가 두루를 부러운 눈으로 바라보며 말했다. 그러자 곤이 갑자기 두루의 어깨에 팔을 두르더니 제 쪽으로 약간 당기며 말했다.

"보시다시피."

곤은 능글맞게 웃으며 은채를 보고 있었지만 그의 신경은 온통 은호를 의식하고 있었다. 은호도 그것을 느꼈는지 얼핏 웃으며 제 손으로 술을 따라 마셨다. 어울리지 않게 왜 자작을 하냐며 김 차 장이 은호에게 술을 따라 주었다. 은호는 말없이 연거푸 술만 들이 켰다.

"이것 좀 놓지?"

"싫은데."

두루가 사람들의 시선을 의식하여 곤의 손을 떼어 내려 했지만 어림없었다. 곤은 두루의 어깨에 머리를 기댔다 떼기도 하고 귓속 말을 하기도 하며 더욱 살갑게 대했다. 두루는 그런 사소한 행동들 에 이상하게 마음이 떨리는 것을 느꼈다. 확실히, 전과는 다른 기 분이었다. 그의 스킨십이 낯설고 불편했다.

그런 그녀의 마음을 아는지 모르는지 그는 점점 더 대담해졌다. 그리고 그의 행동이 대담해질수록 두 사람을 보며 속닥거리는 사람 들이 많아졌다. 곳곳에서 날카로운 시선도 느껴졌다. 그중에는 순 식간에 두 남자를 잃고 혼자가 된 소율도 있었다. 소율의 번뜩이는 큰 눈과 마주친 두루는 더는 불편해서 그 자리에 있을 수가 없었 다.

"전 잠깐……."

두루는 바람을 쐬고 온 뒤 자연스럽게 자리를 옮겨야겠다는 생 각으로 일어섰다. 덮고 있던 재킷은 은호에게 돌려주었다.

"밖에 쌀쌀할 텐데 걸치고 나가."

"괜찮아요."

그새 술을 많이 마셨는지 은호의 얼굴에 약간 붉은 기운이 돌았다. 어쩐지 쓸쓸해 보이는 그의 분위기가 마음에 걸렸지만 두루는 애써 마음을 비우고 밖으로 나갔다. 나가는 길에 곤이 그녀를 부르는 소리가 들려 짧게 한 번 웃어 주고 말았다.

가게 밖으로 나온 두루는 좁다란 골목길을 따라 걸었다. 은호의 말대로 블라우스 한 장으로 버티기엔 밤공기가 꽤나 차가웠다. 그래도 혼자 걷는 밤길이 나쁘지 않았다. 무심코 올려다본 하늘엔 맑은 보름달이 떠 있었다. 아니, 자세히 보니 아직 완전한 보름달은 아니었다. 그래도 좋았다. 오히려 그게 더 좋았다.

두루는 무엇이든 완전해지기 직전의 상태가 좋았다. 완전해지고 나면 그 이상이 될 수 없다는 게 싫어서였다. 일단 정점을 찍고 나면 남은 건 내려가는 일뿐인 것이 싫었다. 사랑도 마찬가지였다. 뜨겁게 불타오르던 감정도 한순간 절정을 맞이한 뒤엔 차게 식었고, 식고 나면 남는 것은 잿더미 같은 마음과 이별뿐이었다.

그녀는 혼자인 게 익숙했지만 혼자가 되는 것에 대한 두려움이 있었다. 은호에게 다가서다 물러난 것도, 곤에게 선뜻 다가가지 못하는 것도, 모두 사실은 그런 두려움에서 비롯된 것일지도 몰랐다.

두루는 손으로 제 얼굴을 감쌌다. 너무 뜨겁지도 차갑지도 않았다. 적당히 오른 취기가 마음에 들었다. 그녀는 무엇이든 적당한 것이 가장 좋은 것이라고 생각했다. 관계에 있어서도 마찬가지였다. 상처 주지도 상처받지도 않을 정도의 적당한 거리를 유지하는 것이 중요했다. 그녀는 누구와든 그런 거리를 유지하기 위해 애쓰고 있었다.

하지만 왠지 모르게 마음이 자꾸만 허전해졌다.

사실은, 솔직한 마음으로는, 누군가 옆에 와 주길 바랐다. 추운 몸을 감싸 주고 허전한 손을 잡아 주고 꼭 안아 줄 수 있는 사람이 옆에 있길 바랐다. 나는 너를 버리지 않을 거라고, 평생 식지도 않을 거라고, 불가능한 말일지라도 강한 확신에 찬 어조로 그녀를 안심시켜 줄 누군가가 있었으면 하고 바랐다. 그리고 그 누군가가, 그이길 바랐다.

왜인지 그라면, 그가 그런 말을 해 준다면, 믿을 수도 있을 것 같았기 때문에.

유곤이라면…….

"한두루."

그때였다. 등 뒤에서 누군가 그녀의 이름을 불렀다. 두루의 발이 멈추었다. 그러자 뒤에 있던 다른 발소리가 점점 더 가까워져 왔다. 돌아봐야 한다는 걸 알지만, 몸이 움직이지 않았다. 두루는 가만히 선 채 발소리가 가까워지는 것을 듣고만 있었다.

어느 순간, 차분하던 발소리가 그녀의 바로 뒤에서 멈추었다. 뒤이어 그녀의 어깨 위로 따뜻한 온기가 내려앉았다. 익숙한 향기가 코끝을 간질였다. 두루는 그제야, 그녀에게 다가온 사람이 누구인지 명확히 알 수 있었다.

"쌀쌀할 거라니까."

"……."

"안 들어가?"

"저, 괜찮아요."

두루는 제 어깨에 걸쳐진 옷을 벗기 위해 손을 올렸다. 그런데 그녀가 옷을 벗기 전에 그의 손이 먼저 다가왔다. 그는 그녀가 옷을 벗지 못하도록 더욱 잘 여며 주더니 그 상태로 그녀를 끌어안았다. 아주 부드러우면서도 강한 힘이었다. 그의 팔이 그녀의 쇄골을 둘러 감고 어깨를 꼭 잡고 있었다. 등 뒤에서 낯선 체온이 느껴졌다. 두루는 너무 놀란 나머지 얼음처럼 얼어 버린 상태로 잠시간 움직이지 못했다.

"팀장님……."

뒤늦게 정신을 차린 그녀가 그의 손을 떼어 내려 했지만, 그는 더욱 세게 그녀를 끌어안았다. 그녀가 제 품에서 나가지 못하도록. 귓가에 내려앉는 그의 숨은 느리고 일정한 박자를 타고 있었지만 왠지 모르게, 슬펐다.

"그만 가."

그가 처음으로 꺼낸 말이었다.

"……그만 멀어져. 나한테서."

두루의 어깨를 끌어안은 그의 팔에 애달플 정도로 간절한 힘이 들어갔다.

"난 소유욕도 질투심도 강한데, 제일 중요한 게 없었어."

"……."

"그 하나가 없어서 매번 사랑을 할 때마다 실패뿐이었어. 그래서, 자신이 없었어."

4년 동안 최은호라는 사람을 지켜봤고 그에 대해 거의 모든 것을 안다고 생각했다. 하지만 두루는 그것이 매우 큰 오만이고 착각이었음을 알게 되었다. 그녀는 그때야 비로소 그를 아주 조금 알게 된 것 같았다.

"너를 잃을까 봐 두려웠어."

하지만 그것은 슬픈 일이었다.

"나, 아직 너한테, 하고 싶은 말이 너무 많은데."

그녀는 그를 너무 늦게 알아버리고 만 것이다.

"하나도 제대로 하지 못했는데……."

그토록 바라던 그의 포옹에도, 심장이 뛰지 않게 되어 버렸을 때.

"나한테 다시 한 번만 기회를 주면 안 될까?"

그의 품 안에서조차 다른 사람의 향기가 그리워져 버렸을 때.

그때서야 알아 버리고 만 것이었다.

"곤이 씨, 어디 가?"

"아, 저도 잠깐 바람 좀 쐬러요."

김 차장의 질문에 넉살 좋게 웃으며 대충 둘러댄 곤은 초조한 마음과는 다른 여유로운 걸음을 유지하며 밖으로 나왔다.

"어딜 간 거야……."

하지만 바깥에 나오자마자 다시 걸음이 빨라졌다. 주위를 두리번거리는 고개짓도 바빴다.

곤은 두루가 자리를 비운 뒤 머지않아 따라 나가는 은호를 보았다. 저 인간이 왜, 하고 따라 일어나려던 찰나 앞에 있던 김 차장이 말을 걸어서 타이밍을 놓쳤다. 곤마저 나가면 한꺼번에 세 자리가 비는 것이라서 주위 사람들의 눈치도 보였다.

하지만 곤의 머릿속엔 온통 두루 생각뿐이었다. 취한 상태로 두루를 따라 나간 은호가 신경이 쓰이고 불안해서 다른 얘기들은 귀에 잘 들어오지도 않았다. 그래서 서준과 수아가 돌아오자마자 기다렸다는 듯 자리를 박차고 일어났다.

아무래도 전화를 해 봐야겠다는 생각에 휴대폰을 꺼내 든 순간 곤의 발이 멈추었다. 믿고 싶지 않은 광경을 목격한 것이었다. 마음 같아선 당장 달려가 두 사람을 떼어 놓고 싶었지만 발이 채 떨어지지 않았다. 휴대폰을 거머쥔 손이 맥없이 떨리고 심장이 점점 더 빠르게 뛰었다. 눈꺼풀이 무겁게 내려앉았다. 질끈 감았던 눈을 다시 떠 보았을 때도 변하는 것은 없었다.

그녀가, 안겨 있었다. 다른 남자의 품에.

가슴 깊은 곳에서부터 뜨거운 피가 거꾸로 솟아오르는 것만 같았다. 일방적으로 보이는 은호의 행동에 더욱 화가 났다. 도저히, 참을 수가 없었다. 견딜 수가 없었다. 뒤에서 지켜만 보다 물러나는 바보 같은 짓은 더 이상 하고 싶지 않았다. 그는 바닥에 붙어 있던 발을 힘주어 떼어 냈다. 그리고 굳은 마음으로 한 발 내디딘 순간이었다.

"……죄송해요."

곤의 발이 다시 멈추었다. 숨으려던 것은 아닌데 저도 모르게 몸이 전봇대 뒤로 향했다. 은호의 품 안에서 벗어난 두루가 뒤를 돌아섰기 때문이다.

"정말 죄송해요."

두루가 어깨에 걸쳐 있던 은호의 옷을 벗어서 돌려주며 말했다.

"그러기엔…… 너무 늦어 버린 것 같아요."

이전에 두 사람 사이에 오고 갔던 말이 무엇인지 모르기에 그녀의 말 또한 무슨 뜻인지 정확히 알 수는 없었지만, 그것이 확실히 거절의 표현이라는 것쯤은 느낄 수 있었다.

"팀장님을 오래 좋아했어요. 정말 오래……. 그래서 그만큼 정리가 힘들 줄 알았는데, 오히려 그 반대인 것 같아요. 너무 오랜 시간, 거의 모든 마음을 쏟아서…… 그래서 저는 지금 남은 게 많지 않아요."

"……두루야."

"하지만 예나 지금이나 한 가지 변하지 않은 게 있어요. 팀장님은 좋은 사람이라는, 제 믿음이요."

"……."

"뭐가 그렇게 팀장님을 힘들게 했는지는 모르겠지만, 사랑에 실패했다고 생각하지 마세요. 사랑은 일이 아니잖아요. 모든 사랑엔 헤어짐이 있는 거잖아요. 자신 없어하지 마세요. 팀장님은 충분히 멋진 사람이에요. 팀장님한테 사랑받았던 사람들도 모두 행복했을 거예요. 적어도 사랑하는 동안엔."

은호는 아무 말이 없었다. 그저 가만히 두루를 바라보며 서 있었다. 곤은 그의 표정을 볼 수 없었지만, 왠지 알 수 있을 것만 같았다.

"……먼저 들어갈게요."

두루는 느린 걸음으로 은호를 스쳐 지났다. 은호의 손이 움찔하는 게 보였다. 하지만 그의 손은 그 이상 움직이지 않았다. 그는 그녀를 잡지 못했다. 그저 그 자리에 못이 박힌 듯 가만히 서 있었다. 곤은 잠시 무언가에 홀린 것처럼 홀로 남은 그의 뒷모습을 바라보았다.

어쩐지, 몹시도 낯이 익은 뒷모습이었다.

순간 그 모습이 안쓰럽게 느껴지면서도, 그에 대한 마음을 확실하게 정리해 준 두루가 무척 고맙고 예뻐 보였다. 하지만 두루는 곤을 보지 못하고 지나쳐 갔다. 곤은 그녀를 붙잡고 싶었지만 잡을 수 없었다. 저 앞에 있는 은호의 뒷모습이 자꾸만 마음에 걸렸는데, 그것이 어디서 봤던 모습인지 문득 떠올랐던 것이다.

그것은, 지난 십 년간 늘 꿈속에서 보았던 자신의 뒷모습이었다.

두려움이라 쓰고
사랑이라고 읽는 것

　새로운 한 주의 시작과 함께 영화의 촬영도 시작되었다. 첫 촬영
은 경기도 외곽 도시의 어느 허름하고 한적한 동네에서 하게 되었
는데, 환경도 열악한 데다 한여름에 버금가는 이례적인 고온 현상
때문에 촬영이 순조롭지는 않았다. 대부분의 스탭들이 아침부터 기
진맥진한 상태였고 두루도 예외는 아니었다.

　아침에 집을 나올 때부터 왼쪽 머리가 살살 아프더니 지금은 거
의 쪼개질 지경이었다. 평소에도 신경성 두통이 심해서 그러려니
하고 수아에게서 약을 빌려 먹었지만 소용이 없었다. 약이 평소에
먹던 약보다 약한 탓인 것 같았다.

　"요즘은 또 어디다 그렇게 신경을 쓰길래 머리가 아파?"

　수아의 걱정 어린 질문을 들었는지 한쪽에서 메이크업을 고치고
있던 곤이 고개를 돌려 두루를 보았다. 그와 눈이 마주치자 두루는
죄라도 지은 사람처럼 재빨리 시선을 돌렸다. 요즘은 그와 눈 한

번 마주치는 것도 불편했다. 그것만으로도 가끔 가슴이 두근거릴 때가 있었기 때문이다.

"어디 아파?"

결국 곤이 메이크업을 고치다 말고 두루에게 걸어왔다.

"아니. 아무것도 아니야."

곤은 그녀의 말을 무시하고 허리를 살짝 숙여 두루와 키를 맞추더니 그녀의 이마에 손을 짚었다. 두루가 흠칫 놀라 뒤로 주춤했다. 수아가 입을 혀 벌린 채 기지배 부럽다, 하고 속삭였다. 수아와 같은 시선은 여럿 더 있었다. 두루는 그런 시선들이 불편했다. 괜한 소문이 나서 혹시라도 곤에게 피해가 갈까 봐였다.

"열은 없는데……."

"그냥 두통이야. 신경 쓸 거 없어. 얼른 가 봐."

"약은?"

"먹었어."

"자주 이래?"

"신경 쓸 거 없다니까. 그리구 촬영장에서 너무 친하게 하지 마."

"왜?"

"왜긴 왜야. 여기 스탭들, 다 네 팬클럽이나 마찬가지잖아. 네가 이러면 나만 곤란해져."

네가 걱정돼서라는 말은 왠지 부끄러워서 괜스레 틱틱대듯이 말했더니 곤이 피식 웃었다. 두루가 왜 웃느냐는 듯이 쳐다보자 곤이 그녀의 머리를 가볍게 헝클인 뒤 말했다.

"우리 예전에도 이런 비슷한 대화를 했던 것 같아서."

"……언제?"

"아마도, 아주 예전에."

두루도 그의 말을 듣자 얼핏 고등학교 때가 생각났다. 그와 둘도 없이 가까웠던 시절이.

"좋다."

"…….'

"그때로 돌아간 것 같아서."

그의 낮은 목소리가 가슴 깊이 파고드는 것 같았다. 말끝에서 깊은 여운이 느껴졌다. 두 사람은 잠시 아무 말 없이 서로의 눈을 바라보았다. 그때가 그리웠던 건 나만이 아니었구나. 마음이 따뜻해지면서 잔잔한 미소가 피어올랐다.

"곤이 씨, 준비할게요!"

그때 감독이 곤을 불렀다. 돌아보니 감독 옆에 서 있던 은호도 두 사람을 보고 있었다. 표정이 밝지는 않았다. 곤은 시원하게 네, 하고 대답한 뒤 두루의 어깨에 손을 올리고 부드럽게 쓸어주었다. 별말 없이 짧은 웃음이 전부였지만 아프지 말라고, 다녀오겠다고 말하는 것 같았다. 두루는 그 웃음이 좋았다.

그때였다.

"김소율 씨 오셨습니다!"

한 스탭이 외치는 소리가 들렸다. 두루는 깜짝 놀라 소리가 난 쪽으로 고개를 돌려 보았다. 차에서 막 내린 소율이 코디, 매니저와 함께 걸어오고 있었다.

"감독님, 피디님 저 왔어요."

소율이 감독과 은호에게 가서 인사를 하자 두 사람도 당황스러운 기색을 감추지 못했다.

"분위기 왜 이래요? 나 못 올 데 왔나?"

"아니, 그런 건 아닌데…… 왜 이렇게 일찍 왔어요? 소율 씨 촬영은 밤에나 있을 텐데."

"그게 무슨 소리예요? 전 아침이라고 들었는데."

제작팀 중에서 촬영 스케줄을 관리하는 사람은 두루와 수아였다. 스탭들의 시선이 그들에게 쏠렸다.

"어떻게 된 거야?"

수아가 두루에게 작은 목소리로 물었다. 스케줄 문제로 소율 측과 마지막으로 연락을 한 사람은 두루였기 때문이다. 그러나 두루는 어안이 벙벙하기만 했다. 소율은 촬영 전날인 어제까지도 계속해서 다른 스케줄 때문에 시간이 된다 안 된다 말썽을 피워서 결국 늦은 밤으로 촬영 시간을 조정했고, 두루는 그것을 확실히 전달한 것으로 기억하고 있었다. 아무래도 소율의 매니저가 잘못 전달을 한 것 같았다. 소율이 매니저에게 확인을 하자 매니저가 불확실한 표정으로 얼버무리는 것이 보였다.

"전 분명 저녁 아홉 시쯤 오시라고 말씀드렸는데요."

보다 못한 두루가 나서며 말했다. 그러자 소율이 얼핏 웃더니 그녀에게 다가왔다.

"저희 매니저는 분명 오전 아홉 시로 들었다는데요. 어제도 스케줄 때문에 잠 한숨 못 자고 새벽부터 일어나서 메이크업하고 힘들게 나왔더니 이게 지금 무슨 소리예요? 제 사정 뻔히 알면서."

두루는 사실 확인은 제대로 하려 하지도 않고 무조건 공격적으로 나오는 소율을 보며 기가 찼다.

어떤 배우들은 촬영이 없는 날에도 촬영장에 방문해서 다른 배우들을 응원하고 촬영을 지켜보기도 했다. 촬영장에 일찍 왔어도 상황에 따라 촬영이 몇 시간씩 늦어지기도 하는 것이 영화였다. 서로가 서로를 배려하고 이해하지 않으면 힘든 것. 그런데 소율은 촬영장에 일찍 왔다는 이유로, 그것도 제 매니저의 실수 때문에 벌어진 일임에도 불구하고 다짜고짜 화를 내고 있었다. 애초에 누구의 잘못인가와 상관없이 소율의 톱스타 행세는 스탭들의 눈살을 찌푸리게 하기에 충분했다.

이렇게 사소한 갈등이 발생했을 경우 보통은 제작진이 예민한 배우들의 비위를 맞춰 주곤 했지만 두루는 이번만큼은 그러고 싶지가 않았다.

"제 생각엔 매니저님이 잘못 전달을 하신 것 같습니다. 저희한테 이러실 게 아닌 것 같아요."

"뭐라구요? 우리 매니저가 잘못 말한 건지 그쪽이 잘못 말한 건지 어떻게 알아요? 그리고 지금 그런 게 중요한 게 아니잖아요. 촬영은 그래서 어쩌라는 거예요?"

"저는 그쪽이 아니라 한두루 피디입니다. 그리고 촬영은 당연히 약속된 시간에 하셔야죠. 김소율 씨가 너무 바쁘다는 이유로 계속 촬영 시간을 번복하셔서, 결국 일 다 보고 오시라고 밤으로 잡아드린 거거든요. 그래서 오전부터 낮까지는 다른 배우분들의 촬영이 잡혀 있습니다. 그런데 김소율 씨 촬영을 갑자기 앞으로 당기면 다른 많은 배우분들 촬영이 그만큼 더 딜레이가 되는데, 그렇게 할 순 없습니다."

"지금 당장 좀 있으면 화보 촬영 가야 한다구요. 근데 촬영 때문에 갔다가 다시 오라는 거예요, 이 먼 데를? 지금 누구 똥개 훈련 시켜요?"

"그건 저희한테 따지실 게 아닌 것 같습니다."

"하, 기 막혀. 스케줄 처리 하나 제대로 못 해 놓고 뭐가 이렇게 뻔뻔하신 건데요? AK라고 해서 기대했더니 별 볼 일 없네, 정말. 팀원이 이 모양이니."

"뭐라구요?"

"잘 못 들었어요? 다시 말해 줄까요? 형편 없다고요. 기대 이하라고."

"이봐요, 김소율 씨!"

"한 피디!"

김 차장이 다그치듯 두루를 불렀다. 돌아보니 어느새 촬영장의 모든 사람들이 그들을 지켜보고 있었다. 두루는 작은 한숨을 내쉬었다. 누구의 잘못이든, 어떤 갈등이든, 이런 상황에서 결국 답은 하나였다. 그녀가 사과를 해야 했다. 문득 이런 현실이 억울하고 슬프게 느껴졌다. 누군가 뇌를 잡고 꽉 쥐어짜는 것처럼 강한 두통이 밀려왔다.

"소율 씨, 미안해요. 한 피디가 요즘 들어 정신이 계속 딴 데 가 있는 것 같더니, 아무래도 실수를 한 것 같네. 이해해요. 촬영은……."

김 차장이 나서서 상황을 정리하려 들었다. 두루는 헛웃음을 흘렸다. 순식간에 그녀는 정신이 딴 데 가 있는 무능력한 직원이 되었다. 한 적도 없는 잘못 역시 그녀의 것이 되었다.

뒤에 있던 곤은 이 상황을 더는 지켜만 보고 있을 수가 없었다.

자신이 낄 문제가 아니라는 것은 알았지만 소율의 행동이 너무 화가 났고 상처 받은 듯한 두루의 그늘진 얼굴도 마음 아팠다. 그런데 막 두루에게 다가가려는 곤을 그의 매니저 현준이 붙잡았다.

"뭐해? 놔."

"형님이 나설 일이 아니에요."

"안 놔, 인마?"

곤이 현준에게 잡힌 팔을 뿌리치고자 애쓰던 때였다.

"촬영을 앞당길 수는 없습니다."

은호의 힘 있는 저음이 촬영장을 울렸다. 어느새 두루의 곁에 선 그는 냉기가 가득 흐르는 차가운 눈으로 소율을 직시하고 있었다. 이번에도 또 한 발 늦은 건가. 곤은 한층 어두워진 얼굴로 현준의 손을 탁 떼어 낸 뒤 은호를 바라보았다.

"설사, 만에 하나, 한 피디가 잘못 전달을 해서 벌어진 일이라고 하더라도 말입니다."

그는 두루에 대한 강한 신뢰를 드러내며 차디찬 미소를 지었다. 아무리 대단한 여배우라지만 영화의 대표 프로듀서 앞에서는 그저 황당한 기색을 조금 보일 뿐 차마 막말을 쏟아붓지는 못했다.

"김소율 씨 한 분 때문에 많은 사람들이 피해를 볼 수는 없습니다. 저희한테는 주연 조연 단역 할 것 없이 모두 똑같이 소중한 배우분들입니다. 스케줄 때문에 다시 오기 곤란하시다면 감독님과 상의하에 시나리오를 수정해서 김소율 씨 촬영을 빼 드리는 방안을 고려해 보겠습니다."

은호는 특유의 정중하고 부드러운 말투로 말했지만 그 내용은 가히 상대를 압도하는 것이었다. 말이 좋아 촬영을 빼 주는 것이지

실은 분량을 줄이겠다는 뜻이었다. 그러자 소율은 자신의 감정이 상했음은 여실히 드러내면서도 더 이상 말도 안 되는 억지를 부리지는 못했다.

언성 한 번 높이지 않고 깔끔하게 상황을 정리한 은호는 너무 신경 쓸 것 없다며 두루의 어깨를 만져 주었다. 그제야 두루의 입가에 짧은 웃음이 스쳤다. 그 모습을 가만히 지켜보던 곤은 패배감과 질투심에 저도 모르게 주먹을 쥐었다.

언제나 두루의 곁에 있어 주고 그녀를 지켜 주는 일은, 그녀의 어깨를 만지고 토닥여 주는 일은 자신만의 것이라고 생각했다. 그러고 싶었다. 그런데 그가 어리석은 공백을 가졌던 시기에, 다른 남자가 그 일을 대신하고 있었다. 지난 4년간 그들이 줄곧 이런 모습이었을 것이라는 게, 문득 체감으로 느껴지는 것 같았다.

"형님, 왜 그러세요? 어디 안 좋으세요?"

고개를 숙인 채 주먹을 파르르 떠는 곤을 본 현준이 걱정스러운 표정으로 물어왔다. 곤은 아무 말도 하지 않고 그를 지나쳐 갔다.

"형님!"

그녀가 너무 좋은데, 아무것도 할 수 없는 자신이 싫었다.

촬영은 늦은 시간까지 계속되었다. 밤이 깊어질수록 고통도 더욱 깊어지는 것 같았다. 오늘 하루 진통제만 세 알을 먹었지만 소용이 없었다. 설상가상 휴식 시간에는 김 차장에게 따로 불려 가 왜 이리 프로답지 못한 모습을 보였냐며 엄한 질책까지 들었다. 사소한 감정 싸움 하나에 영화가 엎어질 수도 있다는 점을 감안하면 현명하게 대응하지 못한 것은 사실이었다. 영화 초반부터 문제를 일으킨 것 같아 기분이 영 찜찜했다. 그런 와중에 언제부턴가 분위기가 변한 것 같은 곤도 신경이 쓰였다.

오전에 너무 친하게 굴지 말라고 한 말 때문인지 그는 그날 내내 두루에게 다가오지 않았다. 눈도 한 번 제대로 마주치지 못했다. 막상 그가 그녀를 멀리하자 내심 서운한 마음이 들었다. 원래는 눈이 마주치면 반가운 듯 싱긋 웃어 주곤 했는데…….

"이제 김소율 그 똥 대가리 촬영만 남은 거지? 아유 씨. 그냥 씬을 아예 없애 버렸음 좋았을걸. 주제에 또 분량 욕심은 있어 가지고 찍소리 못하는 것 좀 봐."

"여주인공의 치명적인 매력을 보여 주는 아주 격정적인 키스씬인데 놓치고 싶었겠어요? 게다가 상대가 유곤이잖아요."

하필이면 소율이 밤에 찍기로 한 씬 중의 하나는 곤과의 키스씬이었다. 두루는 은채의 '격정적인 키스'라는 말이 거슬렸다.

"아, 누군 좋겠다. 아무리 연기라지만 유곤이랑 키스를 다 하고……."

은채가 상상이라도 하듯 눈을 지그시 감으며 말했다. 무엇 때문인지 두루는 괜히 자신이 민망해지는 것 같아서 헛기침이 나왔다. 영화 속에서 곤의 키스씬이나 베드씬을 본 적이 없는 것도 아니지만 막상 눈앞에서 직접 본다는 생각을 하니 기분이 이상했다.

"아마 키스도 엄청 잘할 거예요, 그죠? 영화에서 보면 장난 아니던데. 왜 키스씬도 엄청 못 찍는 남자 배우들 많잖아요. 근데 유곤은 다르더라구요. 너무 과하지도 약하지도 않게, 부드러우면서도 약간 거친 듯하면서도……."

"야야, 게거품 그만 물어라! 어디 십년지기 앞에서 못된 상상을 하고 있어, 이게?"

"에이, 뭐 어때요. 애인도 아닌데."

"그래도 안 보이냐? 얘가 지금 듣기 껄끄러워하는 거?"

두루는 수아의 말에 정곡을 찔린 것 같았지만 극구 부인하며 태연한 척을 했다.

"내가 언제? 난 상관없어. 맘껏 얘기해."

"진짜? 진짜 상관없어?"

수아는 두루의 속마음을 엿보고 싶은 듯 두 눈을 꿰뚫듯이 들여다보며 물었다. 그때 다시 촬영에 들어간다는 조감독의 목소리가 들렸다. 두루는 얼핏 웃으며 자리에서 일어섰다.

"가자."

어쩐지 두통이 점점 더 심해지는 것 같았다.

두루와 제작팀원들은 스탭들을 도와 촬영을 준비했다. 분장을 마친 소율이 먼저 카메라 앞에 서고 뒤늦게 곤이 왔다. 두 사람은 감독의 지시대로 몇 번 동선을 맞추어 보며 시뮬레이션을 했다. 연습을 하다 말고 소율이 어색한 듯 웃음을 터뜨리자 곤도 어렴풋이 웃음을 보였다. 그 모습을 지켜보던 두루는 가슴속으로 기분 나쁜 떨림이 스쳐 가는 것을 느꼈다.

"액션!"

마침내 감독의 지시가 떨어졌다. 소율이 자신을 지나쳐 가는 곤을 붙잡아 목에 팔을 두르고 입을 맞추면, 곤이 그녀를 벽으로 밀어붙여 더욱 짙은 키스를 하는 장면이었다.

두루는 소율이 그를 붙잡아 목에 팔을 두르는 순간 눈을 질끈 감았다. 저도 모르게 그렇게 되었다. 그러나 이윽고 그런 자신의 모습에 헛웃음을 뱉으며 다시 눈을 떴다. 곳곳에서 여자 스탭들의 작은 비명 소리가 들렸다. 다시 눈을 떴을 땐 곤이 소율을 벽에 밀어붙이고 깊은 키스를 하고 있었다.

카메라 안에 비친 두 사람의 모습이 보였다. 곤은 한 손으로 소율의 얼굴을 쓰다듬듯 잡고 다른 손으로는 그녀의 허리를 매만지며 부드럽게 입술과 혀를 움직였다. 두 사람의 얼굴이 클로즈업된 카메라를 보는 순간 두루는 왼쪽 가슴이 싸해지는 것을 느꼈다. 소독약이라도 바른 것처럼 아릿한 기분이었다.

두루는 그제야 알 것 같았다.

"컷! 한 번만 다시 갈게요. 지금 너무 로맨틱해요. 조금만 더 거칠고 강한 느낌으로."

아팠던 것은, 머리가 아니라 마음이었다는 것을.

"자, 레디…… 액션!"

두루는 다시금 지그시 눈을 감고 천천히 뒤돌아섰다. 보고 싶지 않았다. 더는 볼 수가 없을 것 같았다. 연기라는 걸 알면서도 마음이 쓰린 이유를 알아 버린 이상, 더는 볼 수가 없었다. 지금 이 순간 코끝이 아릿한 이유는 하루 종일 그녀를 괴롭혔던 두통 때문도 아니고, 소율과의 갈등 때문도 아니고, 그로 인한 상사의 질책 때문도 아니었다.

좋아하고 있기 때문이었다.

'이제 그만하려고. 짝사랑 같은 거.'

좋아한다.

'고백할 거야. 그 사람한테.'

이제서야.

'……이번엔 꼭. 반드시.'

그를, 좋아하고 있었다.

"컷! 오케이!"

키스씬은 다섯 번의 촬영 끝에 오케이 사인을 받았다. 곤은 소율에게서 천천히 입술을 떼고 그녀를 바라보았다. 연기가 끝난 후에도 그녀의 눈은 그를 담고 있었다.

"잘 하는데요?"

소율이 입꼬리를 살짝 올리며 은밀하게 말했다. 곤도 따라서 입꼬리를 올리며 그녀의 귀에 입술을 가져다 댔다. 그 작은 행동 하나에 그녀의 몸이 움찔하는 것이 느껴져서 곤은 짧은 실소를 흘렸다.

"김소율 씨는…… 생각보다 아니네요."

"……뭐, 뭐라구요?"

소율은 순간 제 귀를 의심하지 않을 수 없었다. 눈을 휘둥그레 뜨고 되묻는 소율을 보며 곤은 다시 한 번 더없이 자상한 목소리로 그녀의 귀에 대고 속삭였다.

"잘 못 들었어요? 다시 말해 줄까요?"

"……."

"형편없다고요. 기대 이하라고."

그제야 곤이 오전의 일을 비꼬는 것임을 알아챈 소율은 말문이 막혀 아무 말도 할 수가 없었다. 속눈썹이 미세하게 떨리기 시작하더니 이어 온몸이 바들바들 떨렸다. 너무도 강한 수치심과 모욕감에 심장박동까지 빨라지기 시작했다. 그러나 곤은 거기서 멈추지 않았다. 좀 전과는 다른 싸늘한 목소리가 소율의 귀에 화살처럼 꽂혔다.

"한 피디, 건드리지 마."

"……."

"한 번만 더 내 눈에 거슬리면 그땐 모든 사람들이 보는 앞에서, 이것보다 더한 모욕을 받게 될 테니까."

말을 마친 곤은 그녀에게서 떨어진 뒤 언제 그랬냐는 듯 싱긋 웃으며 짧은 윙크까지 했다.

"그럼, 수고."

그는 경쾌한 목소리로 인사를 건네며 가벼워 보이는 발걸음으로 떠나갔다. 소율은 완전히 얼어붙은 상태로 그의 뒷모습을 멍하니 바라만 보았다. 바람처럼 터져 나온 웃음이 점점 더 커져 갔다. 주위의 스탭들이 하나둘 이상한 시선으로 그녀를 바라볼 때까지, 소율은 마치 실성이라도 한 사람처럼 웃음을 멈추지 못했다. 그녀는 웃고 있었지만, 그녀의 두 눈은 점점 붉은색으로 변해 가고 있었다.

자존심과 몸값을 목숨처럼 여기며 지내 온 그녀에게 간만에 불어닥친 칼바람 같은 사람이었다.

유곤.

그의 이름을 곱씹는 그녀의 입술이 옅은 핏물로 물들어 가기 시작했다.

액셀을 밟는 곤의 발이 다급했다. 침착하게 운전을 하려고 해도 쉽지가 않았다.

"하여튼 거짓말은……. 그 말을 믿은 내가 등신이지."

곤은 촬영이 끝난 뒤 두루를 찾았지만 보이지 않아서 한 스탭에게 그녀에 대해 물었다. 그러자 스탭이 하는 말이, 두루는 마지막 촬영 중에 몸이 너무 안 좋다고 먼저 집으로 갔다는 것이었다. 그 말을 듣는 순간 머릿속이 하얘지면서 심장이 쿵 내려앉는 것 같았다. 곤은 정신을 차리자마자 매니저와 코디를 모두 보내고 직접 차를 몰고 집으로 향했다.

아무리 그래도 어떻게 말 한 마디 없이 가 버릴 수 있는지 서운한 마음도 들었다. 그녀가 아프거나 힘들 때 누구에게 기대는 사람이 아니라는 것을 알면서도, 이제는 그만 자신에게 기대 주었으면 하는 욕심이 생기는 것 같았다.

약국에 들러 약을 산 곤은 서둘러 두루의 집으로 갔다. 혼자서 또 얼마나 끙끙 앓고 있을지, 많이 아프면 어떡할지, 그녀가 너무 걱정이 돼서 1분 1초도 지체할 새가 없었다.

"한두루!"

그런데 막 현관문을 열고 들어간 순간, 곤은 경악하지 않을 수 없었다. 얼이 빠진 얼굴로 그녀의 이름을 부른 곤이 이내 정신을 차리고 집 안으로 뛰어 들어갔다. 거실 소파로 간 그는 굳은 얼굴로 그녀의 손에서 와인잔을 빼앗아 들었다.

"너 지금 뭐하는 거야? 아프다는 애가 술을 왜 마셔?"

설상가상 테이블 위에는 진통제 통이 열려 있는 것이 보였다.

"너 미쳤어? 술이랑 약이랑 같이 먹으면 얼마나 안 좋은지 몰라?"

그녀는 아무 말이 없었다. 그저 피식 한 번 웃더니 눈을 감고 고

개를 뒤로 젖혔다. 그녀의 붉고 촉촉한 입에서 깊은 한숨이 흘러
나왔다.

"한두루!"

곤이 화가 난 목소리로 소리쳤다. 하루 종일 아파서 힘들었던 사
람이, 정신을 제대로 차리지 못할 정도로 술을 마셨다는 게 도무지
이해가 되지 않았다.

"……왜."

"뭐?"

"……왜 이렇게 소리를 질러."

그녀가 낮고 차분한 목소리로 말했다. 곤은 나지막이 한숨을 내
쉬며 그녀의 옆에 앉았다. 그러자 그녀가 천천히 고개를 돌려 곤을
바라보았다. 곤과 두루의 눈이 마주쳤다. 잔소리를 늘어놓을 생각
이었던 곤은 순간 입이 얼어 버린 듯 아무 말도 할 수가 없었다.

참, 잊고 있었다. 그녀의 주사가 눈물이라는 것을.

그녀의 맑고 큰 눈에 투명한 눈물이 흐를 듯 말 듯 맺혀 있었다.
그 촉촉한 눈이 그를 바라보고 있었다. 몹시도 쓸쓸한 빛을 띠고
서.

"야, 한두루."

"……나도 알아. 약 먹은 뒤에 먹는 술 안 좋은 거. 근데 마셨
어. 그러고 싶어서."

"……."

"너무 아파서. 아프기 싫어서."

곤은 넋을 잃은 것처럼 그녀의 눈을 빤히 바라보았다. 가만히 보
고 있으면, 잔잔한 호수 같은 그녀의 두 눈에 빨려 들어갈 것만 같

았다.

"왜 그렇게 아픈 건데."

그러자 그녀가 어렴풋이 웃으며 눈을 감았다.

"글쎄…… 왜 아플까."

감은 눈 밑으로 작은 눈물방울 하나가 툭 떨어져 내렸다. 곤은 볼을 타고 흐른 그녀의 눈물을 엄지손가락으로 받았다. 그러곤 눈물이 묻은 볼을 아주 조심스럽고도 부드럽게 쓸어 주었다.

"전에 누가 나한테 그러더라구."

두루가 곧 잠이 들 것 같은 목소리로 말을 꺼냈다.

"너를 잃을까 봐 두려웠어."

"……"

"그땐 그 말이 무슨 뜻인지 확 와 닿지가 않았는데…… 그런 데…… 이제 알 것 같아."

곤은 마치 사라지는 것처럼 작아져 가는 그녀의 목소리에 귀를 기울였다.

그녀는 소파에 머리를 살며시 기대고 눈을 감고 있었다. 그의 쪽을 향해서. 곤은 아직 그녀의 볼에서 손을 떼지 않은 상태였다. 무엇 때문인지, 그녀를 보고 있는데 가슴이 너무 뭉클해서 손을 뗄 수가 없었다. 그는 떨리는 손으로 그녀의 얼굴을 계속 쓰다듬었다.

"곤아."

"……"

"……너를 잃을까 봐 두려워."

그녀의 볼을 만지던 그의 손이 멈추었다. 그 말을 끝으로 깊은 정적이 내려앉았다. 숨 쉬는 것조차 미안할 정도로 깊은 적막. 그녀는 적막 속에서 잠이 든 것 같았다. 느릿한 숨소리가 적막을 깨고 나왔다.

아픈 떨림이라는 게 이런 걸까.

곤은 잠든 그녀를 보며 가슴이 미친 듯이 뛰면서도 눈시울이 달아오르는 것을 느꼈다.

"……한두루."

그녀의 볼을 매만지던 그의 손이 천천히 그녀의 입술로 향했다. 하지만 닿지 못하고 그 위에 머물렀다. 만지고 싶었다. 느끼고 싶었다. 이번엔 손이 아닌 입술로.

"……내가 더 두려워."

그 말과 동시에 그의 입술이 그녀의 입술 가까이 다가갔다. 갖고 싶었다. 다른 누구의 입술도 아닌, 그녀의 입술이.

미치도록 갖고 싶었다.

3-3
하고 싶은 말

살짝 벌어진 입술 사이로 얕은 숨이 흘러나왔다. 소파 시트를 잡고 있던 그의 손에 강한 힘이 들어갔다. 무척이나 닿고 싶은 마음과는 다르게, 차마 좁힐 수가 없었다. 그 짧은 거리를. 십 년이란 긴 세월이, 보이지 않는 투명한 막으로 변해 그의 앞에 버티고 선 듯한 기분이었다.

그 얇은 막이 그에게 묻는 듯했다. 네가 정말 여길 넘어올 수 있겠냐고. 후회하지 않겠냐고. 감당할 수 있겠냐고. 그 질문들 앞에 머뭇거리던 곤은 결국 시트를 구겨질 듯 움켜쥐고 천천히 물러났다.

설마 했는데 그녀는 정말 잠들어 버린 것 같았다. 그것도 아주 깊이. 자신의 입술을 잠버릇처럼 혀로 살짝 핥으며 몸을 뒤척이는 두루를 보는 순간 뜨거운 실소가 흘렀다. 간신히 참고 있는데 이런 식으로 자극을 하다니.

'곤아…… 너를 잃을까 봐 두려워.'

사람을 미치게 만드는 말을 뱉어 놓고도 세상모르고 잠들어 버리다니. 역시 한두루였다. 자신의 사소한 말과 행동들이 그에게 어떤 의미가 되는지도 모르고 십 년 동안이나 희망고문을 해 왔던 대단한 여자.

혹시, 이번에도 다르지 않으면 어떡하지.

이번만큼은 다를 거라 생각하면서도, 갑작스런 두려움이 밀려왔다.

두루의 얼굴을 빤히 바라보던 곤은 흐릿한 웃음을 삼키며 몸을 일으켰다. 그리고 그녀의 등과 무릎 뒤로 양팔을 넣어 조심스럽게 안아 들었다. 혹여나 깨면 어쩌나 걱정했는데 그녀는 곤의 가슴팍에 얼굴을 묻으며 파고들 듯이 안겨 왔다. 곤의 커다란 목젖이 들썩였다. 그녀의 부드러운 살결과 따스한 체온이 몸에 닿자 그렇잖아도 달아올라 있던 몸이 더욱 뜨거워지는 것 같았다. 곤은 아랫입술을 살짝 깨물며 그녀를 다시 받쳐 들었다.

거실과 방이 조금만 더 멀었으면.

그녀를 안고 있다는 사실만으로도 좋아서 힘들다는 생각은 조금도 들지 않았다. 그저 이 시간을 최대한 오래 만끽하고 싶어서 될 수 있는 한 느리게 걸었다. 방에 도착한 곤은 두루를 침대 위에 살며시 내려놓고 이불을 덮어 주었다. 바로 나가기가 아쉬워서 흘러내린 머리카락을 정돈해 주고 있는데 그녀의 마른 눈물 자국이 보였다.

'너무 아파서. 아프기 싫어서.'

'글쎄…… 왜 아플까.'

'……너를 잃을까 봐 두려워.'

그녀가 아파하는 것이 싫으면서도, 그녀가 아픈 이유가 나 때문이었으면 좋겠다는 바람이 들었다. 부디 이번만은 착각이 아니기를.

그녀의 잠든 모습을 한참 바라보다 나온 곤은 방문에 등을 기대고 선 채 깊은 숨을 쏟아 냈다. 심장이 간지러운 느낌에 손을 올려 왼쪽 가슴에 대 보았다. 며칠 전, 은호에 대한 그녀의 마음이 어느 정도 정리되었다는 것을 확인한 뒤에도 바로 다가가지 못했던 것은 자신을 향한 그녀의 마음에 자신이 없었기 때문이다. 그런데 오늘은, 지금까지와는 분명히 다른 희망을 느꼈다. 조금 성급한 판단일지도 모르지만 그래도 이제 더는 지체할 수 없었다. 머뭇거리다가 바보처럼 놓쳐 버리는 것은 지난 십 년으로 충분했다.

'……내가 더 두려워.'

한 번 더 같은 상황이 온다면, 그땐 정말 그녀의 입술을 삼키고 픈 충동을 참지 못할 것 같았다. 아니, 참지 않을 것이다.

이제 정말 때가 온 것이다.

❋

두 번째 촬영은 전라남도 보성의 제암산에서 이루어졌다. 전 스탭과 몇 배우들은 버스를 대여해서 함께 움직였다. 지방 촬영을 처음 가는 은채와 서준은 꼭 단합 대회를 가는 기분이라며 들뜬 모습을 보였다. 사실 크게 다른 것도 아니었다. 은호가 일부러 이번 촬영을 앞으로 잡은 것도 지방 촬영을 기회 삼아 자연스럽게 친목을 다지기 위함이었다.

자연휴양림을 지나 숲 속으로 깊이 들어간 촬영팀은 예약해 둔 펜션에 들어가 짐을 풀었다. 펜션은 스탭 네 동, 배우 두 동, 총 여섯 동으로 나누어져 있었는데 원형 모양으로 옹기종기 모여 있었다. 두루는 수아, 은채와 함께 두 번째 여자 스탭 숙소에 들어갔다.

짐을 푼 뒤 숙소를 둘러보던 두루는 베란다에 나갔다가 바로 옆에 붙어 있는 숙소를 보았다. 남자 배우의 숙소였다. 1m가량의 거리를 두고 두 숙소의 베란다가 붙어 있었다. 문득 곤이 생각났다. 집 베란다에서 그와 대화를 나눌 때처럼 그가 앞에 있는 것 같았다. 난간에 팔을 걸치고 옅게 웃으며 그녀를 바라보고 있는 것 같았다.

곤이, 보고 싶다.

두루는 스치듯 든 생각에 고개를 저으며 뒤돌아섰다. 곤은 스케줄 때문에 조금 늦는다고 했다. 한두 시간 늦는 것뿐인데, 지금 현재 그가 옆에 없다는 것이 몹시 허전하게 느껴졌다. 이틀 전, 술에 취해 그에게 괜한 소리를 한 후로 아직 그를 보지 못했다. 어제는 촬영이 없었고 따로 연락하기에는 괜한 부끄러움이 앞섰다.

'……너를 잃을까 봐 두려워.'

곤은, 그 말을 어떻게 받아들였을까.

"촬영 준비하겠습니다!"

그때 조감독이 펜션을 돌며 촬영 준비를 알렸다. 두루는 정신을 차리고 서둘러 밖으로 나갔다.

첫 씬은 숙소 근처에 있는 계곡에서 촬영되었다. 봄과 여름의 경계에 있는 숲은 마냥 푸르지도 앙상하지도 않은 신비로운 분위기를 띠고 있었다. 잎이 풍성한 나무들은 시원한 그림자를 바위 위로 던지고 있었고 이제 막 옷을 입기 시작하는 나무들은 늘씬한 가지 사이로 찬란한 햇빛을 뿌려 주고 있었다. 산새가 지저귀는 소리와 계곡물 흐르는 소리가 숲 속 특유의 분위기를 조성해 주었다. 하지만 촬영팀은 어느 누구도 아름다운 자연을 마음껏 느낄 수 없었다.

우선 두루만 해도 거칠고 커다란 바위들 틈에서 차디찬 계곡물을 맞으며 고생을 하고 있었다.

"한 피디! 괜찮아요?"

"네, 괜찮아요."

"그럼 조금만 더 빨리 뛰어 볼래요? 왼쪽으로!"

이번 씬은 소율이 계곡에서 쫓기는 씬이었는데, 경사가 가파른 것을 보더니 아무래도 위험할 것 같다며 확인 차원에서 먼저 동선 체크를 해 주기를 요구해 왔다. 그리고 그것은 특별히 이번 촬영지 섭외를 맡았던 두루가 해 주기를 부탁했다. 악의적 고의성이 다분한 요구였고 은호가 극구 반대를 했지만, 두루는 촬영지를 결정한 장본인으로서 어느 정도 책임을 느꼈기에 그러겠다고 했다.

하지만 소율보다 작고 야윈 두루로서는 쉽지 않은 일이었다. 거친 계곡 사이를 오르내리기를 수십 번, 최종적으로 결정된 동선을 시험해 보던 두루는 그만 발을 잘못 디뎌 미끄러지고 말았다.

"악!"

두루의 입에서 외마디 비명이 터져 나왔다. 정말 순식간에 일어난 일이었다. 가파른 경사와 강한 물살에 쓸려 가던 두루는 급경사가 진 곳에서 간신히 커다란 바위를 붙잡고 멈출 수 있었다. 하지만 맑은 계곡 물 위로 옅은 핏빛이 번지기 시작했다. 다친 무릎에서 피가 새어 나오고 있었다. 그제야 쓰라린 고통이 느껴지는 것 같았다. 곳곳에서 두루를 부르는 소리도 들렸다.

뒤늦게 정신을 차린 두루는 계곡을 벗어나기 위해 몸을 움직였다. 그런데 생각보다 무릎의 고통이 심해서 저도 모르게 주춤하게 되었다. 그때였다. 첨벙. 커다란 물의 마찰 소리가 들렸다. 두루는 소리가 난 쪽으로 고개를 돌려 보았다. 굳은 표정의 은호가 묵묵히 그녀에게 걸어오고 있었다.

"팀장님……."

어느새 두루의 앞까지 온 그는 제 옷이 젖든 말든 아무 상관도 없는 양 여전히 무표정한 얼굴로 그녀를 바라보았다. 아니, 그녀의 상처 난 무릎을 바라보았다. 짧은 순간, 두루는 그의 다갈색 눈동자가 진동하는 것을 보았다. 창백할 정도로 하얗게 질린 그의 얼굴은 언뜻 보기에도 강한 두려움과 아픔을 내포하고 있었지만, 그는 조금도 티 내려 하지 않았다. 그저 묵묵히 뒤를 돌아 그녀에게 등을 내어 주었다.

"업혀."

"저 괜찮아요. 그냥 부축만 해 주시면……."

"업히라면 그냥 업혀."

은호에게 폐를 끼치지 않으려던 두루는 흥분한 듯 높아진 그의 목소리에 더는 고집을 피울 수 없었다. 은호의 넓은 등을 잠시 바라보던 그녀는 이내 조심스럽게 다가가 그의 목에 팔을 두르고 등에 몸을 실었다. 잠시 후 그녀의 허벅지에 그의 손이 와 닿았다. 은호는 두루를 단단히 받쳐 업고 천천히 걸었다. 그 걸음이 묵직하고 듬직했다.

무사히 계곡 위로 올라간 은호는 두루를 간이 의자에 앉힌 뒤 직접 구급통을 열어 상처를 치료해 주었다. 지혈을 하고 핏물을 깨끗이 닦아 내고 소독을 하고 연고를 바르고 밴드를 붙여 주는 그의 손길은 더없이 다정하고 따뜻했다. 하지만 두루는 보았다. 그의 이마에서 흐르는 식은땀과 쉴 새 없이 흔들리는 눈빛을.

그는 괴로워하고 있었다. 그리고 두루는 그 이유를 알 것 같았다.

'여섯 살 차이 나는 여동생이 하나 있었어. 내가 열여덟 살 때 잃었지만.'

'나 때문에 죽었거든. 물속에서.'

그래서였을 것이다. 은호는 계곡 씬을 준비하는 순간부터 줄곧 표정이 어두웠다. 그런데 설상가상 두루가 계곡에서 다치기까지 했으니, 그의 마음은 극도의 불안정 상태일 것이 틀림없었다.

"삼십 분만 휴식하시죠."

두루의 응급치료를 마친 은호가 옆에 있던 감독에게 조용히 말했다. 감독은 흔쾌히 고개를 끄덕인 뒤 조감독에게 전했고 조감독이 큰 소리로 삼십 분간 휴식을 외쳤다.

"한 피디, 괜찮아요?"

어느새 옆에 다가온 소율이 두루를 향해 걱정스러운 목소리로 물었다. 그러나 두루는 그것이 걱정보단 조롱으로 들렸다.

"미안해요. 괜히 나 때문에. 이렇게 다칠 줄은 몰랐네."

"아니에요."

"정말 괜찮은 거예요?"

그때 차가운 얼굴로 소율을 바라보고 있던 은호가 자리에서 일어났다. 그러곤 무서울 정도로 서늘한 눈빛으로 소율을 한 번 직시하더니 다시 두루를 바라보며 입을 열었다.

"들어가서 씻고 쉬어."

"전 괜찮아요."

"말 들어."

"정말 괜찮은데……."

"한두루!"

생각지 못했던 은호의 고함에 두루가 놀란 얼굴로 그를 바라보았다. 어떤 경우에서든 항상 감정을 삭이려 노력하던 은호가 그 순간만큼은 흥분을 참지 않고 그대로 드러내고 있었다.

"괜찮긴 뭐가 괜찮아? 넌 뭐가 그렇게 항상 괜찮은데? 네가 대역이야? 스턴트야? 전문적인 사람도 힘든 일을, 시킨다고 무작정 하면 어떡해? 이건 배려도, 책임감도 뭣도 아닌 그저 바보 같은 일이야. 제발 다른 사람 생각 좀 그만하고 너부터 챙겨. 다시는 이런 말도 안 되는 요구엔 응하지도 말고. 알았어?"

두루는 조용히 고개를 끄덕였다. 은호가 이렇게 격앙된 모습으로 화를 낸 적은 거의 없었다. 하지만 두루는 그것이 자신에 대한 질책이라기보단 소율을 향한 경고라는 것을 알고 있었다. 소율은 얼이 빠진 표정으로 은호를 바라보고 있었다. 하지만 은호는 소율에게 눈길 한 번 주지 않고 냉정한 걸음으로 그녀를 스쳐 지났다.

그는 언제나처럼 당당히 걸었지만, 두루는 그의 뒷모습이 몹시 위태롭게 느껴져서 바라만 보고 있을 수가 없었다.

"저기요, 한 피디."

소율이 그녀를 불렀지만 두루는 이따 얘기하자는 말을 남기고 서둘러 은호의 뒤를 따랐다.

은호는 촬영 장소와 멀리 떨어진 숲 속의 커다란 바위에 앉아 있었다. 나무 그림자가 드리워진 그의 뒷모습은 평소보다 더욱 차갑고 어두워 보였다. 두루는 그의 뒷모습을 빤히 바라보다가 조심스럽게 다가갔다.

두루는 다른 말 대신 조용히 그의 옆에 앉았다. 약간 젖은 듯한 눈으로 멍하니 하늘을 보고 있던 은호가 천천히 고개를 돌려 두루를 보았다. 두루는 어렴풋이 웃어 보였다. 그의 상처를 유일하게 아는 사람으로서 모르는 척할 수가 없어 찾아오긴 했지만 막상 무슨 말을 해야 할지 감이 잡히지 않았다. 그런 그녀의 마음을 느꼈는지 은호가 흐릿한 미소를 지으며 다시 허공을 바라보았다.

"……미안해. 아까는."

한참 뒤에 은호가 먼저 말을 꺼냈다.

"아니에요. 신경 써 주셔서 감사해요. 치료해 주신 것도……."

"……."

"제가 죄송해요. 괜히 다쳐서……."

이상하게 널 보면 떠난 동생이 생각난다던 은호의 말이 떠올랐다. 이번에도 자신이 다치는 바람에 은호가 더 힘들어진 것 같아서 미안한 마음이 들었다. 하지만 은호는 별게 다 죄송하네, 하고 얼핏 웃어 버렸다.

잠시 선선한 바람이 그들을 훑고 지났다. 나뭇잎들이 서로 스치는 소리가 은은한 선율처럼 숲 속에 퍼졌다.

"나한테 없다는 한 가지 말이야."

은호의 낮고 부드러운 목소리가 은은한 선율을 타고 흘렀다.

두루는 고개를 들어 그를 바라보았다. 그리고 지난번 그가 했던 말을 생각했다. 그는 소유욕도 질투심도 강한데, 가장 중요한 한 가지가 없었다고 했다. 그것이 없어서 매번 사랑에 실패했다고.

"믿음이었어."

"……."

"나에 대한 믿음, 상대에 대한 믿음."

은호의 입에서 얕은 실소가 새어 나왔다.

"너 같은 놈, 이라는 말. 열여덟 살 때부터 독립할 때까지, 내 이름보다 더 많이 들었던 말이었어. 은수가 떠난 뒤부터, 우리 부모님은 나를 원망하다 못해 증오하셨거든."

"……."

"밖에서 데려온 남의 자식 때문에 하나뿐인 핏줄을 잃었으니 얼마나 분하고 괴로웠을까, 그 마음을 짐작 못 하는 건 아니었는데…… 그래도 평생을 믿고 따랐던 부모님한테서 버려지니까, 한순간에 세상에서 가장 쓸모없는 인간이 되어 버리니까, 그러니까 꽤…… 버티기 힘들더라."

"……."

"그때부터였어. 형편없는 놈이라는 말을, 대신 죽었어야 할 놈이라는 말을 꼬리표처럼 달고 살면서, 나조차도 나 자신을 사랑하지 못하고 믿지 못하게 돼 버렸어."

은호는 건조하고 덤덤한 말투로 이야기하고 있었지만, 한순간도 그녀를 바라보지 못했다. 멀리 계곡을 바라보는 그의 눈동자에는 투명한 슬픔이 맺혀 오고 있었다.

"누군가와 사랑을 시작하면서도, 나는 늘 자신이 없었어. 나 같은 놈은 누구에게도 사랑받을 수 없다고 생각했으니까. 상대가 아무리 사랑한다 말해도 믿지 못했지. 그건 결국 의심과 집착을 불러왔고 끝은 늘 똑같았어. 잔인하고 슬픈, 파멸이었지."

"……."

"그렇게 몇 번 사랑에 실패하고는, 다시는 어느 누구도 사랑하지 않겠다고 다짐했어. 혹여 사랑을 하게 되더라도 다가가진 말아야겠다고. 결국은 파멸뿐인 그 일을, 사랑하는 사람을 두곤 하지 말자고."

'너를 잃을까 봐 두려웠어.'

두루는 그제야 은호의 고백의 무게를 아주 조금 알 것 같았다. 그가 얼마나 힘들었을지, 얼마나 진심이었는지. 왜 지난 4년 동안 한 번도 그녀에게 다가오지 못했는지.

"그런데, 어느 날 문득 그런 생각이 들었어. 혹시, 다를 수도 있지 않을까."

"……."

"……너라면."

그녀는 눈을 지그시 감았다. 마음이 싸하게 아려 오는 것 같았다.

"나는 나를 믿고, 너를 믿을 수 있지 않을까."

"……팀장님."

"내가 늦었다는 거 알아. 그런데, 쉽게 정리가 될 것 같지가 않아."

오늘만큼은 깊은 상처 속에서 허우적대는 그에게 차가운 말을 남기고 싶지 않았다. 안아 주고 위로해 주진 못할망정 아프게 하고 싶지는 않았다. 하지만 괜한 희망고문 역시 훗날 손댈 수 없을 만큼 큰 상처가 된다는 것을 뻔히 알고 있기에, 솔직하지 않을 수도 없었다.

"두루야."

은호를 바라보는 두루의 눈동자가 미미하게 흔들렸다.

"한두루!"

뒤늦게 현장에 도착한 곤은 오자마자 두루를 찾다가 그녀의 부상 소식을 듣고 무작정 그녀를 찾아 나섰다.

'아까 위쪽 숲으로 올라가는 것 같던데.'

기막힐 정도로 유치한 소율의 행동도 화가 났지만, 그녀가 악랄한 행동을 할 때 두루의 옆에 있어 주지 못한 자신에게 가장 화가 났다. 이번에도 역시 자신의 빈자리를 대신 메웠을 은호도.

걱정이 돼서 가슴이 뛸 정도였다. 다친 몸으로 산속에는 왜 들어 갔는지. 소율에게 당한 게 억울해서 혼자 바보처럼 울고 있진 않을 지.

"두루야, 한두루!"

어떻게 이 여자는 하루도 걱정시키지 않는 날이 없는지.

"어딨는 거야, 대체."

두루의 생각으로 속이 새까맣게 타들어 가고 있던 순간이었다.

그토록 애타게 찾아 헤매던 두루가 보였다. 그녀는 커다란 나무 사이를 걸어오고 있었다. 약간씩 절뚝거리는 그녀의 다리를 보는 순간 달려가고 싶은 마음에 발이 나갔지만 이내 멈칫하고 말았다. 두루의 옆에서 그녀의 허리와 팔을 꼭 붙잡고 부축하고 있는 다른 남자 때문이었다.

"조심해."

나긋한 목소리로 그녀에게 속삭이는 남자. 최은호.

"곤아!"

멀리서 곤을 발견한 두루가 그의 이름을 반갑게 불렀지만, 곤은 웃을 수 없었다.

두루가 조금 빠른 걸음으로 곤에게 다가왔다. 은호는 그녀를 부축하느라 곤을 신경 쓸 새도 없어 보였다. 곤의 시선이 두루의 팔과 허리에 머물렀다. 은호의 손이 닿아 있는 곳. 그녀에게 돌아온 이후, 단 한 번도 다른 남자의 손이 닿을 거라 생각해 본 적이 없던 곳. 내 것이라고만 생각했던 곳.

"언제 왔어? 밥은 먹었어?"

어느새 곤의 앞에 선 두루가 약간 들뜬 목소리로 그를 챙겼다. 그제야 은호의 시선이 느릿하게 곤에게 닿았다. 곤은 말없이 은호를 바라보았다. 시선이 마주치자 곤의 눈빛이 다소 날카롭게 변했다. 잠시 은호를 직시하던 곤은 이윽고 시선을 내렸다. 그녀의 무릎 위에 붙어 있는 밴드와 그 위로 새어 나온 붉은 피가 보였다. 밴드 주위로 벌겋게 긁힌 자국들도 보였다. 곤의 미간에 짧은 주름이 졌다.

"피디님은 뭐하신 겁니까?"

갑작스런 곤의 질문에 은호의 한쪽 눈썹이 약간 일그러졌다.

"자기 팀원 하나 지키지 못하고."

"유곤."

두루가 당황하며 곤의 팔을 잡았다. 그러자 곤이 그녀의 팔도 떼어 내며 언성을 높였다.

"너 바보야? 그런 일을 대신하게?"

"나 괜찮아. 그만하고 가자."

"괜찮은 애가 혼자서 걷지도 못하고 남의 팔을 빌려?"

"왜 이래, 정말. 얼른 가자. 곧 촬영 시작할 거야."

두루가 다독이듯 곤을 어루만지며 말했다. 그러자 곤이 돌연 그녀의 손을 잡아당기더니 제 품으로 끌어안았다. 놀란 두루가 벗어나려 했지만 곤은 더욱 강한 힘으로 그녀의 어깨를 감싸 안았다. 은호가 서늘하게 굳어진 표정으로 곤을 바라보았다.

"피디님은 먼저 가시죠. 제가 부축해 갈 테니."

곤은 감정을 억누르는 듯한 말투로 애써 미소 지으며 말했다. 하지만 은호 역시 순순히 물러나지 않았다. 은호가 곤의 말을 무시하고 두루를 향해 한 발 다가섰을 때였다.

"피디님!"

멀리서 익숙한 여자의 목소리가 들렸다. 돌아보니 수아가 은호를 향해 얼른 오라고 손짓하고 있었다.

"감독님이 찾으세요!"

아쉬운 표정으로 두루와 곤을 바라보던 은호는 짧은 한숨을 쉬고는 두루를 향해 말했다.

"일단 숙소 가서 푹 쉬어. 나오지 말고."

"네."

"이따 봐."

곤은 두루를 챙기는 은호의 필요 이상으로 다정한 말투가 몹시 거슬렸다. 은호는 곤에게는 아무런 말도 하지 않고 하는 수 없다는 듯 뒤돌아서 수아에게로 뛰어갔다. 은호와 수아가 시야에서 사라진 뒤에야 곤은 두루를 꼭 붙잡고 있던 팔에서 힘을 빼 주었다. 숨이 막힐 정도로 강한 힘에서 풀려나자 두루는 콜록콜록 기침을 했다.

"괜찮아?"

곤이 그녀의 기침 소리에 놀라 물었다. 두루는 약간 원망스러운 눈빛으로 그를 쏘아보았다.

"왜 그런 거야, 대체?"

"……."

"팀장님이 얼마나 이상하게 생각했겠어. 다른 사람들이 봤으면 또 어쩌려고."

그러자 곤의 입에서 희미한 웃음이 샜다. 두루는 그 웃음의 의미를 이해할 수 없다는 듯 미간을 좁히며 그를 바라보았다.

"너야말로, 뭘 한 거야?"

곤의 입에서 어쩐지 가시가 돋친 듯한 말이 나왔다. 냉기 서린 그 말투에 두루는 잠시 심장이 얼어붙는 것 같았다.

"그게 무슨 소리야?"

"단둘이 숲 속까지 들어가서 뭘 했냐고."

"야, 유곤."

"정리했다더니 아니었어? 그새 무슨 사이라도 된 거야?"

"……뭐?"

그런 말을 하려던 게 아니었다.

"네가 짝사랑했다는 그 사람, 최은호 팀장이잖아. 내가 모를 줄 알았어?"

하고 싶었던 말은 그게 아니었다.

"거래를 했으면 약속을 지켜야지."

아닌 걸 알면서도 말이 제멋대로 나왔다. 혹시나 하는 불안한 마음에, 제 몸이 제 몸이 아닌 것처럼 멋대로 움직이고 있었다. 곤을 바라보는 두루의 눈이 점점 붉어지는 것이 보였다. 그 눈동자가 점점 더 깊고 단단해지는 동시에 거세게 흔들리는 것이 보였다. 그녀는 하고 싶은 말을 꾹 참기라도 하는 것처럼 아랫입술을 깨물었다.

"바보처럼 김소율한테 당해서 다치기나 하고. 혼자 울고 있는 건 아닌지 내가 얼마나 걱정했는지 알아?"

뒤늦게 진심을 말해 보려 했지만, 그 순간 그녀는 고개를 숙였다.

"……한두루."

울기라도 하는 것일까. 그녀는 곤의 얼굴을 다시 마주하려 하지 않았다. 놀란 곤이 그녀에게로 한 발 다가갔지만 두루는 도망치듯 그에게서 한 발 물러났다.

"숲 속에서 뭘 했냐구."

두루가 그의 말을 되짚듯이 나지막한 목소리로 읊조렸다.

"……했어."

"……뭐?"

"……고백했어."

그 순간, 더 떨어질 곳도 없다고 생각했던 심장이 철렁하고 한 번 더 바닥을 쳤다.

"뭐라구?"

닫힌 입술을 힘겹게 떼어 간신히 되물었을 때, 그녀가 천천히 고개를 들었다. 설마 했는데, 그녀의 눈동자에는 투명한 액체가 고여 있었다.

"좋아하는 사람이 생겼다고."

두루가 눈을 질끈 감았다. 그녀의 눈꺼풀이 내려가는 동시에 맑은 눈물도 동시에 떨어졌다. 바닥을 치고 멈춘 줄 알았던 심장이 다시 뛰기 시작했다. 빠르게. 점점 더 빠르게.

"고백했다구. 내가, 좋아하는 사람이⋯⋯."

두루의 말이 중간에서 끊겼다. 그녀의 눈물이 입술을 스치는 순간, 곤이 그녀의 눈물과 함께 입술을 삼켜 버린 것이었다.

곤은 그녀의 뒷목을 잡아당기며 더욱더 깊이 닿기 위해 애썼다. 눈물에 젖은 그녀의 촉촉한 입술이 벌어지자마자 곤의 뜨거운 혀가 그녀의 입속으로 밀려 들어갔다. 그녀에게서 짧은 탄성이 흘러나왔다. 곤은 그 작은 숨소리 하나도 놓치기 싫다는 듯 더욱더 깊이 그녀의 안으로 파고 들어갔다. 그의 움직임은 그녀의 사랑을 갈구하기라도 하듯 점점 더 거칠고 뜨거워졌다.

처음엔 당황한 듯 뒤로 물러나던 두루도 이윽고 그를 받아들인 듯 조심스럽게 그를 맞이했다. 그녀의 작은 손이 살며시 그의 등을 타고 올랐다. 마침내 그녀의 허락을 받아 낸 곤은 속에서부터 끓어오르는 탄성을 억누르며 더욱 더 짙은 키스를 해나갔다.

바람이 불었다. 선선한 바람과, 간간이 들리는 새들의 노래 소리와, 풀잎 스치는 소리가 그들을 축복하기라도 하듯 아름다운 조화를 이루며 그들의 주변을 맴돌았다. 그 속에서 곤은 벅찬 가슴을 그녀와 맞대고 서로의 타액과, 온기와, 심장 소리와, 마음을 공유하고 있었다. 십 년을 참아 왔던 그의 마음이, 드디어 걷잡을 수 없이 뜨겁게 타오르기 시작했다.

"곤이 씨!"

멀리서 곤을 부르는 소리가 들렸다. 두루가 놀란 듯 그의 가슴팍을 밀어내며 떨어졌다. 서둘러 주위를 둘러보았지만 다행히 아무도 없었다. 하지만 촬영팀에서 곤을 찾는 것은 맞는 모양이었다. 곤을 부르는 소리가 한 번 더 들렸다.

두루는 그제야 멈춰 있던 시간이 다시 흐르는 것을 느꼈다. 짧은 순간이었지만 너무 깊이 빠져 버려서 아무것도 보이지도 들리지도 않았다. 여기가 어딘지, 지금이 낮인지 밤인지, 어떤 상황인지 하나도 의식하지 못한 채 오로지 그와 온기를 나누는 데에만 집중하고 있었다.

무언가에, 단단히 홀려 버린 기분이었다.

두루는 정신이 돌아오자 당황한 듯 흔들리는 눈빛을 보였지만 곤은 아니었다. 그는 조금도 흔들림 없는 시선으로 두루만을 바라보고 있었다. 그 검은 눈동자에는 방금 전 나누었던 열기가 고스란히 담겨 있었다.

"가 봐야 할 것 같은데……."

십 년 동안 지켜 왔던 암묵적인 선을 넘어 버린 뒤 처음으로 뱉은 말은 고작 그것이었다. 두루는 어색한 듯 시선을 들지 못하고 그의 가슴팍만 바라보고 있었다.

"한두루."

곤이 낮은 목소리로 그녀의 이름을 불렀다.

"나 봐."

두루가 말을 듣지 않자 곤이 한 손으로 두루의 턱을 살며시 들어 올려 강제로 눈을 맞추었다. 하지만 두루는 잠깐 사이에 다시 시선을 돌려 버렸다. 그렇잖아도 빠르게 뛰던 심장이 눈을 마주하자 걷잡을 수 없이 빨라졌다. 그러자 곤이 이번에는 양손으로 그녀의 어깨를 단단히 잡더니 허리를 숙여 그녀와 눈을 맞추었다. 오늘따라 더욱 깊고 짙은 그의 검은 눈동자에 잠식될 것만 같았다.

"나 지금 심장 터질 것 같거든."

"……."

"이번엔 착각 아니지?"

그는 강한 어조로 물었지만 말끝은 미약하게 떨리고 있었다.

"곤이 씨! 거기서 뭐해요?"

아까부터 곤을 찾던 스탭이 결국 그를 발견하고 다가오며 물었다. 다급한 기분이 들어서인지 두루는 선뜻 어떤 말도 할 수가 없었다. 그때 어깨에서 조금 더 강한 힘이 느껴졌다. 곤이 그녀의 눈을 직시하면서 잘 들으라는 듯 작지만 단호한 목소리로 말했다.

"나는, 너야."

"……."

"처음부터 너였어."

"……."

"그래서, 네가 말하는 그 사람도 나였으면 좋겠어."

처음부터 너였다는 말이 가슴에 박히듯 들어왔다. 무슨 의미일까. 처음부터라는 건 언제부터를 말하는 걸까. 묻고 싶은 것이 많았고 하고 싶은 말도 많았지만 더 이상 할 수가 없었다.

"곧 촬영 시작한대요! 얼른 가야 할 것 같은데."

어느새 곁에 다가온 스탭이 두 사람을 향해 말했다.

"네. 가요."

곤의 절박하고 간절한 듯한 눈동자가 두루에게 잠시 머물렀다.

"한 피디가 다리를 좀 다쳐서. 부탁해요."

"아, 네."

스탭이 곤 대신 두루의 팔을 잡았다. 곤은 그제야 안심이 된 듯 엷게 웃어 보인 뒤 촬영장으로 향했다. 가볍게 뛰어가던 곤이 중간쯤 멈추어 서더니 뒤를 돌아 소리쳤다.

"한 피디 숙소에서 못 나오게 해 줘요!"

"알았어요!"

곤의 붉은 입술이 위로 휘어졌다. 깊게 파인 그의 보조개가 두루의 가슴을 또 한 번 뛰게 만들었다. 곤은 짧게 손을 흔들어 보인 뒤 다시 뒤를 돌아 뛰어갔다. 두루는 그의 뒷모습이 보이지 않을 때까지 멍하니 앞을 바라보았다.

"피디님은 좋겠어요. 저렇게 멋있고 지극정성인 친구가 있어서."

부러운 듯 말을 건네 오는 스탭에게 두루는 그저 짧게 웃어 보였다.

친구. 처음으로 그 단어가 생경하게 느껴졌다.

"컷! 엔지."

감독이 어두운 표정으로 관자놀이를 누르며 고개를 숙였다. 같은 장면만 벌써 수십 번째 촬영하고 있으니 그럴 만도 했다. 촬영이 생각보다 길어지자 은호도 시계를 보며 답답한 듯 한숨을 내쉬었다.

이번 씬은 곤이 소율에게 총을 겨누는 것으로, 사랑하는 여자를 위해 마음을 감추고 잔인해져야만 하는 그의 고통이 무엇보다 중요한 씬이었다. 그런데 정작 어려운 내면 연기를 해야 하는 곤은 장면을 잘 소화하고 있는 반면, 비교적 단순한 감정을 연기하는 소율이 자꾸만 대사를 실수하면서 문제를 일으키고 있었다.

"한 번만 다시 갈게요."

감정을 누르려 노력하는 감독의 목소리가 들렸다. 다시 동선을 잡는 소율의 얼굴에 숨길 수 없는 불안감이 스쳐 지났다. 애써 태연한 척했지만 그녀는 사실 몹시 긴장한 상태였다. 한 번 더 실수를 하면, 그렇잖아도 가라앉은 현장의 분위기가 더는 손쓸 수 없는 지경이 될 것 같았다.

"레디, 액션!"

비장하게 마음을 먹은 소율이 곤의 팔을 잡아 돌렸다. 곤은 소율의 팔을 거세게 뿌리치며 그녀에게 총을 겨누었다. 곤이 한기 서린 눈으로 그녀를 쏘아보며 위협적으로 다가왔다. 밀려나듯 뒤로 걷던 소율의 등이 나무에 부딪혔다. 잠깐 시선을 내렸다 뜨자 곤의 총기가 그녀의 이마에 바싹 다가와 있었다.

여기부터가 고비였다. 아무리 연기라지만 소율은 날카롭게 올라간 그의 눈꼬리와 검은 눈동자를 보기가 힘들었다. 붉게 달아오른 눈과 떨리는 입술이 그의 혼란을 드러내긴 했지만, 소율에겐 그마저도 증오로 느껴졌다.

"경고했지, 내가."

"……."

"거슬리지 말라고."

그의 눈빛에서는 언뜻 살기마저 느껴지는 것 같았다.

"이건 마지막 경고야. 최소한의 예의고."

"네가 왜 이래야만 하는지 이유를 알고 싶어. 나는, 나는……."

"컷! NG, NG!"

그래서 그리 길지 않은 대사임에도 불구하고 도중에 자꾸 머릿속이 텅 비어 버렸다. 아무래도 처음에 그의 기에 눌렸던 것이 계속 영향을 미치는 것 같았다. 실수가 반복되고 분위기가 안 좋아지면서 더욱 위축되는 것도 있었다.

"소율 씨 오늘 왜 이래요? 컨디션 많이 안 좋아?"

한결 예민해진 감독의 목소리가 따가웠다. 소율은 죄송합니다, 흘리듯 사과를 하고 마른세수를 했다. 곳곳에서 스탭들이 수군거리는 소리가 들렸다.

"뭐가 문제지? 감정이 어렵나, 대사가 긴가."

"아, 힘들어. 난 포기다. 오늘 내로 못 찍는다에 한 표."

"신인을 데려다 놔도 이것보단 잘하겠다."

마지막 말에 소율의 미간이 확 구겨졌다. 그때 피곤한 듯 눈을 감고 나무에 기대어 서 있던 곤이 천천히 눈을 뜨고 몸을 일으켰다.

"잠깐 쉬었다 가시죠, 감독님. 따로 좀 맞춰 볼게요."

"그래요, 그럼. 십 분만 휴식."

그제야 숨 막히던 촬영장에 약간의 생기가 돌았다. 매니저에게서 대본을 받아 든 소율은 짜증스러운 손길로 대본을 넘기며 대사를 연습했다.

"경고했지, 내가. 거슬리지 말라고."

그런데 어느 순간 칼처럼 날이 선 목소리가 그녀의 귀를 찌르듯 들어왔다. 언제 와 있었는지 곤이 바로 옆에서 그녀를 보고 있었다.

"이건 마지막 경고야. 최소한의 예의고."

소율은 직감으로 그것이 단순한 대사 연습이 아니라는 것을 느꼈다.

"……두 번은 봐주지 않아."

그녀가 대사를 하지 않았는데도 다음 대사를 뱉은 곤이 무심한 듯 뾰족한 미소를 지으며 그녀를 내려다보았다. 소율은 순간 그의 대사가 자신에게 하는 말이라는 것을 확실히 느꼈다. 그녀가 주먹을 불끈 쥐며 그를 쏘아보자 그가 한결 여유로워진 미소를 짓더니 아무 말 없이 그녀의 어깨를 만져 주고는 뒤를 돌았다.

또 한 번 당했다는 생각에 소율의 주먹이 파르르 떨렸다. 기다란 손톱이 살갗을 파고들었다. 저 자식이 정말. 소율은 헛웃음을 흘리며 그의 뒷모습을 매섭게 바라보았다. 언젠간 저 당당한 어깨를 꼭 짓이겨 주고야 말겠다는 욕구가 그녀의 마음을 가득 차고 올랐다.

우여곡절 끝에 문제의 씬을 마치고 감독과 은호는 합의하에 오늘의 촬영을 접었다. 스케줄대로라면 두 씬이 남아 있긴 했지만 시간이 너무 늦어진 데다 하루 종일 빡빡하게 진행된 촬영 때문에 모든 스탭들이 지친 상태였기 때문이다. 이에 제작팀은 늦은 저녁으로 바비큐 파티를 준비하기로 했다. 어느새 두루도 나와서 준비를 돕고 있었다.

곤은 멀리서 두루를 지켜보고 있었다. 맘 같아선 당장이라도 옆에 서고 싶은데 바라보는 것만으로도 가슴이 떨려서 쉽게 발이 떨어지지 않았다. 곤은 그녀와의 키스에서 분명 마음이 통한 것을 느꼈지만 그녀는 아직 아무런 대답도 하지 않은 상태였다. 그래서 무슨 말을 하면서 다가가야 할지, 어떤 표정을 지어야 할지 모든 것이 다 어려웠다. 한참 망설이다가 그녀를 도와주면서 자연스럽게 말을 붙여야겠다는 생각으로 발을 내디딘 순간이었다.

"유곤 씨."

어쩐지 불쾌한 목소리가 그를 불렀다. 돌아보니 역시나 은호가 그를 바라보고 있었다.

"잠깐 얘기 좀 하죠."

그는 그 말만 하고 뒤를 돌았다. 곤은 얼핏 웃으며 한쪽 눈썹을 일그러뜨렸다. 일방적인 듯한 그의 행동에 기분이 언짢았지만 따라가지 않을 수도 없어서 천천히 걸음을 옮겼다.

은호는 스탭들이 보이지 않는 펜션 뒤쪽으로 가서 걸음을 멈추었다. 가로등이 없어서 주변이 온통 짙은 어둠이었다. 어둠 속에서 본 은호는 평소보다 더욱 차가워 보였다. 곤은 큰 바위에 걸터앉으며 은호를 향해 물었다.

"무슨 일이시죠?"

은호는 나무에 등을 기대고 서서 그를 내려다보았다. 비스듬한 시선으로 서로를 바라보는 두 사람의 눈빛은 한 치의 물러섬도 없었다. 한참 그를 바라만 보던 은호가 마침내 입을 열었다.

"조심하는 게 좋을 것 같습니다."

"뭘 말이죠?"

"김소율 씨한테 하는 행동 말입니다."

곤이 황당하다는 듯 짧은 실소를 뱉었다. 그런데 곤이 무슨 말을 하려던 찰나 은호가 다시 먼저 말을 꺼냈다.

"두루를 신경 쓰는 건 알겠는데, 그런 식으로 하다간 상황이 더 안 좋아질 수도 있습니다."

"그럼 어떤 상황이든 그냥 보고만 있으라는 겁니까?"

"자극만 하는 건 좋은 방법이 아니라는 뜻입니다."

"무슨 말인진 알겠는데, 제가 왜 최 피디님한테 이런 개인적인 행동까지 간섭을 받아야 하는지 잘 모르겠군요. 저는 제 방식대로 두루를 위하는 겁니다."

"그 방식이라는 게 두루를 더 힘들게 할 수도 있기 때문에 하는 말입니다. 무작정 감정적으로만 행동하는 것은 더 큰 화를 불러올 수도 있습니다."

"이보세요. 최 피디님."

곤이 언성을 높이며 몸을 일으켰다. 그의 이마에 짧은 주름이 졌다. 하지만 은호는 단단한 석상처럼 흔들림 없는 모습으로 차분한 목소리 톤을 유지하며 말했다.

"만일 두루가 한 번 더 다치면, 그건 김소율 씨 잘못만으로 볼 수 없습니다."

"……."

"한두루는, 당신한테만 소중한 사람이 아닙니다."

"……."

"진정으로 위한다는 게 뭔지, 지킨다는 게 뭔지, 조금 더 고민해 보셨으면 합니다."

순간 곤은 몸이 뜨겁게 달아오르는 것을 느꼈다. 하지만 혀끝을 움직일 수가 없었다. 아무 말도 할 수가 없었다.

"그럼."

얼어 있는 곤에게 시간이라도 주듯 잠시간 말없이 서 있던 은호가 이윽고 먼저 발을 뗐다. 은호가 곤의 앞을 천천히 스쳐 갔다. 처음이었다. 곤은 한 번도 그에게 자신이 밀린다는 생각을 해 본 적이 없었는데, 처음으로 그런 생각이 들었다. 그에 비해 한참이나 어려진 것 같았다. 부족해진 것 같았다.

완전히, 진 것 같았다.

곤은 은호가 간 방향으로 고개를 돌렸다. 그가 뱉은 한마디가 향기보다 더욱 짙게 남아 곤의 주위를 맴돌았다.

'한두루는, 당신한테만 소중한 사람이 아닙니다.'

고기 굽는 냄새가 숲 속 가득 퍼졌다. 테이블은 길게 두 개가 놓여 있었는데 스탭 배우 할 것 없이 골고루 섞여 있었다. 두루의 테이블에는 유독 남자 스탭들이 많아서 요란스럽고 시끌벅적했다. 덩

치가 큰 데다 이름이 황소민이어서 황소라는 별명으로 불리는 조명팀 막내가 트로트를 부르며 분위기를 한껏 추켜올리고 있었다. 두루는 그를 보며 열심히 박수를 쳐 주고 있었다.

두루의 맞은편 대각선 자리에 앉은 곤은 그녀에게서 한시도 시선을 떼지 못했다. 환하게 웃으며 어깨를 들썩이고 있는 두루의 모습이 너무 예뻤다. 보고만 있어도 입가에 미소가 절로 지어졌다. 잠깐씩 표정이 굳어질 때가 있다면 하필 그녀의 옆에 앉아 있는 은호가 말없이 그녀를 챙겨 줄 때였다. 저 자리는 원래 내 것이었는데. 은호와 따로 얘기를 하고 돌아왔을 땐 이미 다들 자리에 착석한 상태였다. 먼저 간 은호는 보란 듯이 그녀의 옆에 앉아 있었다.

"우리 황소 너무 노골적인 거 아니야?"

소민이 노래를 마치고 자리에 앉자 서준이 그의 잔에 소주를 따라 주며 말했다.

"뭐가?"

"노래하는 내내 한 피디님만 쳐다보잖아. 다들 못 봤어요?"

"아, 하지 마세요."

"왜, 뭔데? 황소가 왜 한 피디만 봐? 좋아해?"

"이상형이래요."

"뭐? 진짜?"

"아, 피디님!"

소민이 부끄러운 듯 서준을 향해 원망의 눈빛을 쏘았다. 하지만 이상형이라는 말에 이미 분위기는 뜨겁게 달아오른 뒤였다. 소민이 양손으로 얼굴을 가리고 테이블에 고개를 박았다. 두루는 그저 환하게 웃으며 그 모습을 재밌다는 듯 바라보고 있었다.

"한 피디, 이렇게 좋아하는데 러브샷이라도 한 번 해 주지?"

조명 감독이 두루에게 술을 따라 주며 말하자 다들 우우 하며 호응을 했다. 두루가 어찌할 바를 몰라 하다가 호탕하게 웃으며 술을 받았다. 그러자 그 테이블에서 두 사람의 표정만 티 나게 굳어졌다.

"한 피디 술 약하잖아."

애써 침착한 말투로 두루의 술잔을 빼앗는 은호와, 표정 관리가 안 되는 듯 몹시 구겨진 얼굴로 삐딱하게 소민을 바라보고 있는 곤이었다.

"그래요. 러브샷은 안 돼. 하지 마. 하지 마."

그때 서준이 상황을 정리하듯 손을 휘휘 내저으며 말했다.

"왜 안 되는데?"

"한 피디님이 이상형인 사람이 여기 어디 한둘인 줄 알아요? 러브샷했다가 우리 불쌍한 황소만 고생하지."

"뭐? 진짜? 또 누군데?"

"에이, 다들 고개 돌리네. 저번 회식 때 진실게임 다 해 놓고!"

곤은 얼이 빠진 듯 멍한 표정으로 상황을 지켜보았다. 사실 그리 충격적인 일은 아니었다. 이미 지난 십 년 동안 숱하게 겪어 온 일이었기에.

고등학교 때도 두루는 곤과 사귄다는 소문이 나자 그의 팬클럽 때문에 힘들다고 투덜거렸지만, 힘들기는 곤도 마찬가지였다. 남학생들은 여학생들처럼 대놓고 팬클럽 행세를 하지 않았을 뿐이지 자기들끼리 있을 때 마음에 드는 여자에 대해 떠들곤 했다.

두루는 예쁘장한 얼굴에 친절하고 차분한 성격 때문에 남학생들

263

에게 인기가 많았다. 그들이 사귄다는 소문이 났을 때 곤이 확실한 태도를 보이지 않은 것도 주변의 수많은 늑대들로부터 두루를 사수하기 위함이었다.

연극 동아리를 함께했던 도현도 그중 하나였다. 대학교 때도 마찬가지였다. 술자리에서 진실게임이나 인기투표를 하면 알게 모르게 두루를 마음에 둔 놈들이 많았다.

"이야, 한두루 좋겠네!"

수아가 두루의 옆구리를 찌르며 말했다. 두루는 좋다 싫다 내색 없이 그저 웃기만 했다. 그런 두루를 보는 곤은 속이 타들어 가는 것 같았다.

"자, 그럼 이쯤에서 한 피디님 이상형은 누군지가 궁금하지 않나요, 다들?"

서준은 팀 내 분위기 메이커답게 진행자 역할을 맡고 있었다. 서준이 호응을 끌어 올리자 다들 두루에게로 시선을 집중했다. 두루는 입 모양으로 하지 말라고 서준에게 눈치를 주었지만 이미 너무 많은 사람들의 이목이 집중되어 버려서 어쩔 수가 없었다. 괜히 시선을 내리고 야채를 뒤적거리는 곤의 목젖이 크게 들썩였다. 은호도 티는 안 냈지만 귀를 기울이고 있었다.

"이 중에서 꼽아야 돼요! 없어도 이 중에서!"

두루가 난감한 듯 입술을 깨물며 웃었다.

"자, 누구?"

차마 볼 수가 없어서 애꿎은 야채만 뚫어져라 쏘아보고 있던 순간, 테이블에 이상한 환호가 터져 나왔다. 야유하는 것 같기도 하고 좋아하는 것 같기도 한 애매한 환호였다. 왠지 꺼림칙한 마음이 강하게 들었지만 곤은 호기심을 참지 못하고 고개를 들었다.

"대리님 왜 이래요…… 전 안 돼요. 사내 연애는 사, 사내 연애는……."

서준이 자신의 가슴을 양팔로 감싸며 뒤로 물러서자 수아가 빈 종이컵을 집어 던지며 소리쳤다.

"네가 제일 만만해서 그런 거 아니야, 인마! 착각하지 마라!"

"아, 왜 때려요!"

"한심한 자식, 저거 그냥."

수아의 타박에 다들 웃음을 터뜨렸다. 서준도 두루의 장난을 다 안다는 듯 귀엽게 웃으며 사랑의 총알로 보답했다. 다들 재미있게 웃고 넘기는데 곤은 서준이 사랑의 총알을 쏠 때마다 눈썹을 움찔 거렸다. 저 어린놈의 자식이. 소주잔을 쥔 곤의 손등에 핏줄이 섰다. 아무래도 빨리 확답을 받아 내야 할 것 같았다. 어물쩍거리다 간 또다시 그녀를 놓칠지도 모른다는 위기감이 강하게 들었다.

"곤이 씨, 왜 이렇게 술을 혼자 마셔?"

곤은 말없이 소주를 두 잔이나 연거푸 들이켰다. 아무리 마셔도 두근거리는 이 마음이 도통 진정되지 않았기 때문이다.

자정 가까이 진행되었던 파티가 끝나고 다들 숙소에 들어가서 잘 준비를 하고 있을 때였다. 혼자서 어질러진 마당을 끝까지 정리 하고 있던 두루의 옆에 익숙한 향기가 다가왔다. 커다랗고 하얀 손 이 그녀에게서 쓰레기봉투를 빼앗아 갔다. 그는 쓰레기봉투의 끈을 빠르게 묶고 한구석에 던지듯이 치워 버린 뒤 두루를 빤히 바라보 았다.

"아…… 고마워."

두루가 어색하게 말하며 뒷목을 쓸었다. 잠시 정적이 흘렀다. 두루의 시선이 갈 곳을 잃은 듯 허공에서 방황했다. 말없이 그녀를 바라보던 곤이 돌연 그녀의 손목을 잡았다. 놀란 그녀가 고개를 들 새도 없이 곤이 그녀를 끌고 어디론가 향했다.

"야, 어디 가?"

곤은 묵묵히 그녀를 데리고 걷기만 했다. 어느새 펜션이 언덕 너머로 사라지고 보이지 않았다. 곤은 큰길을 따라 계속 걷기만 했다. 처음엔 다들 찾을 것이라면서 반항하던 두루도 사방이 조용해지고 곤의 걸음이 느려지자 마음이 어느 정도 안정되어서 별다른 말없이 따라 걸었다.

무심코 올려다본 하늘엔 커다란 보름달이 떠 있었다. 옅은 구름이 보름달을 반쯤 가리고 있었다. 예전엔 보름달이 싫었는데, 무엇이든지 꽉 차지 않은 것이 좋았는데, 이상하게 오늘은 꽉 찬 보름달이 꽤 마음에 들었다. 달빛이 쏟아지는 숲의 거리는 아름다웠다. 다소 쌀쌀한 바람이 불긴 했지만 세상에 아무도 없는 것 같은 고요함이 좋았다.

두루는 키가 커서 상대적으로 클 수밖에 없는 그의 보폭을 가만히 보았다. 두루는 그 보폭을 따라잡기 위해서 작은 걸음을 두 번 걸어야 했다. 하지만 힘들지 않았다. 그만큼 곤이 느리게 걷고 있었기 때문이다. 두루는 여전히 그의 손에 잡혀 있는 자신의 여린 손목으로 시선을 옮겼다. 아까는 조금 세다고 느껴졌는데 지금은 힘이 많이 풀어져 있었다.

그의 손이 아까보단 조금 더 아래로 내려와 있는 것 같기도 했다. 손에 닿을 듯 말 듯 애매한 위치였다. 그의 엄지손가락이 두루의 손목을 천천히 쓸고 있는 것도 같았다. 그는 말없이 허공을 바라보고 있었는데 밤이 어두워서 그 눈빛을 자세히 볼 수 없었다. 그는 무슨 생각을 하고 있는 걸까. 궁금해졌다. 우리는 이제 어떤 관계가 되는 걸까. 나는 어떻게 하고 싶은 걸까. 한참 그의 보폭에 발을 맞추어 걷던 두루가 돌연 입을 열었다.

"곤아."

곤의 발이 잠시 멈칫했다가 이내 걷기를 계속했다.

"너야."

"……."

"착각 아니었어. 너 맞아."

곤의 발이 다시 멈추었다. 그의 목젖이 들썩이는 게 보였다.

"그런데, 나는……."

"한두루."

"……."

"지금 우리한테 길은 딱 두 가지야."

두루가 천천히 곤을 올려다보았다. 곤은 여전히 앞만 보고 있었다.

"난 이제 너랑 친구 못 해."

"……."

"그러니까 우리한텐 두 가지 길밖에 없어."

"……."

"영원히 보든가, 영원히 안 보든가."

영원히, 라는 그 말이 뭐라고 심장이 쿵 떨어지는 것 같았다. 영원히 안 본다는 것. 그를 영원히 안 보고 산다는 것. 영영 모르는 사람이 된다는 것. 그런 것은 한 번도 생각해 보지 않았다. 생각만 해도 가슴이 쓰리고 속이 울렁거리는 것 같았다.

그때 두루의 손목을 느릿하게 쓸던 곤의 엄지가 천천히 그녀의 손등을 타고 내려왔다. 두루가 자신의 손을 내려다보았다. 부드러우면서도 뜨겁게 그녀의 손등을 어루만지던 그의 엄지손가락이 멈추고, 그녀의 작은 손바닥 위로 따뜻한 온기가 가득 들어찼다. 순간 마음속으로 형언할 수 없는 벅찬 감정이 차올랐다. 이윽고 그의 손가락이 하나하나 그녀의 손가락 사이로 들어왔다. 조심스러우면서도 당차게 파고드는 그 느낌이 묘하게 야릇했다. 가슴이 간질거려 미칠 것 같았다. 어느새 그녀의 손은 그의 손에 완전히 묶여 버렸다.

"나는 이렇게, 잡고 싶어. 네 손."

"……."

"놓고 싶지 않아."

그의 손이 두루의 손을 더욱 꽉 움켜쥐었다.

"하지만 네가 싫으면 지금 놓고 돌아가. 놓아주는 건 지금뿐일 테니까."

두루는 달빛이 어린 그의 얼굴을 올려다보았다. 그는 하늘에 기도라도 하듯 고개를 약간 올린 채 눈을 지그시 감고 있었다. 두루는 그를 따라서 눈을 감았다. 그리고 그와 맞잡은 손에 온 신경을 기울였다.

그와 맞잡은 손에만, 온 신경을 기울였다.

얼마나 지났을까. 힘없이 그저 잡혀만 있던 그녀의 손에 작은 힘이 들어갔다. 마치 갓난아이가 제 부모의 손가락 하나를 온 손으로 움켜쥐고 놓지 않는 것처럼, 그녀는 그의 커다란 손을 온 힘을 다해 꼭 잡았다. 그 힘이 느껴졌는지 곤이 눈을 뜨고 그녀를 돌아보았다. 그녀도 천천히 눈꺼풀을 들어 올렸다. 그녀의 입가에 흐릿한 미소가 걸렸다.

맞잡은 손에만 온 신경을 기울인 순간, 그녀는 알게 되었다.

"날이 좋다."

놓을 수가 없었다.

"곤아."

그는 놓고 싶지 않다고 했지만 그녀는, 놓을 수가 없었다.

"좀 더 걷자."

놓을 수가 없었다.

3-5
사랑한다는 흔한 말

"좋은 아침!"

한 남자의 경쾌한 목소리가 촬영장 분위기를 바꾸어 놓았다. 이른 아침부터 세트장에 와서 촬영을 준비하느라 몸이 축 늘어져 있던 여자 스탭들의 얼굴이 환하게 폈다. 곤은 항상 눈이 마주치는 스탭들 한 명 한 명에게 일일이 인사를 하며 밝은 인사를 건넸다. 그래서 그는 스탭들 사이에서 인기와 평이 몹시 좋았다. 모두가 그의 한결같은 인사성과 겸손함, 그리고 긍정적인 에너지를 좋아했다. 두루도 주위 사람들에게 잘하는 그가 왠지 자랑스럽고 좋았다.

웃음기를 머금은 곤의 눈이 두루에게 닿았다. 곤은 그녀에게도 다른 사람들에게 했던 것과 마찬가지로 짧은 눈인사를 한 뒤 감독에게로 향했다. 아주 잠깐 시선이 스치듯 닿았을 뿐인데 괜스레 얼굴이 따끈해졌다. 유독 그녀에게만 인사가 짧았던 것 같아 아쉬운 마음도 들었다.

지방 촬영에서 올라온 뒤 다음 날은 촬영이 없었지만 그가 스케줄이 있어서 보지 못했기에 사실상 그와 정식으로 만난 후로 촬영장에서는 처음 보는 것이었다. 그래서인지 그를 볼 때 느껴지는 기분이 전과는 달랐다.

띠링.

그때 휴대폰이 짧게 울렸다. 별생각 없이 메시지를 확인한 두루의 입가에 희미한 미소가 걸렸다.

[오늘 예쁘다 - 유곤]

신경 쓰지 않은 듯 신경 써서 치장하기 위해 아침에 한 시간이나 일찍 일어난 보람이 있었다. 두루는 슬쩍 고개를 들어 곤을 바라보았다. 곤은 휴대폰을 옷 속에 집어넣으며 감독과 얘기 중이었다. 고개를 끄덕이며 감독의 얘기를 경청하고 있는 곤이 오늘따라 유독 프로페셔널하고 믿음직스러워 보였다. 그의 넓은 어깨와 긴 다리도 새삼 눈에 들어왔다. 바쁜 스케줄에 운동은 어떻게 하는 건지 탄탄한 등 근육이 얇은 티셔츠 위로 그대로 드러났다.

"눈 빠지겠다. 응?"

어느새 다가온 수아가 두루의 눈앞에서 한 손을 휘휘 흔들어 보이며 물었다.

"뭐, 뭐가."

"괜찮아. 야. 아무리 단짝 친구라도 저런 인간이 남자로 안 보이면 그게 이상한 거지. 넌 정상이야. 지극히 정상."

"얘가 뭐래?"

"오늘 와이어 한다며. 혹시라도 사고 나서 저 조각상에 작은 흠집이라도 가면 어떡하나, 너도 그 걱정하고 있었던 거 아냐?"

수아의 말에 잊고 있던 것이 또 번뜩 떠올랐다. 곤은 오늘 여러 씬에 걸쳐 와이어 액션이 잡혀 있었다. 두루도 그것을 걱정하지 않은 것은 아니었다. 어젯밤 짧게 통화를 했을 때도 두루는 혹시 모르니 다치지 않게 조심하라고 당부를 했다. 그러자 곤은 걱정 말라며 도리어 두루를 토닥여 주었다. 사실 곤은 액션 연기에 있어서는 열 손가락 안에 들 정도로 유명한 배우였지만 그래도 걱정이 되는 것은 어쩔 수 없었다.

"어이, 한두루."

"어, 어?"

"얘가 자꾸 넋을 놓네. 수상해, 너. 솔직히 말해 봐."

"뭘?"

수아가 그녀의 귓가에 속삭이듯 물었다.

"유곤이랑 뭐 있지?"

"이, 이, 있긴 뭐가?"

"어쭈? 말은 왜 이렇게 더듬어?"

"네, 네가 말도 안 되는 소릴 하니까 황당해서 그렇지."

"귀는 왜 빨개지고?"

"이게 진짜."

두루가 당황하는 게 재밌는지 수아가 큰 소리로 웃었다.

다른 쪽에서 분장을 고치고 있던 소율이 수아의 웃음소리에 그들 쪽으로 시선을 돌렸다. 두루는 못마땅한 표정으로 수아와 얘기를 하다가 그녀가 계속해서 웃자 서서히 표정을 풀고 따라 웃었다. 선홍빛 입술이 예쁘게 휘어지면서 작고 고른 하얀 치아가 보였다. 두루는 꾸밈이 없어서 그렇지 이목구비가 오목조목하고 예쁜 얼굴이었는데 웃을 때는 그 미모가 더욱 빛을 발했다.

곤과 같은 연극영화과를 나왔고 그 안에서도 인기가 꽤 좋았다는 것을 들었을 때는 묘한 열등감마저 들었다. 나름 인기 있는 톱스타로서, 배우가 아닌 일반인에게 여자로서의 질투나 열등감을 느낀 적은 처음이었다. 어쩌면 그래서 두루가 더 거슬렸는지도 몰랐다.

환하게 웃는 두루의 얼굴을 빤히 바라보던 소율의 시선이 이번엔 정반대의 곳으로 향했다. 한쪽에서 곤이 영화 의상을 체크하고 있었다. 곤은 신중한 표정으로 의상을 체크하다가도 틈이 날 때마다 힐끔힐끔 한 곳을 쳐다보았다. 그의 시선을 그대로 따라가 보면 수아와 함께 얘기를 나누며 웃고 있는 두루가 보였다. 두 사람은 간혹 시선이 마주치면 아닌 척하면서 얼핏 웃곤 했다. 예리한 눈빛으로 그들의 감정 교류를 포착한 소율은 피식 하고 짧은 웃음을 흘렸다.

사실 며칠 전 지방 촬영을 갔을 때, 소율은 친하지 않은 여배우들과 한 숙소에 있는 것이 불편해서 잠깐 산책을 나왔다가 생각지도 못했던 장면을 목격하게 되었다.

꽤 멀리 떨어져 있었고 깊은 밤이라서 어렴풋하긴 했지만 그들이 곤과 두루라는 것은 알 수 있었다. 그런데, 그들은 손을 잡고 있었다. 다정히 손을 잡고 깊은 숲 속을 함께 걷고 있었다. 그들이 십년지기라는 것은 알고 있었지만 그것은 결코 친구 사이의 분위기가 아니었다.

"누님, 여기 커피요."

마침 기다리던 매니저 태석이 와서 소율에게 아이스커피를 건넸다.

"저, 근데 누님······."

태석이 뭔가 전할 말이 있는 듯 입을 열었다. 소율은 잠시 그의 말을 막고 일단 코디를 보낸 뒤 태석을 향해서 가까이 오라고 손짓했다. 태석이 의아한 표정으로 귀를 가져가자 소율이 은밀한 목소리로 속삭였다.

"유곤이랑 한두루에 대해서 좀 알아봐."

"네? 그 둘은 왜요?"

"왜긴 왜야. 촉이 오니까 그렇지. 증거물이 있음 더 좋고."

"그럼 둘이 혹시······. 그럼 대박이잖아요! 가짜 연애까지 터지는 건데."

소율이 눈가를 찌푸리며 조용히 하라는 눈치를 주었다.

"설레발치지 말고 뭐라도 건지면 바로 나한테 가져와. 저번처럼 어리바리하게 행동하거나 문제 일으켰다간 짤 없어 너. 바로 해고야."

"네."

지난번 실수와 해고가 언급되자 태석이 시무룩한 표정으로 고개를 끄덕였다. 그러다 문득 무언가 생각이 난 듯 고개를 들어 말을 이었다.

"참, 저번에 말씀드렸던 화보 있잖아요. 이하연 씨랑 한다는."

태석의 얘기에 소율의 안색이 다소 어두워졌다.

"어. 안 한다고 했잖아."

"네. 그랬는데, 또 연락이 왔더라고요. 이하연 쪽에서는 오케이 했다고. 출연료도 1.5배나 올려 주겠다고."

"……뭐?"

"아무래도 유곤의 여자들이라는 컨셉 때문에 화제가 많이 될 것 같으니까 그쪽에서도 놓치기 아까운가 봐요. 잘만 하면 두 배까지도 올릴 수 있을 것 같은데. 하시는 게 낫지 않을까요?"

소율은 난감해하며 입을 닫았다. 소율이 처음에 화보 촬영을 거절했던 이유는 출연료 때문도 아니었고 단독 화보가 아니라서도 아니었고, 그 상대가 이하연이기 때문이었다.

소율은 스무 살 때 연예계에 데뷔를 시켜 준다던 사기꾼에게 당해서 큰 빚을 갖게 된 적이 있었다. 당장 빚을 갚을 여력이 없었던 소율은 사채업자들에게 끌려다니다가 술집까지 나가게 되었다. 힘들긴 했지만 단순한 도우미 역할만 하면 된다는 말에 가끔씩 갖은 모욕과 수모를 당하더라도 꾹 참고 일을 했다. 그런데 어느 날 소율을 마음에 들어 한 남자가 그녀를 강제로 데리고 나가려고 했다. 소율이 이에 반항하자 그는 도망치는 소율을 잡아 복도 바닥에 넘어뜨린 뒤 막무가내로 폭행을 시도했다. 남자의 거친 손에 뺨 한 대를 맞은 소율이 충격과 공포에 눈을 질끈 감고 정신을 놓으려 했던 순간이었다.

쨍그랑, 하는 소리와 함께 사람들의 비명 소리가 들렸다. 소율의 옷깃을 잡아 쥐고 있던 남자의 손에서도 힘이 풀렸다. 가느다란 속눈썹을 파르르 떨며 조심스럽게 눈을 뜨자, 자신의 위에 돌처럼 굳어서 바들바들 떨고 있는 남자가 보였다. 남자의 목에는 깨진 맥주병이 바싹 닿아 있었고, 그것을 들고 있는 여자는 붉은 입꼬리를 올린 채 다른 손으로 찰칵찰칵 연신 사진을 찍어 대고 있었다. 여자는 모자와 선글라스를 쓰고 있어서 소율은 그녀의 얼굴을 볼 수는 없었다. 하지만 그녀에게서는 왠지 모를 압도적인 분위기와 광채가 흘렀다. 한눈에 보기에도 보통 사람은 아닌 것 같다는 직감이 들었다.

'짐승만도 못한 새끼.'

'……'

'네가 이 맥주병에 찔려 죽어도, 네 목숨보단 깨진 술이 더 아까워.'

여자는 남자를 경찰서까지 보내려 했지만 연예인이 꿈이었던 소율은 술집에서의 일이 기록으로 남는 것이 두려워서 그 자리에서 합의를 보았다. 소율은 여자 덕에 남자의 사과는 물론 합의금까지 받아 낼 수 있었다.

'정말 감사합니다.'

상황이 모두 정리된 뒤 소율은 여자에게 허리 숙여 인사를 했지만 그녀는 소율의 얼굴을 빤히 보더니 무심한 말투로 입을 열었다.

'암만 벼랑이라도, 하지 마. 이런 일.'

'……'

'독기 품을 얼굴이다, 너.'

검은 선글라스 안으로 잠시 보였던 그녀의 눈빛은 심드렁했다. 도도한 듯 무신경한 걸음으로 유유히 가게를 빠져나가는 그녀를 김 마담이 다급히 따라 나갔다. 어렴풋이 들린 바로는 하연아, 라고 부른 것 같았다. 소율은 나중에야 그녀를 구해 준 여자가 톱스타 이하연이며 술집의 사장인 김 마담의 딸이라는 것을 알게 되었다.

그로부터 몇 달 후였다. 힘겹게 빚을 모두 갚고 간신히 드라마를 통해 데뷔를 하게 된 소율은 촬영장에서 하연을 다시 마주쳤다. 하연은 그 드라마의 여자 주인공이었고 소율은 모여서 수다를 떠는 학생 중 하나로, 미미한 단역이었다.

설마, 기억하면 어떡하지.

소율이 하연을 본 순간 가장 먼저 든 생각은 그것이었다. 반쯤 발가벗겨진 채 남자에게 폭행이나 당하던 술집 여자를 기억하고 있다면.

하연과 같이 하는 씬을 찍기 전에 소율은 다른 단역들과 함께 그녀에게 인사를 했다. 하연은 별말 없이 그들 한 명 한 명과 눈을 맞추며 눈인사를 했다. 소율은 긴장으로 손에 땀이 너무 차서 흘러내릴 지경이었다. 축축해진 손을 교복에 닦으며 고개를 드는 둥 마는 둥 하연에게 인사를 했는데 하연이 유독 그녀에게만 시선을 오래 두었다. 특유의 날카롭고 어두운 그녀의 눈빛이 소율의 얼굴을 느릿하게 훑는 것 같았다. 한 번 스쳐 간 얼굴일 뿐인데, 당연히 기억하지 못할 것이라고, 제발 기억하지 말라고, 속으로 간절히 바라며 눈을 질끈 감았다 떴을 때 하연의 시선은 이미 다른 곳으로 옮겨 가 있었다.

다행히 하연은 그날 소율에게 따로 말을 걸거나 알은척을 하지 않았다. 하지만 소율은 마음이 편치 않았다. 역시나 기억하지 못하는 것이라고 생각하려 해도 왠지 모를 찝찝함이 마음을 떠나지 않았다.

그렇게 시간이 흘렀다. 소율은 이후 하연이 출연하는 드라마나 영화는 아무리 좋은 기회라도 거절하면서 필사적으로 그녀를 피해 다녔다. 이번 화보 촬영도 마찬가지였다. 소율은 하연이 불편했다. 소율은 그녀를 동경하는 동시에 두려워했다. 그녀는, 어쩌면 소율의 인생 중 가장 어두웠던 부분을 기억하는 유일한 사람일지도 몰랐기 때문이다.

"누님!"

"어?"

"어떡하실 거냐고요. 하시는 게 좋지 않겠어요? 솔직히 지금 회사 사정도 안 좋잖아요. 제 월급만 해도 지금 몇 달째 밀리고 있는데……."

"뭐? 그랬어? 이 실장, 이거 안 되겠네. 왜 애들 월급을 밀려?"

소율은 태석의 얘기를 들으니 마음이 더욱 불편해졌다. 얼마 전 아버지가 돌아가셔서 그의 집안 사정이 매우 힘들다는 것을 알고 있었기 때문이다. 소율은 주름진 이마를 손으로 짚으며 한숨을 내쉬었다.

"회사에 희망은 누나밖에 없잖아요. 누나라도 잘돼야 회사도 잘되고 또……."

"알았어. 그만해."

"네? 그럼 하는 거예요?"

"대신 네가 책임지고 두 배로 꼭 올려. 아님 안 해."

그제야 태석의 입가에 옅은 미소가 떠올랐다. 소율은 고맙다고 달려드는 태석을 밀어내고 담배 한 갑을 챙긴 뒤 세트장을 나갔다.

"레디……."

반나절의 준비와 리허설 끝에 마침내 와이어 액션 촬영이 시작되었다. 이번 액션 씬은 영화에서 가장 하이라이트가 될 장면이었기에 모두의 관심과 시선이 초집중되었다. 높은 곳에서 뛰어내리는 것은 물론 공중회전과 같은 고난도의 동작이 다수 포함된 액션이었기에 어느 정도는 대역을 쓰자고 했지만 곤은 꿋꿋하게 직접 하겠다고 나섰다.

두루는 걱정스러운 표정으로 높은 세트 위에 올라서 있는 곤을 바라보았다. 꼭 쥔 두 손에는 어느새 땀이 차오르고 있었다.

"액션!"

감독의 사인과 동시에 곤의 화려한 액션이 시작되었다. 먼저 세트 위에서 1대 1의 액션 씬을 연기한 곤은 이어서 와이어를 타고 세트 아래로 떨어지는 장면을 연기했다. 공중에서 빠른 두 바퀴 회전을 성공적으로 해낸 곤은 바닥 매트에 부딪친 뒤 다시 반동을 타고 반대쪽으로 뛰어올랐다. 모든 스탭들이 스턴트맨에 버금가는 액션 연기를 선보이는 곤을 보며 감탄과 환호를 숨기지 못했다.

그런데 그 순간이었다. 천장에 길게 이어진 와이어가 예정대로 매끄럽게 움직이지 못하고 중간에 잠시 걸려 버렸다. 이에 무게 중심을 잃어버린 곤이 반대편 매트까지 갔다가 와이어 힘을 제어하지 못하고 너무 큰 반동을 타고 중간 바닥으로 굴러떨어지는 사고가 발생했다.

쿵, 하는 소리와 함께 곤의 짧고 굵은 비명 소리가 세트장 안을 가득 울렸다.

"중지, 중지!"

곧바로 와이어가 중단되었고 모든 스탭들이 촬영을 멈추었다. 감독을 비롯한 많은 스탭들이 재빨리 곤에게 달려갔다.

"곤아!"

놀란 두루도 스탭들 사이를 비집고 곤에게 달려갔다. 곤이 차가운 바닥에 쿵 떨어지면서 구르는 순간, 벼락이라도 맞은 것처럼 머리가 멍해지면서 가슴이 텅 비어 버렸다.

"곤아, 유곤! 괜찮아?"

곤은 감독과 스탭들의 도움을 받아 몸을 일으키고 있었다. 힘겨운 듯 미간을 살짝 찌푸리면서도 그는 두루를 향해서는 괜찮다는 듯 흐릿하게 웃어 보였다. 아파하는 곤을 보자 갑자기 울컥하고 감정이 치솟았다. 사람들 앞에서 감정을 티 내선 안 된다는 걸 아는데도 어느새 두루의 붉은 눈가에는 물기가 가득 차 있었다.

"곤이 씨 매니저 어딨어?"

"지금 없는 것 같습니다. 아까 잠깐 회사에 갔다고."

"뭐?"

"제가 데리고 가겠습니다."

곤의 매니저가 부재한다는 얘길 들은 두루가 서둘러 감독에게 다가가 곤을 대신 부축하며 말했다. 곤은 웬만해선 촬영을 계속 진행하고 싶어 했지만 왼쪽 어깨가 잘 움직이지 않아서 어쩔 수 없이 병원에 가야만 하는 상황이었다.

"다들 현장에 있어야 하니 제가 가는 게 좋을 것 같습니다."

"그래. 다른 일은 일단 이 피디한테 맡기고 한 피디가 다녀와."

은호가 두루의 어깨를 밀어 주며 말했다. 감독은 두루가 여린 여자라는 게 걸렸지만 코디까지 붙어서 부축을 하니 급한 대로 승낙을 했다.

"그럼 가서 치료 잘 받고 결과 바로 알려 줘요."

"네."

곤은 두루가 걱정할까 봐 신음을 참으려고 아랫입술을 살짝 깨물었다. 두루가 괜찮냐며 쳐다보자 그는 고개를 끄덕이며 싱긋 웃었다.

"못 살아. 진짜. 웃긴 왜 웃어."

두루는 금방이라도 떨어질 것처럼 고여 있는 눈물을 간신히 참으며 곤의 허리를 꼭 잡았다. 두루의 타박에도 곤은 웃음을 거두지 않았다. 몸은 아팠지만 마음은 괜찮다 못해 행복하기까지 했다.

워낙 눈 깜짝할 새 사고가 나서 정신을 차릴 수가 없었는데 어지럽게 돌아가던 세상이 그녀의 목소리가 들린 순간 거짓말처럼 뚝 하고 멈추었다. 돌아보니 다행히 그녀가 있었다. 옆에 있었다. 한걸음에 달려와 걱정 가득한 얼굴로 그의 이름을 부르고 있었다. 그런 그녀의 얼굴을 보는 순간 빠르게 뛰던 심장이 천천히 안정을 찾으면서 다 괜찮아지는 것 같았다.

그녀는 나름대로 부축을 한다고 하고 있었지만 곤이 보기에는 제 품에 쏙 안겨 있는 것 같았다. 그녀는 속상한 듯 화를 내고 있었지만 곤에게는 울먹이는 아이처럼 귀엽기만 했다. 다친 것은 자신이었지만 그녀를 안아 주고 싶다는 생각이 들었다. 그래서 그는 기대는 척하며 그녀의 어깨를 꽉 끌어안았다.

그녀의 부드러운 머리칼에 닿고 싶어 살며시 뺨을 대 보았다. 기분 좋은 향기가 그의 몸을 휘어 감았다. 아까까지만 해도 왼팔에서 느껴지던 고통이 깨끗하게 사라진 것처럼 하나도 느껴지지 않았다. 괜찮았다. 정말 다 괜찮았다. 그저, 그녀에게서 나는 향기가 너무 좋을 뿐이었다.

검사 결과 다행히 뼈에는 이상이 없고 인대가 약간 늘어난 것으로 확인되어서 곤은 치료를 받은 후 입원했다. 깁스를 하면 일상생활에는 지장이 없지만 이틀 정도는 입원을 해서 충분한 휴식을 취하고 어깨와 팔을 제대로 보호하는 것이 좋을 것이라는 의사의 소견 때문이었다.

치료를 받느라 끼니를 놓친 곤을 위해서 두루가 초밥을 사 들고 병실로 돌아왔다. 그런데 돌아오니 코디는 없고 곤은 잠들어 있었다. 두루는 혹시나 곤이 깰까 봐 병실 문을 조용히 닫고 조심스러운 걸음으로 그에게 다가갔다. 초밥을 테이블에 올려놓고 의자에 앉았다. 곤은 약간 모로 누운 채 잠들어 있었는데, 두루는 그가 자신을 바라보고 있는 것 같아서 좋았다. 두루는 침대 위에 팔꿈치를 대고 턱을 받친 뒤 곤이 자는 모습을 더욱 가까이서 바라보았다.

가늘고 긴 속눈썹. 높이 선 콧날. 언제나 붉은 색감이 도는 매력적인 입술. 잡티 하나 없이 깨끗하고 하얀 피부. 선명한 턱 선과 매끄러운 목선까지. 아무리 꼼꼼히 따져 봐도 흠 잡을 데가 없었다. 왜 전엔 미처 몰랐을까 싶을 만큼, 두루는 그의 모든 것이 예뻐 보였고 그저 좋았다.

이렇게 잘난 사람이 내 사람이라는 것이 믿기지 않았다. 유곤이라는 사람이 내 남자라니. 이렇게 보고 있어도. 아무리 보고 있어도. 이 사람이 내가 사귀고 있는 사람이라는 실감이 나지 않았다. 하지만 두루는 약간은 어색한 그 느낌이 좋았다.

두루는 깁스를 하고 있는 곤의 팔을 가만히 바라보다가 천천히 손을 올렸다. 잠시 머뭇거리던 그녀의 손이 조심스럽게 그의 어깨에 가 닿았다. 만져 주고 싶었다. 이런다고 낫는 게 아니라는 걸 알지만. 아프지 말라고. 금방 나으라고. 따뜻하게 만져 주고 싶었다.

두루가 살며시 손을 움직여 그의 어깨를 어루만져 주었다. 다행히 곤은 깊이 잠들어 있는 것 같았다. 주책 맞게 손은 왜 떨리는 걸까. 두루는 곤의 어깨 위에서 미세하게 떨리는 자신의 손가락을 보다가 헛웃음을 지으며 손을 거두었다.

그런데 그의 몸을 지나치던 두루의 손이 얼마 가지 않아 멈추었다. 자고 있는 줄 알았던 곤이 오른손을 뻗어 그녀의 손을 잡은 것이었다. 두루가 눈을 크게 뜨고 그의 얼굴을 바라보았다. 그저 손하나가 잡혔을 뿐인데 긴장이 돼서 온몸이 바싹 굳어 버렸다.

곤이 천천히 눈꺼풀을 들어 올렸다. 그의 새까맣고 깊은 눈동자가 그녀를 가득 담았다.

"깼어?"

아직 잠이 덜 깬 건지 그의 나른한 듯한 표정은 평소보다 진지하게 느껴져서 묘한 긴장감을 주었다.

"피곤해도 밥 먹고 자. 네가 좋아하는 초밥 사 왔어."

"……."

"자. 얼른 일어나."

금방이라도 다시 잠이 들 것처럼 노곤한 눈빛이면서도, 두루의 손을 잡은 그의 손에는 점점 더 힘이 들어갔다. 곤의 손이 두루의 손등을 살며시 쓸었다. 그 작은 행동에도 두루는 몸을 움찔했다. 그러곤 괜히 서둘러서 그를 일으키려 애썼다.

"밥 먹자니까. 얼른 일어…… 아!"

그를 일으키긴커녕, 정신을 차렸을 땐 그녀가 그의 옆에 누워 있었다. 놀란 두루가 다시 일어나려 하자 곤이 깁스를 한 팔을 들어 그녀를 도로 눕혔다.

"야."

"네가 자꾸 일어나면 내 팔이 아플 거야."

두루가 제 몸을 감싸고 있는 그의 왼팔을 보며 헛웃음을 뱉었다. 그가 아픈 팔을 쓰게 하지 않으려면 그의 말대로 가만히 있는 것이 최선이었다. 어쩌다 두루는 그와 마주 보고 누운 채 꼼짝도 못 하는 상황이 되어 버렸다.

"누구 오면 어쩌려고 그래?"

"너 말곤 아무도 들이지 말라고 했어."

"뭐? 그럼…… 코디도 네가 보낸 거야?"

"보내 준 거지."

"뭐야. 3인분이나 사 왔는데."

"내가 다 먹으면 돼."

두루가 못 말린다는 듯 그의 옆구리를 툭 쳤다. 그러자 곤의 입술이 위로 휘면서 두루가 좋아하는 그의 보조개가 드러났다. 두루는 그의 보조개를 바라보았고 곤은 그녀의 눈을 바라보았다. 두루가 엄지손가락으로 그의 보조개를 조심스럽게 만져 보았다. 항상 보기만 했는데 막상 만질 수 있게 되자 기분이 이상했다. 신기한 듯 그의 보조개를 만지작거리는 두루를 보며 곤은 엷은 미소를 거두지 못했다.

"좋아. 네 보조개."

두루가 계속해서 그의 보조개를 소중한 듯 어루만지며 말했다. 그런데 곤이 그녀의 손을 제 볼에서 떼어 내더니 더 이상 만지지 못하게 꼭 잡아 버렸다. 혹시 기분이 나빴나 싶어 두루가 의아한 눈동자로 쳐다보자, 곤이 아까보다 입꼬리를 조금 더 올려 웃으며 말했다.

"그럼 키스해 줘."

"……뭐?"

"좋으면 키스해 달라고. 여기."

잠결에 갈라진 듯한 그의 목소리는 너무도 유혹적이었다. 두루는 갑작스런 그의 직설적인 요구에 얼굴이 화끈 달아오르는 것 같았다. 그녀가 당황한 듯 시선을 피하자 곤이 한 번 더 특유의 낮은 목소리로 그녀의 심장을 공격해 왔다.

"안 하면 내가 해."

고개를 들 새도 없었다. 순식간에 그의 입술이 그녀의 입술을 찾아들었다. 살짝 벌어져 있던 입술 사이로 그의 혀가 깊숙이 밀려 들어왔다. 뜨거웠다. 너무 뜨거워서 그의 혀가 닿는 순간 묘하게 짜릿한 감정이 온몸에 퍼졌다. 두루는 본능적으로 뒤로 물러났지만 곤이 그녀를 잡아당겨 와락 끌어안았다. 그의 입술이 그녀의 아랫입술을 부드럽게 삼켰다.

순간 저도 모르게 탄성이 나갈 뻔한 것을 간신히 참았다. 촉촉한 느낌이 아랫입술을 지나 턱으로, 턱을 지나 귓가로 옮겨 갔다. 그가 나직한 숨을 뱉을 때는 너무 간지러워서 몸이 떨렸다.

"부드러워. 너무 좋아."

뜨거운 숨과 함께 속삭인 곤은 다시 그녀의 입술을 찾아 삼켰다. 그가 파도처럼 밀려들고, 가득 들어차는 그 느낌이 너무 좋았다. 그래서 두루도 처음으로 용기를 내어 그에게 다가갔다. 가게 두고 싶지 않아서. 놓아주고 싶지 않아서. 그러자 곤이 자극을 받은 듯 더욱 더 깊게 다가왔다. 그의 다리가 그녀의 다리를 포박하면서 두 사람의 몸이 더욱 가까이 닿았다. 얇은 옷이 그들 사이에 있었지만 아무것도 입지 않은 채 살과 살이 맞닿은 듯한 느낌이 들었다. 곤의 숨소리가 점점 더 뜨겁고 거칠어졌다. 두 사람은 꼭 끌어안은 채 입술의 온기만 나누고 있었지만 이미 그 이상을 나눈 것 같은 열기가 병실 안에 가득 들어차 있었다.

곤은 끓어오르는 욕망을 절제하느라 주먹을 불끈 쥐어야 했다. 그는 이미 그녀와 손을 맞잡았던 날부터 그녀를 갖고 싶은 충동에 시달렸지만 그녀가 낯설어하지 않게, 갑작스러워하거나 놀라지 않게, 천천히 다가가기 위해 보이지 않는 노력을 하는 중이었다. 너무나 오랜 시간을 돌아왔고 힘들게 얻은 사람인 만큼 소중히 대하고 싶었다. 혹시라도 아주 작은 실수로 그녀를 잃게 될까 봐 두려운 마음도 있었다.

그래서 그는 지금 이 순간 그녀에게 너무나 하고 싶은 한마디도 쉽게 건넬 수가 없었다.

'사랑해.'

그 세 글자는 그의 마음을 다 담기엔 턱없이 부족한 말이었음에도 불구하고, 아직 그녀에겐 버거운 말이 될까 봐 두려움이 앞섰다.

'너를 너무 사랑한다.'

그가 그녀를 너무 많이 사랑하고 있기 때문이었다.

Part 4

그럼에도 불구하고, 너

솔직하게, 뜨겁게

촬영은 곤이 퇴원하고 이틀 뒤에 재개되었다. 간만에 촬영장을 찾은 곤은 자신을 걱정해 주는 스탭들에게 평소보다 더욱 반갑게 인사를 했다. 그가 오자 역시나 촬영장의 분위기가 한층 더 밝아졌다. 곤은 자연스럽게 주위를 살피며 두루를 찾았지만 그녀는 보이지 않았다. 수아에게 인사를 하면서 슬쩍 물어보니 조연 배우와 상의할 것이 있어 잠깐 자리를 비웠다고 했다.

한시라도 빨리 그녀의 얼굴을 보고 싶어 달려왔기에 아쉽긴 했지만 곧 그녀를 본다는 생각에 다시 기분이 좋아졌다. 곤은 어느새 단세포가 되어 버린 듯한 자신의 모습에 헛웃음을 흘리고는 이내 콘티를 두고 얘기를 나누고 있는 감독과 은호에게 다가갔다.

"저 왔어요. 감독님, 피디님."

"어, 곤이 씨. 몸은 정말 괜찮은 거야?"

감독이 다소 걱정스러운 눈빛으로 묻자 곤은 어깨를 으쓱하며 빙긋 웃어 보였다.

"그럼요. 아주 좋아요. 저 때문에 촬영 스케줄에 지장이 생겨서 죄송하죠."

"에이, 우리 배우님 몸이 제일 중요하지."

"그래요. 괜찮으시다니 다행이군요."

옆에 있던 은호도 온화한 미소와 함께 덧붙여 말했다. 곤은 여전히 은호가 신경 쓰였지만 그가 공과 사는 확실히 구분하는 사람이란 것을 알고 있었기에 따라서 미소로 답했다. 지방 촬영에서의 대화 이후로 곤은 은호에 대한 경쟁심이 더욱 강해진 것 같았다. 왠지 그에게만은, 어떤 것에서도 지고 싶지 않았다.

"어째 컨디션이 전보다 더 좋아 보이는데? 무슨 좋은 일이라도 있어요?"

감독의 예리한 질문에 곤은 부인하지 않고 그저 호탕하게 웃어 버렸다.

"그래 보인다니 다행이네요."

좋은 일이라. 그런 가벼운 말로는 부족했다. 곤은 요즘 매일매일이 새로웠다. 완전히 새로운 세상에 다시 태어난 기분이었다. 전에는 보이지 않던 것들이 보였고 전에는 느끼지 못했던 것들을 느꼈으니까. 더불어 요즘 그에게는 새로운 습관이 생겼다. 아침에 눈을 뜰 때와 밤에 잠들기 전마다 그녀를 떠올리는 일. 그는 오늘도 눈을 뜨자마자 그녀를 생각했다. 정확히는 그녀와 함께한 어떤 한 장면을.

'날이 좋다, 곤아.'

'좀 더 걷자.'

곤은 그 말이 너무 좋았다. 그 말과 동시에 느껴지던 그녀의 손의 감촉이 너무 좋았다. 그의 손을 놓기는커녕 더욱 꼭 붙잡고 발을 내딛던 그녀를 보는 순간, 첫 키스를 했을 때보다 심장이 더 빨리 뛰었다. 그래서 먼저 걷는 그녀를 잡아 당겨 품에 안아 버렸다. 그녀가 그를 받아 주었다. 십 년간 바라만 보던 여자가 드디어 내 여자가 되었다. 그 사실을 믿을 수가 없었다. 그 순간 든 생각은 하나뿐이었다.

부디 이게 꿈만 아니기를.

사실 아직까지도 곤은 그녀와 연애를 하고 있다는 것이 실감나지 않았다. 그래서 그 순간이 꿈이 아니었음을 스스로에게 각인시키기라도 하듯이, 그날 이후 매일 아침 그 장면을 떠올리며 웃음 지었다. 좀 더 걷자는 그녀의 말은 떠올리기만 해도 온몸에 전율이 이는 것 같았다.

다시 그때를 생각하며 저도 모르게 함박웃음을 짓고 있던 곤은 은호와 눈이 마주치자 뒤늦게 정신이 들었다. 은호는 아까처럼 옅은 미소를 띠고 있었지만 이번엔 어쩐지 그 미소가 있는 그대로 다가오지 않았다. 가짜인 것 같았다. 애써 짓는 미소. 쓸쓸하고 시린 마음을 감추기 위한 가면 같은 것.

"소율 씨도 왔네요. 촬영 준비하죠."

곤과 있는 것이 불편했는지 은호가 먼저 자리에서 일어났다. 곤은 입가의 미소를 서서히 거두며 멀어지는 은호의 뒷모습을 바라보았다. 어쩐지 평소보다 흐트러진 듯한 그의 발걸음이 곤을 불안하게 만들었다. 모든 문제는 위태로울 때 벌어지는 법이었으니까.

"지금 온 게 한낮의TV연예지?"

"응. 둘이 사이 안 좋아서 인터뷰나 잘 할런지 몰라."

"하긴. 유곤이 김소율 싫어하는 것 같긴 하지?"

"싫어하는 걸 떠나서 증오 수준 같던데? 그나마도 보는 눈 있으니까 좀 감추는 거지. 김소율 좋아하는 사람이 어디 있겠어? 또 곤이 오빠도 워낙 사람을 잘 보고 사귀니까."

"맞아. 인맥 보면 딱 알겠더라. 한 피디님이랑 친한 것도 그렇고."

"둘이 너무 잘 어울리지 않아? 이하연이랑 사귀지만 않았어도 둘이 이어지면 딱인데."

화장실 안에 있던 소율은 차마 문고리를 열지 못하고 손을 파르르 떨고 있었다. 꽉 깨문 아랫입술이 아릿했다. 맘 같아선 당장 문을 열고 나가서 본때를 보여 주고 싶었지만 '김소율 좋아하는 사람이 어디 있겠어?'라는 말에서 힘이 빠졌다.

모르고 있던 것도 아니건만 실제로 접하는 순간의 느낌은 또 달랐다. 끓어오르는 분노와 창피함에 얼굴이 붉으락푸르락하면서 동시에 맥이 풀려 버렸다. 이미 모든 사람들이 자신을 싫어하는데 화를 내서 무엇할까 싶기도 했다.

그래도, 스탭들이 방송 인터뷰까지 걱정한다는 것은 심히 자존심이 상했다. 스탭들이 나간 뒤에도 한참을 안에서 씩씩거리며 분노를 삭이던 소율은 이윽고 주먹을 불끈 쥐며 마음을 다잡았다.

이대로 있어선 안 되겠다.

사실 소율은 이틀 전에 태석으로부터 사진 몇 장을 받았다. 곤이 입원한 당시 두루와 병실 침대에 함께 누워 있는 사진이었다. 곤은 두루에게 팔베개를 해 준 채, 보는 사람이 질투 날 정도로 애틋한 눈빛으로 그녀를 바라보고 있었다. 이 정도면 열애 기사로는 충분하고도 남았다. 하지만 소율은 열애설을 낼 생각은 없었다. 그럴 경우 영화에도 문제가 생길 뿐 아니라 하연까지 다치기 때문이었다.

소율은 곤과 하연의 가짜 연애는 예전부터 알고 있었지만 굳이 입 밖에 내지는 않았다. 그것은 오래전 빚을 진 하연에 대한 나름의 예의 같은 것이었다. 소율의 목표는 그저 지금 손에 넣은 증거물을 이용해서 곤의 콧대를 꺾어 주고 자신의 자존심을 되찾는 것이었다.

"어, 소율 씨 나오셨네. 여기요!"

뒤늦게 화장실에서 나온 소율은 준비되어 있는 인터뷰석으로 갔다. 곤은 이미 자리에 앉아서 리포터와 가벼운 농담을 나누며 분위기를 풀어 주고 있었다. 소율이 자리에 앉자 촬영이 준비에 들어갔다.

"레디 갑니다!"

"잠시만요. 저 물 좀……."

소율은 애써 인위적인 미소를 지었지만 자꾸만 갈증이 나서 물을 찾게 되었다. 아무래도 화장실에서 들었던 스탭들의 말 때문에 곤의 태도가 어떠할지 괜히 걱정이 되는 것이었다.

촬영장에서야 그저 스탭들끼리 떠들면 그만이지만 방송에서까지 곤이 자신에 대한 반감을 드러내면 그때는 모든 대중들 앞에서 모욕을 당하는 것이었다. 물론 곤이 영화를 생각한다면 그럴 수 없겠지만.

'한 번만 더 내 눈에 거슬리면 그땐 모든 사람들이 보는 앞에서, 이것보다 더한 모욕을 받게 될 테니까.'

진작 사진을 보여 주고 협박을 했어야 하는 건데. 소율은 늦은 후회를 하며 찬물로 목을 여러 번 적신 뒤에야 준비가 됐음을 알렸다.

곧바로 인터뷰가 시작되었다. 곤은 평소 성격대로 어떤 질문에도 여유롭게 웃으며 재치 있는 대답을 보였다. 하지만 소율은 긴장 때문인지 말을 잘 할 수가 없었다. 누군가에게 쉬운 여자가 되는 것. 무시를 당하는 것. 많은 사람들 앞에서 모욕을 당하는 것. 7년 전 술집에서 그런 일을 당한 뒤로, 무명 생활 동안 온갖 모욕과 고생을 겪으면서 그녀가 병적으로 싫어하게 된 일이었다. 그녀가 유독 자신의 몸값과 자존심에 집착하는 것도 지난 과거의 영향이 컸다.

"두 분의 케미가 대단하다고 반응이 아주 좋은데요. 실제로 보니 정말 잘 어울리시네요! 그런데 아직 촬영 초반이라 그런가요? 두 분 사이가 어쩐지 조금 어색해 보이는 것 같기도 한데. 하하. 어떠신가요? 실제로는 친하신가요?"

마침 던져진 우려하던 질문에 소율은 짧게 웃기만 할 뿐 어떤 말도 쉽게 꺼내지 못했다. 그런데 그때 얼어 있던 소율의 허벅지 위로 툭 하고 가벼운 촉감이 지나갔다. 고개를 돌려 보니 곤이 자신을 보며 맑은 눈으로 웃고 있었다. 전에는 본 적 없는 티 없이 깨끗한 눈동자였다.

"뭐야. 이미지 관리하는 거예요, 애."

곤이 큰 소리로 웃으면서 소율에게 장난을 치자 그동안 두 사람의 관계를 파악해 보려고 애를 쓰던 촬영팀도 자연스럽게 따라 웃었다.

"네. 촬영한 지는 얼마 안 됐지만 회식도 몇 번 하고 팀 전체가 단합이 잘 되는 편이라 소율이랑도 빨리 친해졌어요. 촬영장 분위기도 워낙 좋고요."

소율은 입에 침 한 번 안 바르고 유창한 거짓말을 늘어놓는 곤을 보며 놀라움을 금지 못했지만, 그녀로서는 다행스러운 일이었기에 어설프게 따라 웃었다.

"아, 그렇군요. 사실 김소율 씨는 영화 외적으로 활동을 잘 안 하셔서 신비주의적인 이미지가 강한데, 실제로는 어떤 성격이신지 궁금해요. 곤이 씨한테 좀 들어 볼 수 있을까요?"

"음…… 소율이는 뭐랄까. 솔직히 말해도 돼?"

곤이 또 장난스러운 웃음을 지으며 소율을 향해 물었다. 도무지 그의 속을 알 수가 없던 소율은 복합적인 감정이 가득한 눈빛을 발사하며 호호 웃기만 했다. 그러자 곤이 리포터를 보며 장난기는 서서히 거두고 어느새 약간 진지해진 분위기와 말투로 말했다.

"좋은 친구예요. 방송을 조금 어색해해서 그렇지 실제로는 굉장히 재미있고 유쾌한 성격이에요. 특히 솔직한 게 제일 큰 장점이죠. 내숭을 떨거나 가식적으로 사람을 대하기보단 자기 감정을 솔직하게 표현해요. 좋으면 좋고 싫으면 싫고. 어쩌면 그게 단점이 될 수도 있지만 이 친구에겐 좋은 장점이라고 생각해요. 사람이 너무 격식을 차리거나 형식적이어도 대하기 어렵거든요. 이 친구는 그래서 더 편한 부분이 있어요."

곤의 이야기를 듣던 소율의 표정에서 어느새 인위적이던 웃음기가 사라졌다. 그 또한 영화를 위해 하는 거짓말이라는 것을 알지만, 왠지 모르게 묘한 기분이 들었다.

곤은 이후에도 소율에게 자연스러운 스킨십을 하거나 장난을 치면서 인터뷰 분위기를 화기애애하게 만들었다. 처음엔 굳어 있던 소율도 점차 분위기에 적응하면서 입이 트여 갔다. 영화의 홍보에 중요한 영향을 미칠 인터뷰가 그렇게 곤의 덕분에 성공적으로 마무리되고 있었다. 마지막에 그를 난감케 한 질문이 나오기 전까진.

"끝으로 유곤 씨께 질문을 하나 하려는데요. 얼마 전에 이하연 씨와 꽤 힘든 일을 겪었는데, 혹시 하연 씨나 팬분들께 하고 싶은 말씀 없으신가요?"

질문이 길긴 했지만 그 의미를 파악하자면, 정말 이하연의 소문이 단지 루머일 뿐이고 그녀와 잘 만나고 있냐는 것이었다. 인터뷰 내내 밝은 모습을 보였던 곤이 그 질문에 표정을 굳혔다.

예상치 못했던 질문은 아니었지만, 그런 질문이 나온다면 어떻게 말해야 할지 정리를 하지 못한 상태였다. 다음 달 초에 가짜 연애를 끝내기로 했고, 다음 달까지는 얼마 남지 않은 상태였다. 그리고 무엇보다 지금 인터뷰를 하고 있는 그를 두루가 저 앞에서 지켜보고 있었다.

언뜻 본 그녀의 얼굴에도 난감한 빛이 스쳤다. 그녀는 더 이상 친구가 아니었다. 그의 연인이었다. 연인의 앞에서 다른 연인을 언급하고 싶지는 않았다. 아무리 그녀가 그의 사정을 알고 있다 한들, 가짜 연애가 지속되는 것은 그녀에게도 상처가 될 수 있었다.

"죄송하지만 이 질문은 노코멘트하고 싶은데요. 편집 가능할까요?"

곤의 말에 일순 싸한 분위기가 스쳐 가면서 몇몇 스탭들이 술렁거리기 시작했다. 하지만 그는 동요치 않고 정중하게 부탁해서 감독에게 편집에 대한 약속을 얻어 냈다. 물론 편집이 된다고 해도 이미 그의 대답을 듣고 놀란 사람들이 소문을 퍼뜨릴 수도 있었다. 곤은 그전에 하연과 이야기를 해서 공식적으로 결별을 발표해야겠다고 생각했다.

곤은 걱정스러운 표정으로 자신을 바라보고 있는 두루를 향해 희미한 미소를 지어 보였다. 일방적인 행동으로 결별 소식을 빨리 내게 되어 하연에게는 미안했지만 어쩔 수 없었다.

이제 그에게 두루보다 중요한 것은 아무것도 없었기 때문이다.

그날 밤. 촬영이 끝나고 잠시 담배를 피우러 밖으로 나왔던 소율은 마침 통화를 하고 들어가려는 곤을 만났다. 눈이 마주쳤음에도 별말 없이 들어가려는 곤의 등 뒤에 대고 소율이 말했다.

"아까는 고마웠어."

곤이 발을 멈추었다. 하지만 그녀를 돌아보지는 않았다.

"착각하지 마. 우리 영화를 위해서였으니까."

사실은 영화가 아니라 두루를 위해서였다. 지난번 은호가 진정으로 두루를 위한 행동이 무엇인지 진지하게 고민해 보라고 했던 말이 마음에 걸렸던 것이다. 곤도 자신이 너무 감정적으로 소율을 자극하기만 했다는 것에는 동의했다.

"한 피디랑 관계, 알고 있어."

굳이 그럴 생각은 없었는데 말이 먼저 나가 버렸다. 영화 때문일 것이라고 생각은 했지만 막상 촬영이 끝나고 다시 싸늘해진 그를 보자 왠지 서운해져서 괜한 자극을 주고 싶었던 모양이다.

"……뭐?"

그제야 뒤를 돌아본 곤은 살벌할 정도로 차가운 눈매를 치켜세우며 물었다.

"그러니까 앞으로도 나한테 함부로 해선 안 될 거야."

증거물을 빌미로 협박을 하려던 것은 맞지만 지금은 아니었는지, 말을 뱉으면서도 소율은 생각보다 그리 통쾌하거나 기분이 좋지 않다는 것을 느꼈다. 하지만 그녀를 바라보는 곤의 표정은 오한이 끼칠 정도로 매섭게 어두워져 있었다.

"무슨 짓을 하는 거야, 너."

"오해하지 마. 두 사람의 연애에 반감은 없으니까. 다만 이 연애가 알려진다면 타격을 입는 건 당신 혼자만이 아니라는 걸 잘 알고 있을 거라고 믿어."

"김소율!"

"흥분하지 말고 현명하게 상황을 판단하는 게 더 좋을 텐데."

곤은 눈시울이 붉어질 정도로 강하게 소율을 직시하며 비릿한 미소를 흘렸다. 화가 나다 못해 이제는 기가 차다는 듯한 표정이었다.

하지만 소율은 개의치 않으려 애쓰며 담배 한 대를 꺼내 불을 붙이고 깊게 빨아들였다. 희미하게 타오르는 불씨와 탁한 연기를 바라보며 그녀는 한 발 물러서듯 절제된 목소리로 말했다.

"오늘처럼만 대해 줘."

"……."

"그게 내가 바라는 전부야."

물이 끓고 있는 전기포트를 바라보는 두루의 눈동자는 초점을 잃은 듯 풀어져 있었다. 한참 요란스러운 소리를 내던 전기포트가 자동으로 꺼졌다. 녹차를 마시기 위해 컵에 티백을 넣어 두었던 두루는 물이 다 끓었다는 사실도 인지하지 못하고 식탁 의자에 양다리를 모으고 앉은 채 전기포트만 멍하니 바라보았다.

'이하연이랑 유곤 깨졌나 봐. 같이 유신 시사회 갔던 게 불과 몇 주 전 아니었어?'

'그러니까. 뭔가 이상하지? 소문대로 그동안 연기한 거 아닐까? 이하연 루머 덮어 주려고.'

'에이, 설마. 유곤이 그랬으려구. 대중을 속일 사람은 아닌 것 같은데……'

한낮의TV연예 인터뷰가 끝난 뒤 스탭들이 수군거리는 얘기를 들었다. 그동안은 너무 행복해서 현실적인 문제들을 미처 생각하지 못했었는데, 오늘을 계기로 실감하게 된 것 같았다. 어쩌면 곤이 자신 때문에 예정보다 조금 더 빨리 하연과의 가짜 연애를 그만두려는 게 아닌가 하는 걱정이 들었다. 만일 지금 그들의 결별 기사가 난다면 대중들은 모두 오늘 스탭들이 보인 반응과 비슷한, 어쩜 그보다 더한 반응을 보일 것들이 뻔했다.

그렇게 된다면…… 괴로울 것이다. 곤만큼은 아니더라도 두루는 곤이 자신 때문에 피해를 본다는 생각에 무척이나 괴로울 것 같았다.

띠띠띠띠. 띠리리-

그때 도어락이 해제되는 전자음이 들렸다. 물이 끓는 소리에도 정신을 놓고 있던 두루가 그 소리에 눈을 번뜩 떴다. 벽에 붙어 있던 시계가 먼저 눈에 들어왔다. 밤 열한 시가 조금 넘은 늦은 시간이었다. 평소대로라면 두루보다 일찍 귀가했을 곤이 오늘 이토록 늦은 시간에, 그것도 두루의 집으로 귀가한 것은 나름의 이유가 있었다. 그러지 않으려고 했는데 시계를 본 두루의 미간이 약간 좁혀졌다.

"두루야. 한두루!"

집에 들어서자마자 두루의 이름을 부르면서 주위를 두리번거리던 곤이 이윽고 주방에 있는 그녀를 발견하고 안도한 듯 짧은 숨을 내쉬며 다가왔다. 두루는 시무룩했던 표정을 애써 펴고 엷은 미소를 지으며 곤을 바라보았다.

"왔어?"

"뭐하고 있었어?"

"그냥, 차 마시려고. 줄까?"

곤이 식탁에 놓여 있는 그녀의 녹차 티백을 보았다.

"비도 안 오는데 왜."

곤은 그녀가 비 오는 날에는 녹차라떼와 같은 녹차 음료를 마신다는 것을 알고 있었다. 언젠가 왜냐고 물었을 때, 그녀는 비가 오면 마음이 적적해지는데 그럴 땐 녹차가 생각난다고 했었다.

"그냥. 너도 줄게. 마셔."

두루는 머그컵과 티백을 하나 더 꺼내서 식탁 위에 놓고 뜨거운 물을 부었다. 천천히 티백을 움직이자 녹차 특유의 향이 퍼져 올랐다. 두루는 다 우러난 녹차를 곤에게 내밀었다. 그제야 제대로 바라본 곤의 이마에는 땀이 한 줄기 흐르고 있었다. 급하게 뛰어온 모양이었다. 어쩐지 절박해 보이는 듯한 그의 표정을 보자 짧은 실소가 나왔다.

촬영이 끝난 후 소율과 따로 할 얘기가 있다며 두루를 먼저 보내고는 그녀가 오해하거나 속상해할까 봐 내내 마음 졸였을 그의 모습이 고스란히 그려지는 것 같았다. 단둘이 나누었을 얘기가 무엇인지 궁금했고, 그가 늦는 것이 조금 서운하긴 했지만, 화가 나지는 않았다. 그를 믿었기 때문이다. 게다가 오늘은 결별 소문 때문에 그에게 미안한 마음이 앞서서 소율과의 일을 신경 쓸 겨를이 없었다.

"미안해. 늦어서."

"아니야. 얘긴 잘 했고?"

"……응."

곤은 간절해 보이기까지 하는 눈빛으로 진심 어린 사과를 했지만, 왜 늦었는지 어떤 얘기를 나누었는지는 먼저 말하지 않았다. 목이 말랐는지 뜨거운 녹차를 불지도 않고 마신 곤이 곧바로 캑캑거리며 헛기침을 했다.

"괜찮아?"

"어, 괜찮아."

두루는 뜨거운 듯 혀를 날름거리는 곤을 보며 풋 하고 웃음을 터뜨렸다. 그제야 긴장이라도 한 듯 굳어 있던 곤의 표정이 조금 풀어졌다.

곤은 소율과 따로 만나 얘기를 한 것에 대해 해명을 하고 싶었지만, 이것을 말을 해야 하는지 말아야 하는지 답이 서지 않았다. 소율이 곤과 두루의 연애에 대한 증거물을 가지고 있고 그것을 빌미로 협박을 했다는 것을 말하면, 두루의 성격상 분명 자신 때문에 곤란한 상황에 처하게 됐다며 속상해할 것이 뻔했기 때문이다. 그래도 두루가 오해를 하는 것보단 사실대로 말하는 게 나을지도 모른다는 생각에 곤은 심한 내적 갈등이 일었다.

두루가 냉장고에서 찬물을 꺼내 와 곤에게 따라 주었다.

"오늘 인터뷰 말이야. 왜 그런 거야?"

물을 마시던 곤의 손이 걱정하던 질문에 멈칫했다. 그녀는 역시나 걱정 가득한 얼굴로 머그컵을 만지작거리며 조심스럽게 물어왔다.

"하연 씨에 대한 얘기."

곤은 물을 마저 다 마신 뒤 차분한 표정으로 두루를 바라보았다.

"조만간 결별 소식 내기로 했었어. 예전에 이미 결정했던 거야. 너 때문 아니야."

낮은 음역의 목소리가 그녀를 다독이듯 평온했다.

"언제 하려고?"

"이왕 이렇게 된 거 빨리하려고. 내일 대표님이랑 하연이 만나서 얘기해 보고."

"너무 빠른 거 아니야? 조금 천천히 하지."

"아니야. 미뤄서 좋을 것도 없어."

"그래도, 지금은 시기가……. 괜히 나 때문에……."

"한두루."

곤이 머그컵을 잡고 있던 두루의 손을 떼어 내 제 손으로 꼭 잡았다. 그제야 두루가 녹차에 박혀 있던 눈을 들어 곤을 바라보았다. 곤은 남은 한 손마저 꺼내 양손으로 두루의 손을 잡고 그녀의 눈을 바로 직시했다. 여리고 맑은 그녀의 눈동자가 흔들렸다. 역시나, 결별 소식만으로도 이렇게 걱정을 하는 두루에게 소율의 얘기를 꺼내기는 무리일 것 같았다.

"너 때문이라는 말 하지 마."

곤이 부드러운 듯 단호한 어조로 말했다.

"다른 사람 생각도 너무 하지 말고. 네 생각만 해. 넌 좀 그래도 돼."

"그래도……."

"너는 내 애인이야. 아무리 가짜라도, 단 한 순간도 다른 사람의 여자로 있게 하기 싫어. 그런 건 생각도 하고 싶지 않아. 못 견딜 게 뻔하니까. 너는 나만의 여자였으면 좋겠어. 나만 볼 수 있고 나만 부를 수 있고 나만 안을 수 있는. 나는 이렇게 네가 절실한데, 너는 아니야? 내가 다른 사람의 남자여도 괜찮아?"

곤의 직설적이고 솔직한 질문에, 두루는 왠지 마음이 뭉클해지면서 가슴 아래가 뜨끈해지는 것을 느꼈다. 정곡을 찔린 기분이었다. 그가 하는 말은 모두 그녀가 하고 싶은 말이었다.

싫었다. 그가 다른 여자의 남자인 것은. 아무리 가짜라도 싫었다. 그가 내 남자라고 당당히 말하진 못하더라도, 그가 다른 사람의 남자로 알려져 있는 것은 싫었다. 하루빨리 그가 혼자가 되어서 지금보다는 좀 더 자유롭게 만날 수 있었으면 싶었다. 그게 진심이었다.

두루가 어느새 촉촉해진 눈으로 그를 바라보며 고개를 저었다. 두루를 빤히 바라보는 곤의 눈가에 작은 잔주름이 졌다. 그가 웃을 때마다 보조개와 함께 드러나는 것. 두루는 그 눈가의 주름마저 너무 좋았다. 어느 하나 싫은 게 없었다. 날이 갈수록, 보면 볼수록,

두루는 그의 모든 것이 좋아졌다.

그녀가 이렇게 여린 모습을 보일 때마다 남자답게 잡아 주는 것 또한 너무 고마웠다.

"멍청이."

곤이 그녀의 볼을 살짝 꼬집으며 피식 웃었다. 그녀가 어렴풋이 따라 웃었다. 그녀의 연한 볼이 선홍빛으로 물들었다. 그 모습이 너무 예뻐서 곤은 잠시 넋을 놓은 것처럼 그녀를 바라보았다. 비단보다 곱고 우유보다 부드러운 그녀의 피부가 손끝에서 느껴졌다. 그녀의 볼을 살살 쓸어 주던 곤이 이내 움직임을 멈추었다.

조금 더 만지고 싶다.

그녀와 눈을 마주친 순간 참아 왔던 욕망이 다시 얼굴을 내밀었기 때문이다. 그녀의 볼을 감싸 쥐고 마음껏 만지고 싶었다. 예쁜 눈, 코, 입에 하나씩 입을 맞추고 붉고 도톰한 아랫입술에 키스하고 싶었다. 곤은 잠시 눈을 지그시 감았다. 더 이상 생각했다가는 참기 힘들 것 같았다. 늦은 시간이었고 그녀의 집이었다. 자칫 잘못했다간 오늘은 정말 일을 칠 수도 있을 것 같다는 생각에 그는 고민 끝에 자리에서 벌떡 일어섰다.

두루가 갑작스런 그의 행동에 눈을 동그랗게 뜨고 그를 올려다보았다.

"가, 가야겠다."

긴장으로 말까지 더듬어 버렸다. 젠장. 곤은 자신의 음흉한 마음을 들켰을까 봐 애써 어설픈 웃음을 지으며 서둘러 현관으로 향했다.

그와 마주 보고, 웃고, 그의 손길을 느끼는 것이 좋았는데. 행복한 감정을 느낄 새도 없이 오자마자 가 버리려는 그를 보며 두루는 약간 서운한 마음이 들었다. 하지만 여자 체면에 늦은 밤에 붙잡을 수도 없어서 아쉬운 마음을 접고 그를 배웅하기 위해 따라 나갔다.

급한 볼일이라도 생긴 것처럼 빠르게 신발까지 챙겨 신은 그가 간신히 진정이 된 듯 두루를 향해 나지막한 목소리로 말했다.

"갈게. 잘 자."

"……응. 너도 잘 가고, 잘 자."

사실 그녀가 한 번쯤은 잡아 주지 않을까 기대를 했지만, 어림도 없었다. 마음 같아서는 무슨 핑계라도 대서 그녀의 집에 더 머물고 싶었지만, 사랑한다는 말조차 그녀가 부담스러워할까 쉽게 하지 못하는 유리 심장으로서 그녀를 가져 보겠다는 마음을 갖는 것은 아직까진 시도조차 불가능한 일이었다. 그는 평소 겁이 별로 없었고 무슨 일에서든 남자답게 행동했지만, 그녀의 앞에서만은 어린 겁쟁이가 되어 버리는 기분이었다.

쥐면 부서질까 불면 날아갈까 늘 노심초사하게 되는, 그녀는 그에게 그런 존재였다.

"곤아."

그런데 곤이 짧은 미소로 인사를 대신하고 돌아선 순간, 그녀가 그의 이름을 불렀다. 나긋하면서도 차분한 목소리가 그날따라 그의 심장을 철렁 내려앉게 만들었다. 그가 왜 부르냐는 듯한 눈으로 뒤를 돌아보았을 때였다.

쪽. 작지만 선명했던 그 소리가 곤의 귓가를 울렸다. 이슬처럼 촉촉하고 솜처럼 부드러운 촉감이 그의 볼에, 아니 정확히 말하자면 그의 작은 보조개에 살며시 닿았다가 떨어졌다. 얼마 전 병실에서 보조개에 키스해 달라던 그의 부탁을 들어주지 못했던 것이 마음에 걸렸던 걸까. 생각지도 못한 순간에 깜짝 선물을 준 그녀는 홍조 띤 얼굴로 희미하게 웃으며 말했다.

"좋아해."

처음이었다. 그녀의 입에서 직접 그 말을 들은 것은.

어떻게 표현해야 할까. 아주 잔잔한 호수에 작은 조약돌이 던져진 것처럼 미약한 듯하면서도 커다란 파동이 일어난 것 같았는데.

"아니, 사랑해."

다음 순간 그 파동이 몹시 커다란 파도를 몰고 온 것 같은, 말로는 형언할 수 없는 벅차고 뜨거운 감정이 그의 가슴속으로 훅 밀려들어왔다. 거짓말 같았다. 믿을 수가 없었다. 자신의 귀를 의심할 정도로, 이 순간이 꿈인지 현실인지 의심할 정도로, 그는 너무 놀라 얼어 버린 것처럼 미동도 없이 그녀를 바라보았다.

"내가 너, 많이 사랑하는 것 같아."

"……."

"나도 이 말을 이렇게 빨리 하게 될 줄은 몰랐는데……."

그녀는 말을 이을 수가 없었다. 그녀의 말이 끝나기도 전에 곤이 그녀를 확 끌어당겨 품에 안았다.

"……하."

그는 잠시간 아무 말도 하지 않고 이미 끌어안은 그녀를 더욱더, 더 세게 끌어안았다. 거세게 뛰는 그의 심장 소리가 맞닿은 그녀의 가슴에 고스란히 전해지고 있었다. 그녀의 어깨에 얼굴을 묻은 그는 연신 뜨거운 숨을 뱉어 냈다. 무엇이 그렇게 두려웠던 것일까. 그는 차마 하지 못했던 그 말이 그녀의 입에서 먼저 뱉어진 순간,

목이 달아오르고 코끝이 찡하게 울리면서 금세 눈시울이 붉게 달아올랐다.

숨이 막힐 정도로 그녀를 세게 끌어안았지만 그럼에도 부족했다. 갈증이 채워지지 않았다. 이 벅찬 마음을 표현할 길이 없었다.

"……사랑해. 내가 더 사랑해. 내가 훨씬 많이, 너 사랑해."

그는 그동안 참아 왔던 마음을 모조리 쏟아 내듯 쉴 새 없이 그녀에게 사랑한다는 말을 속삭였다. 혹여나 그에게 피해가 될까 봐 제 욕심은 꾹꾹 감추려 하면서도 자신의 감정에는 두려움 없이 솔직한 그녀를, 그보다 더 용기 있는 그녀를, 이토록 사랑스러운 그녀를 어떻게 사랑하지 않을 수 있을까.

그녀를 품에 가득 안고 온몸으로 느끼려 애썼던 그는 이윽고 그녀의 얼굴을 살며시 잡고 눈을 맞추었다.

"지금 다시 들어가면, 나 못 나갈지도 몰라."

그는 아주 조금씩 천천히 그녀의 얼굴에 가까이 다가가며 말했다. 약간 갈라진 듯 나지막한 목소리가 그녀의 가슴을 떨리게 만들었다.

"……들어가도 돼?"

그의 입술이 그녀의 입술에 닿을 듯 말 듯 한 가까운 거리에서 멈추었다. 그녀의 대답을 기다리는 듯한 그의 간절한 눈빛을 가만히 바라보던 그녀가 대답 대신 그의 굳어 있는 목에 천천히 팔을 둘렀다. 그녀의 살결이 그의 목에 닿는 순간, 그의 온몸에 전율이 스쳐 지났다. 더는 주저할 필요도 지체할 시간도 없었다.

곤은 살짝 벌어진 입술 사이로 뜨거운 숨을 뱉으며 탐스럽게 열려 있는 그녀의 입술을 한입에 베어 물었다. 그와 동시에 신발을 벗고 집 안으로 들어선 곤이 그녀를 거실 안쪽으로 밀고 들어가며 격렬하게 입을 맞추었다. 그의 숨결이 거칠어지고 그들이 나누던 온기가 점차 열기로 변해 가면서 그들은 빠르게 달아오르기 시작했다.

뜨겁게. 뜨겁게. 점점 더 뜨겁게.

가지다, 잃다

한참 밀려가던 두루의 등이 차가운 벽에 닿았다. 매일 아침 눈을
뜨고 눈을 감는 자신의 방이었지만 곤과 함께 들어서는 순간 생전
처음 온 장소처럼 생소한 이질감이 들었다. 곤이 한 손으로 그녀의
얼굴을 잡아들고 다른 한 손으론 그녀의 얼굴 바로 옆에 있는 벽을
짚었다. 그녀가 벗어나지 못하도록 완전히 제 안에 가둔 듯한 자세
였다.

그는 방까지 들어오는 동안 한순간도 그녀에게서 입술을 떼지
않았다. 그녀가 숨이 찬 듯 살짝 입술을 떼어 냈지만 그는 잠시를
못 참고 고개를 비스듬히 꺾으며 그녀의 입술을 찾아들었다. 매끄
럽고 뜨거운 촉감이 집요하게 그녀의 입술 속으로 파고들어 곳곳을
헤집어 놓았다. 그럼에도 만족이 안 되는지 그는 그녀의 도톰한 아
랫입술을 살짝살짝 깨물어 자극을 준 뒤 그녀가 입술을 더욱 벌리
게 만들었다. 짙어지는 키스와 함께 몸도 더욱 밀착되었다.

아랫배에 그의 단단한 중심이 닿자 두루는 짧은 전율이 몸을 스치는 동시에 아래가 뜨거워지는 것을 느꼈다. 이상했다. 단 한 번도 느껴 보지 못한 묘하게 낯선 느낌이 그녀를 훑고 지났다. 아무래도 상대가 곤이라는 것에서 오는 감정인 듯했다. 곤이었다. 다른 누구도 아닌 유곤. 내가 유곤과, 몸을 나누고 있다.

그녀는 그를 진심으로 사랑하고 있었지만 연인보다 친구로 지낸 시간이 훨씬 길었기에 막상 그를 남자로 받아들이려니 저도 모르게 멈칫하게 되었다. 이 선을 넘어가는 순간, 다시는 돌이킬 수 없는 것이었다. 그들의 관계는 친구에서 연인이 되었던 날과는 또 다른 새로운 국면에 접어들 것만 같았다. 그래서 그것이 싫은 건가 스스로에게 물으면 그건 또 아니었다. 그저 오랜 친구였던 그를 완전한 남자로 느끼는 이 순간이 묘하게 생경하면서도 야릇해서 머리가 어지러웠다.

잠시 다른 생각에 혼란스러워하고 있는 두루를 느꼈는지 곤이 키스를 멈추고 농밀한 시선으로 그녀를 훑어 내렸다. 두루는 불안한 듯 흔들리는 곤의 눈을 한참 바라보다, 다른 말 대신 발을 살짝 들어 그의 목에 팔을 두르며 입을 맞추었다. 잠시 동안 수많은 생각이 머리를 스쳤고 여전히 혼란스럽긴 했지만 이제 와서 멈추자며 그를 실망시키고 싶진 않았다. 사실 멈추고 싶지도 않았다. 두루가 먼저 입을 맞추면서 품에 안겨 오자 곤은 기다렸다는 듯 그녀의 얇은 허리를 세게 끌어당겨 안으며 침대로 돌진했다.

두루는 순식간에 침대로 밀려 넘어졌고 곤이 곧바로 그 위에 올라탔다. 그러곤 빠르게 자신의 셔츠를 벗어 던졌다. 운동으로 다져진 그의 단단한 가슴과 복근이 적나라하게 드러났다. 두루는 다른 무엇보다 그의 넓은 어깨와 터질 것 같은 팔뚝에서 시선을 뗄 수가 없었다. 이렇게 그의 몸을 직접 마주하니 그가 자신의 남자가 되었다는 사실과 지금의 상황이 더욱 실감나서 순간적으로 짧은 떨림이 가슴을 스쳐 지났다. 그러나 곤은 그의 몸을 제대로 볼 새도 없이 몸을 눕혀 그녀를 덮쳐 왔다.

시원하면서도 짙은 남자의 향기가 코를 찔렀다. 그녀의 입술을 부드럽게 내리누른 곤이 다시 미끈하고 끈적한 촉감으로 그녀의 혼을 쏙 빼놓는 동시에 몸을 완전히 밀착시키고 느릿하게 움직였다. 그의 몸이, 온몸으로 느껴졌다. 그의 단단한 가슴이 그녀의 가슴을 짓누르면서 함께 움직이고 있었고 그의 뜨거워진 욕망이 그녀의 다리 사이에서 천천히 움직이며 그녀를 자극하고 있었다.

동시에 그의 손은 그녀의 매끄러운 옆선을 훑어 내리고 있었다. 허리와 가슴 사이를 한참 동안 오가며 그녀를 애태우던 그의 손이 이윽고 그녀의 얇은 티셔츠 안으로 들어갔다. 군살 하나 없는 매끈한 배와 허리를 쓸던 그의 손이 마침내 그녀의 브래지어 속으로 파고들어 봉긋한 가슴을 움켜쥐었다.

그녀의 귓가를 적시고 있던 그의 입술에서 뜨거운 숨이 쏟아져 나왔다. 곤의 큰 손에 넘치게 들어오는 그녀의 가슴이 그를 더욱 달뜨게 만들었다. 그녀의 가슴을 소중하고 부드럽게 어루만지던 그의 손이 흥분에 찬 듯 점점 더 빠르고 거칠게 움직였다. 두루는 저도 모르게 몸을 비틀며 가빠진 숨을 내뱉었다. 그의 손은 놀라울 정도로 점점 더 뜨거워졌는데, 그 뜨거운 손이 가슴의 정점을 비틀고 어루만질 때는 견디기 힘들 정도였다. 그녀는 자신의 아래가 빠른 속도로 젖어 가고 있는 것을 느꼈다.

"하, 갖고 싶었어. 한두루."

곤이 그녀의 귓가에 젖은 듯 촉촉한 목소리로 속삭였다.

"하루에도 수십 수백 번씩……."

내가 너를 얼마나 원했는지 모른다.

그는 몸을 일으켜 두루의 티셔츠와 속옷을 벗겨 냈다. 옅은 달빛 아래 희미하게 드러난 그녀의 곡선이 눈부셨다. 그동안 수도 없이 상상하고 원했던 장면이 현실로 이루어졌다. 그러나 모든 것은 상상 그 이상이었다. 숨 막힐 정도로 아름다운 그녀의 곡선이 곤을 미치게 만들었다.

그의 미끄러운 촉감이 그녀의 가슴에 닿았다. 그가 그녀의 정점을 한 입에 베어 물고 정신없이 깨물고 핥으며 그녀를 자극했다. 동시에 그의 손이 그녀의 매끄러운 허리를 타고 내려가 그녀의 다리 사이에 안착했다. 얇은 트레이닝 바지 위로 느껴지던 그의 손이 이내 은밀한 살결에서 직접 느껴졌을 때 두루의 몸이 한껏 비틀어졌다. 하지만 그는 아랑곳 않고 입으로는 여전히 그녀의 가슴을 애무하면서 손으로는 그녀의 중심부를 자극했다. 그의 손이 깊이, 더욱 깊이 들어갈수록 그녀의 중심은 더욱더 촉촉하고 매끄러워져 갔다.

그녀의 신음 소리가 절정에 달하자 곤은 더 이상 버티지 못하고 바지 벨트를 풀었다. 투둑, 옷이 침대 아래로 떨어지는 소리가 신경을 자극했다. 어느새 실오라기 하나 걸치지 않은 상태로 마주한 두 남녀가 잠시 서로의 달아오른 시선을 느끼며 마음을 공유했다. 곤의 단단하고 뜨거운 몸이 그녀의 몸 위로 올라왔다. 두루가 아찔한 듯 눈을 지그시 감았다. 살과 살이 완전히 맞닿아 있는 그 느낌이 너무 짜릿해서 미칠 것만 같았다. 그런데 곤이 부드러운 손길로 그녀의 볼을 어루만지며 매혹적인 저음으로 속삭였다.

"눈 떠."

"……."

"나 봐, 두루야."

그의 유혹적인 목소리를 도무지 거부할 수가 없었다. 두루가 천천히 눈을 뜨자 곤은 묘하게 가늘어진 눈매로 그녀를 직시하며 천천히 몸을 움직였다. 아래에서 느껴지는 그의 뜨거운 욕망에 온몸이 간지러워지는 것 같아 두루가 아랫입술을 깨물며 시선을 돌리자 그가 다시 그녀의 턱을 잡아 돌리며 자신을 바라보게 만들었다. 그는 그녀와 눈을 마주한 채 몸을 나누고 싶은 듯 한시도 시선을 떼지 않았는데 그 눈빛이 어떤 손길보다 더 자극적이었다.

그의 바람대로 그의 눈동자를 가만히 응시하고 있던 순간이었다. 매끄럽게 움직이며 그녀를 자극하던 그가 순식간에 안으로 밀려들면서 묵직하고 단단한 느낌이 그녀의 안을 가득 채웠다. 그녀가 비명 같은 신음을 내질렀다. 온몸에 가득 들어차는 뜨거운 느낌에 심장이 방망이질 치면서 발끝까지 짧은 전율이 스쳐 지났다.

그러나 그녀의 전율은 그에 비할 바가 못 되었다. 참고 참다 마침내 들어간 그녀의 안은 너무나 따뜻하고 좋았다. 좁으면서도 탄력 있는 그녀의 몸이 그의 중심을 강하게 조여 오는 순간 곤은 너무 혼미해져서 하마터면 정신을 잃을 뻔했다. 그가 거친 탄성을 내뱉으며 그녀의 안으로 더욱 강하게 밀려들었다.

곤은 당장에라도 빠르고 거칠게 움직이고 싶은 욕구를 간신히 억누르며 천천히, 천천히 그녀의 안에 적응해 나갔다. 그녀도 그의 움직임에 맞추어 몸을 움직이다가 어느 정도 고통이 적응이 되자 그의 허리에 다리를 감싸고 그를 더욱 깊이 받아들이기 위해 애썼다.

"하……."

그러자 곤이 깊은 신음을 내뱉으며 눈가를 살짝 찌푸렸다. 그녀의 안이 너무 좋아서 더는 참기 힘들었다. 미칠 것 같았다. 그는 두루의 볼에 살며시 입을 맞춘 뒤 조금씩 빠르게 움직이기 시작했다. 일정하던 박자가 점점 더 빨라지면서 침대가 삐걱거리며 흔들리는 소리가 방 안을 가득 채웠다.

"사랑해. 사랑해. 너무 사랑해. 한두루."

곤이 터질 것 같은 자신의 마음을 대변하듯 그녀의 양 가슴을 쥐어짜듯 움켜쥐고는 더욱더 빠르게 움직이면서 거칠어진 호흡으로 그녀의 귀에 속삭였다. 속삭이고 또 속삭였다. 두루의 입에서도 달뜬 신음이 쏟아졌다. 그의 끊임없는 고백과 열정적인 움직임에, 통증은 점차 사라지고 아랫배가 싸한 쾌감과 가슴 벅찬 행복만이 밀려오기 시작했다.

"……나도, 사랑해. 곤아."

사랑과 욕망이 맞물렸을 때 얼마나 강한 쾌감이 밀려드는지 곤은 그날 처음 알았다. 오랜 시간 그토록 갖고 싶었던 그녀를 안은 순간, 그는 너무 벅찬 나머지 눈물이 날 것처럼 코끝이 찡해졌다. 미약한 달빛 아래 은은하게 빛나는 그녀가 너무 아름다웠다. 자신의 품에 안겨 뜨거운 숨을 뱉고 있는 그녀가 너무 사랑스러웠다. 계속해서 입술을 맞추지 않고는 견딜 수 없을 정도로. 그는 점점 더 부풀어 오르는 자신의 욕망을 애써 절제하며 뜨거운 움직임을 이어 갔다. 깊은 밤, 거친 숨소리와 달콤한 속삭임만이 그들의 꿈 같은 현실을 둘러싸고 끊임없이 이어지고 있었다.

※

깊은 잠에 빠져 있던 두루는 자꾸만 귀가 간지러운 느낌에 몸을 뒤척이다가 혹, 하고 귓속으로 갑작스러운 바람이 들어오자 깜짝 놀라 잠에서 깼다. 멍한 얼굴로 앞을 보자 개구진 얼굴로 웃고 있는 곤이 보였다. 곤이었다. 꿈인가. 환상인가. 잠시 현실 인식을 하지 못하고 그를 빤히 바라보던 두루는 이윽고 그의 손이 그녀의 머리카락을 조심스럽게 쓸어 넘기고, 그의 입술이 그녀의 볼에 쪽 하고 와 닿았을 때야 이것이 현실이라는 것을 깨닫고 몸을 일으켰다.

먼저 시계부터 본 두루는 아직 평소 기상 시간이 안 되었다는 것에 안도했지만 다음 순간 곤의 시선이 느릿하게 아래로 향하는 것을 보고 따라서 눈을 내렸다가 화들짝 놀라며 이불을 뒤집어썼다. 환한 아침에 알몸이라니. 알몸을 보이고 말았다니! 왠지 너무 부끄러워서 괜히 곤에게 투정을 부렸다.

"뭐야!"

곤은 그녀가 이불 속에서 발버둥 치는 것이 너무 귀여워서 웃음을 거둘 수가 없었다.

아침에 눈을 떴을 때 그녀가 그의 품에 쏙 안겨서 자고 있는 것을 보고 그 역시 혹시 이게 꿈이 아닐까 잠깐 의심을 했었다. 하지만 이내 그녀의 희고 부드러운 살결이 그의 품에 파고드는 것을 보면서 깊은 안도와 함께 가슴이 풍선처럼 부풀어 올랐다.

오늘은 촬영은 없었지만 그녀도 그도 각자 회사로 출근을 해야 했다. 곤은 그녀가 조금이라도 더 자게 해 주기 위해서 먼저 일어나 샤워를 하고 아침을 준비했다. 맛있는 것을 해 주고 싶었지만 장을 볼 때가 됐는지 마땅한 재료가 없어서 간단히 샐러드와 브런치를 만들었다.

오렌지를 갈아 생과일주스를 만든 그는 한 컵을 들고 방으로 들어왔다. 두루에게 상쾌한 아침을 선물해 주고 싶었다.

"일어나. 아침 먹자."

"웅. 나 옷부터."

하지만 두루는 뭐가 그리 부끄러운지 이불 속에서 나올 생각을 하지 않았다. 손만 달랑 꺼내서 침대 밑을 휘휘 내저으며 옷을 찾고 있는 그녀가 너무 귀여워서 결국 웃음이 터졌다. 곤은 아침에 한곳에 잘 정리해 두었던 그녀의 속옷과 옷을 집어서 이불 속에 넣어 주었다. 그러자 두루는 고맙다는 짧은 인사를 내뱉고는 이불 속에서 열심히 움직였다. 이불이 들썩거리며 움직이는 모양이 꼭 강아지가 그 안에서 놀고 있는 것 같았다.

한참 뒤에야 옷을 다 입은 두루가 이불을 확 걷어 젖히며 벌게진 얼굴로 숨을 골랐다. 이불 속에서 나뒹군 터라 머리는 비죽비죽 엉망이 되어 있었는데 그 모습마저 너무 귀엽고 사랑스러웠다. 곤이 소리 내서 웃으며 그녀의 머리를 헝클어 주었다. 두루는 그제야 제 머리 상태를 깨닫고 서둘러 손가락으로 머리카락을 빗어 내렸다.

"괜찮아. 예뻐. 이것부터 마셔."

곤이 두루에게 투명한 유리잔에 담긴 오렌지주스를 내밀었다.

"집에 오렌지주스 없는데. 사 왔어?"

"아니, 했어."

목이 말랐는지 주스를 벌컥벌컥 잘 들이켜던 두루가 깜짝 놀란 얼굴로 그를 보았다.

"어? 진짜?"

"응. 왜? 뭐 문제 있어?"

"너무 맛있다."

두루가 헤벌쭉 웃으며 말했다. 긴장해 있던 곤의 입가에도 웃음이 번졌다. 곤은 두루의 볼을 길게 한 번 꼬집더니 또 아플까 봐 미안했는지 그 자리에 입을 맞춰 주었다. 두루가 기분 좋은 미소를 지었다. 그 미소를 빤히 보던 곤은 두루에게서 주스를 빼앗아 테이블 위에 놓더니 다짜고짜 그녀를 침대에 눕혔다.

"뭐, 뭐야?"

두루가 당황했지만 곤은 대답 대신 그녀의 입술을 삼켰다. 어젯밤 그렇게 수도 없이 맛보았던 입술인데도 일어나자마자 또 입을 맞추고 싶어서 갈증이 났다. 간신히 참고 있는데 자꾸만 이렇게 귀여운 행동을 하니 참을 수가 없었다. 그녀의 입 안에서 상큼한 오렌지향이 퍼졌다. 그는 어젯밤보다는 부드럽고 유하게 키스를 해 나갔다. 처음엔 당황하던 두루도 그의 달콤한 키스에 녹아내린 듯 그의 등을 감싸고 부드럽게 혀를 맞춰 왔다. 생각지 못했던 두루의 적극적인 반응에 곤은 순간 다시 뜨거워지는 것을 느꼈다. 살짝 모닝 키스만 해 주려고 했는데 막상 입을 맞추고 나니 떼어 낼 수가 없었다.

몸이 마음대로 움직이지 않았다. 그녀를 한 번 가지고 나니 욕망이 더욱 커진 것 같았다. 곤은 자꾸만 그녀의 티셔츠 속으로 들어

가고 싶은 자신의 손을 간신히 억누르며 입술을 떼었다. 생각보다 짙은 키스에 약간 달아오른 얼굴로 두루가 그를 바라보았다. 약간은 풀어진 그녀의 눈이 왜 그리도 섹시해 보이던지, 곤은 결국 흔들리던 마음을 참지 못하고 다시 그녀의 입술을 베어 물었다.

더욱더 거칠어지는 그의 키스에 두루가 못 말린다는 듯 그를 떼어 내며 아침이라 말했지만 곤은 이미 자제력을 잃은 듯 그녀의 입술에만 시선을 꽂은 채 말했다.

"그러니까, 누가 이렇게 예쁘래?"

그는 말이 끝나기 무섭게 다시 키스를 하며 결국 그녀의 티셔츠 안으로 손을 넣었다. 곤이 그녀의 허리를 매만지자 두루가 움찔하며 그를 밀어내려 했지만 소용없었다.

"괜찮아. 조금만 더. 끝까지 안 갈게."

끝까지 안 간다는 그의 말을 믿었건만, 곤은 그녀의 가슴을 움켜쥐는 동시에 흥분에 찬 신음을 흘렸다. 분위기는 빠르게 달아올랐고 두루도 아랫배에 자극이 오고 있었다. 곤은 그녀의 목덜미로 내려가 진한 키스마크를 새기며 그녀의 가슴을 천천히, 강하게 주물렀다. 그의 집요한 애무에 결국 아래가 젖어 드는 것을 느낀 두루가 다리를 오므렸지만 곤이 그녀의 다리 사이에 손을 넣어 벌리고는 손바닥으로 아래를 느릿하게 쓸었다. 그녀가 놀라 신음하는 동시에 그의 손을 잡으며 그만하라는 신호를 주었지만 곤은 그녀의 손을 떼어 내고 바지 안으로 손을 밀어 넣었다.

멈춰야 한다는 것을 알았지만 결국 참지 못했다. 참을 수가 없었다. 두루의 부드러운 살결과 탄력 있는 몸매는 술보다, 담배보다 더 중독성이 강한 것 같았다. 곤은 거칠어진 숨을 뱉으며 생각했다. 같이 있어도 이렇게 그립고 간절한데, 떨어져 있을 땐 어떻게 해야 하는지 벌써부터 걱정이 앞섰다. 그녀와 매일 이렇게 같이 눈을 뜨고 같이 잠들고 싶었다. 이대로 쭉 함께 있고 싶었다. 한시도 떨어지고 싶지 않았다.

큰일이었다. 한두루, 생각보다 너무 위험한 여자였다. 이러다간 정말, 중독되어 버릴지도 모르겠다.

"그래서, 지금 당장 내자고?"

차분히 곤의 말을 듣던 은표가 결국 포크를 내려놓으며 다소 굳은 얼굴로 물었다.

"오늘 당장은 아니더라도, 최대한 빨리 내야 할 것 같아요."

곤은 갑자기 결별 소식을 빨리 내는 것이 하연과 은표에게 좋은 일일 리가 없다는 걸 알았지만 냉정하고자 노력했다. 은표는 답답한 듯 마른세수를 한 번 하더니 곤을 향해 말했다.

"다음 달 초에 내기로 해 놓고, 며칠 차이도 안 나는데 굳이 당장 하려는 이유가 뭐야?"

"며칠 차이도 안 나니까 빨리 내도 괜찮은 거 아닌가요?"

"곤아."

"그냥, 그러고 싶어졌어요."

곤은 당연히 은표보다 하연에게 미안했다. 하지만 하연은 오히려 덤덤하게 이야기를 들으며 샐러드만 먹고 있었다.

"너 혹시, 연애하냐?"

은표의 질문에 스테이크를 썰던 곤의 손이 멈추었다.

"연애야 네 자유지만, 지금 시기는 좀 위험하지 않겠어?"

"대표님."

"꼭 하연이 때문만이 아니라 널 생각해서도……."

"전에 저랑 거래하기로 한 거 기억하시죠."

"뭐?"

곤의 당당한 눈빛에 지난 시간을 되짚어 보던 은표는, 뒤늦게야 하연이 자살 시도로 병원에 입원했던 날 곤과 나누었던 대화를 떠올렸다. 그는 하연과의 가짜 연애를 조금 더 도와주는 대신 거래를 하자며 센 걸로 쓸 테니 보유해 두라고 했었다.

"이걸로 대신해 주세요."

"야, 곤아."

은표가 곤을 설득해 보려는 듯 난감한 표정으로 입을 열었다. 그때 줄곧 가만히 있던 하연이 조용히 손을 움직여 은표의 팔을 잡았다.

"그만하세요, 대표님. 곤이 할 만큼 했어요."

"하연아."

"결별 발표를 나중에 하나 지금 하나, 안 믿는 사람은 똑같이 안 믿고 믿는 사람은 믿어요. 욕을 먹어도 저 때문이 곤이가 먹고 힘들어도 곤이 힘들어요."

"……."

"이제 그만하고 싶어요, 저도."

이제 그만하고 싶다는 하연의 말은 정말 기력이 다 소진된 것처럼 힘이 없었다. 곤은 새삼 하연의 얼굴을 가만히 보았다. 처음 봤을 때 무섭다는 생각이 들 정도로 어두우면서도 강인했던 그녀의 인상이 어느새 많이 죽어 있었다. 몸도, 마음도 많이 야위어 버린 것 같았다.

"하, 알았다. 그래. 너희 하고 싶은 대로 해."

하연의 말에 결국 고집을 꺾은 은표가 실소를 하며 자리에서 일어섰다. 그는 답답한 듯 한숨을 쉬더니 담배를 챙겨 들고 밖으로 나갔다.

"미안해."

"너 언제부턴가 그 말 너무 많이 한다."

하연은 물을 한 모금 마신 뒤 흐릿하게 웃으며 입을 열었다.

"성공했구나. 짝사랑."

"……."

"좋아 보여, 너. 얼굴이 달라졌어. 가만히 있어도 빛이 난다."

곤은 얼핏 웃으며 스테이크를 썰더니 고저 없이 차분한 목소리로 말했다.

"김소율이 사진을 가지고 있어."

"뭐?"

"두루랑 내 사진. 그동안 내가 좀 자극을 했더니 독을 품었던 모양이야."

하연의 안색이 순식간에 어두워졌다.

"……바라는 게 뭔데?"

"그게 참 웃기더라. 돈도 아니고 사랑도 아니고, 자존심이야."

"……."

"아무튼 일단 덜미가 잡혔으니 하루라도 빨리 결별 기사를 내는 게 낫겠다 싶었어. 너한텐 정말 미안하다."

하연은 잠시 아무 말도 없었다. 상념에 빠진 듯 허공에 던져져 있는 그녀의 초점을 보며 곤은 순간 왠지 모를 불안을 느꼈다. 오늘의 하연은 평소의 그녀와 같은 듯하면서도 뭔가 달랐다. 그녀는 늘 무슨 생각을 하는지 알 수 없는 무표정한 얼굴을 하고 있었지만, 오늘만큼은 더욱 그 마음을 들여다볼 수가 없었다.

"이하연, 무슨 생각해?"

하연은 그제야 고개를 들어 곤을 보더니 아무것도 아니라는 듯 가볍게 고개를 저었다.

"기사는 걱정하지 마. 조만간 내가 낼게."

"같이 하지 왜."

"아니, 내가 할게. 시작도 내 맘대로 했으니 끝도 내가 내야지."

곤은 알 수 없는 그녀의 눈동자를 빤히 들여다보다가 이내 고개를 끄덕였다.

"……그래. 고맙다."

그제야 엷게 웃는 하연의 미소가 탁했다. 테이블 위로 이따금씩 감도는 정적에 묘한 쓸쓸함이 담겨 있는 것 같았다.

"너 무슨 좋은 일 있어?"

"아니, 왜?"

"하루 종일 싱글벙글인데? 툭 하면 혼자 실실 쪼개고. 수상해, 너."

"내가 무슨……."

두루는 아닌 척하며 서류를 뒤적거렸지만 저도 모르게 입술 사이로 비집고 나오는 웃음을 막을 수가 없었다. 수아의 말이 맞았다. 부인할 수 없었다. 그녀는 자신이 생각해도 다른 사람이 된 것 같았다. 오늘의 그녀는 대체적으로 무덤덤한 표정으로 조용히 일만 하던 이전의 그녀와는 달랐다.

평소보다 잠은 못 잤지만 어쩐지 더 상쾌하고 기운이 넘쳤다. 그래서 팀원들이 모여서 수다를 떨 때도 전처럼 듣기만 하지 않고 박장대소를 하며 웃기도 하고 같이 이야기를 나누었다. 일을 하다가도 밤새 그녀의 귓가에 대고 사랑한다고 속삭이던 그의 목소리가 불쑥불쑥 들리는 것 같아서 저도 모르게 피식피식 웃곤 했다. 어쩌다 유곤이라는 이름만 나와도 뜨거웠던 지난밤이 떠올라서 혼자만 날이 덥다며 손부채질을 하곤 했다. 퇴근 시간이 지나는 것도 모르고 일만 하던 전과는 다르게 퇴근 시간만 기다리듯 틈만 나면 시계를 쳐다보았다.

그때 두루의 휴대폰이 길게 진동했다. 두루는 휴대폰이 울리기만을 기다렸다는 듯이 잽싸게 집어 들고 화면을 확인했다. 유곤. 다소 딱딱하지만 정직한 그의 이름 두 글자를 보는 순간 가슴이 잔잔하게 떨려 왔다. 두루는 휴대폰을 들고 살며시 자리에서 일어섰다.

"어라, 이거 진짜 연애하는 거 아니야?"

수아가 홍조 띤 얼굴로 휴대폰을 들고 나가는 두루를 보며 예리하게 물었다. 하지만 두루는 그녀의 말이 들리지도 않는지 조심스럽게 전화를 받으며 서둘러 사무실을 나갔다.

평소 같았으면 사무실 내에 있는 휴게실이나 바로 앞 복도에서 전화를 받았을 텐데 두루는 왠지 곤과의 전화는 더욱 조심해야 할 것 같아서 인적이 드문 비상용 계단으로 들어갔다.

– 어디야? 힘들게 전화 받는 거야?

"아, 아니야. 사무실 바로 근처야. 왜 전화했어?"

평소 각자 일을 할 때에는 문자는 자주 주고받아도 전화는 잘 하지 않았기에 두루는 무슨 일이 있나 싶어 용건부터 물었다. 그러자 곤이 수화기 너머로 얼핏 웃는 소리가 들렸다.

― 왜 전화했냐니. 우리가 그런 사이야?

"아, 아니. 그런 뜻은 아니고……."

― 안 되겠네. 이제 시도 때도 없이 전화해야겠어. 나를 돌아보게 된다.

두루가 풋 하고 웃음을 터뜨렸다. 무슨 좋은 일이라도 있는 걸까. 어쩐지 곤의 목소리가 한층 밝은 것도 같았다.

― 이번 토요일에 촬영 없지, 우리?

"이번 토요일이면…… 응. 없어. 왜?"

― 다행이다. 나랑 갈 데가 있어.

"어디?"

― 우리 집.

"어?"

우리 집이라면 어딜 말하는 걸까. 두루의 바로 옆에 있는 그의 집을 말하는 걸까. 아니면.

― 아버지가 너 데리고 오라고 하셨어.

"뭐?"

두루가 깜짝 놀라 목소리를 높였다가 얼른 입을 막으며 다시 소리를 낮추었다. 혹시 그가 부모님께 벌써 교제를 말씀드린 건가 싶어 경악했던 것이다. 그러나 다행히도 그것은 아니었다.

곤은 집에 가는 길에 아버지 진혁으로부터 전화를 받았는데, 진혁은 다짜고짜 이번에 두루와 작업하게 된 것을 왜 말하지 않았냐며 타박을 했다는 것이었다. 그는 두루와 곤이 한때 멀리 지냈을 때도 무척 안타까워했었다. 그러고 보니 진혁이 이사를 가던 날 두루에게 집들이를 오라고 했던 것이 떠올랐다. 두루는 그가 좋아하는 독일산 와인을 사서 꼭 가겠다고 약속을 했었다. 진혁 역시 곤에게 그 얘기를 했다고 했다.

— 내가 아니라 네가 보고 싶으신 거라고, 꼭 데리고 오라시더라.

"아, 그렇구나."

— 왜, 불편해? 난 이번 기회에 우리 관계 말씀드리고 싶은데.

"뭐?"

두루가 아까보다 더 큰 목소리로 되물었다. 그건 너무 갑작스러웠다. 아니, 갑작스러워하실 것이었다. 그리고 두루는 자신이 없었다. 곤의 부모님이 좋은 분들이란 건 물론 알고 있었고 자신 역시 가족처럼 여기며 지냈지만, 그건 어디까지나 곤의 친구였을 때였다. 두루는 그들이 자신을 곤의 여자로서는 어떻게 받아들일지 확신이 안 섰다. 그녀는 가진 것이 별로 없었다. 곤에 비해 너무나 평범한 사람이었다. 더군다나, 고아였다. 세상 어디에도 부모 형제 하나 없는, 고아.

— 우리 부모님은 하연이랑 가짜 연애라는 거 알아. 너랑 나랑 만나는 걸 안 좋게 생각하실 이유가…….

"아니야, 곤아. 그건, 그건…… 모르는 거야."

— 뭐?

"그냥…… 그건 다시 얘기하자. 이따 자세히 얘기해 보는 게 좋을 것 같아."

생각지 못했던 두루의 반응에 놀랐는지 곤은 잠시 말이 없다가 이윽고 정돈된 목소리로 말했다.

- 알았어. 오늘 저녁 같이 먹어, 그럼. 내가 먼저 도착할 것 같으니까 맛있는 거 해 놓고 기다릴게.

"그래. 고마워."

건너편에서는 잠시 아무 말이 없었다. 두루는 혹시 전화가 끊겼나 싶어 화면을 들여다보았다. 아직 통화 시간이 계속 이어지고 있었다. 여보세요, 하고 다시 말을 붙이려던 순간 그의 나직한 목소리가 그녀의 귓가를 울렸다.

- 보고 싶어.

두루의 입술이 살며시 위로 휘었다. 고작 몇 시간 떨어져 있었을 뿐인데, 그녀 역시 하루 종일 그에게 하고 싶던 말이었다.

- 계속 네 생각만 나. 오늘 내내 보고 싶어서 미치는 줄 알았어.

"……나도, 보고 싶어."

- 두루야.

"응."

- 사랑한다.

처음 그 말을 한 뒤로, 그는 사랑한다는 말을 조금도 아끼지 않았다. 두루는 그게 좋았다. 자신의 감정을 숨기지 않고 표현하는 그도 좋았고 사랑한다는 말도 좋았다. 그 말은, 하면 할수록 들으면 들을수록 사람의 마음을 더욱 깊어지게 하는 신비한 말이었다.

"사랑해, 유곤."

두루는 휴대폰에 입술을 가까이 대고 간지럽게 속삭이듯이 말했다. 행복해하는 곤의 웃음소리가 그녀를 더욱 행복하게 만들었다. 전화를 끊은 뒤 두루는 휴대폰의 시간을 한 번 더 들여다보았다.

이제 곧 있으면 퇴근 시간이었다. 두루는 곧 그를 만날 생각에 얼굴 가득 미소를 띠고 비상구 문을 열었다.

밖으로 나가는 두루의 구두 소리가 들어올 때보다 훨씬 더 가볍고 경쾌했다. 하지만 그녀가 나간 뒤 계단을 천천히 내려오는 한 남자의 구두 소리는 무겁고 쓸쓸하기만 했다.

'사랑해, 유곤.'

짐작만 했던 그녀의 마음을 직접 확인해 버린 순간, 상상했던 것보다 더 큰 고통이 그의 가슴을 파고들었다. 심장에 기다란 칼집이 나 버린 것 같았다. 길게 갈라진 틈 사이로 쓰라린 아픔과 차가운 피가 흘러나오는 것만 같았다.

그녀가 끝내 다른 사람의 여자가 되었다. 되어 버렸다.

이제 정말 그녀를 보내야만 하는 은호의 입가에 겨울바람처럼 시린 미소가 번졌다.

4-3
모르고 싶은 마음,
알고 싶은 마음

　며칠 전부터 바싹 긴장한 채 기다리고 있던 토요일이 되었다. 모처럼만에 촬영도 없고 출근도 하지 않는 휴일이었지만 두루는 아침부터 분주했다.

　우선 곤의 부모님께 드릴 집들이 선물을 마련해야 했다. 말은 집들이 선물이었지만 두루는 생필품 같은 가벼운 선물은 하고 싶지 않았다. 자신의 마음을 담은 진심 어린 선물을 하고 싶었다. 그동안 자신을 진짜 가족처럼 잘 챙겨 주었던 것에 대한 감사의 표시도 하고 싶었고, 곤의 여자로서 잘 보이고 싶은 마음도 있었다.

　두루는 며칠 전 곤과 깊은 대화를 한 끝에 결국 그들의 관계에 대해 사실대로 말하기로 했다. 곤은 진혁과 선아가 누구보다 그녀를 아끼고 좋아한다는 것을 강조하면서 모두가 기뻐할 인연을 굳이 숨기고 싶지 않다고 했다. 곤이 그들의 마음에 대해 자신 있게 보장을 하니 두루도 어느 정도 안심이 되어서 결국은 그의 끈질긴 설득에 넘어가고 말았다.

여하튼 어쩌다 보니 단순한 집들이가 아니라 곤의 연인으로 정식 인사를 드리는 자리가 되어 버렸기에, 두루는 어떤 선물을 해야 할지 좀 더 신중하게 고민하게 되었다.

그렇게 몇 날 며칠을 생각한 끝에 그녀는 마침내 선아에게 줄 선물을 결정했다. 값보다는 의미에 중점을 둔 선물이었다. 선아가 좋아할지는 모르겠지만, 두루는 이른 아침부터 정성을 들여 선물을 준비했다. 그리고 작은 카드도 사서 자신의 마음을 진솔하게 적어 나갔다. 부디 선아가 조금이라도 마음에 들어 하기를 바라는 간절한 마음으로.

"후……."

스튜디오 밖에서 한참을 망설이던 소율이 마지막으로 심호흡을 크게 한 번 한 뒤 어깨를 당당히 펴고 발을 내디뎠다. 또각또각. 정갈하면서도 당찬 구두 소리가 스튜디오를 울렸다. 긴장한 얼굴이야 연기로 감추면 그만이라지만 자꾸만 젖어 드는 손은 어찌할 도리가 없었다. 소율은 땀이 밴 손을 연신 치맛자락에 닦으며 대기실 소파에 앉아 있는 하연에게 다가갔다.

"안녕하세요, 선배님."

소율이 최대한 밝은 목소리로 웃으며 인사를 건넸다. 그러자 하연이 잡지를 보고 있던 손을 멈추었다. 하지만 그 상태로 한 페이지만을 바라볼 뿐 고개를 들어 소율을 보거나 잡지를 내려놓지 않았다. 혹시 못 들었나. 아님 일부러 무시를 하는 건가.

소율은 하연이 그녀의 인사를 받아 주지 않을 거라고는 생각지 못했기에 당황스러움을 감추지 못했다. 멀뚱히 서서 이도 저도 못하고 있는데 무심한 듯 다정한 목소리가 돌연 흘러나왔다.

"오랜만이네."

"……네?"

오랜만이네, 그 한마디에 가슴이 철렁했다. 그녀는 소율을 기억하고 있다는 뜻이었다. 그렇다면 언제의 소율을 기억하고 있는 것일까. 대사라곤 한 마디가 전부였던 미미한 단역이었던 그녀를? 아니면 술집에서 자신이 구해 주었던 처량한 여자를?

소율이 하연을 마주한 것은 7년 전 그 두 번이 전부였다. 그중 어느 것도 하연이 기억할 것이라곤 생각지 못했다. 수년 전에 스치듯 봤던, 대화 한 번 나눠 보지 않은 단역을 기억하는 톱스타는 어디에도 없었기 때문이다.

하연이 그제야 잡지를 덮고 자리에서 일어났다. 그녀의 큰 키와 무표정한 얼굴이 소율을 단번에 압도했다. 시간이 흘러도 변함이 없었다. 하연에게서는 여전히 위압적이면서도 신비로운 분위기가 흘렀다. 날카로운 눈매로 소율을 가만히 내려다보던 하연이 이내 보일 듯 말 듯 입꼬리를 살짝 올려 웃었다. 소율은 하연이 다음에 뱉을 말이 무엇인지 도저히 감이 오지 않아 긴장으로 고였던 마른 침을 꿀꺽 삼켰다. 그런데 하연은 바싹 얼어 있던 소율을 놀리기라도 하듯 전혀 상관없는 이야기를 하며 먼저 등을 돌렸다.

"가죠. 메이크업 받으러."

소율은 하연이 메이크업실로 들어갈 때까지 그 자리에 멍하니 얼어붙어 있다가 뒤늦게 정신을 차리고 따라 들어갔다. 왜인지 불안한 예감이 등골을 스쳐서 자꾸만 정신을 놓게 되었다.

소율은 그날 내내 그런 상태였다. 그나마 화보 컨셉이 고혹적인 느낌이어서 중간중간 넋을 놓거나 초점이 흐려져도 그러려니 넘어갈 수 있었지만 감독이나 관계자와 얘기를 나눌 때는 문제가 있었다. 그녀의 온 신경은 하연에게만 가 있어서 다른 사람들의 말을 자꾸만 흘리게 되었다.

하지만 하루 종일 실수투성인 소율과는 다르게, 하연은 그렇게 능숙하고 프로페셔널 할 수가 없었다. 이런 걸 두고 내공의 차이라고 하는 걸까. 소율은 고작 사진 촬영에서도 도저히 따라잡을 수 없는 그녀의 연기에 감탄하면서도 자괴감이 들었다.

결과물은 비교적 잘 나왔다. 두 배우 모두 도시적이고 차가운 이미지를 소유하고 있어서 화보 역시 세련미가 넘쳐흘렀다. 하지만 좋은 결과물에도 불구하고 촬영이 끝난 뒤 소율은 웃을 수가 없었다. 오랜만이라던 하연의 말이 체한 것처럼 속에 얹혀서 내려가지 않았다. 그러나 하연은 7년 전 드라마 촬영장에서도 그랬듯이, 소율에게 단 한 번도 사적인 말을 걸지 않았다.

결국 이렇게 애매하게 끝나 버리는 건가. 소율이 상념에 잠긴 채 의상실에서 옷을 갈아입고 있을 때였다. 덜컥 문이 열리고 하연이 들어왔다. 그녀는 소율을 한 번 바라보더니 이내 시선을 거두고 묵묵히 자신의 옷을 갈아입었다. 소율은 먼저 옷을 다 갈아입었지만 나가야 할지 말아야 할지 답이 서지 않아서 잠시 머뭇거리고 있었다. 그런데 그때였다.

"독기 품을 얼굴이라고 생각은 했었는데."

블라우스의 단추를 잠그던 하연이 건조한 말투로 말했다. 갑작스러운 그녀의 말에 소율의 심장이 얼어붙었다.

'암만 벼랑이라도, 하지 마. 이런 일.'

'독기 품을 얼굴이다, 너.'

7년 전, 그녀가 술집에서 소율을 구해 준 뒤 한 말이었다. 설마 했는데, 하연은 그녀를 정말 기억하고 있었다.

"정말 독기를 품을 줄은 몰랐네."

그녀의 차디찬 한마디에 소율은 입이 바싹 마르고 몸이 굳어서 어떤 말을 할 생각조차 하지 못했다.

"화보 촬영은커녕 지인 결혼식도 안 가고 꽁꽁 숨어 살았던 내가, 왜 이 스케줄만 하겠다고 했는지 알아?"

그러고 보니 하연은 유신의 시사회에 참석하기 전까지만 해도 잠적설까지 날 정도로 어떤 곳에도 모습을 비추지 않았다. 그런데 정말 왜, 이 화보만 찍겠다고 한 걸까. 소율의 눈에 얕은 불안과 두려움이 들어찼다.

"너를 보고 싶었어."

"······네?"

"마지막으로, 너를 한 번 보고 싶었다고."

이게 대체 무슨 소릴까. 소율은 어안이 벙벙했다. 그녀를 보고 싶었다는 건 무슨 말이고, 또 마지막이라는 건 무슨 말일까. 어느새 블라우스의 마지막 단추를 채운 하연이 재킷을 꺼내 입으며 말했다.

"기분 나쁘게. 처음 봤을 때의 너는, 나를 닮아 있었거든."

"······."

"내가 꼭 그 자리에서, 너처럼 맞은 적이 있었으니까."

소율은 하연이 그때를 정확하게 기억하고 있다는 사실에 얼굴이 화끈거리면서도, 예상치 못했던 그녀의 얘기에 놀랐다.

"거기가 우리 엄마 가게였는데. 어릴 때 엄마가 이상한 아저씨한테 나쁜 짓을 당하는 줄 알고 무작정 들어가서 난동을 피운 적이 있었거든. 우리 엄마 건드리지 말라고. 내놓으라고."

하연이 자신을 비웃는 듯한 조소를 흘리며 말을 이었다.

"그러다 그 아저씨한테 된통 맞았는데, 알고 보니 엄마가 나쁜 짓을 당한 게 아니더라고. 그냥 그 여자가 좋아서 하는 일이더라고."

"……."

"아무튼 그랬어. 그때 너를 보는데 내 어릴 때가 생각이 나서, 그래서 도와준 거야. 독기 서린 얼굴까지 나랑 판박이라서."

"……."

"그러니까, 잊을 수가 있나."

옷을 다 입은 하연이 소율을 향해서 몸을 돌렸다. 벽에 등을 살짝 기대고 선 그녀는 여느 때처럼 시니컬한 시선으로 소율을 내려다보며 말을 이었다.

"쓸데없는 독기는 그만 버려. 나처럼 되고 싶지 않으면."

"……."

"나는 네가 잘됐으면 좋겠거든. 나랑은 다르게."

"……."

"네가 좋아서가 아니라, 그냥, 누가 나랑 닮았다는 게 되게 기분 나쁜 일이라."

어째서일까. 하연은 소름이 끼칠 정도로 차갑고 강경한 말투로 말했는데, 그 말을 듣는 소율은 목울대가 따가워지는 것 같았다.

멀미가 나는 것처럼 속이 울렁거렸다. 미미하게 흔들리는 소율의 눈빛을 바라보던 하연이 얼핏 웃으며 먼저 나가려는 듯 등을 돌렸다.

"곤이 건드리지 마라."

"⋯⋯."

"너한테 좋을 거 없어."

말을 마친 하연은 그대로 문을 열고 나갔다. 그 어느 때처럼 무신경하고 여유로운 발걸음으로. 그녀가 나가자마자 소율은 다리에 힘이 풀려 그 자리에 주저앉고 말았다. 이유를 알 수가 없었다. 왜인지 설명할 수가 없었다. 누군가의, 진심으로 걱정을 담은 듯한 충고가 처음이라서였을까. 아니면 그저 그녀의 차가운 말들이 아파서였을까. 따끔거리던 목울대에서 뜨거운 액체가 솟구쳐 올라오는 것 같았다.

'너한테 좋을 거 없어.'

그것이 의도했던 것이든 아니든, 그녀는 마지막까지 소율의 입장에서 얘기해 주었다. 강한 벼락이라도 맞은 듯, 머릿속이 하얗게 질려 버렸다. 초점을 잃은 소율은 한참 동안이나 그 자리에서 움직이지 못했다.

초인종을 누르는 두루의 손이 미세하게 진동했다.

― 두루니?

"네, 두루예요."

스피커 너머로 들리는 선아의 목소리에 두루는 반갑게 웃으며 말했다.

곧바로 대문이 열렸다. 두루는 양손 가득 무거운 종이가방을 들고 끙끙거리며 들어섰다. 하지만 짐이 무거운 것보다 마음이 무거운 것이 더 힘들었다. 이럴 때 곤이 옆에 있으면 좋으련만, 그는 CF 촬영이 늦어져서 조금 늦을 것 같다고 했다. 그래도 저녁 먹기 전에는 온다고 했기에, 두루는 미리 가서 선아를 도와 저녁을 차리고 그를 기다리기로 했다.

"두루 왔구나!"

진혁이 함박웃음을 지으며 두루를 반겨 주었다. 옆에 있던 선아는 그저 짧은 미소로 인사를 대신 했다. 진혁은 두루를 거실로 친히 안내해 주었다.

"뭘 이렇게 사 왔어?"

"전에 와인 사다 드린다고 약속했잖아요. 아, 이건 아주머니 거요."

"고맙구나."

두루는 선아의 선물을 줄 때 특히 수줍어하며 웃었다. 그런데 선물을 받자마자 열어 보며 기뻐하는 진혁과는 다르게 선아는 선물을 들여다보지도 않고 그저 받은 그대로 거실 테이블 옆에 내려 두고 소파에 앉았다. 두루는 선아와 진혁의 맞은편에 앉았다.

"당신 건 뭐야? 열어나 보지?"

"나중에요. 두루, 마실 거라도 줄까?"

"전 괜찮아요."

"너 식혜 좋아하지? 그거 내줄게. 아저씨랑 얘기하고 있어."

"아, 감사합니다."

두루는 손님처럼 대접받기가 죄송해서 편하게 앉지도 못하고 머뭇거렸다. 그러자 진혁이 그녀를 강제로 앉히며 편하게 있으라고 다독여 주었다. 예전엔 그들을 보는 것이 마냥 반갑고 편하기만 했는데, 지금은 모르는 사람들을 대하는 것보다 더 어렵게 느껴졌다.

"그래, 너무 오랜만이지? 우리가 4월 초에 이사를 했는데. 근 두 달이 다 되어 가네."

"네. 너무 오랜만이에요. 잘 지내셨어요?"

"그럼. 아니, 영화는 어떻게 같이하게 된 거야? 말도 없이."

"죄송해요. 그간 정신이 없어서. 곤이 다시 옆집으로 들어왔잖아요. 그래서 자연스럽게 마주치다가 저희 쪽에서 부탁을 했죠."

"잘했어, 아주! 곤이 이 자식이 언제 사고 칠지 몰라서 항상 조마조마한데, 그래도 옆에 네가 있다니 안심이 된다. 네가 우리 곤이 좀 잘 챙겨 줘."

"네, 그럼요."

그래도 편하게 말을 붙여 주고 잘 웃어 주는 진혁 덕분에 두루는 꽤 금방 적응할 수 있었다.

진혁과 한참 얘기를 나눈 뒤, 두루는 선아를 도와 저녁을 하기 위해 주방으로 갔다. 선아는 두루를 손님처럼 대하며 쉬라고 했지만 두루는 끈질기게 붙어서 결국 프라이팬 하나를 잡을 수 있었다. 얇게 채 썬 감자를 볶고 있는데 옆에서 국을 끓이던 선아가 문득 말을 건넸다.

"두루야."

"네?"

"넌 아직 누구 없니?"

선아의 갑작스런 질문에 감자를 볶던 두루의 손이 멈칫했다. 두루는 무어라 말해야 할지 몰라 그저 웃어 버렸다. 이 타이밍에 말을 하려던 건 아닌데. 곤과 함께 저녁을 먹으면서 말을 하려고 했는데. 그렇다고 여기서 거짓말을 할 수도 없는 노릇이었다. 당황한 두루가 입술만 달싹이며 망설이고 있는데 선아가 다시 입을 열었다.

"너도 이제 결혼 적령긴데…… 마땅한 사람 없으면 내가 알아봐 줄까?"

두루는 순간 말문이 막혀 버렸다.

"너도 알다시피 우리한텐 네가 친딸이나 마찬가지니, 걱정이 되는구나. 물론 곤이도 그렇지만…… 그 앤 지금 가짜 연애니 뭐니 끌려 다니느라 누굴 만나선 안 되는 시기니까 말이야. 혹여나 지금 누굴 만났다가 그게 알려지기라도 하면, 그땐 연기자로서의 생활이 끝인 거나 마찬가지니까. 그렇지 않니?"

그녀의 마지막 말이 어쩐지 자신에게 하는 말처럼 가슴에 날카롭게 꽂혔다. 정신을 놓고 있던 두루는 한 박자 늦게 네, 하고 작은 목소리로 대답했다.

물론 선아는 두루와 곤이 만나는 것을 모르고 있었다. 그러니 충분히 그런 말을 할 수도 있었다. 그러니 서운해해서는 안 된다고, 서운해할 필요도 없는 거라고, 두루는 연신 스스로를 다독였다. 선아의 다음 말이 있기 전까진.

"혹시라도 곤이 누굴 만나는 것 같다 싶으면, 네가 옆에서 좀 말려 줄 수 있겠니?"

"……네?"

조심스럽게 되묻는 두루의 말끝이 떨렸다.

"곤이가 내 말은 안 들어도 네 말은 듣잖니."

"……."

"그 애 인생이 걸린 일인데, 재벌 딸을 만난다 해도 난 싫을 것 같구나."

두루는 대답해야 한다는 걸 알지만, 힘없는 입술만 벙긋거릴 뿐 아무 말도 내뱉지 못했다.

"응? 두루야."

무엇을 기대했던 건지. 무엇이 그리 서운했던 건지. 자식을 가진 어미로서 선아의 마음을 모르는 것이 아닌데, 두루는 목이 너무 시큰하게 달아올라서 목소리가 나오지 않았다. 네, 라고 대답해야 한다는 걸 아는데 할 수가 없었다. 사실은 대문에서 선아가 '두루니?' 하고 물었을 때부터 네, 어머니, 라고 대답하고 싶은 마음을 참았다. 진혁이 함박웃음을 지으며 그녀를 반겨 줄 때, 아버님, 안녕하세요, 인사하고 싶은 것을 참았다.

그들이 곤의 부모라서가 아니었다. 미래의 시부모가 될지도 모르는 사람들이라서가 아니었다. 그녀가 혼자가 되었던 십 년 전부터 명절이면 그녀를 불러 주고 생일이면 전화해 주고 기쁜 일이 있으면 함께 축하해 주던 그들이었기에, 그녀에게는 지난 십 년 동안 줄곧 어머니, 아버님, 하고 단 한 번이라도 다정하게 불러 보고 싶었던 사람들이었기에.

어쩌면 이제는 마음 놓고 그렇게 부를 수도 있겠다는 생각에 들떠 있었던 것이다. 그녀에게도 다시 가족이란 품이 생길지도 모른다는 생각에. 바보처럼. 주제도 모르고 혼자 부푼 꿈을 꾸었다는 생각에 자신이 한없이 초라해지고 원망스러워졌다.

"두루야."

감자볶음이 타는 줄도 모르고 맥없이 손을 놓은 채 고개를 숙이고 있던 두루를 선아가 다시 한 번 불렀다. 하지만 그것은 그녀가 걱정돼서가 아니라, 그녀가 대답을 하지 않았기 때문인 것 같았다. 두루는 그렇게 생각했다. 그러자 참았던 눈물이 눈가에 가득 고여들었다.

"어머니, 저 왔어요."

그때 불행인지 다행인지 멀리서 익숙한 목소리가 들렸다. 선아가 곤을 맞이하기 위해 먼저 주방을 나섰다. 혼자 남은 두루는 그제야 힘겹게 참고 있던 눈물을 조용히 쏟았다. 그리고 혹여나 누가 볼까 재빨리 손등으로 거두어 냈다. 붉어진 눈시울이 가라앉으려면 시간이 좀 필요하겠지만 그래도 옷소매로 남은 눈물까지 싹 다 찍어 내고 목청을 가다듬었다.

"두루야."

때마침 바로 뒤에서 그의 목소리가 들렸다. 두루는 짧은 호흡으로 가슴을 간신히 진정시키고 뒤를 돌아보았다. 다행히 선아는 아직 거실에 있는 것 같았다. 반가운 얼굴로 두루를 바라보던 곤의 얼굴에서 웃음기가 서서히 가셨다.

"너……."

"곤아, 나 오늘 못 할 것 같아."

"……뭐?"

"우리 관계 말씀드리는 거. 다음으로 미루자. 부탁이야."

"너, 갑자기 왜 그래? 눈은 왜 이렇고? 혹시 무슨 일 있었어?"

"아니. 그런 거 아니야. 방금 전에 마늘 다듬어서 그래."

두루가 자연스러운 웃음을 흘리며 말했다. 그녀가 웃자 서늘하게 굳어 있던 곤의 표정도 약간 풀리는 듯했다. 그가 반신반의하는 눈빛으로 물었다.

"그럼 갑자기 왜 그러는데?"

"그냥, 막상 오니까 너무 긴장되고 무서워서. 내가 아직 준비가 안 된 것 같아. 너도 아직 대외적으로는 연애 중이고. 그러니 말씀드려 봐야 걱정만 하실 거야. 나중에, 조금만 더 있다가, 나도 준비가 되고 네 상황도 정리가 되면 그때 말씀드리자."

두루의 간절한 부탁에 곤이 망설이는 듯 대답이 없었다. 그때 선아가 다시 주방으로 들어오더니 곤을 향해 말했다.

"왜 여기 있어? 나가서 간만에 아버지랑 얘기나 좀 하고 있지."

"그래, 곤아. 저녁 거의 다 됐으니까 나가 있어."

두루는 억지로 곤의 등을 떠밀어 주방에서 내보냈다. 그러곤 밝게 웃으며 그를 안심시키려 애썼다. 마음은 너무 아팠지만, 어른들과 한 중요한 약속을 자신의 순간적인 감정 때문에 망치고 싶지는 않았다. 그녀는 최대한 아무렇지 않은 척하려고 애쓰며 하던 일을 마저 했다.

자신의 속처럼 새까맣게 타 버린 감자를 싱크대에 부으며 두루는 생각했다. 내 타 버린 마음도, 이렇게 버리면 그만이라고. 버리고 잊어버리면 그만이라고. 별거 아니라고.

저녁 식사를 마치고 돌아온 그들은 차 안에서 내리지 않고 있었다. 그와 아무 말도 하고 싶지 않아서 오는 내내 자는 척을 했던 두루는 차가 멈추자 뒤늦게 눈을 뜨고 고개를 들었다. 돌아보니 곤은 무뚝뚝한 표정으로 가만히 앞만 보고 있었다. 그 분위기가 너무 차가웠다.

"다 왔네. 나 들어갈게."

두루가 차 문을 열기 위해 손을 가져갔을 때, 곤이 그녀의 다른 쪽 손목을 잡았다.

"잠깐만."

"……."

"얘기 좀 해."

"무슨 얘기? 나 오늘은 좀 피곤한데……."

"너 오늘 이상해. 내 착각이야?"

"이상하긴 뭐가. 그냥 정말 피곤해서 그래. 쉬고 싶어."

두루는 곤과 길게 얘기하고 싶지 않았다. 혼자서만 마음을 삭이면 될 일이었는데 괜히 예민한 상태에서 얘기를 했다가 그에게 투정을 부리거나 그와 다투게 될까 봐 싫었다. 하지만 곤은 나가려는 두루의 손을 다시 붙잡았다. 이번엔 조금 더 강한 힘으로 당기는 바람에 손목에 아릿한 통증이 스쳤다. 두루가 그의 손을 다소 거칠게 떼어 냈다.

"왜 이래? 아프잖아."

그러고 싶지 않았는데, 결국 예민하게 행동해 버리고 말았다.

"한두루."

"……미안해. 다음에 얘기하자."

"무슨 일인데 그래? 말을 해야 알 거 아냐."

"아무 일도 없다고 하잖아. 너야말로 왜 자꾸 이래?"

"그 말을 나더러 믿으라고? 아침까지만 해도 정식으로 인사드릴 생각에 설레하던 애가 갑자기 나중으로 미루자고 하더니 식사 중에도 계속 넋 놓고 있고 다른 생각하고. 나와서부턴 나랑 한 마디도 안 하려고 하고. 이래도 이상한 게 아니야?"

곤의 말은 하나도 틀린 게 없었다. 하지만 두루는 답답한 듯 언성을 높이는 그를 보는 순간 울컥하면서 서운한 감정이 치솟았다.

"그게 그렇게 대단한 잘못이야? 네가 이렇게 따질 만큼?"

"그런 말이 아니잖아. 따지는 게 아니라, 난 그냥 네가 왜 이러는지 무슨 일인지 알고 싶으니까."

"좀 모른 척해 주면 안 돼?"

"……뭐?"

"내가 이럴 땐 그냥 좀 넘어가 주면 안 되냐구."

두루가 어느새 물기에 젖은 목소리로 말했다. 곤이 놀란 듯 굳은 얼굴로 그녀를 바라보았다. 두루는 여기서 그만두고 싶었지만 오늘 하루 아프게 쌓였던 감정들이 때를 기다렸다는 듯 모조리 터져 나왔다.

사실은 그가 원망스러웠다. 아무것도 모르면서 진혁과 선아가 그녀를 누구보다 좋아한다고 희망을 심어 준 그가 원망스러웠다. 서운했다. 아침부터 정성을 쏟아서 선물을 만드느라 힘들었고 그의 어머니로부터 상처를 받아서 힘들었는데 하루 종일 바쁘다는 이유로 중요한 순간에 옆에 없었던 그에게 너무 서운한 마음이 들었다.

"나는 그냥 자신이 없었어. 두렵고 무서웠어. 아저씨는 예전부터 너랑 나를 예뻐해 주셨으니까 그렇다 쳐도 아주머니는, 아마 상상도 못 하셨을 테니까. 내가 갑자기 네 친구에서 연인이 된다면, 너무 갑작스러우실 거고 또……."

"아니야. 그렇지 않아."

두루는 속상했지만 그와 더 싸우고 싶지 않았다. 하지만 차마 선아가 했던 말들을 그에게 말할 수는 없었다. 그녀가 상처받은 만큼 그가 속상해할 것이 뻔했으니까. 그래서 최대한 다르게 돌려 말하면서 그를 이해시키려 했다. 그런데 그것이 실수였던 모양이다. 두루는 듣지 말아야 할 것을 듣고 말았다.

"그런 생각 하지 마. 아마 말씀드리면 어머니가 더 좋아하셨을 거야. 어머니는 알고 계셔. 내가 너 좋아한 거."

"……뭐?"

"4년 전에 굳이 하지 않아도 되는 독립을 결정했을 때, 이미 이유를 짐작하고 계시길래 말씀드렸어. 내가 널 좋아한다고. 그래서, 너무 힘들어서 더는 옆에 못 있겠다고."

심장이 천천히 가라앉는 것 같았다. 두루는 허전한 가슴에서부터 불어오는 차가운 바람을 작은 실소로 토해 냈다.

그녀는 알고 있었던 것이다. 그녀는 곤이 두루를 좋아하는 것을 알았기 때문에, 그가 다시 두루의 옆집으로 들어가고 두루와 함께 작업까지 하는 것을 알고는, 불안했던 것이다. 그가 자신의 마음을 접지 못하고 끝내 두루와 만나게 될까 봐. 그래서 두루에게 아무것도 모르는 척하며 확실하게 선을 그었던 것이다.

'너도 이제 결혼 적령긴데…… 마땅한 사람 없으면 내가 알아봐 줄까?'

'혹시라도 곤이 누굴 만나는 것 같다 싶으면, 네가 옆에서 좀 말려 줄 수 있겠니?'

'그 애 인생이 걸린 일인데, 재벌 딸을 만난다 해도 난 싫을 것 같구나.'

순식간에 눈물이 차오르고 막을 새도 없이 떨어져 내렸다.

"두루야."

곤이 놀란 듯이 그녀의 이름을 부르며 다가왔지만 두루는 단호하게 그를 막았다.

"⋯⋯왜 그래?"

"오지 마."

"두루야!"

쉴 새 없이 눈물이 흘렀다. 아주 문득, 그녀가 두루가 준 선물을 열어 보지도 않고 소파 옆에 놓아두었던 것이 생각났다. 경황이 없어서 그 안에 함께 넣었던 카드를 빼지 못했는데, 그녀가 이미 알고 있었다면 그나마 다행이라는 생각이 들었다. 하지만 가슴이 뻥 뚫린 것처럼 허탈하고 시린 것은 어쩔 수가 없었다.

"나중에⋯⋯ 나중에⋯⋯ 다시 연락할게."

힘겹게 말을 이은 두루가 멍하니 차 문을 열었다.

"한두루!"

두루는 한 번 더 그녀를 잡는 곤의 손을 세차게 뿌리치고 차에서 내렸다. 그리고 빠른 걸음으로 집으로 걸어갔다. 뒤따라 내린 곤이 그녀에게 뛰어왔지만 그녀는 붉어진 눈시울로 단호하게 외쳤다.

"오지 마. 지금 너 보고 싶지 않아."

그가 잘못한 것은 없었다. 하나도 없었다. 다만, 그녀는 마음이 너무 아프고 혼란스러워서 그를 볼 수가 없었다. 자신을 그토록 싫어하는 사람의 아들을 만나도 되는 걸까 하는 의문마저 들었다. 두루는 어느새 붉어진 눈시울로 얼어붙어 있는 곤을 뒤로하고 도망치듯 집 안으로 뛰어 들어갔다.

"……한두루."

곤은 붙잡을 새도 없이 사라진 두루의 이름을 조용히 불러 보았다. 그녀의 보고 싶지 않다는 그 한마디가 메아리치듯 반복해서 들려왔다.

"……나와."

초점을 잃은 곤의 시야가 조금씩 흐려지기 시작했다.

"……얼른 다시 나와."

하지만 아무리 기다려도 그녀의 모습은 보이지 않았다.

"한두루!"

강한 불안에 휩싸인 그가 아무리 절박하게 그녀를 불러도, 그녀는 다시 나오지 않았다. 끊이지 않는 그의 간절한 외침만이 어두운 밤하늘 위로 퍼져 나갈 뿐이었다.

4-4
보고 싶다

"저기, 오빠……."

분장을 맡은 여자 스탭이 머뭇거리며 곤을 불렀다. 그 말투가 몹시 조심스러웠고 표정엔 얼핏 두려움 비슷한 감정도 서려 있었다. 벌써 다섯 번째 부르는 것임에도 불구하고 곤이 묵묵부답이자 여자가 난감한 눈빛으로 주위 스탭들을 돌아보며 도움을 요청했다. 하지만 다들 고개를 젓거나 시선을 피할 뿐 누구 하나 선뜻 나서지 못했다.

"저기 오빠, 다 됐는데요……."

아무런 말도 들리지 않는 듯 거울만 직시하는 곤에게서는, 평소에는 볼 수 없었던 냉기가 흘러넘쳤기 때문이다. 언제나 매력적으로만 보이던 그의 크고 또렷한 눈이 그토록 무서워 보일 수가 없었다. 그는 달랐다. 달라도 너무 달랐다. 완전히 다른 사람이 되어 버린 것 같았다. 전에 없던 어두운 살기가 그의 몸을 칭칭 휘감고 있는 것 같았다. 누구라도 그를 잘못 건드렸다간 큰 화를 당할 것만 같은 분위기였다.

"다 됐다잖아요."

그때 누군가 곤의 어깨를 툭 치며 큰소리로 말했다. 모두의 놀라운 시선을 한 몸에 받은 용기 있는 그녀는 소율이었다. 한 곳에 정박해 있던 곤의 초점이 그제야 옆으로 움직였다.

"이제 그만 정신 차리시죠? 영화 좀 찍게."

곤은 대답 대신 시선을 내리고 휴대폰을 열어 보았다. 아무 알림도 없는 화면이 먼저 눈에 들어왔다. 분장 내내 손에 꼭 쥐고 있었지만 아무런 진동도 오지 않아서 이미 알고 있었는데도, 비어 있는 화면 상단을 보는 순간 또다시 가슴이 텅 비는 것 같았다.

곤은 쓰린 고통을 눌러 참으며 시간을 보았다. 어느새 꽤 많은 시간이 지나 있었다. 뒤늦게 자리에서 일어난 그는 자신을 보고 있는 스탭들에게 사과의 의미를 담은 듯한 목인사를 한 뒤 분장실을 나갔다. 그의 뒷모습을 가만히 지켜보던 소율도 이내 피식 웃으며 따라 나갔다. 그들이 나가자마자 스탭들은 참았던 숨을 토해 내며 저마다 한마디씩 뱉었다.

"유곤 저렇게 살벌한 거 처음 봤다. 나 정말 닭살 돋았어."

"무슨 일일까, 대체? 실연이라도 당한 사람처럼."

"이하연이랑 헤어졌나?"

"아까 보니까 최 피디님도 어디 안 좋아 보이던데. 오늘 분위기 진짜 왜 이러냐?"

"그러게. 이럴 때 한 피디님이라도 있음 좋은데. 한 피디님은 또 왜 하필 이 시기에 갑작스런 휴가냐구."

"그러니까 말이야. 아무튼 오늘 촬영장 분위기 이상해. 너무 이상해!"

"컷, NG! 잠깐 쉬었다 갑시다!"
휴식을 외치는 감독의 목소리에 답답한 한숨이 배어 있었다.
곤은 힘없이 벤치에 털썩 앉으며 기다란 손으로 얼굴을 쓸었다. 프로답지 못한 자신의 모습에 화가 났지만 한순간도 두루의 생각을 멈출 수가 없었다. 그녀로 인해 푹 가라앉은 감정이 자꾸만 연기에 묻어 나왔다.

어째서. 왜. 오늘 가장 많이 떠오른 말이었다. 일요일이었던 어제도 하루 종일 그녀에게 연락을 했지만 그녀는 단 한 번도 받지 않았다. 메시지는 수신 확인조차 되지 않았고 전화는 처음 몇 번만 신호가 갔을 뿐 머지않아 꺼져 있다는 안내 메시지만 반복되었다. 집 비밀번호도 그새 바뀌어 있었다.

하지만 촬영장에는 어쩔 수 없이 올 거라고, 그러니 오늘은 당연히 볼 수 있을 거라고 생각했었다. 그러나 그녀는 영화 촬영 중에 일주일씩이나 휴가를 내는 전례 없는 행동을 했고, 곤은 뒤통수를 세게 맞은 것처럼 머리가 멍해져 버렸다.

일주일이라니. 하루도 힘든데 일주일이라니. 일주일이나 그녀를 볼 수 없다는 사실에 눈앞이 캄캄했다. 또한 왜 이렇게 되어 버린 것인지 이유조차 모른다는 사실에 너무도 속이 상했다. 아무리 생각해도 곤은 그녀가 왜 그리도 화가 났는지, 왜 이렇게 갑자기 떠나 버린 건지 알 수가 없었다.

'그런 생각 하지 마. 아마 말씀드리면 어머니가 더 좋아하셨을

거야. 어머니는 알고 계셔. 내가 너 좋아한 거.'

'……뭐?'

'4년 전에 굳이 하지 않아도 되는 독립을 결정했을 때, 이미 이 유를 짐작하고 계시길래 말씀드렸어. 내가 널 좋아한다고. 그래서, 너무 힘들어서 더는 옆에 못 있겠다고.'

그 말을 한 직후에 눈물을 보였던 것을 보면, 그날 선아와 무슨 일이 있었던 것도 같은데. 그것 역시 단순한 추측일 뿐이었다. 짐 작만으로 돌연 선아에게 전화를 걸어 그날 일에 대해 따져 물을 수 는 없는 일이었다. 곤은 선아의 아들이면서도 그녀가 어려운 부분 이 있었다. 아무래도 선아를 다시 한 번 찾아가서 직접 얼굴을 보 고 얘기를 나누어 보아야겠다고 마음을 굳혔을 때였다.

"형님, 형님!"

멀리서 현준이 그를 부르는 소리가 들렸다. 고개를 들어보니 스 탭들이 웅성거리는 것도 보였다. 헐레벌떡 곤에게 뛰어온 현준이 급하게 숨을 고르며 말했다.

"큰일 났어요. 하연 누나가, 하연 누나가……."

"하연이가 뭐?"

"지금 긴급 기자회견을 소집했대요."

"뭐?"

곤이 자리에서 벌떡 일어났다. 긴급 기자회견이라니. 고작 결별 소식을 전하려고 기자들을 불러 모았을 리는 없었다.

"대표님도 모르게 갑자기 한 건가 봐요. 뭔가 불안한데……."

현준의 말이 끝나기도 전에 곤이 그를 스쳐 지났다. 곤은 감독에 게 죄송하다며 짧게 양해를 구하고 촬영장을 뛰쳐나갔다. 하필 오늘 태석이 연락두절이라 뒤늦게 스탭들에게 이야기를 전해 들은 소율도 얼떨떨한 표정으로 서 있다가 서둘러 곤을 따라 나갔다.

확실히 촬영하기는 그른 날이라며 감독이 고개를 설레설레 저었다. 그의 옆에 서있던 은호의 얼굴에도 짙은 어둠이 드리워졌다. 어젯밤, 떨리는 마음으로 두루의 전화를 받았던 은호는, 갑작스럽게 휴가를 요청하는 그녀의 침체된 목소리에 마음이 아팠다. 혹시 곤과 무슨 일이 있는 건가 싶었는데 오늘 곤을 보는 순간 자신의 짐작이 틀리지 않았음을 알았다.

은호는 두루를 행복하게 해 주기는커녕 잠적까지 하게 할 만큼 힘들게 하는 곤에게 화도 나고 원망스러운 마음이 들었다. 이번에도 갑작스러운 하연의 기자회견이 혹시나 두루에게 상처를 주면 어쩌나 걱정부터 들었다. 무슨 일인지는 모르겠지만 부디 두루를 아프게 하는 일만은 아니었으면 좋겠다. 은호는 오로지 그 생각뿐이었다.

수많은 플래시 세례를 받으며 단상에 올라선 하연은 차분한 목소리로 준비한 페이퍼를 읽어 나갔다.

"바쁘신 와중에도 이렇게 회견장에 찾아 주신 분들께 감사의 말씀부터 전합니다."

그때 회의실 안으로 곤이 뛰어 들어왔다. 그는 빼곡하게 들어찬 사람들 사이를 힘겹게 비집고 들어가 중간쯤에서 하연을 보았다. 다행히도 기자들은 하연에게 집중하고 있어서 곤을 발견하지 못했다. 곤은 당장이라도 하연의 이름을 외치고 싶은 마음을 꾹 눌러 참고 일단 그녀가 하는 말에 귀를 기울였다. 늦게 들어온 소율도 맨 뒷자리에서 하연을 지켜보았다.

"우선 그동안 저에 대한 많은 루머와 논란들로 피해를 보거나 상처를 입으신 모든 분들께 진심으로 죄송하다는 말씀드리고 싶습니다."

하연은 최대한 침착하기 위해 애썼지만 들고 있는 페이퍼가 미미하게 떨리는 것은 막지 못했다.

"이 자리를 빌려 그 모든 것들에 대해 명명백백히 밝히고 싶지만 그러지 못하는 점 양해 부탁드립니다."

하연은 사실 마음 같아서는 모든 사실을 밝히고 싶었다. 하지만 그럴 경우 자신뿐만이 아닌 너무 많은 사람들이 다치게 된다는 것을 간과할 수가 없었다. 고작 제 마음 하나 편하자고, 자신을 위해서 2년이라는 긴 시간 동안 희생해 준 곤마저 사기꾼으로 만들고 몰락시킬 수는 없었다. 또한 아무리 정략결혼이라지만 모든 사람들에게 김성준의 부인으로 알려져 있는 여자와, 그녀의 가족, 그리고 그녀가 가질 미래의 자식들도 신경이 쓰일 수밖에 없었다. 하연은 이미 그들에게 상처를 주었는데, 단 한 번의 언행으로 아무 죄 없는 사람들의 인생까지 망치고 싶진 않았다. 그럴 수는 없었다.

그래서, 마지막으로 한 번만 더 비열한 거짓말쟁이가 되기로 했다.

"다만 제가 명백히 말씀드릴 수 있는 한 가지는 유곤 씨와는 진심을 다해 만났고, 몇 달 전 결별했다는 사실입니다."

회의실이 단숨에 술렁거리기 시작했다. 모두가 집중하는 포인트는 유곤과의 결별이 아니라 '몇 달 전' 이라는 시간적 배경이었다. 불과 한 달 전까지만 해도 그들은 여전히 열애 중이라는 입장을 발표했고, 몇 주 전에는 영화 시사회에도 동반 참석했기 때문이다. 하연을 바라보는 곤의 눈동자도 미세하게 흔들렸다.

"불가피하게 여러분께 거짓을 고하게 된 점 진심으로 사과드립니다. 하지만 비겁한 변명을 하자면, 자연스럽게 사랑의 끝을 맞아 결별한 것뿐인데, 올 초부터 유독 심해졌던 저에 대한 악성 루머들이 결별과 맞물리면서 많은 분들이 오해를 하고 루머가 더욱 증폭 확산되는 것이 두려웠습니다. 이에 제가 곤 씨에게 조금만 더 나중에 결별을 발표할 수 없겠냐고 간곡히 부탁을 했습니다. 평소 배려심이 많은 곤 씨는 제 부탁을 거절하지 못한 것뿐입니다."

어떻게든 자신을 감싸 주려는 그녀의 마음이 보여서 곤은 가슴이 아팠다.

"하지만 저는 머지않아 제 판단이 부족했다는 것을 알게 되었습니다. 시간이 지나도 저를 둘러싼 의혹과 불신은 수그러들지 않았고, 곤 씨도 심리적으로 몹시 힘들어했기 때문입니다."

하연이 택한 방법은 정면 돌파였다. 최근에 헤어졌다는 결별 기사를 낼 경우 시사회는 어떻게 된 것인지, 열애 발표도 거짓은 아니었는지 대중들의 의심은 더욱 불거지기만 할 것이었다.

하지만 차라리 이렇게 그동안은 거짓이었다는 충격적인 진실을 제 입으로 먼저 밝힐 경우, 대중들은 화를 내는 동시에 그의 이야기를 어느 정도는 신뢰하게 된다. 또한 하연은 마지막으로 단 한 번만이라도 곤을 위해 무언가를 해 주고 싶었다. 몇 달 전에 헤어졌다는 고백은 곤에 대한 배려였다.

곤이, 진정으로 사랑하는 여자를, 조금 더 편히 만날 수 있도록한 배려. 만일 소율이 당장 곤과 두루의 사진을 터뜨린다 해도, 그것이 큰 문제가 되지 않도록 하연의 입장에서 한 최선의 노력이었다. 곤은 물론, 뒤에 있던 소율까지 이를 느꼈다.

"하지만 저의 부족함에서 비롯된 이러한 일은, 그 어떤 변명과 사과를 통해서도 정당화되거나 용서될 수 없다는 것을 잘 알고 있습니다. 저 역시, 저 스스로를 감당하기가, 더 이상은 너무나 힘들다는 것을 깨달았습니다. 이에 저는 그동안 제 부족했던 행동과 저에 대한 모든 논란을 책임지기 위해, 제가 할 수 있는 최선을 하려고 합니다."

일순 회의실이 다시 한 번 일렁였다. 곤은 등골을 빠르게 스치는 불길한 예감에 저도 모르게 몸이 움찔했다.

"안 돼……."

설마 아닐 거라고 생각했지만, 다음 순간 하연은 모두가 우려했던 그 말을 결국 던지고야 말았다.

"지금 이 순간부터 저 이하연은, 연기자로서 살았던 지난 십 년간의 추억을 모두 뒤로하고……."

잘 참아 온 듯, 한결같이 덤덤하던 그녀의 목소리가 마지막 순간에 위태롭게 흔들렸다.

"……연예계에서 은퇴하고자 합니다."

조용하던 회의실이 순식간에 시끌벅적해졌다. 들썩이는 입술을 꾹꾹 눌러 닫던 기자들이 너나 할 것 없이 목청을 높여 한마디씩 던졌다. 하지만 하연은 그 어떤 질문에도 대답하지 않고 꿋꿋이 자신의 할 말을 마무리 지었다.

"그동안 저를 아껴 주시고 사랑해 주셨던 모든 분께 진심으로 감사드리고, 다시 한 번 고개 숙여 사과드립니다. 죄송합니다."

정면을 향해 깊숙이 고개를 숙인 하연은 잠시간 그대로 고개를 들지 못했다. 북받치는 감정을 끝내 참을 수 없었는지, 그녀의 가녀린 어깨가 파르르 떨렸다.

"질문은 받지 않겠습니다. 죄송합니다."

이윽고 매니저가 그녀를 보호하듯 감싸며 단상을 내려갔다.

"이하연!"

앞문으로 빠져나가던 하연을 누군가 큰소리로 불렀다. 하연이 잠시 소리가 난 쪽으로 고개를 돌렸다. 곤이었다. 그가 붉어진 눈시울로 그녀를 바라보고 있었다. 하연은 그를 보는 순간 눈물이 울컥 솟아올라 재빨리 고개를 돌리고 매니저와 함께 회의실을 빠져나갔다.

"유곤이다!"

뒤늦게 그를 발견한 기자들이 소리쳤다. 곤은 그들을 무시하고 하연을 따라 뛰어갔다. 하지만 빠른 속도로 밴에 올라타는 그녀를 잡을 수가 없었다. 곤의 코앞에서 그녀의 밴이 출발했다. 그는 몰려드는 기자들 때문에 곧바로 차를 탈 수가 없었다. 하지만 이내 현준의 도움을 받아 가까스로 차에 오를 수 있었다. 곤의 차마저 주차장을 빠져나가자, 기자들도 앞 다투어 그들을 쫓아 나갔다.

"언니, 안 가세요?"

한참 뒤, 한 차례 폭풍이 쓸고 간 자리에 남은 사람은 혼이 빠진 듯한 표정으로 코디의 이야기를 흘려듣고 있는 소율뿐이었다.

"야, 유곤이랑 이하연 헤어졌대. 그것도 몇 달 전에. 이하연은 은퇴하고."

"뭐? 진짜?"

"오늘 기자회견에서 말했나 봐."

그 시각, 전라남도 보성에서 그와 함께 걸었던 숲길을 걷고 있던 두루는 지나가는 사람들의 얘기를 듣고 발을 멈추었다.

서둘러 휴대폰을 켜 보니 부재중 전화와 문자 메시지가 수십 통이 와 있었다. 그중에 대다수는 유곤이었다. 두루는 그의 메시지를 확인하기 전에 인터넷을 켜 보았다. 실시간 검색어 1위가 이하연 은퇴였다. 얘기를 들어서 알고 있음에도 불구하고 그 단어를 보는 순간 가슴이 덜컹했다.

두루는 근처 벤치에 앉아 하연의 기자회견 영상을 보았다. 하연의 떨리는 마음이 보는 이에게도 고스란히 전해지는 것 같았다. 영상을 다 본 뒤에 두루는 착잡한 마음을 감출 길이 없었다. 마른 입술 사이로 긴 한숨이 쏟아졌다.

하연이 왜 굳이 결별을 몇 달 전에 했다고 말했는지, 왜 은퇴까지 한 것인지, 자세한 이유는 알 수 없지만 왠지 모르게 죄책감이 들었다. 기자회견에서 하연이 곤을 위하고 있다는 것이 절실하게 느껴졌고, 자신 때문에 곤이 결별 발표를 서둘렀다는 사실 또한 무시할 수 없었기 때문이다.

곤은 하연이 은퇴까지 할 것이라는 걸 알고 있었을까. 그의 마음은 지금 어떠할까. 아마 잘은 모르지만 두루에 비해선 백 배 천 배 더 무거울 것 같았다.

[한두루, 보면 전화 좀 해.]

[뭐 때문인지 이유라도 알자.]

[설마 이렇게 끝낼 건 아니지?]

[내가 다 잘못했어. 미안해…… 부탁이니까 얼굴 보고 얘기 좀 하자.]

[두루야…….]

쌓여 있던 그의 메시지를 읽는데 가슴 아래가 싸해지는 기분이 들었다. 부재중 전화에 적힌 그의 이름만 봐도 가슴이 떨렸다.

[보고 싶다.]

그것이 마지막 메시지였다. 두루는 그 네 글자를 한동안 뚫어져라 바라보았다. 눈이 따가울 정도로 오래도록 바라보았다.

처음엔 마음이 너무 혼란스러워서 그의 얼굴을 보고 싶지 않았다. 생각을 정리할 시간이 필요할 것 같았다. 그래서 일이 바쁜 와중에도 무리해서 휴가까지 내면서 멀리 내려왔다. 하지만 그를 보고 싶지 않던 마음은 아주 잠시뿐, 그녀는 금방 그가 그리워졌다. 그의 잘못으로 떠나온 것이 아니기 때문에 더욱 그랬다. 그러나 그의 잘못이 아니었기에 해결하기 더욱 어려운 문제였다.

[나도 보고 싶어.]

두루는 그저 손이 가는 대로 그 여섯 글자를 썼다가 천천히 지웠다. 진심으로 그가 보고 싶었다. 그의 낮고 달콤한 목소리가 듣고 싶었고, 보조개가 들어간 예쁜 미소가 보고 싶었다. 그의 웃는 얼굴은, 생각만 해도 코끝이 찡해졌다. 하지만 아직은 그 마음을 그대로 전할 자신이 없었다. 도무지 어떻게 해야 할지 답이 서지 않았다.

다시 휴대폰을 끄는 두루의 입에서 아픈 숨이 쏟아졌다.

'마지막으로, 너를 한 번 보고 싶었다고.'

356

'쓸데없는 독기는 그만 버려. 나처럼 되고 싶지 않으면.'

'나는 네가 잘됐으면 좋겠거든. 나랑은 다르게.'

촬영장으로 돌아가는 도중에 소율의 머릿속엔 지난번 하연과 나누었던 대화만 떠올랐다. 이제야 그녀가 했던 말들이 완전히 이해가 갔다. 그녀는 진작부터 은퇴를 생각하고 있던 것이다. 그리고 그날 하연이 했던 말들은, 전부 진심을 담은 충고였다.

하연이 은퇴를 선언한 순간의 감정은 어떤 식으로도 형언 불가능했다. 동경하던 우상을 잃은 듯한 허무함과 상실감은 물론이고, 그녀의 은퇴가 자신 때문인 것 같은 쓰린 죄책감이 강하게 밀려왔다. 태석에게 곤의 뒤를 밟으라고 시키지만 않았어도 그가 사진을 찍을 일도 없었고, 그걸 빌미로 협박을……. 거기까지 생각이 미쳤을 때였다.

"김태석."

"네?"

운전을 하던 코디가 무슨 일이냐는 듯 되물었다.

"태석이 아직도 연락 안 되는 거야?"

"네. 다시 해 볼게요."

처음엔 그저 늦잠을 자고 있는 거라고 생각했고, 나중엔 혹시 무슨 일이 생긴 것은 아닌지 걱정을 했었다.

"전화 꺼져 있어요. 어떡하죠?"

그런데 지금은 그 둘도 아닌 다른 경우일 수 있다는 불안감이 온몸을 훑고 지났다.

"너, 태석이 집 어딘지 알지?"

"네. 알긴 아는데……."

"그리 가."

"네?"

"차 돌려. 그리 가자고!"

소율의 고함에 놀란 코디가 얼른 핸들을 돌렸다. 설마 아닐 거라고 생각은 했지만 집안이 어려워져서 힘들어하던 그의 모습이 주마등처럼 스쳐 지났다. 만에 하나 태석이 누구에게든 돈을 받고 사진을 넘기려 하는 거라면. 막아야 했다. 필히 막아야만 했다. 그것이 지금 상황에서 소율이 보일 수 있는 최소한의 양심이었다.

그날 저녁. 곤은 제 방 창문에 걸터앉아 늘 보던 옆집의 베란다를 내려다보고 있었다.

'너 때문 아니니까 괜한 죄책감이나 동정심은 사양할게.'

힘겹게 기자들을 따돌린 뒤 가까스로 만난 하연은 예전과 같은 당찬 눈으로 그를 직시하며 말했다.

'그냥, 걸핏 하면 편하게 죽을 방법을 찾아 헤매는 나를 보면서, 어느 순간 이대로는 안 되겠다 싶었어. 내가 나를 지켜야겠더라고. 매일 밤 엄마를 찾는 아기 울음소리가 들렸어. 그것만으로도 너무 힘든데, 사람들을 속이는 일도, 비난에 익숙해지는 일도, 더는 견딜 수가 없더라. 내가 너무 멀리 와 버렸던 거야.'

'……이하연.'

'나는 살고 싶었을 뿐이야, 곤아.'

'……'

'정 내가 마음에 걸리면, 지금이라도 당장 그 친구 찾아가. 그게 내 은퇴가 아깝지 않은 길이니까.'

'…….'

'네가 진짜 사랑하는 사람과 마음껏 사랑하는 것. 그게 내가 바라는 일이야.'

곤은 그녀의 배려가 고마웠지만 그보다 미안한 마음이 더 컸다. 그녀는 아무리 아니라고 말해도, 자신의 인생이나 마찬가지였던 연기를 끊는다는 것은 힘든 일이었다. 자신을 사랑해 주던 수많은 사람들의 곁을 떠난다는 것은 죽기보다 괴로운 일이었다. 하지만 그녀는 진심으로, 괜찮아 보였다. 전보다 훨씬 홀가분해 보였다. 그것이 연기일지 아닐지는 모르지만.

네가 진짜 사랑하는 사람과 마음껏 사랑하라던 그녀의 말이 다시 떠올랐다. 곤은 휴대폰을 꺼내 보았다. 하연과 어떻게 된 것이냐는 지인들의 연락만 가득할 뿐, 정작 그가 기다리던 그녀에게서 온 연락은 없었다.

습기가 가득 찬 더운 바람이 불었다. 어느새 여름이 코앞까지 다가와 있었다. 점점 깊어 가는 여름밤. 곤은 소중한 동료와 사랑하는 여자를 잃은 듯한 상실감에 멍하니 한 곳만 바라보았다.

'유곤 나와라, 오바.'

새처럼 지저귀는 그 귀여운 목소리가 얼마나 그의 가슴을 떨리게 했는지 모른다. 자신을 찾는 그 목소리를 듣고 싶어서 늘 창문 옆에만 붙어 있었던 지난 시간들이 아련하게 떠올랐다. 베란다 난간에 팔을 기대고 수줍게 웃으며 그를 올려다보는 그녀에게서는 늘 은은한 빛이 났다. 예뻤다. 아름다웠다. 그녀를 둘러싸고 있는 수많은 꽃들보다 훨씬.

한두루가 보고 싶다.

보고 싶어서 미칠 것 같았다. 그녀의 생각만 하면, 빈속에 약을 먹은 것처럼 위가 쓰리고 속이 울렁거렸다.

그녀는 정말 내가 보고 싶지 않은 걸까.

우수에 젖은 눈빛으로 하염없이 베란다만 바라보던 그가, 다시한 번 휴대폰을 꺼내 들었다. 고민 끝에 단축번호를 누르는 그의 손이 짧게 떨렸다. 오래 이어지던 신호음이 끊기고 한참만에야 통화가 연결되었다.

"여보세요."

반찬을 하나씩 내려놓는 선아의 손길이 정갈했다. 곤은 그녀가 내려놓는 반찬들을 유심히 보다가 물었다.

"근데 갑자기 웬 명절 음식들이에요?"

각종 나물부터 전, 산적까지. 갑자기 얻어먹는 저녁치고는 반찬들이 호화로웠다. 상을 다 차린 선아가 조용히 의자를 빼서 곤의 앞에 앉았다.

"먹어 봐."

곤은 평소보다 한층 가라앉은 듯한 그녀의 분위기에 의아함을 느꼈지만 일단 젓가락을 들었다. 가장 좋아하는 호박전부터 맛본 곤의 입가에 옅은 미소가 떠올랐다. 간이 그에게 딱 맞았다.

"맛있네요. 근데 우리 어머니 솜씨가 아닌데."

선아는 전을 두 개씩 집어 가며 맛있게 먹는 곤을 가만히 바라보았다. 정신없고 힘든 하루를 보내느라 밥 한 끼도 제대로 챙겨 먹지 못했다는 말에 안쓰러웠는데, 잘 먹는 모습을 보니 마음이 한결 나아졌다. 선아는 족히 열 가지가 넘는 반찬들을 골고루 챙겨 주었다. 먹는다고 먹었지만 진혁과 둘이 먹기에는 양이 많아서 걱정이었는데 곤이 와서 맛있게 먹어 주니 다행이었다. 차마 버릴 수는 없는 음식이었으니까.

"옆집에서 제사라도 지냈대요?"

어느새 식사를 마친 곤이 시원한 물로 목을 축이며 물었다. 식사 중에는 어떤 질문을 해도 대답해 주지 않던 그녀, 깨끗이 비워진 밥그릇을 보더니 그제야 입을 열었다.

"아니, 누가 선물한 거야."

"선물이요? 누가?"

누가 뜬금없이 명절 음식을 선물하는지, 그때까지도 전혀 감을 잡지 못하고 있던 곤은 선아가 묵묵히 그의 두 눈을 응시하자 점차 묘해지는 기분을 느꼈다.

"두루가."

설마 했는데, 그녀의 이름이 나왔다.

"……아, 그래요? 이걸 다요?"

잠시 말이 없던 곤은 이내 식탁 위에 놓인 수많은 반찬들을 다시 한 번 돌아보며 물었다. 집들이 당일 날 아침, 선아에게는 무슨 선물을 해야 할지 고민이라던 두루의 말이 떠올랐다. 곤은 그날 CF 촬영 때문에 바빠서 그냥 아무거나 해도 되니 너무 신경 쓰지 말라며 전화를 끊었었다.

"어느새 요리 솜씨가 많이 늘었더구나."

"……."

"맛있게 잘 먹었다고 꼭 좀 전해 주렴."

"아, 네."

그녀 혼자 이렇게 많은 음식을 얼마나 힘들게 준비했을지 생각하니 가슴이 저릿했다.

"그리고 미안하다고도."

"……네?"

선아와 무슨 일이 있었을지도 모른다는 생각은 했지만 아니길 바랐다. 혹시 아닐 수도 있기 때문에 그저 너무 힘들어 집 밥 좀 먹고 싶다는 핑계로 집을 찾아온 상태였다. 이렇게 그녀의 입을 통해 먼저 얘기를 들을 줄은 몰랐다.

"그날, 내가 두루에게 실수를 했어."

"……."

"아무리 가짜 연애지만 하연이와 연애 중이라고 알려져 있는 위험한 시기에, 네가 두루를 만나려 하진 않을까 걱정이 돼서."

곤은 선아의 말이 이어질수록 심장박동이 조금씩 빨라지는 것을 느꼈다.

"그래서요."

"두 사람이 이미 만나고 있을 줄은 몰랐구나."

"……그래서요, 어머니."

"……."

"두루한테 무슨 실수를, 무슨 말씀을 하셨는데요?"

선아는 침착하려 애쓰는 곤을 보며 쓰게 웃었다.

"지금으로선 네가 누굴 만나도 싫을 것 같다고, 네 연애를 막아 줄 것을 부탁했어."

곤은 순간 입이 얼어 버렸다. 선아를 원망스럽게 부를 힘조차 없었다.

"미안하구나."

"……어머니."

"네가 좀 더 안정된 상황이 되었을 때, 조금 더 좋은 짝을 만났으면 하는 바람은 있었지만, 두루가 싫은 건 아니었어. 진심이다."

"……하."

곤은 눈을 감고 다소 거친 손길로 머리를 쓸어 넘겼다. 막막했다. 눈을 감고 있어도 눈이 시리고 따가웠다. 울먹이며 도망치던 두루의 마지막 모습이 선명하게 그려졌다. 선아의 말을 들은 후에야 그날 두루의 행동이 모두 이해가 갔다. 그렇잖아도 힘들었을 그녀에게, 하필 선아는 그의 마음을 알고 있다는 얘기까지 해 버렸으니. 가족처럼 생각했던 선아가 자신을 싫어한다는 생각에 크게 상처받았을 것이다. 견딜 수 없을 만큼 괴로웠을 것이다. 아니, 지금도 괴로워하고 있을 것이다. 아무것도 모르고 그녀를 아프게 한 자신이 미치도록 원망스러웠다.

"그 얘길 지금 와서 갑자기 하시는 이유는요?"

"……."

"이제 하연이 덕분에 자유로운 몸이 되었으니, 허락하시는 건가요?"

곤의 질문에 따가운 가시가 박혀 있었다. 선아는 말없이 그의 눈을 응시했다. 거세게 흔들리는 그의 눈동자가 두루에 대한 마음을 고스란히 드러내는 듯했다.

곤의 말도 틀린 것은 아니었다. 가장 큰 장애물이던 가짜 연애가 끝났으니 누구든 반대할 이유가 없는 것도 사실이었다. 하지만 그녀가 이제 와 두루에게 사과를 하는 것은 다른 이유 때문이 아니라 순전히 그녀의 마음이 동했기 때문이었다.

그날, 두루와 곤이 가고 난 뒤에야 선물을 열어 본 선아는 생각지도 못했던 명절 음식에 한 번 놀랐고, 그와 함께 들어 있던 카드에 또 한 번 놀랐다. 별 기대 없이 카드를 펼쳤던 선아는 빼곡히 적혀 있는 아기자기한 글씨들을 읽다가 어느 순간 목울대가 시큰해지는 것을 느꼈다. 두루가 진심을 다해 썼던 카드에는 다음과 같은 내용이 적혀 있었다.

안녕하세요, 어머니. 두루예요.

제 마음대로 어머니라고 불러도 될지 모르겠지만, 감히 제가 곤의 곁에 있어도 되는지도 모르겠지만, 이해해 주시리라 믿고 적어 봅니다. 사실 저는 태어나서 한 번도 이 말을 해 본 적이 없어서, 특히 어머니를 볼 때마다 무척이나 해 보고 싶었는데 이렇게라도 할 수 있게 돼서 기쁘네요.

예전에 저희 아버지가 돌아가시고 처음 맞는 설날에요. 어머니가 찾아오셔서 집에 있던 저를 끌고 데려가 주셨잖아요. 사실 그때 집에서 혼자 라면을 끓여 먹으려고 물을 올렸다가 한참 동안이나 면을 넣지 못하고 있었거든요. 물이 펄펄 끓는데도 보고만 있었어요. 제가 원래 라면을 굉장히 좋아하는데, 그날따라 너무 먹기가 싫어서요. 매번 설날이면 아빠가 끓여 주던 떡국이 생각나서. 명절 때마다 먹었던 음식들이 생각나서…… 그런데 어머니가 안 가겠다는 저를 억지로 끌고 데려가셔서 밥을 내어 주셨을 때, 사실 얼마나 감사했는지 몰라요. 그때 어머니는 제가 외롭고 슬퍼서 운다고 생각하셨지만, 저는 그 밥이 너무 맛있어서 울었어요.

정말 너무 맛있어서요.

감사합니다. 어머니. 그때도 그 후로도 한 번도 감사하다는 말을 제대로 하지 못했던 것 같아서 이렇게나마 보답을 하고 싶었습니다. 이제는 제가 곤에게, 어머니에게, 아버님에게 힘들 때 위안이 될 수 있는 사람이고 싶습니다.

맛이 조금 부족하더라도 예쁘게 봐 주세요.

어머니를 진심으로 존경하고 사랑하는, 두루 올림.

"보고 싶구나."

편지를 되새기던 선아의 목소리에는 희미한 울림이 깃들어 있었다.

"두루가."

말은 없었지만 선아가 해 주는 밥을 먹으면서 늘 촉촉해진 눈으로 행복한 미소를 지었던 그녀가. 어느새 진짜 가족처럼 익숙해져 버린, 그래서 저도 모르게 상처를 주고 말았던 그녀가.

보고 싶었다.

"네가 두루랑 행복했으면 좋겠다."

그저 보고 싶을 뿐이었다.

4-5
그럼에도 불구하고, 너

하루가 일 년처럼 길게 느껴지던 시간들이 지나고 어느새 휴가의 마지막 날이 되었다. 두루는 그동안 지방 곳곳을 여행하며 혼자만의 시간을 보냈다. 하지만 여행을 하면 마음이 정리된다는 말은 다 거짓이었다. 두루는 올 때보다 더욱 복잡해진 상태였다.

무거운 마음으로 카페 문을 열었는데, 몇 걸음 가지 않아 반가운 목소리가 들렸다.

"어, 한두루! 여기!"

창가 쪽에 앉은 수연이 두루를 향해 손을 흔들고 있었다. 두루는 엷은 미소를 띠며 그녀에게 다가갔다.

"어떻게 이렇게 만나냐. 멀리서 보니까 더 반갑다, 야. 그치?"

"그러네. 시간은 얼마나 돼?"

"한 삼사십 분? 차 마실 시간은 충분해. 아니다 날도 확 더워지는데 빙수나 먹을까?"

"그래, 그러자."

그들이 만난 곳은 전주 한옥마을 근처의 작은 카페였다. 두루는 혼자 한옥마을을 둘러보고 있다가 한쪽에서 방송 촬영을 하고 있는 것을 보았다. 자세히 살펴보니 수연이 하고 있다는 프로그램이었다. 혹시 몰라 전화를 했더니 마침 곧 휴식 시간이라고 해서 그때 다시 만나기로 하고 두루는 마을을 마저 돌았다.

구경을 마쳤을 즈음에 수연에게서 다시 전화가 왔다. 늘 혼자 외로운 여행을 하다가, 이렇게 타지에서 친구를 만나게 되니 반가운 마음이 배가 되었다.

"이런 걸 두고 운명이라고 하는 거야. 안 그래?"

얼마 후, 수연이 주문했던 녹차 빙수를 가져오며 너스레를 떨었다. 두루는 그저 피식 웃으며 빙수를 한 입 떠먹었다. 시원한 녹차 향이 입 안 가득 퍼졌다. 곱게 갈린 얼음 위에 뿌려져 있는 녹차 가루를 보니, 뜨거운 녹차를 불지도 않고 마시다가 캑캑거리던 곤이 떠올랐다. 어렴풋이 웃음이 나는 동시에 문득 녹차의 맛이 쓰게 느껴졌다.

"근데 너 무슨 일 있어?"

"아니. 왜?"

"얼굴 보니 그런데. 일벌레 한두루가 갑자기 휴가를 다 내고 여행 온 것도 이상하고."

"그냥…… 그냥 온 거야."

두루는 수연에게 곤과의 관계를 말해야 하나 잠시 고민했지만 이내 마음을 접었다. 지금은 곤과의 미래가 불투명했기에 더욱 말하기가 곤란했다. 그런데 수연은 마치 그녀의 속을 읽기라도 한 것처럼 먼저 그의 얘기를 꺼냈다.

"유곤이랑 너, 아무 일도 없어?"

"……뭐?"

"저번에 보니까 이하연이랑 가짜 연애도 끝났던데. 정말 뭐 없어?"

두루는 수연이 왜 곤과 자신을 자꾸 엮는 것인지 알 수가 없었다. 혹시 곤이 먼저 우리의 관계를 얘기했던 걸까. 하지만 두 사람이 그 정도로 가까운 사이는 아니었다.

"가, 갑자기 그런 걸 왜 물어? 왜 곤이랑 내가……."

"말 더듬는 거 보니까 있네, 있어. 둘이 뭐야? 사귀어?"

수연의 단도직입적인 질문 앞에 두루는 말문이 막혔다. 이렇게까지 묻는데 거짓말을 할 수도 없을 것 같았다. 결국 두루는 수연에게 곤과의 관계에 대해 사실대로 모두 털어놓았다. 그런데 놀랄 것이라고 생각했던 수연은 놀라기는커녕 줄곧 고개를 끄덕거리며 다 안다는 듯이 그녀의 이야기를 들어 주었다.

"근데 이 우라질 놈이 보고 싶다, 이후로 연락이 없다고?"

두루는 조용히 고개만 끄덕였다.

"단 한 번도?"

한 번 더 고개를 끄덕이는 두루의 표정이 급격히 어두워졌다. 그러자 수연이 앞 눈썹을 구부리며 수상쩍다는 표정으로 생각에 잠겼다.

"무슨 꿍꿍이지, 이 자식. 요즘 너무 정신이 없는 거 아니야? 이하연 은퇴랑 결별 발표에 대해서 자기 입장도 내놓아야 하고 뒤처리도 해야 했으니까."

"……."

"아니지. 그래도 문자 한 통 못 보낼 수는 없지. 그럴 놈도 아니고."

"……."

"아, 그러게, 너도 왜 그랬어! 피하기만 한다고 해결되는 게 어딨다구. 그냥 차라리 같이 상의를 하든 뭘 하든 얘기부터 나눴어야지."

두루도 속으로는 그러게, 하고 중얼거렸다. 시간이 지날수록 감정은 무뎌지고 후회만 남았다. 그때 조금만 더 이성적으로 판단하고 대처했더라면. 조금만 더 현명했더라면. 순간적인 감정 때문에 충동적으로 행동한 것이 자꾸 마음에 걸렸다.

수연이 시무룩하게 굳어 있는 두루의 표정을 보다가 위로하듯 다시 말을 꺼냈다.

"됐어. 너무 걱정하지 마. 유곤은 너 많이 좋아하니까. 필시 무슨 이유가 있을 거야."

좋아한다. 많이 좋아한다라. 두루는 강한 확신에 찬 어조로 얘기하는 수연을 빤히 쳐다보았다. 그녀가 어떻게 그렇게 확신할 수 있는 것인지 궁금했다.

"그렇잖아. 십 년 사랑이 어디 그렇게 쉽게 끝날 수 있는 거니?"

순간 애꿎은 빙수만 뒤적이던 두루의 손이 멈추었다. 좀 전과는 다른 정적이 테이블 위를 스쳤다.

"……그게 무슨 소리야?"

"무슨 소리냐니. 너 몰랐어?"

심장박동이 조금씩 빨라지기 시작했다. 놀라서 굳어 있는 두루를 보며 수연이 더욱 당황스러워했다.

"곤이, 너 십 년 넘게 좋아했잖아. 처음 봤을 때부터."

아무 말도 나오지 않았다. 짧은 탄성도 나오지 않았다. 그저 그 말을 듣는 순간 머리가 멍해지면서 목구멍이 뜨겁게 달아오르고 가슴이 뛰었다.

왜였을까. 거기까진 미처 생각지 못했다. 한 번도 생각해 보지 못했다. 그와 만난 뒤로, 그가 자신을 정확히 언제부터 좋아한 건지 궁금한 적이 있었지만 당연히 4년 전쯤일 거라고 생각했었다.

'없어. 4년간 한 번도 없었어.'

'누굴 좀 짝사랑했거든.'

'근데 그 사람이 안 잊히더라.'

'혼자 아주 안간힘을 썼는데도, 안 되더라.'

'4년 전에 굳이 하지 않아도 되는 독립을 결정했을 때, 이미 이유를 짐작하고 계시길래 말씀드렸어. 내가 널 좋아한다고. 그래서, 너무 힘들어서 더는 옆에 못 있겠다고.'

그는 주로 그들이 멀어졌던 4년을 기준으로 얘기를 했던 것도 있었고, 그보다 이전엔 그녀가 다른 남자를 만났기 때문에 당연히 그 시기는 제외하고 생각했었다. 그녀가 다른 남자를 사랑하고 있는 동안에도 그가 자신을 사랑하고 있었을 줄은, 그렇게 오랜 시간 자신을 바라보고 있었을 줄은, 꿈에도 생각지 못했다.

문득 대학 졸업식 날 그가 했던 말을 비롯해서 그동안 까맣게 잊고 있었던 지난 모든 시간들이 놀라울 정도로 생생하게 그녀의 기억 속에서 살아 움직였다.

'귀엽네.'

'……이름.'

'척은 무슨. 진짜로 할 건데.'

'사과나무 한 그루, 사과나무 두 그루, 사과나무 세 그루…….'

'잘 자, 한두루.'

'내가 네 옆에 왜 있는지 몰라?'

'좋아하니까.'

'내가 너 좋아하니까.'

지난 십 년, 그녀의 모든 시간에는 그가 있었다. 처음 이사를 가서 낯선 곳에 적응하던 순간에도, 연극 동아리를 하며 친구들과 행복했던 순간에도, 아버지를 잃었던 순간에도, 첫 연애를 하던 순간에도, 그 연애에 배신당하고 다시 혼자가 된 순간에도. 그는 늘 제자리를 지키고 서 있는 나무처럼 그녀의 옆에 있어 주었다.

그가 뜨거운 볕을 대신 맞으며 그늘을 내려 주고 있다는 것도 모르고, 그녀는 늘 그가 만들어 준 시원한 그늘에서 지친 몸을 누이고 마음 편히 쉬었다. 그렇게 살아왔다.

"……두루야."

어느새 눈가에 가득 고인 눈물이 멈추지 않고 흘러내렸다.

"……왜 몰랐을까. 왜."

왜 한 번도 돌아보지 못했을까. 왜 눈치채지 못했을까. 그는 그 오랜 시간 얼마나 아프고 힘들었을까.

"바보처럼 왜……."

얼굴을 감싼 가녀린 손가락 사이로 눈물이 새어 나왔다. 수연이 그녀의 옆에 다가와 어깨를 감싸고 천천히 토닥여 주었다.

"괜찮아. 늦게라도 이어졌잖아, 너희. 유곤은 더없이 행복할 거야. 이제부터 네가 쭉, 옆에 있어 주면 되잖아."

두루는 수연의 품에 안겨 한참 동안 눈물을 쏟았다. 그의 입장에서 지난 십 년을 생각하면 할수록 가슴이 너무 아파서 견딜 수가 없었다. 하지만 두루는 눈물을 쏟아 낼수록 흐렸던 마음이 점점 더 깨끗하고 분명해지는 것을 느꼈다.

그동안은 그가 왜 연락을 뚝 끊었는지, 이제 지쳐 버린 건지, 혹시 너무 실망해서 그녀를 포기해 버린 건 아닌지, 온갖 걱정을 하느라 먼저 다가가지 못했지만, 이제는 아무 것도 상관이 없었다. 설사 그가 그녀에게 마음이 떠났다 하더라도, 그녀는 그에게 다가갈 것이었다. 그럴 수 있는 용기가 생겼다. 지난 오랜 세월 한결 같았던 그가, 그녀에게 사랑에 대한 희망과 그에 대한 확신을 선물해 주었으니까.

"고마워, 수연아."

이제는 어떤 장애가 있더라도 두려워 않고 그에게 다가갈 수 있을 것 같았다.

"됐어. 얼른 곤이한테 가 봐. 내 결혼식 부케는 꼭 네가 받고."

"응. 정말 고마워."

수연과 웃으며 인사를 나눈 두루는, 더 지체하지 않고 빠른 걸음으로 카페를 나왔다. 처음으로 그에게 먼저 다가가는 길. 부디 그가 웃어 주길 바라는 그녀의 마음은 온통 떨림으로 가득 찼다.

"미안하지만 넌 그날 해고됐어."

"누님……."

태석은 울먹이는 얼굴로 소율을 보며 무릎까지 꿇었다. 일주일

만에 본 그의 얼굴은 까칠하게 상해 있었다. 하지만 그를 내려다보는 소율의 표정은 냉담하기만 했다.

"내가 분명히 말했을 텐데. 한 번만 더 네 멋대로 행동했다간 해고라고."

"정말 죄송해요. 당장 뭐라도 하지 않으면 안 될 상황이었어요. 제 사정 아시잖아요. 누님, 제발 한 번만……."

"사정이 급하면 나한테라도 손을 벌리든가. 어떻게든 다른 방법을 알아봤어야지. 넌 너 살자고 날 버린 놈이야. 그 기사 나갔으면 유곤만 망했을 것 같아? 이번 영화는? 나는?"

그날 경비의 도움을 받아 태석의 집에 들어간 소율은 그가 두고 간 꺼진 전화기를 발견했다. 딴에는 혹시 모를 위치 추적과 여러 상황을 대비해서 다른 전화기를 가져간 것 같은데, 그것이 천만다행이었다. 소율은 태석의 휴대폰에서 거래의 흔적을 찾을 수 있었다. 문자 내용을 보니 그는 지금 막 사진을 거래하러 나간 것 같았다.

소율은 당장 그 휴대폰으로 상대방에게 전화를 걸었다. 그리고 만약 기사가 나갈 경우 그녀가 할 수 있는 모든 조치를 들먹이며 협박을 한 뒤, 그가 태석에게 주기로 한 돈의 두 배를 주겠다고 말했다. 다행히 그는 소율의 제안을 받아들였다. 소율은 태석이 가지고 있던 사진의 필름과 파일들을 모두 처리하고, 나머지는 코디에게 맡긴 뒤 집을 나왔다.

일말의 양심은 있었는지 그 뒤로 소율의 앞에 나타나지 못하던 태석은 일주일 만에 찾아와 주차장 바닥에 무릎을 꿇으며 다시 받아 달라고 사죄를 하는 것이었다.

"너도 알겠지만 난 배신에 진저리가 난 인간이야. 무사히 보내
주는 걸 감사히 생각하고 그만 돌아가."

"누님……."

"다신 보지 말자."

소율은 뒤도 한 번 돌아보지 않고 냉정한 걸음으로 차에 올라탔
다. 태석이 울면서 창문을 두드렸지만 그녀는 정면만 직시하며 새
로운 매니저에게 빨리 가라고 말했다. 차가 주차장을 빠져나가고
더 이상 태석의 모습이 보이지 않게 되었을 때야, 소율은 조금 편
하게 의자에 몸을 뉘었다.

"언니, 괜찮을까요?"

태석이 마음에 걸리는 듯 코디가 연신 뒤를 돌아보며 물었다. 소
율이 매서운 눈초리로 그녀를 쏘아보았다. 기가 죽은 코디가 입술
을 꾹 다물며 앞을 보았다. 소율은 생각에 잠긴 듯 한동안 말이 없
다가 이내 휴대폰을 꺼내서 어디론가 전화를 걸었다. 잠시 후, 그
녀 특유의 까칠한 목소리가 차 안을 쩌렁쩌렁 울렸다.

"대체 왜 그래요, 진짜? 내가 회사에 벌어다 주는 돈이 얼마나
많은데 도대체가 말이 되는 소릴 해야지. 쥐꼬리만 한 월급 그거
얼마나 된다고 순진한 애들 등쳐 먹으면서 몇 달씩 안 주는데? 그
러니까 애들이 일도 제대로 못 하고 사고만 치는 거 아니야!"

소율의 고함에 코디와 매니저가 움찔하며 눈치를 보았다. 가시방
석이 따로 없었다.

"됐고, 지금 돈 보낼 테니까 김태석 통장으로 넣어요. 회사에서
주는 퇴직금이라고 하고. 중간에 먹을 생각하지 마요, 내가 다 확
인할 거니까! 그리고 한 번만 더 이런 케이스 생기면 계약 해지 소

송 걸 거니까 그렇게 알아요!"

소율은 신경질적으로 전화를 끊고 분을 삭이듯 씩씩거렸다. 그런데 아까까지만 해도 기가 죽어 있던 매니저와 코디가 새삼스럽게 동경 어린 눈빛으로 자신을 보고 있는 것이 느껴졌다. 민망해진 소율이 괜히 목청을 높이며 소리쳤다.

"뭘 봐? 너희들도 똑바로 안 하면 바로 해곤 줄 알아!"

하지만 그녀의 호통에도 불구하고 소율의 차에는 간만에 짧은 웃음이 번졌다.

"감사합니다."

두루는 은호가 건넨 아이스커피를 받으며 싱긋 웃었다.

밤이 되자 차이나타운의 거리는 더욱 이국적인 분위기를 풍기며 묘한 매력을 뿜냈다. 거리를 둘러보던 두루의 시선이 낯익은 간판에 꽂혔다. 전에 은호와 함께 섭외를 하려고 갔던 중국집이었다. 조용히 두루의 시선을 따라간 은호가 얼핏 웃음 지었다.

"영화 끝나고 우리가 섭외한 음식점 잘되면, 저 집 사장님은 배 좀 아프실 거야."

"맞아요."

두루가 짧게 웃으며 말했다. 곤을 한시라도 빨리 보고 싶어서 집이 아닌 촬영장으로 왔는데 마침 나오고 있던 은호와 마주쳤다. 곤은 오후에 촬영이 끝나고 먼저 갔다고 했다. 전화라도 해 볼걸, 아쉬워하며 돌아가려는 두루를 은호가 붙잡았다.

"그날이 바로 어제 같은데, 벌써 계절이 바뀌어 가네."

은호는 그날을 다른 어떤 날보다 생생하게 기억했다. 조금 거센

비가 내리던 쌀쌀한 봄날이었다. 하필 그날 은호는 그동안 꾹꾹 숨겨 왔던 자신의 마음을 어느 정도 드러내 버렸고, 그게 자극이 되었던 건지 두루는 그에게 고백을 했다. 그때 차 안의 그 덥고 습했던 공기와 어색했던 분위기, 자신의 볼에 와 닿았던 촉촉한 입술의 감촉을, 그는 잊을 수 없었다. 아마 앞으로도 오래 잊을 수 없을 것 같았다. 태어나서 그날만큼 설레었던 날이 없으니까.

"두루야."

은호가 나지막하고 부드러운 목소리로 그녀를 불렀다.

"유곤 씨, 많이 힘들어 보이더라."

두루가 약간 놀란 눈으로 그를 바라보았다. 좋아하는 사람이 곤이라고는 말한 적 없지만, 그는 이미 알고 있는 것 같았다.

"그동안 네가 없어서 나도 많이 허전하고 우울했는데, 나보다 더 힘들어 보여서 다행이라고 생각했어."

"……."

"나보다 더, 너를 사랑하는 것 같아서."

잠시 정적이 스쳤다. 두루는 마음이 찡했지만 무슨 말을 해야 할지 알 수가 없었다.

"무슨 일인지는 모르지만 걱정했는데. 네 표정이 전보다 밝아 보여서 다행이다."

은호에게는 고맙고 미안하다는 말이 가장 하고 싶었지만 그 말조차 미안해서 쉽게 할 수가 없었다.

"너는 이제야 내가 편해 보인다."

언젠가 은호가 했던 말이 떠올랐다. 불편하다는 건, 그만큼 신경 쓰고 있다는 뜻이기 때문에 좋다고. 나는 아직 네가 불편하다고.

그때는 그것이 간접 고백인 줄도 몰랐었다.

"하지만 나는 아직 네가 편해졌다고 말은 못 하겠다."

"……."

"그래도 이젠, 편해지려고 노력은 해 보려고."

직장 상사에게 혼이라도 나는 사람처럼 고개를 숙이고 커피만 휘젓고 있던 그녀가 천천히 고개를 들었다.

"우리 다시 웃으면서 볼 수 있게. 내가 노력할게."

"……."

"대신 넌 많이 행복해야 돼. 내가 딴생각 들지 않게."

은호가 장난스레 웃으며 그녀의 머리를 헝클었다. 두루는 간만에 느끼는 그의 가벼운 손길이 좋았다. 어쩌면, 정말 어쩌면, 아주 나중에는 예전처럼 돌아갈 수 있을지도 모르겠다는 생각이 들었다. 둘도 없이 다정한 남매 사이 같았던 예전으로.

"고맙습니다, 팀장님."

두루가 아이스커피를 한 모금 마신 뒤 수줍은 미소를 띠며 말했다. 고민했지만, 미안하다는 말은 하지 않는 게 좋을 것 같았다. 그는 미안함보다 고마움이 더 큰 사람이었으니까.

"나도. 고맙다."

건조하게 말라 가던 가슴에 생기를 불어넣어 줘서. 4년이란 긴 시간 동안 나를 바라봐 줘서. 다시 사랑받고 사랑할 수 있게 해 줘서.

그리고 나 자신을, 믿을 수 있게 해 줘서.

"잘 가, 한두루."

그녀를 놓쳤던 자리에서 그녀를 놓아주는 그의 입가에 아픈 웃음이 번졌다. 한 가지 다행인 것은, 그 웃음에 그때는 없던 여유가 아주 조금이나마 깃들어 있다는 것이었다.

택시에서 내린 두루는 곧바로 곤의 집으로 향했다. 그리고 떨리는 손으로 곤의 집 초인종을 눌렀다. 하지만 아무리 눌러도 안에선 아무 대답이 없었다.

"곤아! 유곤!"

혹시 집에 없나 싶어 휴대폰을 꺼내려던 순간이었다. 허공에 멈춘 두루의 손이 천천히 아래로 떨어졌다. 그녀의 시선은 한 곳에 박혔고, 그녀의 걸음은 무언가에 이끌리듯 천천히, 천천히 다른 곳으로 향했다.

휘잉. 일순 강한 바람이 그녀의 옷깃을 스치고 지났다. 그와 동시에, 눈이 내렸다. 6월 1일 초여름에, 그녀의 집 마당에는 하얀 눈이 쏟아지고 있었다. 그리고 그 밑에는 그가 있었다. 그토록 보고 싶던 그가 쏟아지는 눈을 맞으며 그녀를 바라보고 있었다. 그 장면이 꼭 꿈처럼, 환상처럼 느껴져서 두루는 대문 앞에 선 채 한동안 그에게 다가가지 못했다.

한참 불던 바람이 멈추고 눈이 그쳤을 때야 두루는 천천히 걸음을 옮겼다. 한 걸음, 한 걸음 걸을수록 점점 더 눈가가 촉촉해졌다. 그도 마찬가지였다. 그녀가 다가갈수록 점점 더 눈시울이 붉어졌다.

마침내 그녀의 걸음이 멈추었다. 그녀는 바로 앞에 서 있는 그를 가만히 보다가 천천히 손을 올려 그의 볼을 쓸어 주었다. 부드러운 듯 깔끄러운 흙이 그녀의 엄지손가락에 묻어 나왔다.

"……이게 뭐야."

두루는 그의 어깨를 비롯해 옷 곳곳에 묻어 있는 흙과 꽃잎들을 털어 내 주었다. 마지막으로 흙투성이가 된 목장갑을 벗겨 주는데 참아 왔던 눈물이 툭 떨어졌다.

"……이게 뭐야, 너. 남의 집에서 뭐하는 거야."

괜스레 투덜거리며 그의 가슴팍을 치자 가만히 맞고 있던 곤이 이내 그녀를 확 당겨서 품에 안았다. 그녀가 으스러질 정도로 세게 끌어안았다. 귓가에 그의 뜨겁고 나직한 숨이 내려앉았다. 그리웠던 그의 숨결에, 향기에 그녀는 결국 울음이 터지고야 말았다.

"그러게. 누가 대문을 열어 놓고 가래."

십 년 전부터, 그녀의 집 대문은 늘 열려 있었다. 곤이 언제든 편하게 오고 갈 수 있게. 며칠 전 처음으로 비밀번호를 바꿔 놓고도 습관적으로 대문은 열어 두고 갔다. 습관. 그랬다. 그녀에게 있어 그는 습관 같은 사람이었다. 너무 익숙해져 버려서 쉽게 떼어 낼 수 없는 것.

"팻말까지 걸어 놓고 짠, 멋있게 보여 주고 싶었는데. 실패했어."

"무슨 팻말?"

"너한테 하고 싶은 말을 적은 팻말."

"무슨 말이 하고 싶었는데?"

그러자 곤이 두루를 품에서 살며시 놓아주고 그녀의 얼굴을 바라보았다. 희미한 달빛이 드리워진 그녀의 얼굴은 무척 아름다웠다. 그 아름다운 얼굴 위로 하얀 사과 꽃잎이 스쳐 지났다.

사과나무였다. 그녀의 시선을 단숨에 사로잡은 것은. 커다란 사과나무 한 그루가 눈처럼 하얀 꽃을 흩뿌리고 있었다. 외롭게 홀로 서 있던 벚나무의 든든한 친구가 되어.

"너의 사과나무가 될게."

"……."

"네가 힘들 때마다 주문처럼 외우던 사과나무 대신, 이제 나를 찾을 수 있게."

곤을 지그시 바라보던 두루가 이윽고 짧은 웃음을 흘렸다.

"왜 웃어? 난 진지한데."

"이거 준비하느라고 그동안 연락 안 한 거야?"

한 그루의 사과나무를 심기 위해 토양을 바꾸고 화단을 만들고, 힘들게 나무를 구하고 또 옮겨 심었을 그의 모습이 떠올라 마음이 아릿한 동시에 행복한 미소가 번졌다. 하지만 연락에 대해 묻는 그녀의 억양에는 감출 수 없는 서운함이 묻어나 있었다. 두루를 바라보는 곤의 눈빛이 다시금 깊어졌다.

"실은 월요일에 어머니를 찾아갔었어."

어머니라는 말에 두루의 가슴이 짧게 반응했다.

"혹시 너와 무슨 일이 있었던 건 아닌가 해서 묻고 싶었는데, 어머니가 먼저 말씀하시더라. 그날 너한테 실수를 했다고. 네가 싫어서가 아니었다고, 미안하다고, 꼭 전해 달라 하셨어."

"……."

"네가 만든 음식도 맛있게 잘 먹었다고, 음식 솜씨가 많이 늘었다고 칭찬도 하셨어."

"……."

"그리고…… 보고 싶다고. 너를 보고 싶다고 하셨어."

묵묵히 곤의 말을 듣던 두루의 눈에 다시 뜨거운 눈물이 맺혔다. 곤이 그녀의 얼굴을 부드럽게 감싸 쥐고, 흘러내리는 그녀의 눈물을 거두어 주었다.

"미안해, 두루야."

"……."

"그 말을 듣는데 너한테 너무 미안해서 당장이라도 달려가고 싶었는데, 문득 욕심 같은 기대가 생겼어. 너를 조금만 더 기다려 보자는 욕심. 네가 혹시 이런 장애에도 불구하고 날 다시 찾아 줄지도 모른다는 기대."

"……."

"어떤 장애가 있건 네가 나를 포기하지 않고 다시 선택해 주길 바랐어. 물론 네가 그러지 않았다 해도, 나는 너를 붙잡을 생각으로 이 나무를 심은 거지만."

그런 이유일 거라고는 생각지 못했지만, 나쁘지 않았다. 그가 그녀를 시험했다고 생각할 수도 있었지만, 그가 그녀를 믿었다고 생각할 수도 있었다. 그리고 그녀는 다행히 그 믿음에 보답을 했다. 사랑엔 솜털만큼도 자신이 없던 그녀가, 처음으로 그를 먼저 찾아간 것이다.

"고마워. 많이 힘들었을 텐데, 나를 다시 찾아 줘서."

내가 더 고마워. 많이 힘들었을 텐데, 오랜 시간 나를 놓지 않아서.

"너 보니까, 이제야 살 것 같다."

그녀의 두 뺨을 어루만지는 그의 손이 더없이 애틋했다. 두루는 말없이 곤의 눈을 바라보았다. 이렇게 가까이서 그의 눈을 마주한 게 얼마만인지. 심장이 아프게 떨려 왔다. 그녀의 눈을 빤히 들여다보던 곤의 입술이 살짝 위로 휘었다. 이윽고 그의 얼굴이 자연스럽게 다가왔다.

처음도 아닌데, 심장이 정신없이 쿵쾅거리며 처음보다 빠르게 뛰었다.

그의 코가 그녀의 코에 살며시 닿았다. 그 느낌이 좋았다. 가슴이 간지러운 것 같은 오묘한 느낌이 온몸을 휘감았다. 그가 고개를 비스듬히 꺾으면서 코에 닿았던 그의 감촉이 사라졌다. 대신 입술 위로 그의 자잘한 숨결이 느껴졌다. 그가 조금 더 가까이 다가왔다. 두 사람의 입술이 닿을 듯이 가까워졌다. 두루는 살며시 눈을 감았다. 눈을 감자 촉감을 느끼는 신경이 더욱 예민해진 것 같았다. 그녀의 볼과 목을 어루만지는 그의 느린 손길과 그녀의 입술 위를 머무는 그의 숨결이 더욱 뜨겁게 느껴졌다.

그런데 그는 지독히도 그리웠던 이 순간을 만끽하기라도 하려는 듯 입술을 바로 주지 않았다. 그의 입술이 그녀의 입술을 스치고, 그의 숨결이 그녀의 입술을 간질이는 느낌만 한동안 계속되면서 그녀를 애타게 만들었다. 참다못한 그녀가 그의 옷깃을 움켜쥐고 먼저 다가가려던 순간이었다.

"하……."

그녀를 애태우는 동안 저절로 거칠어진 숨을 내뱉으며 그가 그녀의 입술을 삼키듯이 베어 물었다. 촉촉하고 부드러운 그 입술을 맛보는 순간, 그동안 참아 왔던 욕망이 저절로 고개를 들었다. 그녀의 도톰한 아랫입술을 집중적으로 핥고 깨물던 그가, 이윽고 작게 벌어진 틈 사이로 열기를 밀어 넣었다. 매끄러운 감촉. 달콤한 향기. 미치도록 그리웠던 그녀의 느낌이 그의 죽어 있던 세포들을 모조리 일깨우는 것만 같았다. 어느 한순간에 중독되어 버렸던 이토록 탐스러운 그녀를 맛보지 못했던 지난 일주일은 지옥과도 같은 고통이었다. 이제 간신히 그 고통에서 해방된 그는 이 벅차고 행복한 순간을 조금 더 느끼기 위해 끓어오르는 욕망을 절제하며 입술을 나누는 것에만 집중했다.

희미한 달빛 아래, 달콤한 온기를 나누며 점점 달아오르는 두 사람의 위로 늦은 봄바람이 데려온 사과 꽃잎들이 유유히 떨어져 내렸다. 낮보다 환하고 겨울보다 새하얀 그들의 밤이, 그렇게 깊어가고 있었다.

에필로그.

7개월 후

12월의 첫날. 이례적인 폭설에도 불구하고 한 영화관은 수많은 기자와 스타들, 그리고 팬들로 인산인해를 이루었다. 많은 이들의 관심과 기대 속에 드디어 개봉한 영화 〈스틸〉의 VIP 시사회 때문이었다.

　영화 시작 전 무대 인사를 하기 위해 곤과 소율을 비롯한 주연 배우들과 감독이 스크린 앞에 섰다. 그들이 등장하자 객석에서 뜨거운 환호와 박수가 쏟아졌다. 두루도 객석에 앉아 있는 사람 중 한 명이었다. 두루뿐만 아니라 〈스틸〉을 제작한 제작 1팀 팀원들 모두 VIP 시사회를 보러 온 상태였다. 두루의 왼쪽 옆으로는 진혁과 선아가 앉아 있었다. 두루는 특히 바로 옆에 앉은 선아와 틈틈이 귓속말을 주고받으면서 수다를 떨어서 진혁이 소외감을 느낄 정도였다.

　"안녕하세요. 이번 영화에서 손기우 역을 맡은 유곤입니다."

곤이 짤막하게 자기소개를 하자 팬들의 열화와 같은 성원이 쏟아졌다. 그간 운동으로 몸을 더욱 키운 상태라서인지 오늘따라 블랙 슈트가 더할 나위 없이 잘 어울렸다. 곤은 환호해 주는 팬들에게 짧게 웃어 주었다. 붉은 입꼬리가 보기 좋게 위로 휘면서 보조개가 들어가자 팬들이 자지러지는 탄성을 내질렀다.

"오늘 날씨도 안 좋은데 이렇게 먼 길 와 주셔서 정말 감사드립니다. 저희 영화 짜릿한 액션 영화니까요. 보시면서 스트레스도 풀고 또 감동도 받아 가실 수 있었으면 좋겠습니다. 감사합니다."

곤의 말이 끝나고 박수가 쏟아졌다. 두루도 열심히 박수를 치며 곤을 향해 환하게 웃었다. 틈만 나면 두루와 눈을 마주치던 곤이 그 미소를 보고 따라 웃었다. 수많은 사람들이 곤 하나만 바라보고 있는 자리에서 곤의 시선을 받는다는 것은 느낌이 색달랐다. 그가 더욱 멋져 보이는 것은 물론, 어쩐지 더욱 사랑받는 듯한 기분이 들어서 좋았다.

"힘들게 준비한 만큼, 저희 영화 재밌게 봐 주셨으면 좋겠습니다. 감사합니다."

소율의 멘트를 마지막으로 감독과 배우들은 다 함께 인사를 하면서 무대 인사를 마무리 지었다.

잠시 후, 극장의 불이 꺼지고 영화가 시작되었다. 스크린에 영화의 제작, 배급을 한 AK PICTURES의 로고가 크게 떴다. 두루는 이 순간이 가장 떨렸다. 수많은 스텝, 배우들과 고생을 하면서 영화를 만들었던 지난 시간들이 빠르게 스쳐 지나면서 가슴속에 울림이 일었다. 지금 함께 영화관에 있는 관객들이 이 영화를 어떻게 봐 줄지, 긴장이 되기도 했다.

그때, 떨리던 두루의 손을 익숙한 온기가 뒤덮었다. 그 익숙한 온기는 여지없이 손가락 사이사이를 파고들며 그녀의 손을 포박하듯 꽉 잡았다. 두루가 옆을 보며 살며시 미소 지었다. 이 순간 누구보다 떨릴 사람은 그였는데, 아무렇지 않은 척 그녀를 챙겨 주는 모습이 역시나 든든했다. 오늘따라 그의 어깨가 한 뼘은 더 넓어 보이는 것 같았다. 두루는 그 반듯하고 넓은 어깨에 기대고 싶은 충동을 억누르며 다시 스크린으로 시선을 꽂았다.

처음으로 그와 함께 만든 영화를, 그와 함께 본다.

영화의 결과가 어떻게 되든, 일단은 그 사실만으로도 가슴이 벅차게 행복했기에 그녀는 잠시 걱정 따위는 잊고 영화에 집중하기로 했다.

영화의 시작과 거의 동시에 들어온 은호는 맨 뒷자리에서도 오른쪽 구석진 자리에 앉았다. 은호는 영화를 볼 때 항상 맨 뒷줄 오른쪽 끝에 앉았다. 오늘도 그러고 싶었지만 자리가 이미 예매된 상태라 어쩔 수 없이 그 옆에 앉았다. 그런데 정작 자리의 주인공은 아직 오지 않은 상태였다. 은호는 빈자리를 보며 왠지 아깝다는 생각이 들었다.

영화가 시작한 지 오 분이 지나도록 비어 있던 자리가 십 분쯤 되었을 때 비로소 찼다. 영화에 집중하고 있던 은호는 인기척을 느끼고 옆을 보았다. 그림자처럼 소리 없이 자리에 앉은 여자가 선글라스를 벗어 팔걸이에 꽂았다. 그런데 하필 은호의 팔걸이였다. 거슬리긴 했지만 음료를 마실 것도 아니었기에 은호는 신경을 끄고 다시 스크린을 보려고 했다. 그런데 잠시 스친 여자의 얼굴에서 낯이 익다는 느낌이 강하게 들었다. 다시 고개를 돌렸을 때, 은호는 그녀와 눈이 마주쳤다.

예전보다 더 야윈 듯하지만 인상은 한결 부드러워진 그녀는, 하연이었다. 은퇴 이후로 전혀 소식을 알 수 없었던 하연이기에 은호는 다소 놀란 얼굴로 그녀를 바라보았다. 그러자 하연도 은호를 빤히 보다가 이내 짧은 눈인사를 하고 시선을 돌렸다. 은호는 하연이 자신을 알고 인사를 한 건지 아니면 예의상 한 건지 알 수 없었다. 하지만 확실히 개인적으로 아는 사이는 아니었기에 그도 다시 영화에 집중하려고 노력했다.

두 시간가량의 영화가 끝나가던 시점에 그녀는 자리에서 일어섰다. 왔을 때처럼 조용한 움직임이었지만 은호는 그녀가 간다는 것을 분명히 느꼈다. 돌아보지는 않았지만 왠지 옆이 허전한 기분도 들었다. 그런데 얼마 후 무심코 팔걸이에 손을 올렸을 때였다.

'선글라스……'

그녀가 두고 간 선글라스가 그의 손에 걸렸다. 영화가 시작한 뒤에 들어오고 끝나기 전에 나가는 것도 모자라, 그림자처럼 숨죽여 움직이는 사람이었다. 은호는 망설일 것도 없이 선글라스를 들고 자리에서 일어났다. 영화관을 빠져나가는 그의 발걸음이 다소 급했다.

영화관을 나와 엘리베이터를 탄 순간까지도 선글라스를 놓고 왔다는 사실을 인지하지 못했던 하연은 1층에서 몇몇 사람들이 그녀를 보며 수군거리는 것을 본 뒤에야 눈앞이 아까와 다르게 환하다는 것을 알았다. 순간 하연은 심장이 쿵 내려앉는 동시에 강한 편

두통이 밀려들면서 머리가 어지러워지는 것을 느꼈다. 너무 당황한 나머지 머리가 완전히 백지 상태가 되어 버렸다. 가슴이 빠르게 뛰고 목이 타는 듯한 갈증이 나기 시작했다.

하필 오늘 폭설 때문에 차를 놓고 택시를 타고 왔던 것이 심히 후회되었다. 다시 택시를 타고 돌아가려면 이 수많은 사람들의 시선과 관심을 한 몸에 받아야 했다. 하연은 은퇴를 하고 난 뒤 대중에 대한 두려움이 더욱 심해졌다. 그래서 사람들이 많은 공공장소에 가는 것을 꺼려했다. 언제부턴가 그런 곳에 가면 모든 사람들이 자신을 보며 수군거리고 손가락질을 하는 듯한 환상에 빠졌기 때문이다. 일종의 불안 장애였다.

하지만 지금 이 순간 기댈 수 있는 사람은 아무도 없었다. 하연은 최대한 침착하게 앞을 보며 한 발 한 발 내디뎠다. 극도의 불안과 긴장으로 다리까지 떨리는 것 같았다. 그런 와중에 사람들은 점점 더 모여들었고 일부는 사진을 찍기도 했다.

"저기 이하연 아니야?"

"맞네, 이하연! 〈스틸〉 시사회 보러 온 거 아니야?"

"근데 왜 혼자 저러고 있지? 표정도 뭔가 좀 이상한 것 같지 않아?"

사람들의 목소리가 점점 더 크게 들렸다. 별것 아닌 얘기들도 조소가 섞인 것처럼 들려왔다. 하지만 떨리는 다리는 좀처럼 빠르게 나가지 못했다. 하연은 점점 더 괴로워졌다. 귀를 막고 싶었다. 눈을 감고 싶었다. 아무것도 보고 싶지도, 듣고 싶지도 않았다. 그저 당장 이곳에서 벗어나고 싶었다. 빨간 불에 횡단보도 중간에 멈춰 선 것처럼, 어디로도 갈 수 없는 막막함이 그녀를 덮쳐 왔다. 그런데 그 순간이었다.

가늘게 떨리던 그녀의 어깨를 갑자기 다가온 누군가가 따스한 온기로 감싸 주었다. 놀란 그녀가 그를 뿌리치려고 한 순간, 그녀의 한 손에 검은 선글라스가 들어왔다. 하연은 천천히 고개를 들어 보았다.

영화관에서 그녀의 옆자리에 앉았던 남자였다. AK PICTURES 최은호 팀장. 그는 영화계에서 워낙 유명한 프로듀서이기도 했고 아주 예전에 동료 배우의 생일 파티에서 한 번 만난 적이 있었다. 물론 그는 기억을 못 하겠지만.

은호는 아무 말 없이 정면만 보며 걸었다. 그래서 그녀는 그의 옆모습밖에 볼 수가 없었다. 그는 전체적으로 부드러운 선을 가지고 있었지만 무표정한 얼굴에서는 언뜻 냉정하고 차가운 분위기가 느껴졌다. 하지만 그녀를 감싸 주는 그의 큰 키와 긴 팔에서는 자상함과 듬직함이 느껴졌다. 그로 인해 천천히 마음의 안정을 되찾은 하연은 굳이 선글라스를 끼지 않아도 좀 전보다는 당당히 걸을 수 있었다. 그녀는 조심스럽게 그와 발을 맞추어 걸었다. 더는 걸음이나 몸이 떨리지 않았다.

그의 따스한 온기가 그녀의 온몸을 감싸 주고 있었기 때문이다.

영화의 평은 생각보다 무척 좋았다. 대중의 입맛을 맞추면서 평론가들에게 호평을 얻는 것은 몹시 어려운 일이었는데 〈스틸〉은 대중과 평론가 모두를 만족시키는 쾌거를 이루었다. 이에 두루와 곤은 그날 밤 둘만의 작은 파티를 열었다.

그런데 와인 두 잔에 얼굴이 벌겋게 달아오른 두루가 돌연 잔을 내려놓더니 자리에서 벌떡 일어섰다.

"어디 가?"

"졸려. 더는 안 되겠어."

"뭐?"

당황한 얼굴로 소리친 곤이 곧바로 그녀의 손목을 잡아챘다. 두루는 작은 양손을 다 써 가며 그의 커다란 손 하나를 떼어 내려 애썼다. 곤이 한쪽 눈썹을 살짝 일그러뜨리며 그녀를 쏘아보았다.

"오늘은 절대 그냥 못 넘어가."

"미안. 나도 오늘은 얘기를 좀 해 보고 싶었는데, 술이 좀 안 받는 날인가 봐. 어지러워서……."

참다못한 곤이 잡고 있던 그녀의 손목을 확 잡아당겼다. 그의 강한 힘에 끌려간 두루는 단번에 그의 품에 안기는 꼴이 되고 말았다. 두루가 벗어나려 하자 곤은 그녀를 번쩍 안아서 허벅지 위에 앉힌 뒤 그녀의 양다리를 제 허리에 감싸게 만들었다. 곤은 두루가 빠져나가지 못하게 그녀의 양손을 단단히 붙잡고 얼굴을 마주했다. 그리고 두루가 조금이라도 움직이려 하면 그녀를 바싹 당겨서 자신과 더욱 밀착하게 만들었다. 그녀는 그와 아래가 맞닿는 느낌에 정신이 번뜩 들었지만 아닌 척하며 풀어진 눈으로 연기를 계속했다.

"한두루."

"진짜 졸려서 그래. 자고 싶어."

"나랑 자면 되겠네. 그럼."

"야!"

곤은 버럭 소리치는 그녀의 뒷목을 끌어당겨 강제로 입을 맞추었다. 처음엔 반항하던 두루도 그가 특유의 끈질긴 집요함으로 입술 사이를 파고들자 못 이기는 척 키스를 받아 주었다. 키스가 깊어질수록 두루는 아랫배에 닿는 느낌이 점점 더 묵직해지는 것을 느꼈다. 이대로 가면 위험하다는 생각이 들었을 때는 이미 늦은 뒤였다.

빠른 속도로 달아오른 곤이 그 자세 그대로 두루를 받쳐 들고 일어나 방으로 걸어 들어가는 것이었다. 두루는 곤의 허리에서 다리를 풀기 위해 발버둥 쳤지만 그의 단단한 팔이 그녀의 엉덩이를 받치고 있는 터라 소용이 없었다.

어느새 두루는 침대 위에 쓰러졌고 곤은 그 위에 올라타 있었다. 두루는 거칠게 셔츠를 벗으며 다가오는 곤을 보며 겁에 질린 듯 몸을 뒤로 물렸다. 요즘 들어 불이 붙은 듯한 그의 욕망을 감당해 내느라 두루는 몸이 남아나지 않을 지경이었다. 그러나 이에는 그녀의 잘못이 영 없는 것도 아니었다.

일주일 전 그에게 정식으로 프러포즈를 받은 뒤, 그녀는 아직까지도 대답을 해 주지 않고 있었기 때문이다. 이에 곤은 채워지지 않는 갈증을 몸으로 해소하려는 듯한 경향을 보였다.

"이러지 마. 말로 하자 우리. 오늘 아침에도 했잖아."

"아깐 자고 싶어서 안 되겠다며."

"야, 그건 이런 뜻이……!"

금세 반나체가 된 곤이 탄탄한 몸으로 그녀를 덮쳐 오며 입을 맞추었다. 아무래도 화가 단단히 난 모양인지 그의 키스가 점점 더 거칠어지고 있었다. 하지만 곤이 남자답거나 터프한 모습을 보일 때 더욱 끌리는 두루는 그의 키스가 격렬해질수록 몸이 절로 달아오르는 것을 느꼈다. 이래선 안 되는데. 어느새 곤에게 너무 익숙해져서, 이제는 몸이 먼저 반응해 버린다.

"그럼 이제 대답해 봐. 나랑 결혼할 거야, 안 할 거야?"

곤이 그녀의 하얀 목덜미를 입술로 지분거리며 물었다. 두루가 간지러운 듯 웃으며 몸을 비틀었다.

"설마 정말 나랑 연애만 하고 결혼은 안 할 생각이야?"

곤이 원망스럽다는 듯 그녀의 쇄골 부근을 세게 깨물며 물었다. 두루의 입에서 이번엔 아픈 신음이 샜다.

"대체 왜 대답을 안 하는 건데?"

성난 것처럼 티셔츠를 아래로 잡아당겨 가슴 부근에 입을 맞추던 곤이, 돌연 확 가라앉은 목소리로 진지하게 물었다. 생각할수록 속이 상해서 참을 수가 없었다. 처음엔 그저 장난 삼아 그러는 것이라고 생각했는데, 시간이 길어질수록 그게 아닐지도 모른다는 불안감이 들었다. 그녀는 연애를 하는 동안 단 한 번도 결혼하고 싶다는 얘기를 꺼낸 적이 없었다.

"한두루!"

"알았어. 할게. 대답할 거야."

나긋나긋하게 그를 다독이는 듯한 목소리에 곤의 검은 눈동자가 다시 반짝거렸다. 방금까지만 해도 서늘하게 굳어 있던 그의 얼굴에 희망 찬 미소가 번졌다.

"해 봐, 얼른."

곤이 그녀의 위에 누운 채로 그녀의 입술에 자신의 귀를 바싹 가져다 댔다. 맞닿은 가슴에서 심장 소리가 느껴지고 그녀의 달콤한 숨결이 귀를 간질였다. 오로지 단둘뿐인 방 안의 분위기는 적당히 조용하고 평화로웠다. 딱 좋았다. 그래, 바로 이 순간, 그녀의 입에서 그의 청혼을 받아들이는 말이 나온다면…….

"봐서."

행복한 상상에 저도 모르게 웃음을 머금고 있던 곤의 표정이 순식간에 어두워졌다.

"하는 거 봐서."

"야, 한두루!"

"말을 끝까지 들어. 오늘 하는 거 봐서."

"뭐?"

"오늘 하는 거 봐서 대답한다고. 네가 지금……."

너 진짜, 헛웃음을 내뱉으며 두루를 바라보던 곤은 말하고 있는 두루의 입술 사이로 재빨리 혀를 밀어 넣었다. 동시에 곤의 뜨거운 손이 티셔츠 안으로 밀려 들어왔다.

두루는 최대한 대답을 미뤄 보려고 했지만 더는 힘들다는 것을 느꼈다. 맘 같아서는 당연히 프러포즈를 받는 순간 예스를 외치고 싶었다. 하지만 얼마 전 들었던 수연의 말이 자꾸 떠올라 입이 잘 떨어지지 않았다. 두루는 얼마 전에 결혼 선배인 수연을 만났었다. 그런데 결혼 전과 달리 놀라울 정도로 초췌해진 그녀는, 곧 프러포즈를 받을 것 같다며 설레하던 두루에게 '받지 마!' 하고 소리쳤다.

'프러포즈받지 마! 그딴 거 받는 거 아냐! 남자들은 여자가 확실히 내 손에 들어왔다 싶으면 질린다더니, 다 사실이었어! 이 인간이 나를 이렇게 헌신짝 취급할 줄이야!'

엉엉 울며 신세 한탄을 하는 수연을 보며 두루는 순간 등골이 오싹해지는 기분을 느꼈다.

'너도 최대한 늦게 줘. 무엇이든지 최대한 늦게! 손에 잡히는 순간 내 꼴 날지도 모르니까!'

곤은 요새 하필이면 멜로 영화를 찍고 있었다. 두루는 그가 여배우와 매일같이 붙어 지내고 진한 씬을 촬영하는 것을 생각만 해도 배알이 뒤틀렸다. 온갖 걱정과 불안에 잠도 제대로 잘 수가 없었다.

그런 와중에 수연의 충고가 신경 쓰이지 않을 수가 없었다. 곤을 못 믿는 것은 아니지만 요즘 들어 그녀의 속을 새까맣게 태우는 그를 조금이나마 안달 나게 해 주고픈 마음도 있었다. 두루는 그를 하루빨리 내 남자로 만들어야겠다는 마음이 드는 동시에, 너무 빨리 그의 여자가 되어서는 안 되겠다는 생각 때문에 요즘 매일이 혼란스러웠다.

"네가 어떻게 나한테 이럴 수 있지?"

하지만 아무리 혼란스럽거나 그가 미워도,

"내가 너를 얼마나 사랑하는데."

그가 이렇게 확신에 찬 한마디를 뱉어 주면 금세 마음이 동하곤 했다.

"어디 한번 잘 봐."

곤은 날카로운 목소리로 속삭이며 그녀의 귓가에 입을 맞추었다. 십 년 동안이나 그를 희망고문 했으면서 또다시 그 잔인한 채찍을 휘두르려는 이 여자를 어떻게 혼내주면 좋을지 고민하는 그의 입가에 야릇한 미소가 번져 올랐다.

깊은 밤. 창밖에는 하얀 눈이 아름답게 흩날리며 온 세상을 뒤덮고 있었다. 언뜻 창문에 시선이 스친 두루는 쏟아지는 눈을 보며 사과꽃을 떠올렸다. 그리고 자연스럽게 사랑이라는 두 글자를 생각했다. 언제부턴가 두루에게 사과꽃은 사랑과 같은 것이 되었다. 사랑. 어쩌면 다, 결국은 다 사랑 때문이었다.

나 역시 너를 많이 사랑하고 있기 때문에.

창밖으로 사랑을 닮은 눈이 쏟아져 내렸다. 걷잡을 수 없이 펑펑 쏟아지고 있었다. 바야흐로, 그들의 사랑이 만개한 계절이었다.

—*Fin*

　어느새 여섯 번째 로맨스 작품이었습니다. 여섯 개나 썼으면서 그동안 이렇다 할 성과 한 번 내 본 적 없지만, 그래도 여섯 개나 쓸 수 있었던 것은 제 작품을 읽어 주신 소중한 분들 덕분입니다. 늘 힘이 되어 주시는 스윗소 여러분들을 비롯해서, 부족한 글을 재미있다고 말해 주시고 응원해 주셨던 모든 분께 감사드립니다. 존재만으로도 위안이 되는 지인 작가님들과 가족들, 저를 믿고 네 작품이나 예쁜 종이책으로 만들어 주신 뿔미디어 관계자분들께도 감사드립니다.

　저는 대단하게 인기 있는 작가도 아니었고 그런 작품을 내보지도 못했지만 항상 더 나아지고자 노력하면서 글을 썼습니다. 제 글이 누군가의 마음에 작은 위로라도 될 수 있기를 바라는 마음으로 썼습니다. 서툴게 적어 낸 부족한 감성을 시간 내서 읽어 주셔서 감사드립니다. 더 발전한 글로, 더 성숙해진 모습으로 다시 찾아뵐 수 있기를 저 또한 진심으로 바랍니다.

　서로를 통해 사랑에 대한 희망을 느낀 곤과 두루처럼, 여러분들도 늘 희망고문이 아닌 희망 속에서 행복한 삶을 사시기를, 간절히 기원합니다.

- 최윤서 드림